唤涛◎著

江东美玉

周瑜

U0745837

北方联合出版传媒(集团)股份有限公司

万卷出版有限责任公司

目　录

1. 乱世枭雄

　　荆州江北，一支披挂整齐的步兵正在向东南行进。他们打着大汉朝廷的旗帜，军中的旗帜为黑色，上面用银丝绣着一个大大的"曹"字。路边的房屋燃着熊熊的烈火，道旁时而可以看到烧得焦黑的断肢残手。而这群士兵表情依旧严肃，这种场景他们见得多了。

　　"人都说，江东出了个白脸将军，厉害得很。"一名士兵小声对自己身边的老乡说。

　　"曹丞相一到，再厉害也只有投降的份儿。"另一名士兵插嘴道。

　　"我看不然，现在江边聚集多少军队了，听说青州、兖州的精锐全都来了，可能要打一场大的。"

　　"怕什么，现在天底下，谁敢和咱们丞相作对？"

　　"说起江东，孙家那个小子是真可怕，当初我们征河北的时候，听说他还想偷袭许都，这一仗说不定……"

　　"我是从南边来的，当初我见过孙家那个小子，他和别人都不一样，穿一身红袍红甲，他的兵看到他出现都像疯了一样。不好打！不好打！"

　　"说什么呢，肃静！"一名军曹瞪了七嘴八舌的士兵一眼："孙家那个小子早就死了，不用怕，这一仗我们必胜！"

　　军队继续前进，铁甲组成的阵列不停伸展，绵延数里。一支支军队仿佛一条条溪流，汇聚成了一道宽阔的大江。无数的黑色旗帜飘扬在江边巨型营垒的上空，曹、夏侯、徐、张、于、乐……这些令人闻风丧胆的旗帜云集江北。

　　一个留着络腮胡子、身材精壮的中年人正靠着岗楼，望着天边的火烧云。

"曹丞相，荀大人自许都来军报。最后出发的军队已经抵达乌林前线。"斥候走上前报告。

曹操摆了摆手，视线却没有从天边移开。

曹军乌林大寨，高大的楼船静静地停靠在岸边。江边传来了刺骨的江风，卷起了层层浪花，拍在滩头。曹操的目光穿过被火烧云映红的江面，望向江对面，陡峭的赤壁的岸边。

赤壁的岸边，没有惊涛拍岸，江水都随风向对岸的乌林涌去。陡峭的岸边一座营寨拔地而起。营寨中，旗帜变了颜色，红色的大旗上写着白色的"周"字。料敌台上，站岗的士兵穿着轻便的铠甲，在港中遥望着对面的动静。风吹着港口的红色旗帜，士兵脱下自己的鞋子，分批次走上了战船。中军大帐中，一众将官围着地图激烈地争论着。这些嘈杂的将军之中有一个俊美的青年，身上穿着夸张的鲜红色铠甲，正不慌不忙地戴上赤红色的头盔。将军们停止了讨论，纷纷抬头望向他。

"周都督，请下军令！"众人齐声说。老将军注视着这副盔甲，眼睛里噙着泪花。

"诸将依计行事，三军齐发，北向乌林！今日一战，将决定未来百年的天下大势，江东子弟当勉力为之！"

"喏！"

"出阵！"

建安十三年秋，三万江东兵与两万荆州兵会合于赤壁，与江北来势汹汹的二十万曹军对峙。这场战役，一方的指挥官是名震天下的曹孟德，另一方的指挥官姓周，名瑜，字公瑾。

江东军赤壁军港，一位须发尽白、虎背熊腰的老将军跳上了一艘战船。他一手紧握着巨大而沉重的大刀，另一只手拍了拍船上浸满桐油的柴草，得意地笑了。老将军姓黄名盖，字公覆。

他手下的士兵都穿轻甲，腰间别着尖刀，口中衔着匕首。头上系着白布，身上披着白袍。他们都是当年孙策麾下百战亲兵的子弟，经过周瑜、甘宁等人的训练，可谓是神出鬼没、锐不可当，最擅长奇袭作战，斩将夺船。可以说，他们便是周瑜为对付来势汹汹的曹军而特意磨砺出的尖刀，正等待着合适的时机脱鞘而出。

今夜，他们要像刀尖一样，直冲曹军大营。

在一众将官的簇拥下，身穿赤红铠甲的周瑜来到船边，向即将远行的黄盖行礼。

"黄老将军，此去千万小心。"周瑜的眉宇间露出担忧的神色，斟了一杯酒，递给黄盖。

"周都督多虑了！我这一把老骨头在战场上拼了这么多年，死也值了！"黄盖接过酒杯，一饮而尽，之后奋力一抛，将杯子投入江水之中。

"老将军别再说这样的话！我怎么舍得您死，您还得亲眼看看江东的未来呢。"周瑜赶忙打断黄盖的话，接着大声说："我在中军压阵，各路兵马也部署完备，您只管杀个痛快，我来护您和兄弟们周全！"

黄盖将周瑜拉到一旁，悄声对周瑜说："公瑾，你给我交个底，我们的弟兄现在只有三万人，对岸可有二十万之众……你到底几成把握？"

周瑜伸出手掌，比给黄盖，说道："五成。"

"才五成？这不是拿弟兄们的命当儿戏吗？"黄盖惊讶地差点叫出来。

"这么说吧，当年伯符下江东的时候，无论我如何推演，胜算都只有两成。"周瑜拍了拍黄盖的胸口，露出一个狡黠地微笑。而后离开岸边向中军走去。

望着远去的赤红色背影，黄盖哈哈大笑，随即招呼士兵升帆出港。

乌林，曹军军帐。

"司空，黄盖定是诈降，不可信！"对着曹操手中的黄盖降书，前军师程昱率先开了口。

"说说看，为什么。"曹操看了看一脸严肃的程昱，笑了出来。

"黄盖是江东老臣，不可能轻易叛变。他和周瑜不和的传闻是这几日才传出的，之前闻所未闻，您不觉得奇怪吗？"程昱说道。

"那你看，我们是吃掉他们，还是将计就计？"

"我认为，根本不用理会黄盖，这几日我们将大军分成四部，每部五万人，选不同地点过江。敌人兵力不够，不可能分兵拦截。规定各军于柴桑集结，江东一战可定。"

曹操点了点头，把密信放进了匣子里，转过头看了看中军师荀攸，发现他正闭着眼睛低着头，仿佛睡了过去。

"公达！荀公达！军议之时你居然如此放肆？"

荀攸睁开眼，赔着笑说："刚才程军师说什么了？我没听到，实在是对不住。"

"你都听什么了，真是可笑。"程昱瞥了荀攸一眼。

"别急嘛，刚才离得这么近，您说什么我都听不见，何况是分段渡河的几十万大军呢？"荀攸打了个哈欠，缓缓说道。

"你这不是听见了……"程昱皱起眉头，他早已习惯这个经常装傻的人了。

"丞相，即便没有遇到阻拦，我们绕道过江也不容易。"荀攸说道："长江水势复杂，常有暗礁，船只容易倾覆。何况我们过江以后军队失去组织，没有统帅，根本挡不住敌军的冲击。"

"你说话就不能不绕弯子吗？"曹操把装着黄盖降书的匣子摔在地上："你自己看，说说怎么办。"

荀攸慌忙捡起匣子，接着说："将计就计，他真投降，我们便让他打头阵，带我们过江；他假投降，我们便正好以他为饵，把他们的主力引出来。"

"你觉得呢？"曹操问程昱。

"公达说得……有道理。"程昱点了点头。

"你们二位还真是一路人。"曹操板着脸说道。

"你什么时候能学学你叔，稍微正经点，我也就能放心去死了。"程昱叹了口气，对荀攸说。

"可别，您还得看天下一统呢。再说，我叔他比我年纪还小，我还是看着他长大的呢。"

曹操眉头却依旧紧皱着："言归正传，太史说，这些日子江上也许有东南风。如果他们用火攻……"

　　"这个简单，用荆州降兵当前锋，烧也是烧他们，也算物尽其用。"程昱笑着说道。

　　曹操点了点头："贾诩劝我不要向南用兵，我没有听。这一战可不要让我丢脸啊。"

　　"喏！"二人齐声答应，分别下去准备。

　　当晚，曹军士兵随着令旗调动，老兵默默擦拭着自己的武器，新兵也有样学样，在石头上把自己的矛尖磨了又磨。生疏的技法暴露出他们战斗经验的不足，颤抖的双腿昭示着他们内心的胆怯。曹营中生病的士兵前几日被集中在一起，不知被带到了什么地方。士兵们都觉得，丞相让他们回家了。想到这里，他们开始更加思念自己的家乡。营中的战鼓被重重地敲响，沉闷的鼓点刺激着每一名士卒的神经。

　　再过不久，便是新年了。但在军营中却一点也看不到新年的氛围。每个人都知道大战将至，谁也说不好自己还能不能活着回到故乡。

2.　当年洛阳

　　当天夜里，宽阔的大江上白雾弥漫。一支装满易燃物的船队直直地向曹军江上第一道防线驶去。船上的水兵点起火把，向远处挥舞。在得到命令之后，水兵点燃了船舱，火船燃烧着，撞向了曹军的木船。木船随之燃起了烈火，可当船上的火焰着了起来，借着火光，江东军才发现，曹军战船上似乎有古怪。

　　黄盖乘舟而来，带着更多的火船，将夜晚的大江照得通红。他们正加速冲击，忽然发现前锋的士兵在向自己摆手，这才意识到自己中计了。他正要指挥军队后退，忽然发现自己的后路出现了不明的船队。他知道，一切都晚了。

　　听着隐隐传来的战鼓声，江东军前锋纷纷拔刀出鞘，在火光的映衬下，银白色的刀刃也显得通红，他们的船已经着起了火，却没能对曹军造成有效攻击。此时已经是进退维谷，曹军战船从四面八方涌了过来，喊杀声撕破了夜幕的寂静，震得江边的芦苇都在不停颤抖。

　　"看旗号，来者是乐进和文聘。诸位小心！"黄盖高声叫道。

　　"黄老头，你的死期到了！"乐进握着一把大刀，站在船上，来势汹汹。

　　"论水上的本事，你得叫我爷爷！"黄盖握住大刀，飞身一跃，冲上乐进的战船。战船一阵晃悠，许多曹军落入水中。

　　乐进抡圆了大刀，要斩杀黄盖，却被他轻松躲过。他右脚重重一踏，战船向右猛地倾斜，乐进站不住，扑通一声，跌入了水里。

　　"在船上穿鞋，你是来游玩还是来打仗？哈哈哈哈哈！"黄盖看着在水里挣扎的乐进，大笑起来。

黄盖麾下的士兵们见到此等情形，纷纷弃船，与曹兵短兵相接，用甘宁教给他们的方法杀敌夺船。只见他们白刃纷飞，不断收割着敌人的性命。被层层包围的黄盖军竟然渐渐取得了主动权。

望见局势不对，周瑜召来甘宁、凌统，耳语一番。他二人立刻领命而去，带着本部兵马消失在夜色之中。

"都督，我们什么时候去把黄老将军救出来？"一个壮汉走到周瑜身后，大声问道。

"你去通知全军，马上出发。"周瑜望着远处微弱的火光，冷静地说。

"懂了，是去救黄老将军吧？"壮汉漫不经心地应答。

"不，阿蒙。我们去冲阵！"周瑜大声说。

叫阿蒙的壮汉抬起头，他第一次见到平日里冷静的周都督仿佛渴望战斗的狼王，充满了野心与斗志。他觉得有些不寒而栗。

"那黄老将军？"

"他会活着，而且会立大功。"周瑜笑着说："现在没人知道我给他的真正任务是什么。来较量较量吧，中原的谋士们。"

周瑜望向远处的冲天火光，眼角竟然有些湿润。战船的旗帜抖动，大风吹来，是不出所料的东南风。

"传令点火！"传令兵得到周瑜的令旗，开始传令。几乎是同一时间，数千艘空船上都点起了火。火船聚拢在一起，浓烟把江上的雾都染黑了。从天上看，仿佛无数火苗在江上聚成一条火龙。

"多亏东南风及时来了，不然，这些船就只能让死士划过去了……"周瑜扶着额头，自言自语。

火船升起风帆，随着劲风向北岸的曹军冲去。火船撞向围攻黄盖的曹军，文聘与被救上来的乐进赶忙命令船队散开，但已经来不及了。他们的阵型被火船冲散，一艘艘曹军战船被点燃，落水而死者不计其数。

此时，楼船之上，周瑜昂首船头，赤色的铠甲被火光映得更加鲜红。顺着强势的东风，江东军精锐披挂整齐，加入战场。

战鼓擂了起来，士兵纵声欢呼。望见船上站立的赤色战甲，江东军疯了似地猛冲过去。

鱼戏浪中，终非池中之物；玉藏南山，必有显世之时。望着澎湃的大江，周瑜忽然回想起在洛阳城的某个午后，与他推演兵法的那个怪人。

时间转回光和七年。此时，曹操已经向朝廷几次上书，朝廷的风气并没有得到改观，而皇帝的身体也大不如前了。曹操觉得，那些宦官正在尽可能地把自己调离洛阳。

曹操坐在洛阳宫外的某个台阶上。刚刚被无端批驳，此刻他的心情差到极点。

"忍不了，这些宦官，我必杀之！"他自言自语地说。一边说着，一边狠狠地咬了一口刚买的烤饼。

可他却听见除了自己之外的另一个咀嚼的声音。年少的周瑜此时正坐在他身边，手里也捧着一张烤饼。区别是，他手里的烤饼中有肉馅。

曹操此刻陷入了极度的不平衡。

"你这饼里……怎么有肉啊？"曹操盯着周瑜的饼问道。

"这不是买的，是家里做的。"周瑜头也不抬。

曹操点了点头，又咬了一口自己的饼，顿时觉得又干又硬，难以下咽。

"你吃饼为什么要跑到我这吃啊？"曹操此刻很不痛快。

"看你挺难过的，我陪陪你。"周瑜面无表情地说道。

"那我还得谢谢你？"

"不用那么客气。"

接着，便是一阵沉默。

曹操看着吃得正香的周瑜，忽然觉得自己十分可笑。胸怀大志、杀伐果断、眼光独到、腹有良谋。他以自己的这些特质为傲，可终究还是混到了如今这般困窘的境地。就因为得罪了几个宦官，便遭上官倾轧，同僚排挤。而今竟然与一个孩子置气，委实不该。

"你看我现在，落魄吗？"曹操笑着问周瑜。

周瑜摇了摇头："你的头还在脖子上，还有饼吃，还有衣穿，怎么能算是落魄呢？"

想到被诛杀的太傅陈蕃等人，曹操开口想说什么，但终究还是忍住了。他隐隐感觉这个少年并不是城里那些庸庸碌碌的公子。

周瑜严肃地说："人活着，就能看到很多事。死了，就什么都看不到了。牙齿坚硬却容易脱落，舌头柔软但能够保全……"忽然他笑了："教我读书的先生说的。"

"我明白你的意思了，少年。"曹操笑了笑："你叫什么名字？"

"不告诉你。"周瑜也笑了："那你叫什么名字？"

曹操也狡猾一笑，摇了摇头："饼给我尝尝？"

周瑜将他的肉饼掰了一半，递给了曹操。

于是那几日，常有人看到一个青年和一个孩子，时而对着地图畅谈天下大势，时而对着棋盘推演兵法。曹操对于这个有趣的少年十分欣赏，虽然他推演兵法时从未战胜过自己，但这个少年也表现出了极强的胆气。从他波澜不惊的面容里，曹操感受得到，他的心里也有什么东西在燃烧着。

"小伙子，你很不错。今后和我一起平定天下吧。"

周瑜看了一眼曹操，缓缓地说："我若早生二十年，你必居我之下！"

"你吹牛！"曹操愤愤道："十则围之，你又输了。"

"再来再来！"

正在两人准备继续对弈的时候，一个长相英武的白面将军骑马走来，他跳下马，一把拉住了正在与周瑜对弈的曹操。曹操一见到来者，脸上顿时有些慌乱。

"本初，本初，别这样，有话好好说……"曹操赔着笑脸说道。

"你过来，僻静处说话。"

"好好好，我随你去便是。"曹操无奈地说。

那个白面将军并没有看年少的周瑜。也许他并不习惯低头。他拉着曹操来到巷子中，接着恨铁不成钢地给了他一拳。

"你现在怎么成这个样子了？堂堂一个朝廷官员，和一个孩子玩在一起？"白面将军问道："被宦官打压两下，就一蹶不振了？"

说话的白面将军姓袁名绍，字本初。家世显赫，四世三公。此时的他，还是一介校尉，也是曹操自幼的玩伴。

"只是这些日子，我忽然看开了许多事。"曹操笑着说："你这么郑重其事地赶来，有别的事吧？"

　　"那当然，这副铠甲有多重你又不是不知道。"袁绍沉默了一会，叹了口气，说道："现在各个州郡报告，出现了一个教派，叫五斗米道。他们四处给人看病，收买人心。如今，它的信徒已遍布各郡，人数众多，恐怕来者不善啊。"

　　"这和我有什么关系呢？"曹操一边点头一边问。

　　袁绍一脸无奈地从怀中掏出一纸诏令："朝廷要调你为骑都尉，负责调查此事。同时，皇甫嵩将军也已经开始暗中调集军队，防备生变了。"

　　曹操接过诏令，沉默不语。

　　"孟德，我知道你不想离开洛阳。我尽力了，但实在是……"袁绍同情地说。

　　而曹操忽然笑了出来："此事正合我意啊，本初。你可知申生在内而亡，重耳在外而生的道理？"

　　诏令被曹操小心地放进自己的怀里，说："本初，马借我一用！"接着飞身上马，一路飞奔回到了自己的家。

　　"孟德，等等，那我怎么回去啊！"袁绍还没反应过来，马已经被骑走了。看来今日，他只能穿着重重的铠甲走回家了。

　　中平元年，曹操匹马出城，来到皇甫嵩的大军之中。他的亲人朋友没有一个人送他，唯一送他出城的，是一个他还不知道姓名的少年。

　　如今，曾经的少年临江东望，恍若冲天的巨龙一般腾空而起，仰天长笑："曹贼！我若早生二十年，你必居我之下！"

3．回归庐江

东汉末年，政局不稳，外戚干政，宦官专权。兵役、徭役十分繁重。张角的黄巾军蜂起，攻城池，杀官员，开仓放粮，救治百姓。百姓纷纷跟从。

淮河边，一个身高八尺的猛士，带着刚刚招募的乡勇，沿河而上，一路击破了几道黄巾军的防线。那人在接战时，常常自己冲在最前面，因此士兵们全都愿意跟从他。猛士绑着一条赤红的头巾，他的士兵远远望见，就知道他们的统帅也在和他们一起战斗着。

因此这支军队虽然由乡勇组成，战斗力却丝毫不输给汉军精锐。他们的战旗上写着一个"孙"字。士兵说，他们的统帅像虎一样勇猛。那位猛士姓孙名坚，字文台。作为朱儁的先锋部队，他永远冲在最前方，无往不利。

虎父无犬子，孙坚之子孙策虽然年少，却同样勇猛异常。但此刻，孙策却并不在军中，他的命运即将和周瑜紧紧相连。

彼时的周瑜，还不是名满天下的儒将。他容貌出众，精通音律，饱读诗书，已是当地有名的青年才俊，周家的叔伯们对他抱有巨大的期待，他的族人希望这位周家公子能够继承家业，远离刀枪厮杀，留在洛阳做一个文官。但关于他的前途安排，他的父亲周异却什么都没有说。他只知道，不管是怎样的天气，不管是什么样的节日，酒筵歌席散尽后，只有周瑜的房中，依旧亮着微弱的灯光。他曾经佯装无意地查看，只见周瑜的桌子上摆放着一卷卷兵书战册、典籍地图。而周瑜，则夜夜伏案苦读。在微弱的灯光下，周瑜清秀的眸子中有难掩疲倦，而他却并没有顺势闭上双眼，反而是更加固执地将眼睛睁大，用心揣摩着兵法。

"故军争为利，军争为危。举军而争利，则不及。委军而争利，则辎重捐。是故卷甲而趋，日夜不处，背道兼行；百里而争利，则擒三将军，进者先，疲者后，其法十一而至；五十里而争利，则蹶上将军，其法半至；三十里而争利，则三分之二至，是故军无辎重则亡，无粮食则亡，无委积则亡……"周瑜小声诵读着。

"在读《孙子兵法》啊……"周异仔细地听着门内的动静，脸上满是欣慰之色。

"这段话是什么意思呢？"周瑜望着兵法书上的文字，自言自语。

"两军僵持，便要创造致胜的条件，这既有利又有危险。"周异隔着门说道："率领军队，带着全部的粮草辎重去争夺先机，就会行动迟缓。如果让士兵放下辎重，轻装前进，遇到意外便会败得更惨。"

周瑜听到门外的声音赶忙过去打开了房门。

"原来父亲也读《孙子兵法》？"周瑜惊讶地说。

"只不过是年轻时读的一点无用之书罢了，这种书今后还是少读为妙。"周异板着脸说。

周瑜不情愿地点了点头，他知道他父亲的意思。身为士族，当为家族发展考虑。而从军，只不过是下层百姓博取功名的手段罢了，这与周家的地位实在是不符。比起兵法，多学权谋，积攒人脉更重要。

可他不认同。

当周瑜已经读透《孙子兵法》《六韬》的时候，周家的族人还不知道周瑜对于兵法有如此兴趣。正当他的家人为他的前途高谈阔论的时候，他却只觉得他们聒噪。他再次翻开《项羽本纪》，读了起来。

"如此英雄，我当遇而辅之。"周瑜便静下了心，开始读书。

"公瑾日后说不定可以继承他爷爷的遗志……"

"公瑾也该定亲事了……"

"我怎么觉得这孩子有点沉默寡言……"

"我有个远房的侄女，和公瑾年纪相仿……"

隔壁嘈杂的声音传来，却让周瑜无法静心。他便拿出自己的琴，想弹一首曲子平复心情，可却总也抑制不住内心的愤怒。随手拨弄了一阵琴弦，悦耳的琴音立时传遍了整个宅邸。嘈杂的讨论声也随之消失，那些族人纷纷告退。

这是周瑜第一次发脾气，待众人散去后，他有些失落。对于未来，他想自己决定。

在家规森严的周家，他的举动无疑是失礼的。他已经做好了受罚的准备，端坐在书房里，一边看书一边等着责罚。

"公子，老爷让您过去，说有要事要跟你说。"

周瑜来到父亲的书房，周异正处理着当天的公文。见到儿子进来，便招呼他坐下。未等周瑜开口，他的父亲先说道："公瑾啊，一转眼，你也这么大了。"周异喝了一口茶，接着说："爹知道，这段时间，叔叔伯伯们对你的将来有颇多担忧。别怪他们，他们也是为了你好。"

"我明白的，父亲。我不怪他们，我只是……"

"你想干什么？你想有大作为，还是想封狼居胥？亦或是想体验不一样的生活？。"

"我长这么大，从来未与别人争过什么。但我希望，未来的道路，让我自己决定。"周瑜脱口而出，刚说完就有点后悔。这是他第一次和他父亲这样说话。

"幼稚！"周异将桌上的竹简一拍，怒吼道："你之所以什么都不争，是因为你什么都得到了！你以为那些兵书别人没看过？赵括的前车之鉴你没有看到吗？"

周瑜不再说话，低着头，用眼光偷瞄着父亲。他猛然间醒悟，在自己眼里，他是父亲。但在外人眼里，他是周家的顶梁柱，是日理万机的洛阳令。

"可我不甘心。"一脸严肃的周瑜忽然露出了微笑："孩儿该如何行事？请父亲指教。"

周异没有想到儿子会突然转变，也是一愣。他依旧板着脸说："你先回舒县老家吧，替我做件事，就当锻炼锻炼。"

"请父亲示下。"周瑜赶忙答应。

一名周家亲信从门外走来："老爷，都装好了。"

"公瑾，你押送这些东西回舒县老家，之后在老家等我的下一步指示。"周异点点头，说道。

周瑜望向门外，一驾驾马车整齐地排列在门口。

"这是什么？"周瑜不解地问。

"第一驾马车上是周家的藏书与这些年来的秘密公文。第二驾马车上是金银钱币，第三驾是布帛衣服。"亲信回答道。

"难道我们要搬回老家舒县？"周瑜十分诧异。

"这里快要乱起来了，目前是有这个打算。但洛阳还有许多事情，为父还走不开，你回去之后，便去游历四方，长长见识吧。"

"若能如此，正合我意。只是洛阳之事，您有预感？"周瑜问道。

"你爹这是未雨绸缪啊！现在的洛阳，情况不妙。"周异眯起眼睛，点了点头。

"明白了，孩儿定会不负父亲所托，您也……千万保重。"周瑜迟疑了一会，点头同意了。

"去吧，为父自有分寸。"

周瑜骑上马，向南的路从马蹄下延伸开来，这是他第一次离开这座保护他，也禁锢他的洛阳城。如同一条鱼离开小溪，游向了更为广阔，但也未知的水域。而有关他的故事，都要从那里开始。

雨夜，一队车马正急匆匆地赶路，全然不顾渐渐大起来的雨势。领头之人一马当先，头戴圆圆的斗笠，身披蓑衣，一把朴素的剑被紧紧地绑在腰间。他身后几人也是差不多的打扮，跟在他们身后的，是几辆马车。然后便是十几名穿着轻甲的卫兵，一言不发地紧跟着那几辆马车。

明眼人一眼便知，这大概是某个官吏或者富商运送财富女眷的车队。而在乱世，这样的车队，极容易成为匪徒强盗下手的目标。

车队中为首的那个人，回头望了望跟在身后的疲惫的车队，轻咳了一声，压低了帽檐。他身后的人微微点头，示意车队停止前进。而他则拍马向前，向前方茂密的草丛奔去。马蹄踏着地上的积水，水珠飞溅，雨脚如麻，浓密的草丛隐隐有一丝动静。

马蹄声离草丛越来越近，忽然有一群彪形大汉从草丛中一跃而出。

他们并没有甲胄，手里拿着官兵淘汰的环首刀。他们咆哮着，向这支武力单薄的车队冲过来。

突如其来的变故让车队里的众人受到了惊吓，纷纷拨马后退。此时，从身后也有一众匪徒围了过来。

"大公子，不好了！"队伍中一名骑着马，留着大胡子的中年人向队伍最前面的那人喊道。

"黄老头，你怕了？"说着，为首之人将头上的斗笠向天上抛去，顺势将怀中藏着的剑拔了出来。斗笠在半空中划出一条完美的弧线，落到了冲上前的一名匪徒的脸上。剑光一闪，那匪徒便倒了下去。在细雨和血色中，骑在马上的那人终于露出了自己的脸。那是一张俊朗少年的白皙面庞。

"说了多少次，我还不老呢！"那个大胡子的中年人拔出一把雪亮的腰刀，早已砍翻两人。其余的车队护卫也加入了战斗，匪徒人虽不少，却始终无法接近马车。

"大哥，不对啊，一般的护卫见到这个阵仗早就跑了。他们怎么还敢和我们打斗啊？"一名喽啰向他们的首领发问。而首领此刻也觉得奇怪。

"你们是什么人？运的是什么货？"匪徒首领向车队一行人发问。

"我等乃乌程侯孙文台的车队，区区蟊贼还不退下！"姓黄名盖的大胡子怒目圆睁，对着一众匪徒怒吼道。

"我管你什么侯，这地面上，刘家皇帝来了也得交出买路财！"一众匪徒哄笑道。

4. 英才相识

"找死！"那个少年弯弓搭箭，一箭射穿了一名正在大笑的喽啰的脖子。其他匪徒见了，十分惊恐，纷纷后退。

见匪徒有胆怯之意，那少年更是箭如连珠，一连射死数名匪徒。接着扔下弓箭，大吼："我乃乌程侯之子，孙伯符也。你们快来领死！"

声如震雷，让人听了心惊肉跳。匪徒终于开始四散奔逃，看着他们逃窜的背影，那个少年得意地笑了。

没错，这个笑着的少年便是孙策。此刻他正与父亲的部将黄盖一起，护送着他的家人前往庐江舒县。此时没有人能料到，若干年后，他的马蹄将踏遍整个江东。

"大公子，你可越来越像你爹了。"黄盖笑着拍了拍孙策的肩膀。

"我和父亲，是两种人。"孙策挡住他的大手，无奈地笑着："这是我们遇到的第几批流寇了？"

"大概第五批？"黄盖哈哈一笑："好在我们离寿春已经很近了，应该不会再遇到了。"

"这种话可千万不要说啊，黄老伯。"孙策从包里掏出了一块干粮，吃了起来。

这时，草丛发出了窸窸窣窣的声音，不久便走出一个神秘人物。那人头戴斗笠，腰中配着一把剑，身上穿着干净的粗布衣服，蓑衣自然地披下来，脚上穿着皮制的鞋子，踩在地上有一种奇怪的声音。

见到这个情景，车队的人们顿时紧张了起来，甚至已经拔刀出鞘。一般情况下，这种时候出现的人都不是等闲之辈。

"来者何人！意欲何为？"黄盖挡在孙策身前，忽然问道。

"在下只是一个普通路过的客商而已。"那人的语气镇定自若，一只手却握在了剑柄上。

"既然是客商，把货拿出来看看？"孙策眯着眼睛，机警地说道。

"货已经卖光了。"那人一边说着，一边却忽然转身，向林子深处跑去。

"有点意思。"孙策一跃上前，不顾黄盖等人地阻拦，快步追了上去。

雨没有停，雨水冲刷着沾染血腥的土地，似乎要还这个世界清白。林间的湿冷无时不刻不在刺激着人的关节，让本就艰辛的旅途变得更加艰难。

可却有两个身影穿梭在林子中，你追我赶，仿佛不知道疲惫为何物。而路终究是有尽头的，人的体力也不是无限的。终于，跑在前面的人在停了下来，回过头来面对追来的孙策。

那人把剑抽出，将剑鞘往旁边一扔，直视着扑过来的孙策。

"怎么？来试试？"孙策拔出腰间的剑，将剑鞘砸向对方。那人见剑鞘飞来，一剑将剑鞘砍成两半，回过神来，发现孙策的剑锋已经近在眼前了。

他向后躲闪，接着一个闪身，闪到孙策背后，同时将剑锋向身后尽力刺去。孙策感到了身后破风而来的剑，迅速向后格挡。

"当"的一声，响彻整片树林，惊起一群飞鸟。

二人迅速转身，兵器不停碰撞，剑与剑磨出火花，而火花又在一瞬间消失在滂沱大雨之中。

"身手不赖，你到底是谁？"孙策一边格斗，一边说道。

"一个……路过的客商而已……"那人一边喘着粗气，一边回答。

"说谎，可是要付出代价的！"孙策弹开那人的剑，接着用自己的肩膀尽力地撞了过去。那人招架不住，向后倒去。孙策紧接着又拉住他的衣领，将他摔在地上。

在摔倒之前，那人用尽全力拽下了孙策的斗笠，而他自己的头巾也在打斗中脱落了，头发散开，随风摆动。而在散开的头发之下，露出一张清秀的面庞。此人正是周瑜周公瑾。

"你赢了，"周瑜把剑一扔，"不过你要钱我可没有啊。"

"哈哈哈！"爽朗的笑声充斥树林，震得树叶簌簌地响。

"我再问一遍，你究竟是谁？"孙策玩味地笑着，问道。

"姓周名瑜，字公瑾。乃一介学子，游学至此。"周瑜听出对方并无恶意，也笑了出来："不知壮士姓名？"

"在下姓孙名策，字伯符。乌程侯孙文台之子，护送家人，途经此地。刚才多有冒犯。"孙策拱手回答道。

"公子好身手，今日当真领教了。"周瑜也拱手还礼，二人一同向林子外走去。

雨渐渐小了，树林经过雨水洗涤，变得焕然一新。连最老的树，叶子也呈现出一片新绿。黄盖与一众家丁正一边开路，一边寻找孙策，忽然见林子深处，二人并排走了出来。

"公子啊，你可急死我了，这要是出什么意外，我可如何向主公交代啊……"黄盖急忙跑上去，确认孙策无事，才放下心来。

周瑜与众人一一见过，正准备离开，却被孙策叫住。

"公瑾，看你走的方向，是要去寿春吧？"孙策高声喊道。

"没错，寿春。"周瑜回过头，惊讶于为什么孙策叫自己叫得那么亲近。

"我们也要去寿春，不如同去，如何？"孙策自己也不知道，为什么他那么想邀请一个刚刚交过手的人同行。

"如果不给你们添麻烦，那我自然十分愿意。"周瑜点了点头，笑了。

"你的嘴里，能不能不要有那么多客套话。"孙策白了一眼正在讲话的周瑜，说。

"喝酒吗？"周瑜从腰间取下了一个用木塞塞好的牛皮袋子，虽然是询问，却直接把袋子扔了过去。

"酒可是稀罕东西，不怕我喝光了？"孙策一把接住袋子，拔下了木塞。

"你我投缘，难道我还吝惜区区一点酒？"

"我果然没看错人。"孙策的眼睛放光，接着一口气喝掉了半袋酒，然后把袋子递给周瑜："你我当同饮此酒。"

“明明是我的酒。”周瑜白了他一眼，接过酒，一饮而尽。

在去寿春的路上，两个少年极其戏剧性地相遇了。雨早已经停了，太阳的光芒击穿了云层，照在人身上，甚至让人觉得有一点热。跟在二人身后，留着大胡子的黄盖却在盯着空空如也的牛皮袋子，暗自咽着口水。

夕阳西下，黑夜来临。为安全起见，孙策一行人来到寿春城外的村庄借宿一晚。第二天清晨，宵禁刚刚结束，他们便悄悄地进入寿春。

寿春的风景，让两个少年目不暇接。在城中一个不算太偏僻的位置，甚至有一座集市。集市上，江南江北的商人会聚于此，如果仔细探查，还是可以买到不少好东西。官府虽然限制商人，但是眼下时局混乱，大商人也逐渐肆无忌惮起来。官吏们收了他们的好处，便睁一只眼闭一只眼了。

“这群商人，一旦没有别人限制，便都肆无忌惮起来了。”孙策骑在马上，对身边的周瑜说。

“若以眼下论之，商人是容易控制的。他们的存亡，无非是当权者的一句话而已。一边拉拢一边恐吓，商人们为了自保，一定会乖乖合作。”周瑜望着商人兴旺的店铺，轻松地说。

“既然如此，那难以控制的是谁？”孙策转过头，盯着面前那个高谈阔论的少年，问道。

“是拥有土地的人。”周瑜给了他一个意味深长的眼神。

“豪强？”孙策疑惑地问。

“有了土地就有了粮食，有了粮食就会有人依附，有人依附就会有兵源。豪强兼并土地，军阀兼并豪强。眼下朝廷把军权下放到地方，天子政令无人遵行。这是天下大乱之兆啊。”周瑜长叹一声说。

“你如此说话，不怕杀头吗？”孙策听闻周瑜所言，笑了。

“本地太守与我家有旧，想来不会害我。”周瑜也一笑，望着孙策。

“时势造英雄，若当真群雄并起，我孙策也绝不会坐视。天命归于何方，不试试怎么知道？”孙策一把抓住了手中的剑，仿佛充满了决心。

“我还真想知道，十年之后，天下又会是何等光景。”周瑜把目光望向了远处的天际，天上有雄鹰盘旋，鸣声凄厉，引得众人驻足观看。

　　"你我分别之后，你有什么打算？"孙策收回了思绪，对周瑜问道。

　　"当然是继续求学。越是与高人相处，越能察觉自己的不足。我听说荆州庞氏有一少年，比你我尚且小几岁，却上知天文，下知地理，探察人心都易如反掌。我等在同龄人中尚且不能称为翘楚，还谈何野心？"周瑜轻叹，自嘲地笑了笑。

　　"既如此，我也不可虚度光阴了。希望我也能早点成器，帮上父亲的忙吧。"孙策点点头，说。

　　对于孙策来说，寿春城很大。这里未经战乱，民生繁荣，人口众多。

　　"若能在此起步……"孙策骑在马上，想道。

　　对于周瑜来说，寿春城很小。这里远离中枢，波澜不惊，轻松自由。

　　"若能在此经营……"周瑜骑在马上，想道。

5. 回乡路上

江东，柴桑渡。

天气不是很好，灰色的云覆盖了整个天空，让人分不出云朵的形状。一间简陋破败的草屋突兀地立在江边，与壮阔的自然风光格格不入。

远处缓缓走来一人，他头戴斗笠，身披蓑衣，一把破旧的剑系在腰间，后背挑着一个并不大的包裹。他看到了这间破败的草屋，径直走了进去。

"这屋子，怕是没人住了。"来者脱掉斗笠蓑衣，席地而坐。他撩拨了一下头发，露出了一张英俊而沧桑的脸。此人正是周瑜周公瑾。

周瑜自离开洛阳至今，已过去两年。这两年间他风餐露宿，求学访友，研讨兵法，行侠仗义。此时的他，已经褪去了高门子弟的柔弱样子，气质儒雅而不失刚毅。走在街上着实令人侧目。

周瑜走到江边，摸出一把旧细绳，绑在一根长竹竿上，另一端绑着一个小小的鱼钩。他捉住一只虫子，挂在鱼钩上，随即向远处奋力一抛，鱼钩便消失在江上的浓雾之中。

江边湿冷的风吹来，昭示着南国也即将进入冬天。以往繁忙的渡口此时已经十分冷清，只是偶尔有几个划着船的人从江上的雾中钻出来，询问岸边的零星旅人要往何处去。做这种职业的人，吃住都在船上，基本不上岸，水性也极好。长江附近的一些州郡把他们叫作"江上人"。

不知过了多久，周瑜感到鱼钩一沉，便用力将竹竿提起，向后一甩，一条鱼被带出了水。周瑜仔细一看，是一条比巴掌略大的江鲫。周瑜提起鱼，正要生火做饭，忽然听一声清脆的吆喝穿过浓雾而来："江边的官人要往何处去？"

　　周瑜抬头，望见一叶扁舟从雾中钻出来，划到岸边。撑船的江上人二十岁不到的样子，怎么看都还是个少年。只见他光着脚踩在船上，布满老茧的脚被冰冷的江风吹得通红。

　　"去庐江郡！"周瑜回答道："船上可有锅子？"

　　"有。"江上人微微点头，示意周瑜上船。周瑜拿好行李，拎着刚钓的鱼，跳上了船。艄公用破旧的锅舀了一点江水，又在船舱的土灶上点了一把火。自己也顺势烤了烤冻僵的双脚。

　　"客人讲的是官话，从司隶那边来？"那人问。

　　"我在司隶住过一段时间。"周瑜将处理好的鱼放进锅里，也烤起手来："看你年纪不大，做江上人几年了？"

　　"才做不久。我从江北来，一边划船，一边找人。"江上人回答道。

　　"你找谁？江南地面我认识的人不算少，也许能帮到你。"周瑜看着他说。

　　"我的姐夫，他叫邓当，是个官军。我家姓吕，村里人都叫我阿蒙。"少年咧嘴一笑，对周瑜说："客官，你可认识我姐夫？"

　　"不认得……"周瑜摇了摇头："你寻你姐夫，是有什么要紧事吗？"

　　"我是来投奔他的。我要投军！"阿蒙回答道。

　　"一次次征兵，人们避之不及。你却主动去投军？"周瑜看着少年，露出了疑惑的眼神。

　　"这个时候，穷人家的孩子想出人头地，也只有投军这一条路了。"阿蒙叹了口气，接着划起了船。

　　"你这船是从哪来的？"周瑜坐在船上，忽然问道。

　　"这船是河里的沉船，底都漏了。我眼尖，就把它捞上来补了补，还能当个谋生的手段。"阿蒙自豪地笑着，明明看起来年纪不大，划船的双臂上却结结实实地长满了黝黑的肌肉。

　　"江东英雄出少年啊……"周瑜笑了起来，打开锅盖，邀请阿蒙来吃鱼喝汤。阿蒙也不推辞，二人便吃喝起来。

　　天上下起了夹杂着冰晶的雨。喝过汤，周瑜暖和过来，抱着他的剑在船舱角落里休息。阿蒙继续划着船，两人有一搭没一搭地聊着。

当周瑜踏上庐江的陆地时，天已亮了。他走在熟悉而陌生的道路上，惊讶地发现庐江郡这几年越发破败了。

至于叫阿蒙的江上人，他看着周瑜付给自己的丰厚路费，正在后悔自己没有对他招待得更加周到。

庐江郡，舒县，周家宅邸。

躺在家中的床上，周瑜觉得无比安心。当少年踏上归途时，周公瑾之名，已经名动江左了。人们都知道，庐江郡的舒县，出了个大才。

回到家，周瑜拜见了为避祸而从洛阳回到庐江的父亲周异，便回到自己的房间，提笔准备写信。

自从告别了孙策，周瑜便时常写信给他。二人在寿春同住了几天，便相互告别。孙策搬到了新家，而周瑜则去四处云游，拜访名师求学。周瑜认为这个爽朗而不拘小节的少年，会给自己的人生带来不少惊喜。孙策也察觉到，周瑜的才干比他所见过的任何一个人都要强。他们在信中交流得很多，孙策写信，常写前线战况，四海之乱。而周瑜则成为了他的信中军师，为他出谋划策。

孙策认为，这个见面时有些寡言的少年，会成为实现自己志向的臂膀。而他学识的渊博程度，也常常令孙策惊叹。从用兵之法到风土人情，从诗词音律到医药知识，他常常让孙策觉得这个人是什么都知道的。孙策本是个骄傲的人，但在他面前孙策却比任何人都要谦虚，与周瑜相处，孙策学到了许多东西。

周瑜在信中，写下了归途的趣闻，以及在江上遇到的名叫阿蒙的少年，同时提醒孙策注意江上人这一职业，说不定大有用处。

不几日，孙策的回信来了，却只有短短几句话："公瑾归家，我无忧矣。然则父将举兵北上，征伐董卓。本欲从之，奈何不许。如之何？"

周瑜思索片刻，正要提笔写回信，但刚一抬笔，便在脑海中想象出孙策此时懊恼的神情。周瑜知道，孙策并不是个傻瓜。此刻他需要的并不是建议，他只是一时难平，发发牢骚而已。

周瑜一笑，即刻去马厩里牵出了一匹快马。翻身上马，疾驰而去。白袍被风吹起，穿过竹林间的小路，穿过布满灰尘的官道，向北奔去。

此时的寿春城内，孙策正在练剑，他愤怒地砍向院子里的木桩，将一个个木桩尽数击倒。孙家剑术，是孙策之父孙坚所创，乃是战场上拼杀搏命的血淋淋的经验堆砌而成。其最大的特点便是大开大合，出招果断。学成此种剑法，以一布衣剑客敌十名甲士也不成问题。孙策在木桩之间穿梭跳跃，手中铁剑翻飞，接着便听到木桩碎裂的声音。

"哥哥，有人来了！"一个头发微微发紫的少年气喘吁吁地跑进了门，上气不接下气地说道。

"别忙，慢慢说。"孙策扔下剑，对他弟弟孙权说道。

"有个飒爽女子，骑高头大马，前来找你！"孙权惊恐地问道："是嫂子吗？"

"哪来的飒爽女子啊？"门外传来清脆的声音，周瑜穿一袭白衣，腰悬佩剑，扶着门框探出头来。

"原来是公瑾，你这来访可有些突然啊！"孙策笑着，把藏在他身后的孙权拉了出来："也怪你长得太清秀，不然吾弟也不至于认错。"

"你啊！又取笑我。"周瑜也笑了，从怀中取出一罐蜂蜜，递给孙权："很甜，给你尝尝。"

"那我就不客气了。"孙策转身，拿出两把竹剑，扔给周瑜一把。周瑜接住，随即摆开架势。

"老规矩。"周瑜注视着孙策，寻找着对方的破绽。

"赢家买酒。"孙策点了点头，也摆出架势。

二人都紧紧地盯着对方，生怕露出什么破绽。两人僵持了好一会儿，忽然孙策一个踏步冲向前，手中竹剑直刺周瑜眉心。周瑜见此情况不但没有躲闪，反而迎了上去，将手中竹剑挥舞得猎猎生风。竹剑碰撞的声音时而清脆，时而低沉。一人身穿白袍，一人浑身披甲，在庭院中对战。武器破风之声，拳脚相加之声不绝于耳。周瑜在勉强接下孙策的几次进攻后，体力不支，步伐渐渐乱了。他索性扔下剑，说道："我输了，还是赢不过你。"

"比起上一次，已经大有进步了。"孙策点了点头，活动起自己的肩膀："此次就由我来请你喝酒吧。"说着，便走进屋子。不多时，孙策抱着两个小坛子走了出来，在他身后，小孙权也跟了出来，手里端着一只熟鸡。

　　二人席地而坐，孙权坐在孙策身后，几人在大树下摆好酒菜，吃喝起来。

6. 升堂拜母

"董卓入京，朝野涂炭。家父兴兵北上，我本打算效命疆场，无奈家父不许。这可如何是好……"孙策为周瑜倒上一杯酒，叹了一口气说道。

"伯符，莫非志在行伍之间吗？"周瑜喝了一口酒，对孙策说。

"说出来好像有些自大，但我自幼便和父亲学习武艺，骑射刀剑，无一不精。"孙策自豪地对周瑜说。

"伯符的武艺，在下早已领教过。只不过军旅之事，可不只是武艺这么简单。"周瑜为孙策夹菜，笑着说道。

"我早知如此，只是……"孙策仰头，一饮而尽，之后闭上眼睛，摇了摇头，仿佛欲言又止。

"今日在我面前，伯符何不试着谈谈志向。"周瑜注视着孙策，看出孙策有些许动摇。

"大丈夫生于世间，或带兵卒成万世功名，或聚众保一方安宁。今虽年少，亦是大有作为之时，岂能空老于家中？"孙策拍案大呼道，吓得正在大吃的孙权噎住了。

"伯符好志向！"周瑜见孙策如此反应，心中暗喜。一边轻抚孙权后背，一边说道。

"愿闻公瑾之志……"孙策刚把自己的志向一吐为快，此时有些不好意思，便看着周瑜，缓慢说道。

"董卓入京，天下将乱，有识之士无不跨州连郡。余虽不才，愿得一英霸之才而辅佐之。助其成霸王之业！"周瑜大笑，直直地注视着孙策的眼睛。

“不知如此雄主，公瑾要向何处去寻呢？”孙策轻轻一笑，为周瑜倒了一杯酒。

周瑜低下头，笑而不语。

“乌程侯孙坚之子，与公瑾同年，素有大志，你觉得此人如何？”孙策举起酒杯，对周瑜笑道。

“此人只知习武，一身酒气，还总会耍小孩子脾气……”周瑜故意不看孙策，一边喝酒一边说。

孙策的笑容渐渐凝固在脸上。

“不过……此人也算是一代豪杰，我愿辅佐之，与他纵横天下，共创大业！”

周瑜也举起了酒杯，二人酒杯相碰，一同大笑起来。

“痛快！”孙策又喝了一杯，脸颊开始红润了起来。

“不过，伯符兄也千万不要怪令尊。”周瑜喝下一杯，对孙策说。

“此话怎讲。”

“令尊之意，大概是让你收收性子，不要过早沾染杀伐之气。趁着这段时间读读书，学学兵法吧。”

“家中诸多事情，都需照料。实在静不下心读书啊。”孙策挠着头，说道。

周瑜瞪了孙策一眼，沉默了一会儿，忽然计上心来。

“这样吧，伯符……”周瑜一脸坏笑地说。

“如何……”孙策看着周瑜心里有点发颤。

“我家在舒县，有一空闲大宅。瑜可做主，让给兄长居住。兄长举家搬到舒县，一则家事有弟关照，二则你我可一同读书，研习兵法，岂不美哉？”

“此……此事是不是未免太草率了？”听闻此言，孙策惊讶地说。

“可我是认真的。”周瑜一把抓住了孙策的胳膊，阻止了他想逃跑的计划。

“至少也得禀告母亲，问问母亲的意思！”情急之中，孙策忽然想到了借口。

"好，那我们一同去拜见令堂。"周瑜拉着孙策进入屋内。

望着撕扯在一起的两人，孙权惊讶地又吃了一只鸡腿。

屋内，吴夫人居室。

吴夫人坐在那里，听着孙策和周瑜的陈述。

"公瑾啊，伯符结交你这样的朋友，真是他的幸运。"吴夫人笑着对周瑜说。

"伯母客气了。能与伯符这样的豪杰交好，才是瑜之幸也。"

"你们今后一定要互相扶持，闯出一番事业来。"吴夫人慈爱地看着面前这个俊朗少年，点了点头。

"周瑜此来，想请求伯母答应一件事。"

"你说便是。"

"瑜想接伯母一家，到舒县住几日。"

"这是为何？"

"孙将军率军出征，不知何时回还。家中全靠伯母和伯符支撑，实属不易。瑜在舒县，已备宅院一间，事事也好照料。"

"这可不好，怎能如此叨扰。"吴夫人赶忙说。

"瑜与伯符一见如故，情同兄弟。伯母此言，过于见外了。"周瑜诚恳地说道。

吴夫人无奈苦笑。

"伯母，还有一个原因。"周瑜抬起头，望着吴夫人的眼睛说道。

"愿闻其详。"

"瑜方才刚刚立誓，要辅佐伯符，成就大业。借此机会也是希望多和伯符探讨兵法，督促他读书。"周瑜严肃地说道。

吴夫人听了哈哈大笑，道："既是如此，便只能依你了。"

孙策正在发呆，听到吴夫人如此说，忽然一惊："母亲三思啊！"

吴夫人抄起案上的卷轴，打了孙策的头："你有这样好的朋友，还不跟他好好学学。"

孙策起身逃走，吴夫人追了出去，只留周瑜在屋内苦笑。

还有孙权在院外吃喝。

作为周异的独子，周瑜是有权限安排那间空闲的宅院的。见周瑜是为了正经事，周异便也没说什么。

收拾几日后，一行人便离开寿春，向舒县而去。明明搬迁对于百姓来说是件大事，可这件事竟然如此简单的结束了。孙策一家搬到了舒县，开始了一段新的生活。而孙策和周瑜二人的命运，从此刻起，便也紧紧交织在了一起。

"也不知前线战事顺不顺利……"骑在马上的孙策不无担心地说。

"定会平安无事的。"周瑜严肃地回答。各州的黄巾军已基本被剿灭，此时此刻，本该安心发展生产恢复元气的朝廷，却又迎来了新的腥风血雨。中平六年，八月二十五日。大将军何进与司隶校尉袁绍谋划诛杀宦官，无奈太后不从。于是，朝廷征召董卓率部下西凉兵到京师，准备诛杀宦官。可董卓在到达之前，何进已经被事先发觉了危险的宦官们谋杀。愤怒的将士们攻杀宦官，京师洛阳顿时陷入战火。

董卓迎接出逃的皇帝回洛阳，掌握朝中大权。废少帝刘辩，改立陈留王刘协。天下诸侯见此状况，便结成联盟，拥立袁绍为盟主，出兵讨伐董卓。而孙策的父亲乌程侯孙坚，便作为先锋冲在了讨伐董卓的最前线。

战争一触即发，中原大地上，双方的数十万大军缓慢地移动着。双方的士兵都咬紧牙关严阵以待。两军对垒最先露出破绽的一方，必将成为猎物。士兵们手握武器，冲锋陷阵，他们迎着如雨点般的箭雨，一步一步地向前推进着。他们喊着整齐的号子，将手中的长矛刺向敌人。兵器贯穿铁甲，鲜血染红战袍。短兵相接的时刻，运气便是战场上唯一的变数。弓箭手的双手已经被磨得粗糙，皲裂的皮肤渗出层层血丝。射光了箭，便拔刀近战；举着盾牌的士兵固执地向前冲去，哪怕盾牌被火点燃，哪怕身上的铠甲已经碎裂，也毫不在意。就像扑火的飞蛾直直地撞入对方的阵中，然后倒在地上。有的士兵身体多处都被贯穿，仍然不肯倒下，站着离开了人世。从许久以前的黄巾起义到现在，国家风雨飘摇，百姓已经习惯了战争，更习惯了死亡。反正不论到何处去，都免不了战乱；不论到哪里去，都要面对贼徒的威胁。既然如此，那便去从军。既然无论如何都逃避不开，那便投身于此。四处都在着火，战车被点燃，士兵的尸体被烧得焦黑，满地的草木被烧成黑炭。对他们而言，死亡是一种解脱，活着反而更需要勇气。

西凉铁骑疯狂地向盟军的阵地进攻，盟军根本挡不住如此猛烈的进攻，只得缓缓向后撤退。袁术在手下大将的保护下，正要离开前线，却发现一支军队穷追不舍。袁术穿着华丽的铠甲，但表情却十分狼狈。他歪戴着头盔，身体紧紧地贴在马上，显得十分胆怯。正在绝望之时，忽然听到附近一支骑兵杀到。他们穿着全身甲，手握马槊，打着孙字大旗，直直地冲向军阵。而为首之人头戴红色的头巾，手握战刀，早已将穷追不舍的敌军将领斩于马下。见此情况，西凉军才稍稍收敛战意，向后退去。只留下无数士兵的遗骸，没有人收，也没有人埋。在那个年代，一场大战之后，躲起来的饥民就会出现在战场上，他们去翻找着士兵留下的东西，有时能找到铜钱，有时能找到还没有烧光的粮食，有时饿得实在受不了，便去捡一些士兵的遗骸，吃到肚子里。这样的乱世，为了活着，不丢人。或者说，所谓的道义与廉耻，已经彻底地败给了生存的本能。

"我乃乌程侯孙文台，谁敢与我决一死战？"孙坚头戴红色头巾，横刀立马，大喊着率军追了出去。

这一路上，孙坚杀红了眼睛。他率兵火速追杀，斩首甚众。一路上所有的西凉援兵全都被他击溃。当他发现自己已经孤军深入时，盟军中和他距离最近的袁术军阵地也已在几十里开外了。他正要下令收兵，却见身后已被敌军层层堵截。只得下令全军就地扎营，据险而守，孤立待援。

7.　借兵北上

庐江，周瑜送给孙策的宅院。

近几日，孙策的心中颇不宁静。周瑜发现，孙策总是在读兵书的时候，若有所思，仿佛有什么心事。这个正当壮年的男子，每餐饭竟连一碗米都吃不下。

"伯符，是在这里生活得不习惯吗？若有需要，尽管开口。"

周瑜眼中充满了担忧，孙策却摇了摇头。

周瑜收起兵书，走上前拍了拍孙策，宽慰道："人生不如意之事十有八九，满怀希望，才能所向披靡。"

孙策心中所想的事情，周瑜岂能不知道？

孙坚带兵讨伐董卓，已经走了许久。虽说一直有书信来往，可孙策始终见不到父亲，他回到周瑜为他全家安置的住处，和衣而睡，这是他从小就养成的习惯，他记得父亲曾告诫他："如今天下四方群雄并起，人在乱世，谁也不知道什么时候敌人就来了。"

如今叫他脱去衣服睡觉，他感觉十分不安稳。黉夜之时，他睡得迷迷糊糊，猛然听见外面响起嘈杂声、马蹄声，还有呼喝声。孙策猛然惊醒，也来不及分辨是什么状况，直接从床上一跃而起，提着枕边的兵器就冲了出去。

他觉得自己仿佛身在军营，只见四周的将士快速朝着辕门会聚！孙策不知发生了什么，只觉得自己手指发痛，他感觉不妙，赶紧从一名骑马的将士手里夺过一匹骏马，朝着城墙飞奔而去，待他赶到辕门口的时候，只见辕门大开，数千将士手执长矛正在集合。

在辕门口，他见黄盖挥动着手中的大刀，正朝着将士怒吼道："快！快！"孙策追了过去，忙问道："黄将军，到底发生了什么事情？为何如此紧急？"

昏暗的火光中，孙策见黄盖一脸焦急，拉住自己哭诉道："伯符，出事了，孙……孙将军中计了，被董卓的军队围困在前方的树林里了！程普和朱治已经率军前去营救，我现在准备前往接应。"

"父亲天下无敌，怎么会被董卓的人围困？我去看看！"孙策带着满脸的疑惑，没有等黄盖的回答，策马狂奔了出去！刚刚通过吊桥冲出河，他便明白过来。

只见河的另一边，原先西凉铁骑的营地，营帐全部被点燃了，到处散落着西凉铁骑的尸体和被丢弃的兵刃、旗帜，却很少看到孙坚军将士的尸体！

孙策愈加心急，策马沿着战斗痕迹，继续狂奔。在离西凉铁骑原营地数里外的小道上，一条狭长的山路里，到处都是孙坚军将士的尸体以及带着血迹的滚木擂石，尸体身上无不中了密密麻麻的箭！

鲜血从前面的山坡上流了出来，汇聚成河，流到山下，孙策心内一惊：看来这里必定发生了惨烈的战斗！父亲，你在哪里？

常言道：穷寇莫追。联想到这一路的情形，孙策已经明白发生什么了，看来董卓军是有意败逃，父亲中了董卓军的诱敌深入之计，一路追杀到这里，然后被早已经埋伏在这里的西凉铁骑打了一个措手不及。

"小道……小道……"孙策虽然心知四周仍旧有埋伏，可还是没有选择等待后面黄盖的部队，而是骑着骏马，在四周快速寻找着父亲的身影。

最终，他在树林的西南方向的山路中，发现了一条人迹罕至的小道，通往一小片树林。

小道在小片树林的出口处，有着两条岔路，一条通往荆州，另外一条通往益州。

孙策知道现在没有时间让他犹豫。他的第一反应是父亲会朝着荆州的方向撤退，于是他沿着这条岔路策马疾行。

一连奔走了近五里的路程，才看到了数百具残缺不全的将士尸体。

他们力战而死，鲜血洒了一地，显然是为了保护孙坚而阵亡的。

在他们前方，几十匹战马分散在各处，吃着野草，无人看管。孙策心脏提到了嗓子眼，生怕父亲出事，大吼一声，奋力抽打着马，加快速度冲了过去。这一次，他又行进了两里多的路程之后，依稀听到了打斗的声音。

"父亲，父亲！"他大叫着，寻声追赶过去，果然见到近百个骑着大宛马、穿着重甲的西凉将士正包围着三四十个衣衫褴褛的将士。

皎洁的月光下，孙策瞧见这些将士围在一起，保护着其中一人，他披头散发，身上铠甲扎了数只箭，头盔也不见了，手中的长剑沾满了斑斑血迹，可即便如此，一双虎目依旧炯炯有神，怒视着敌人。

孙策心内一惊：这不是父亲吗？

待看清了孙策的穿着，判断出他是孙坚军的将士后，将领使了一个眼色，他身边的四个重甲骑兵齐齐调转马头，朝着孙策快速迎了上来，其余人则快速杀向孙坚，双方再度缠斗起来，发出阵阵厮杀之声。

四名董卓麾下重甲骑兵瞪着鲜红的双眼，露出一丝狰狞的笑容，齐齐扬起长矛，从四个方位，朝着孙策的胸口和腹部刺了过去！而孙策仿佛完全没看见一样，依旧只是策马狂奔，手上的亮银枪没有丝毫动作！

眼看着四把长矛在他瞳孔前快速放大，就要近身时，孙策整个人向后倒了下去，手中紧握亮银枪。

下一刻，在五个人几乎在一条线上时，他看准重甲骑兵的下颚处，手中的亮银枪横扫！

一道半圆形的银色圆弧一闪而逝！四匹大宛马冲出去近三丈远才停了下来，原本它们身上的重甲骑兵，捂着咽喉，瞬间直挺挺地倒了下去，地上溅落一抹嫣红的鲜血，这些重甲骑兵至死也不知，这一枪是怎么刺过来的，落地之时，连惨叫声都没有来得及发出！

随即又有四个重甲骑兵，挺着长矛杀了过来，孙策提起手中马槊，大吼一声冲了过去，枪尖似一道旋风吹过，四个重甲骑兵一个接着一个倒下，咽喉处出现大大的血洞。

董卓军的将领手持一柄长刀，他的眸子微微缩着，眼神有些诧异，瞧着孙策年纪不过十六七，但面对自己麾下精锐的重甲骑兵，竟然这么快就杀了八个，他很快回过神来，下意识地提着长斧就要迎上去！孙坚见状，担心孙策有所闪失，一剑劈死一个西凉的将士。

接着，他吼着杀向将领："徐荣小儿！"前有不知名小将，后有孙坚，徐荣想也没有想，调转马头，朝着身后的孙坚就劈下一斧！孙策担心父亲，猛地向后一扬身体，手中的亮银枪甩了出去！

两道凄厉的惨叫响起，亮银枪将徐荣的胸口刺出，带着对方的尸体飞了出去，直接钉在一棵大树上！

而一旁的孙坚，也倒在地上，身体被长刀砍中，血流不止，孙策下马跑过去，急忙大吼一声："父亲！父亲！"

"伯符，伯符，醒醒，你怎么了？"

孙策神色慌张，脸上全是汗水，大叫着："父亲，你快醒醒！不要睡啊！"

"大哥，你怎么了？"

孙策猛然听到弟弟孙权的声音，惊醒了，他眼睛望着四周的家人们，才明白自己原来是在做梦，可梦境竟然如此真实，以至于他真的觉得父亲被敌人暗算了。

"弟弟，有父亲的消息吗？"

孙权摇了摇头，并没有说话，一边的吴夫人却不禁流下了泪水。

孙策总觉得他们似乎是知道一些什么消息，但是却瞒着自己，不禁对孙权吼道："臭小子，你是不是撒谎？看我不打你！"

话音未落，一边的周瑜拦住了他，周瑜劝道："伯符，是我不让他说的。"

孙策望向眼神失落的公瑾，他不禁质问道："公瑾！你这是什么意思？"

吴夫人哭道："公瑾是担心你啊！你怎么不明白，文台如今与董卓军陷入苦战，中了徐荣的奸计，我们也是刚刚才得知这个消息的。"

孙策不敢相信母亲的话，他望着身边的弟弟妹妹，见他们都默然了，看来这个消息真的。不过，他内心始终相信父亲是不可战胜的，他喊道：

"不可能的，父亲是天下无敌的！区区董卓匹夫，岂能把他困住？"

说完，孙策起身就要出去，周瑜一把拉住他，问道："伯符，你要干什么？你冷静一下！"

"公瑾，你给我走开！我要去洛阳，我要和父亲一起杀了董卓这个老奸贼！"

面对情绪有些失控的孙策，周瑜一把抱住了他，二人缠斗在一起，可周瑜的力气哪里比得上孙策，被孙策一下子摔倒在地，挣脱了周瑜的孙策，冲出房门，却不想被门口旁埋伏的卫士打倒在地。

两个卫士死死按住孙策，孙策奋力挣脱，一人一拳，将两个卫士打倒，随即冲出院子，见到外面路过的骑兵，一把拉下来，抢下马匹，就跨了上去，随即冲向城门。

周瑜见他要一个人独自去找孙坚，担心他路上有所闪失，赶紧告诉城中的骑兵，在要道上拦截住他，果然三天后，孙策被骑兵们"请"了回来。

8. 并肩作战

　　周瑜出身大族，身份家世都比孙策好太多了。

　　他的堂祖父周景和堂叔周忠都做过太尉，他的父亲周异曾任洛阳令，家门显赫，若不是如今天下大乱，四方盗贼兴起，他必然也会走上仕途之路，有一番作为。

　　如今他见孙策担心父亲，若是不让他去，只怕孙策也会怪罪自己；可若是叫他一个人北上，又难保不出意外。

　　周瑜左思右想，决定联系家门故交暗中帮助孙策，他第一个便想到庐江太守——陆康。

　　对于周瑜这位故人之子的到来，陆康非常意外，也非常欢喜，热情地设宴招待了他，不过，明面上的款待结束后，等周瑜在私下里说明来意，两人之间的气氛便再无半点欢喜。

　　周瑜看着陆康，苦口婆心地道："陆大人，我知你素有大志向，亦知你智勇双全，将来绝非是池中之物，按说，当今乱世，正是成就功名之时。可是，如今十八路诸侯一起讨伐董卓，却陷入苦战，孙坚将军更是被董卓军队以计诱之，重重包围，而且孙坚此人名声甚佳，此次讨伐董卓也是不计生死，如此忠于朝廷的将领，却无人援救，他日谁还会为朝廷卖命？若是救出孙坚将军，他日陆氏声望必定响彻中原！如今公瑾虽说人微言轻，但为了国家大义，恳请派兵前往援救孙坚将军！"

　　周瑜说得情真意切，也完全是为陆康着想，但陆康却像是一个打坐入定的老僧一般，任凭周瑜如何劝说，他都是慢斯条理地倒酒饮酒，对于周瑜的那些话，一个字的回应也没有。

“大人！”

周瑜又唤了一声，见陆康还是跟没事人一般只知道喝酒，心中不由一阵火大，也全然不顾及长辈尊卑，伸手夺过他的酒杯，重重地拍在了案上，酒水四溅，叫道：“董卓此时怕是已经发兵离开洛阳了，击破了十八路诸侯联军，向南而来，国家生死存亡之间，阁下却还在喝酒！陆氏满门的性命都快要保不住了，你还喝酒！”

周瑜也是被陆康的态度弄得有点恼了，想到孙策，他冒着被抓起来的风险特来劝告陆康，可谓是一片真心，结果陆康却是这般怠懒，满嘴酒气，一点儿想帮助孙坚的意思都没有，这叫周瑜感觉自己方才一番肺腑之言完全是对牛弹琴，饶是他修养很好，可面对此情此景，如何能不生气？

相较于周瑜的焦急，陆康只是摇摇头，笑着伸手又从下面摸出了一个酒杯，周瑜见状，气得面色铁青，两手扣住几案，就要掀桌，这下陆康也不能淡定了，赶忙按住桌案，笑道：“公瑾贤侄都说了，我陆氏满门都可能性命不保，既然如此，你却还要阻我品尝美酒，是不是太不讲情理了？”

周瑜闻言呼吸先是一滞，然后感觉心里火气更旺，继续拦住陆康喝酒，不过他没陆康力气大，奈何陆康不得，但他也不服输，就那么与陆康较着劲，憋得脸色涨红，完全就是一副不掀桌就不罢休的态度。

看到周瑜这样，陆康也怕把他给气出个好歹来，终于算是放下酒杯，苦笑道：“公瑾，我与你们周氏一族也算交情匪浅，唉，这样，你且听我一言。”

周瑜见陆康似乎终于要正视自己的问题，松了手，行了一个礼，喘着气坐回原位，想听听看他能说出什么话。

陆康摇摇头，想给周瑜倒一杯，又要去拿酒壶，但想了想，伸到一半的手又收了回去，向周瑜问道：“公瑾，我且问你一句，你今生所求为何？”

周瑜一怔，没想到陆康会如此提问，不过这不是太难回答的问题，况且以两人的关系他也没什么好避讳的，当即直言道：“我自然是想为国为民，护佑天下黎民苍生。"

陆康点点头，赞许道："公瑾志向高远，好一个为国为民，我也相信，以公瑾之才，达成此愿非是难事。可是，此乃公瑾之志，却非我心中所愿。"

周瑜未回话，陆康微微抬头，目光透过窗户看向远方，悠悠道："孙文台当初为长沙太守，清缴地方盗匪，麾下兵马精锐，寻常盗匪根本不是他麾下将士一合之敌。然而匪患却久久不靖，是何缘故？非是孙文台指挥不当，更非将士不敢用命相拼，只是朝廷奸臣昏庸掣肘，十成力只能用出三五成罢了，可见朝廷弊病，绝非一日之寒。"

周瑜联想十八路诸侯讨伐董卓不利，已然明白陆康此言的玄机所在。

陆康继续道："后来孙文台参与讨伐董卓，十八路诸侯会盟，声势震天，当时我只道区区董卓，必然不是天下英雄敌手，然而，呵呵……后来我才知道，董卓固然是国贼，可那些会盟的所谓英雄，其中大半都是自私自利之辈，其野心又与那董卓何异？十八路诸侯之中，当真愿意杀敌报国的，也只有孙文台与首倡义兵的曹孟德等寥寥数人而已。"

说到这里，陆康心中似乎想到朝廷安危，心绪有些不稳，再度拿起酒壶，这次周瑜没有阻拦，陆康给两人各满上一杯，继续道："如今孙坚陷入苦战，为何其他人坐视不顾？你想想他之前打了诸多胜仗，可也抢了别人的风头，既然孙坚被董卓包围，那些人岂能上前援手，自然是等着孙文台以身殉国呢。所以我我听闻孙文台斩杀华雄之时便断定，文台早晚为诸侯联军所害！我若是明着帮孙家，我也必然受到牵连，贤侄，你也要理解我啊！"

周瑜一时哽住，早在之前，他便预感联盟诸侯内部定然不和，如今他见十八路诸侯坐视孙坚被围困，更是彻底确定，诸侯联军必败。

陆康抬手按住周瑜，宽慰道："贤侄也不必哀伤，我这远水虽是不能救近渴，可我敬仰孙文台为人忠义，不愿其死于宵小之手，我麾下将士有守城重任，不得离开，但我还有五百戍卒可以派遣，你去校场点齐这些人，去救援孙文台吧。"

周瑜起身称谢，作揖行礼，告辞离开，陆康笑着挥手告别，依旧是那副慵懒的样子。

次日，周瑜便告诉孙权，转告孙策，陆太守同意帮助他救援孙坚了。孙权听到此事，转忧为喜，高兴地冲到孙策的房门口，高声喊道："大哥，快开门！有好消息了。"

孙策打开房门，有些没好气地问道："仲谋，是什么消息，快说！"

孙权笑道："是陆太守，他答应要去救父亲了，你快去校场点兵吧。"

孙策似乎不敢相信孙权的话，摸了摸孙权的额头，掐了掐自己的脸，他发现一切都是真实的，赶紧穿上铠甲，提着亮银枪，向母亲告别，然后叮嘱孙权好好读书，照顾好其余兄弟姐妹。孙权问道："大哥，你不去见一见公瑾哥哥吗？"

孙策心中一怔，心想：庐江太守与我并无交情，突然转变态度，只怕与公瑾有关。公瑾知我心高气傲，不愿求人，因而暗中助我。他心念及此，转而去往周瑜的房门，远远便听闻一缕琴音。

"伯符，是你来了？"

琴音一顿，房门打开。

周瑜身着赤色华服立在门口，孙策作揖行礼，称谢道："公瑾，大恩大德，待我归来再报！"

"一路保重！待你归来，我必以美酒敬之！"

周瑜望着孙策远去的背影，直至消失在视野之内。

孙策带着五百戍卒，本想急速行军，北上寻找父亲，然而这些戍卒平日里并未接受半点军事训练，不少戍卒暗中逃走，三日过去，已经少了近百人。

他此时发觉自己虽说读过不少兵书，也聆听过父亲的教诲，但自己第一次担任统军首领，还是有很多不足。他知道来不及训练这些戍卒，想到父亲曾言："军令如山！"他便开始严加管教他们，懒散的、胆怯的兵统统被他打骂了一顿，并严格巡查，果然无人再敢偷偷溜走了。

一连行军了半月有余，孙策一路上见到的，尽是逃难的百姓，以及田野间的森森白骨，他心中暗想：他日我定当兴起义兵，扫除奸佞，还百姓一个太平盛世。

到了洛阳的盟军驻地，已是深秋时节，此时盟军大营之内，传来阵阵歌声，孙策向侍卫点明自己的身份，进入大营，发现将士们赌钱、喝酒，将领们怀抱美人，空气中传来阵阵肉香与酒香。

孙策想到一路见到的景象，气愤不已，又见无人援救父亲，心中泛起一阵辛酸。他转身对带来的戍卒喊道："不管他们，带上兵器跟我走！"

刚一离开盟军驻地，孙策正沮丧之时，忽然抬头见有一少年头戴斗笠身披蓑衣，带着几名随从站在他的面前，正是周瑜。周瑜为孙策递上一杯酒，孙策将杯中酒一饮而尽，幽幽道："自我进入盟军大营那时起，我便想明白了，既然世上多此等庸碌奸恶之辈，我又何必假借他们之手？以我孙家名望，振臂高呼，可聚三千甲士，然后手执利刃，以江东子弟匡扶汉室。一旦中原有变，便可挥师北上，伺机席卷天下，成就不世之功，如此方能还百姓一个太平盛世！"

孙策的话语豪情满满，可周瑜听了，心中却满是怅然。

"接下来你准备怎么办？"周瑜抬头对孙策说。

"自然是继续寻找父亲的踪迹，他们不去救，我去。"孙策的眼中写满了坚定，周瑜听了也点了点头。

"既然如此，你跟我走吧。你父亲的消息，我已经探听到了。"周瑜严肃地说。

9.　猛虎鏖战

与此同时，讨董前线。

无数的西凉兵正源源不断地向一处盟军大寨汇聚而来，他们各个身穿铁札甲，戴着整齐的兜鍪，手里拿着长长的矛。一个大胡子的将军骑着高头大马，眺望着大寨的守备情况。这处大寨里，被围的正是盟军前锋，乌程侯孙坚。西凉军的几次试探性进攻都被击退，而此次，他们正酝酿着更大规模的进攻。

"华将军，牛辅将军传来消息，他们已经抵达大寨后方。孙坚军已经被我们团团围住！"西凉军斥候骑着快马，飞速来报。

"哼，多此一举，来抢功的。"那个叫华雄的将军摆了摆手。

"将军，牛辅将军麾下谋士有一封信，要我转交给您。"斥候将信递过去，便策马而去。

华雄皱着眉头读着这封信，然后将信给自己身边的将军看。

"这个叫贾诩的是什么人？说什么让我不要轻敌冒进，避敌锋芒，我看他是要替他主子牛辅争功！"华雄暴怒地说。

"黄口小儿，懂什么战局。西凉军一直都以能啃硬骨头为荣，末将请为先锋！"华雄的副将附和道。

"你们不必争抢，我要亲自做先锋，给新招来的新兵们做表率。"华雄笑着，发出了准备进攻的暗号，接着提起了他的铁戟。

与此同时，孙坚大营。

"孙将军，我们的后路也被截断了，敌人已经把我们包围起来了！"一个浑身是伤的斥候走入营帐，对孙坚说道。

"通知兄弟们，收缩战线，用强弓硬弩射住敌人阵脚。一定会有办法的。"孙坚紧锁着眉头，望着地图说道。

西凉军已经切断了联盟军前锋孙坚的补给线。从长沙带出的这支少年兵，毫无疑问已经陷入险地了。

程普披着全甲，跨着大剑，大步流星走入孙坚大营。

"程将军！你来得正好，当下我正缺一个智囊啊……"见到程普，孙坚很明显松了一口气。

"我们还有多少粮草？"孙坚担心地问。

"大概还够用三天。不过士兵们还不知道我们现在的处境，军心还算稳定。"程普叹了口气，说道。

"敌人若围而不攻，我军危矣。"孙坚仔细地凝视着地图："援军我已经不指望了。他们若肯来，七天前我们就该合兵一处了……"

"战士们还有一战之力，全军奋起突围，未必会败。"黄盖向前一步，坚定地说。

"江东子弟千人即可纵横天下，主公，下命令吧。"祖茂也上前，坚定地看着孙坚。

"好！我的将士有胆气啊……兄弟们，我们突围！"孙坚的眼圈红了。他郑重地戴上他鲜红的头巾，将自己的刀拔出来，插在了桌案上。营中诸将为之一振，孙坚缓缓说道："今日若突围成功，诸位将士，孙家当以国士报之。孙坚若死，也必在敌人兵锋之处，先诸位而死！"

孙军大寨，士皆瞋目，发尽上指冠。寨外，战鼓声重，西凉军亦磨刀霍霍。华雄在南，做着最后的部署。

"南部的华雄部兵精而多，北部的牛辅部兵少。我们向北突围吗？"程普问道。

不及孙坚回答，斥候慌忙来报，华雄军全军向大寨进攻，兵锋已至外围。诸将听了，纷纷看向孙坚，等待他做最后决断。

"他不来，我还要去找他呢。此时进兵，分明是轻视我等。集合全军，迎着华雄兵锋，向南突围！"孙坚怒目圆睁，大踏步走到营门。众将齐声领命而去。

华雄举着铁戟，冲锋在前，忽然间孙军寨门大开。万军之中抢出一员大将，头戴鲜红头巾，手中挥舞马刀，直冲过来。那将军身后，三员大将，如大雁两翼，护着中间的红头巾大将。而在他们身后，江东军争先恐后，倾巢而出，仿佛不知死为何物。

于是，在战场上，双方士兵拉开架势。一方士气高涨，一方严阵以待。士兵们身穿铁甲，腰胯环首刀，手握长矛。此时，天公不作美，忽然刮起了大风。北方天气苦寒，大风一起卷起沙尘，顿时为战场增添了几分肃杀之气。

江东军军中还有不少新兵，他们紧张地握着手中的武器，手心微微出汗，双腿微微颤抖。老兵看出新兵的窘迫，在一旁低声地安慰着。将军们注视着对面的动静，虽然风很大，吹得人睁不开眼睛，但在战场上，谨慎便是活下来的唯一方法。随着战鼓的敲响，士兵们喊着口号，跟着鼓点的节奏向前冲锋。几万士兵就这样搅在一起，战场上、阵地上、滩头上，红色的血液流淌成河。随着孙坚的指挥，士兵们变换着阵型，与敌人周旋。

西凉军也不甘示弱，他们弓马娴熟，擅长打硬仗。面对盟军的乌合之众，他们只要冲锋，便可以杀败大半，发挥出比他们本身强大百倍的力量。但江东军士兵们并不是乌合之众，而是身经百战、久经训练、装备精良、组织度良好的锐士。一场恶战一触即发，骑兵冲击着军阵，将列阵的敌军撞飞出去。阵型被冲散之后，士兵又急忙聚集起来，列成新的军阵。弓箭手不停地向敌人的阵地放箭，在这片鲜血染红的战场上，没有人是局外人。

在战场上，拼命不一定能活得下来，但不拼命一定会死。

"红头巾的便是孙坚！得孙坚人头者，赏万钱，官升五级！"华雄吼着，直向孙坚扑去。孙坚岂肯示弱，跃马舞刀，与华雄战在一起。

华雄将手中铁戟奋力刺出，孙坚一个俯身，闪过华雄攻击，顺势将刀上挑，直挑向华雄腋下。华雄也急忙闪躲。二者马头交互，便是一个回合。孙坚调拨马头，直取华雄。华雄也奋力向孙坚冲去。双方部将本打算加入战斗，却被他们不约而同地喝止。

　　"孙坚，你打得还不赖！"华雄大笑着，挥舞他沉重的铁戟。初一交锋，他便觉得这个对手并不一般。

　　"今日我必斩你！"孙坚挥舞着战刀，直劈华雄铁戟的枝杈，向后一拉。华雄顺势向孙坚的头刺去。孙坚用力拨开，怎奈华雄力量巨大，铁戟穿过孙坚的铠甲，刺入孙坚肩膀。

　　战场上，喊杀声不断。剧烈的疼痛冲击着孙坚的意识，可他已是身经百战。他咬着牙，大吼着拔出佩剑，向华雄脖子斩去。华雄赶忙拔出铁戟招架，孙坚的伤口血流如注。逐渐动弹不得的臂膀让他深刻地意识到，必须速战速决。战刀再次被举起，破风斩向华雄。华雄轻松挡住，顺势向后，钩向孙坚的脖子。原来，孙坚卖了个破绽，引华雄来刺。接着，他用他粗糙的手，握住铁戟，用腋下夹住。另一只手中，战刀直直地劈下来。华雄根本来不及招架，被斩于马下。孙坚包好伤口，割下华雄头颅，向敌阵飞驰。西凉军见主帅已死，无心恋战，纷纷遁走。

　　孙坚浑身是血杀出重围，见自己身后只有祖茂和八百骑兵。其他人都已经失散在乱军之中。孙坚失血过多，面色惨白，却用兵器支撑起自己的身体，拨转马头，准备杀回去救人。

　　"将军，不可！您先暂避，救人交给我！"祖茂拉住孙坚的缰绳，焦急地说。

　　"我意已决，岂能扔下兄弟们独活！你若不敢随我冲阵，就走吧！"孙坚拉住祖茂的领子，愤怒地说。

　　"祖茂为将军陷阵，死而后已，有何不敢？"祖茂的眼睛血红，翻身上马，跟在孙坚身后，疾驰而去。

　　程普与黄盖各拿兵器，正在敌阵中周旋，见敌人背后开始骚动。忽然，孙坚提着华雄人头跃马而出，撞倒了一众西凉兵。猛虎般的气势吓住了所有西凉兵。

　　"程普、黄盖，随我杀出去！"孙坚高声吼道。江东军的士气高涨到无以复加，纷纷一跃而起，将西凉军的包围圈撕开了一个缺口。

　　"怕什么！敌人兵少，斩杀孙坚，大功便成！结阵！"西凉军一个二十岁左右的百夫长高喊着，可是无人听他命令。唯有他自己冲了上去。

　　"区区杂兵，也敢言语！"黄盖啐了一口，将其撞倒在地，护送孙坚扬长而去。

　　望着孙坚一众八百骑扬长远去，那百夫长拔出腰中的环首刀，愤恨地砍向了石头。

　　"近万人，挡不住八百骑吗？"那百夫长愤恨地说。

　　这名百夫长，是雁门马邑人。姓张，名辽，字文远。

　　正在名叫张辽的百夫长愤愤不平时，战场上忽然响起了整齐的马蹄声。一支精锐的西凉军骑兵从侧翼飞奔出来，开始一边收拢华雄的残军，一边追击孙坚。领头的中年将军望着远处即将消失的红色头巾，叹了一口气："文和啊，我们是不是来晚了？"

　　"牛将军，我们来得刚刚好。华雄冒进兵败而其军未大损，孙坚重伤，难逃我等之围。此战功劳，全在将军一身，董公必有嘉奖。"一个儒生模样的参军，身披软甲，腰挂佩剑，缓缓走出。

10. 捕虎陷阱

"你似乎非常自信？"名叫牛辅的将军笑着说。

"李傕、郭汜二位将军已经埋伏好了。"那儒生参军也笑了，眼睛眯起来，不知他心里想些什么。

"李傕、郭汜头脑不足，我还是担心有变故。你也带兵过去，务必擒获孙坚，确保万无一失。"牛辅点了点头，说道。

"谨遵将令。只是，末将想请一人随军。"

"我的帐下，由你随便点将。"牛辅大方地说道。

"华雄麾下一个百夫长，张辽。"儒生说道。

"他是何人？"

"大将之才也。"

张辽懵懂地抬起头，看着那个坏笑的儒生，骑上了他身边的战马。儒生也飞身上马，一支骑兵随之疾驰而去。

那儒生本是凉州人，姓贾，名诩，字文和。

战马喘着粗气，满身血污。刚刚从西凉军催命般的呼号中活过来的八百骑兵，正玩命地努力奔逃。不过，士兵们的脸上露出了疲惫而欣慰的笑，刚刚发生的死里逃生之战令人振奋，在北方宽阔平整的土地上驰骋的感觉也令他们的心情得到了些许抚慰。从各个方面来看，孙坚的体力都已经接近极限。他的腿甚至无法夹紧马的肚子，更无法直直地坐在马上。武器已经收了起来，唯有双手还固执地死死抓着缰绳。祖茂与孙坚并驾齐驱，照看着他；程普、黄盖一前一后，看管军队。

这一战，孙坚失去了大部分部曲以及最后的粮草辎重。这三员大将与八百骑兵，便是孙家军最后的火种。在马上，孙坚望着手下的士兵，忽然觉得自己特别对不起他们，对不起那些愿意跟从他，不离不弃的江东子弟们。

风卷狂沙，战场上容不得人慨叹。

负责断后的黄盖听到身后动静不对，原来西凉骑兵已经要赶上了。他们的西域良马速度极快，士兵马术娴熟。江南的骑兵与之迎面对冲尚且处于下风，何况是这种追逐战。

西凉兵的长枪呼啸着破风而来，黄盖带着负责断后的精锐士兵拨转马头，与西凉兵周旋。而程普、祖茂等人，则头也不回地继续奔逃。

黄盖大吼一声，纵马挡在了追兵面前。他手下的几十名士兵一字排开，一动不动。他们决定不再奔逃，而是选择在此地挫挫西凉兵的锐气。

"老头，快让开，饶你不死！"追上前来的西凉兵对黄盖吼道。

"竖子无礼！"黄盖大喊着，手中大刀已经高高举起。西凉兵的前锋有三百人，骑着良马，拿着长枪，队伍里不乏善于骑射的胡人。而黄盖身边只有疲惫不堪的百骑。

那一天的战斗，足以用惨烈形容。而发怒的黄盖是什么样子，在场的士兵应该永远不会忘记吧。

当然，前提是还活着。

当黄盖将面前最后一个西凉兵斩落马下时，他回头望去。发现自己身后的士兵，仅剩一人了。这已经是一个了不起的奇迹了，在兵力、体力全度处于劣势的情况下全歼敌人，从来都不是那么容易的。

殿后的士兵，从未指望自己能活着回去。他们挥刀，并非靠欲望驱使，而是靠本能驱使。

"你叫什么？"黄盖问道。

"韩当。"那名士兵简单地回答道。

"你是江东哪里的人？"黄盖拿出水袋，喝了一口水。

"我不是江东人，我是辽东人，辗转漂泊，投到了孙将军麾下。"

"身手不错。"黄盖拍了拍韩当的臂膀，点了点头。

"我只是个老卒而已……而且将军，敌人的骑兵又来了。"韩当严肃地回答。

黄盖没有回头，但他也知道，因为他听到了更加整齐，更加密集的马蹄声。

"果然勇不可挡。给你一个机会吧。"一个声音传来："降者不杀。"

贾诩骑在马上，用手中的马鞭指着黄盖说道。黄盖瞪着贾诩的眼睛，双眼布满了血丝，仿佛一头准备做最后反扑的野兽。

孙坚一行人几乎脱离了险地，绕过峡谷，再过几里，便是袁术军的驻地了。来到那里，孙坚一众便安全了。

至少，孙坚是那么认为的。

"孙将军，坚持住，就要到了！"程普一边骑着马，一边看着面色苍白的孙坚，脸上写满了担忧。孙坚看了看他，微微点头，不再说话。他沾满征尘的脸露出了久违的轻松表情，他需要休息，这段时间的征伐压得他喘不过气来。

就在众人以为将要脱险时，忽然从山谷对面钻出了一队人马。孙坚本以为是盟军的接应部队，可定睛一看，来者坐骑穿着戍边军的马甲，打的分明是西凉军的旗号。为首两员大将，皮肤黝黑，面相凶恶，远远望见孙坚，就好像望见了猎物一样。

"来将何人，报上姓名！"祖茂指着对方，高声喊道。

"西凉军，牛辅将军麾下，李傕、郭汜。哪个是孙坚？快快下马受降！"

孙坚正欲出战，却被祖茂拦了下来。祖茂策马上前，高声喊道："我乃乌程侯孙坚！谁敢上前决一死战！"孙坚定睛一看，才发现，不知什么时候，自己的红色头巾被摘了下来，戴在了祖茂头上。戴着红色头巾的壮硕背影，映在每个孙军士兵的眼中。至于戴着头巾的是谁，他们早已不在乎了。跟着红色头巾冲锋，这是大家都默认的事。

"是突出重围的时候吗？"孙坚摸着自己的头，苦笑了一声。

"你不会真的想和我们打吧？你看看你那些兵，如何能与我等对敌？"李傕看着这支强弩之末的疲军，发出了癫狂地大笑。

队伍中间的伤兵垂着头，仿佛天命已经对他们做出了审判。尚有战斗力的士兵艰难地举起了武器，勉强摆出了准备冲锋陷阵的姿势。所有人的目光都集中在了祖茂，准确地说，是在他头上的红头巾之上。对那些士兵而言，那头巾总能带领他们活下去，并找到致胜的良机。

"黄盖还没回来……恐怕他……"程普悄悄对身边的孙坚说道。

"内无粮草，外无援兵。今日之事，天意也。"孙坚解嘲一笑，正了正自己的兜鍪。

"我们……还有什么能做的吗？"程普拔出他的大剑，望着对面西凉军整齐的军阵。

"孙家军能做的最后一件事……"

"誓死不降！"

黄盖与贾诩的对视，只进行了片刻。黄盖凶猛的目光渐渐收敛，连带着，表情都缓和了下来。甚至接下来，还满脸堆满了笑容，仿佛是一个和蔼可亲之人。

韩当第一次看到黄盖这样笑。

他觉得，这种满脸堆笑有点恶心。

他没敢说出口。

"你脸上的皱纹，是笑出来的吧？难怪总有人说你老。"贾诩微微一笑，以戏谑的口吻说道。

"当了半辈子兵了，老了。"黄盖摸着自己的皱纹，说道："我愿投降！"

"他说他愿意投降啊，张辽。"贾诩转过头，对张辽说道："这出诈降戏你觉得怎么样？"

"无聊至极。"张辽闭着眼，摇了摇头。

"你在消遣我？"黄盖怒吼着，手握兵器，冲向了贾诩。只听"当"的一声，张辽接下了黄盖的攻击。

"区区一个百夫长而已……"黄盖瞪着张辽说道。

"区区一个老匹夫而已……"张辽也瞪着黄盖。

"看来你们很投缘啊。那，他们两个就交给你了。"贾诩对张辽嘿嘿一笑，示意军队继续前进。

　　"这是什么意思？"张辽不解道。

　　"一个老卒而已，不要在他身上浪费太多时间。"

　　"杀之？放之？"张辽抬头，等着贾诩的指示。

　　"你来决定。"贾诩注视着张辽的眼睛，说道："我去看看李傕、郭汜那边。"贾诩策马离去，只留下这样一句没头没尾的话。他身后的骑兵也随之离开。

　　在贾诩眼中，重要的是孙坚。其他的东西，都无所谓。

　　至于那个浑身是血的黄盖，他的死活与自己无关。

　　"还要打吗？"黄盖随手捡起一根长枪，倚在上面，说道。

　　"我不屑于趁人之危。"张辽放下了手中的武器。

　　"我的脑袋可是刚才那个老狐狸留给你的军功啊。"黄盖回答道。

　　"我在想一个人，如果他在，或许不会杀你吧。"张辽叹了口气，回答道。

　　"没看出来，你还是个好人？"黄盖微微一笑。

　　"杀人如麻的好人吗？也不赖。"

　　"希望不会再在战场上遇到你。"黄盖摆了摆手。

　　"既然你这么说了，想必我们一定会再见的。"望着走远的贾诩一众，张辽拨转马头，疾驰而去。

　　"他们就这么走了？"韩当疑惑得问。

　　"这个百夫长，不堪大用。"黄盖冷笑一声，说："将兵千人，勉强可以吧。"

　　"那我呢？"韩当看着黄盖，说道。

　　"你？能带好一营之兵就不错了。"黄盖牵来一匹敌人的马，飞身跃上："还不快跟上来，去救主公啊！"

　　"我可以带一营之兵了！"韩当蹬圆了眼睛，也飞身上马。

11. 逃出生天

西风呼啸，吹过战场。征尘散尽，尽是层层的白骨。

"多好的战功，却不愿意拿。看来这个百夫长，有点意思。"贾诩嘴角微微一笑，自言自语道。

某个山谷。

李傕、郭汜已经不耐烦了。因为要深入盟军控制的领域埋伏，所以他们只带了一千轻骑。可见到孙坚麾下的几百残兵，他们此刻无比自信，认为自己可以轻松拿下孙坚首级。

正当他们要发起进攻时，忽然听到山谷之中似有鸟鸣不断。林中尘土飞扬，无数旗帜若隐若现。

"西凉兵听着！你们已被包围！速速下马投降！"

突如其来的喊声，让山谷内的双方各自一惊。林中的伏兵终于亮出了旗帜，旗帜上写着大大的"袁"字。

"四世三公，袁家大军在此！谁敢造次！"两名少年将军走了出来，微微摆手，露出来的军队整齐地将手中的弓箭对准谷内的西凉军。

"袁术将军来接我们了！"程普兴奋地对一旁的孙坚说道。头戴红色头巾假扮孙坚的祖茂，也松了一口气。可当他们定睛一看，却发现带领援兵的不是别人，正是他们分别已久的大公子，孙策。孙策身后，走出一人，身姿风流，正是周瑜。

"天灭孙家啊……"孙坚怒目看向孙策，仿佛要把他吃掉。

"老哥，对付袁家，我们兵力不足啊……"郭汜转过头，对李傕说道。

"先看看他们怎么说。"李傕机警地盯着山谷上的伏兵，向后退了两步。

"山上的人听着！随你们怎样，孙坚我们今天杀定了！"李傕高声喊道。

"他们不肯退，容我想想对策……"孙策小声说。

"他们会退的。"周瑜一挥手，山谷上的伏兵便将他们的箭矢点上了火。

"只要我一声令下，山谷即刻变成火海！就算孙坚死了，有你们二位的人头，我等也好交差！"

孙策急忙抓住周瑜的手臂："你疯了！那可是我爹！"

"当下战局不利，正是弄险之时。"周瑜盯着山谷里的敌人，没有看孙策。

"若……吓不退他们，这岂不是拿我父亲的命开玩笑！"孙策紧咬着牙冠，瞪圆眼睛注视着山谷里的李傕、郭汜，悄悄地对周瑜说。

"我们只有一百人……这是救你父亲的唯一机会。"周瑜的声音颤抖了，但仍充满决心。

他也不知道，如果失败会怎样。

或者说，他知道结果，只是不敢想象。

山谷里站了几千人，但此刻，鸦雀无声。李傕、郭汜二人本就是贪财惜命之人，此时此刻，他们估计不出这支援军的人数，只见林中噪声遍布，战旗颇多。山谷中多草木，一旦被点燃，恐怕很难逃出去了。

"若我放孙坚一马，又当如何？"李傕问道。

"那我们也会放你们一马！速速退出山谷！"周瑜喊道。

"希望你们信守约定！"李傕点了点头，做出了收兵的手势。

"那我们回去，该如何交差啊？贾诩可不好糊弄。"郭汜对李傕说道。

"听我的，你带兵撤，我来殿后。"李傕眯着眼睛，故作高深地说。

"信你一次。"郭汜一摆手，千名西凉骑兵便随他撤出了山谷。见军队撤出谷口，李傕拍马赶上。忽然李傕回头，从斗篷下拔出一张小巧的马弓，挽弓搭箭，瞄准了戴着红头巾假扮孙坚的祖茂。

"不好，他们有诈！"孙策正打算全力冲下山谷。可已经太晚了。

一支箭破风而来，正中祖茂侧腹。祖茂跌落马下，孙坚、程普急忙赶来，救援祖茂。

"孙坚已死！哈哈哈哈哈"见红头巾落马，自己偷袭得手，李傕策马狂奔，逃出谷口。孙策与周瑜急急忙忙走下山谷，将带来的给养食物给了孙坚一行人。

"父亲，孩儿来迟了……"孙策跪倒在孙坚的面前，等待着他父亲的责罚。孙坚却只是抱着倒地的祖茂，没有理会他。

"大公子来了……太好了……"祖茂从嘴角挤出一个微笑，缓缓说道。

"你我纵横南北几十年，我不能没有你啊……你挺住！站起来！挺住啊！"

"主公，我已经不行了。未来之事，就交给军中的新锐吧……"祖茂哽咽着说。

孙坚拼命按着鲜血流出的伤口，可却无法堵住涌出的血浆。

"我只要你！你会回到长沙的，升官封侯，娶妻生子……这辈子还长着呢，长着呢……"孙坚此时，已经是声泪俱下。

"我走以后，主公要多多提防小人。大公子虽然年纪轻轻，却是人中龙凤，今后需要多多历练……"祖茂用尽力气，说道。

"你说吧，我会记着……"孙坚点了点头。

可孙坚再也没能等来祖茂的回应。

"孙策！从今天起，你便是我军中小卒。别想让我优待你。"孙坚冷冷地甩下一句话。

"是！"孙策暗喜，下拜而受之。孙坚走到周瑜耳边，低声耳语："我儿鲁莽，还需你多多照看。"

周瑜行礼，不发一言。

初平二年，孙坚军，祖茂马革裹尸而还。孙策入军中效力。

当贾诩押着李傕、郭汜来到山谷时，山谷早已空无一人。干干净净，没有一点战斗的痕迹。

"贾辅军，我可是射杀了孙坚啊……"李傕赶忙说道。

"你没亲眼看见他死，就不要确信他已经死了。你又没见过孙坚。

不过……袁术怎么会来救援呢？"贾诩扶着额头，说道："也罢，现在也没空管那些事了。回去吧，收拾东西，去长安。"

孙坚军残兵撤到袁术军驻地，远远望见袁术的营寨拔地而起，士兵皆披全甲，阵容整肃，兵精粮足。

"好一个汝南袁氏！"孙坚不由得感叹，同时也对他不肯全力救援心怀不满。

忽然袁术的营寨大门打开，一队步兵分开列阵，从中间走出一人，皮肤白皙，留络腮胡须，衣着奢华。那人开口说道："孙将军立下大功！我已备好酒宴，请入寨一叙。"

"公路！我可差点就没命来见你了啊！"孙坚一瘸一拐，迎了上去。二人相互施礼，一同走入营门，入席而坐。席中尽是酒肉，豪华非常。孙坚部将列坐一排，袁术部将坐在对面。孙策周瑜并排坐在席之末尾。

"早听说，文台有一虎子，名叫孙策。容貌俊美，勇不可挡。改日可否带来，与我一见啊？"袁术笑着对孙坚说。

"犬子今日便来了。伯符！起来与公路叔一见！"孙坚说着，指向孙策。

孙策正与周瑜吃喝，忽听有人叫自己，放下碗筷。整理一下身上的衣甲，走上前来，说道："末将孙策，拜见袁将军。"

袁术抬头，见孙策星目剑眉，清秀俊朗，高大魁梧。风吹入帐，鬓发飘逸，不由得叫道："好个孙郎！今日宴会，你可满意？"

"今日甚长见识。满桌食材，产自九州各地。用此一餐，可见主人鲸吞天下之志啊！"孙策笑着回答。

"好见识！来人赐座！在我之侧！"袁术激动地放下酒杯，指着身边说道。

"小儿胡言乱语，袁公谬赞了。"孙坚喝了一杯酒，说道。

"可叹我儿子不成器……"袁术摇了摇头，又看了看孙策，接过满满一杯酒，一饮而尽，说道："文台，你我斗斗和和已经半辈子了……至少我希望，年轻一辈能好好相处……我有一世侄，多年未见，但也英气非凡。他日必将引荐……"袁术有些醉，含糊地说。

孙坚点了点头，见孙策仍站在原地，便问："伯符，为何不坐？"

孙策下拜，回答道："若不能与友人同坐，策情愿坐在席末。"

"谁人能得孙郎如此青睐？哪家的士族？"袁术有些不高兴，望向席末。

在场诸将议论纷纷，如此拂袁术面子，一般人可要遭殃了。

12.　虎落平阳

"汝南周氏，周瑜。久疏问候，拜见世伯！"周瑜走出，向袁术下拜。

孙家的将领万万没想到，这个救他们于水火的公子挚友，来自汝南周氏。

袁术定睛一看，来者姿质风流，仪容不凡，正是周瑜，顿时大喜过望。原来，袁术口中的世侄正是周瑜。

"公瑾！竟是公瑾来了……我上一次见你，还是在洛阳呢……你父亲好吗？"袁术问道。

"家父身体康健，为了躲避战乱，已经辞官回家。"周瑜回答道。

"既然来了，竟一声不响，是轻视你世伯？"袁术说道。

"岂敢岂敢，世伯英雄盖世，瑜常引以为楷模。"周瑜再拜，笑着说。

"看到没有，文台！江左青年才俊，无出此二人之右者！"袁术笑着，一边拉着孙坚的手，一边招呼为二人加菜。

孙策、周瑜二人落座，周瑜小声责备孙策："我在末位坐得很好，你何必多此一举呢？"

"我看靠前的位置有好多佳肴，想和你一起吃。"孙策笑着，为周瑜倒酒。

周瑜接过酒，一饮而尽，面色也从责怪变成了微笑。

就这样，宴饮持续了一个时辰。灌了不知道多少杯酒，袁术向众将使了个眼色，袁术一方的众将便起身告醉离席。孙坚手下的将军见此场景，便齐齐看向孙坚。孙坚也摆摆手，众将心领神会，不久以后，营帐中便只剩下孙坚、袁术两人。

孙策和周瑜走出营门不远，却忽然听到营内的争吵声，赶忙折返回去，发现孙坚把袁术摁在地上，揪着他的衣领。

"断我粮草！不发救兵！你还我祖茂！你还我兄弟！"孙坚满脸通红，青筋暴起，声泪俱下。孙策周瑜赶忙上前拉开两人。

袁术的脸挨了一拳，却丝毫没有摆出生气的姿态，他咬着牙忍住怒火，笑着说："这一拳打得好！这一拳打在我脸上，你我就两清了！"

"我兄弟的命就值一拳？"孙坚声嘶力竭地喊叫，想要冲上去，却被孙策周瑜合力拉住。

"我是四世三公的袁家嫡子！他的命在我这儿就值一拳！"袁术盯着孙坚的双眼，说道。

孙坚怒而暴起，惊动了门外的卫兵。卫兵冲了进来，将手中长矛对准了孙坚。袁术摆了摆手，卫兵便又退了出去。

孙坚喘了口气，灌了一大杯水，总算冷静了下来。一声不吭地看着袁术。

"你们两个，也下去歇着吧，我和孙将军有话要聊。"袁术轻声说道。

二人虽然不放心，但也只得告退。见孙策、周瑜离开营帐，袁术开口了："你就答应吧，加入我麾下，对你没坏处。"

"我一方诸侯，凭什么……"孙坚说。

"你的家底已经没了，回到长沙，你以前得罪的人还能放过你吗？"袁术说道。

孙坚沉默了。

"这样吧，做我的客将，你的地盘还是你的。只是今后行动听我指挥。这够厚道了吧。"袁术面无表情，仿佛在为赌局加码。

沉默。

在那个小小的营帐里，时间仿佛凝固了一般。

孙坚鼓起了单枪匹马闯敌营的勇气，却还是无法痛快地完成点头的动作。

看到孙坚微微点头，袁术为孙坚斟了一杯酒，摆在了他的面前。孙坚伸出颤抖的手，努力拿起杯子喝了下去。嘴角漏出的酒却还是沾湿了他的衣襟。

孙策此时正在营外偷听，当听到孙家要成为袁术的客将时，他按耐不住自己的冲动，挣扎着想要冲进营帐，这时，一把手拉住了他。

"稍安勿躁。隐忍克制，卧薪尝胆。"周瑜凑到孙策耳边，这样说道。

孙策停止了挣扎："真的会有翻身之日吗？"

"有。如果没有翻身之日，我便为你创造一个翻身之机。"周瑜轻声说道。

就这样，孙坚军在袁术军附近扎营了。黄盖和韩当历尽千辛万苦，终于走回孙坚军驻地，他们灰头土脸的样子令守门的孙军士兵大吃一惊。

再次见到黄盖，孙坚无疑是欣喜的。当初和他纵横天下的老兵，现在只剩目光所及的这些人了。他们每少一个，对于孙坚的队伍来说都是巨大的损失。黄盖的归队，让这些日子连受打击的孙坚心里也得到了些许慰藉。

当冬天过去，春天来临之时，周瑜在孙坚军中，已经待了一个月有余。他并没有加入孙坚军，而是作为孙策的好友，以谋士身份做一些力所能及的事情。有的时候负责清点分发粮草，又有时负责谋划军事。江东军上下对这个颇有才华的少年都非常欣赏。

这一日，孙坚军中下令积蓄粮草，喂饱战马。让周瑜负责此事。

孙坚军的氛围逐渐紧张了起来，士兵开始磨刀，战马开始备鞍。这是即将开战的信号。正在周瑜准备大展拳脚时，他远在舒县的父亲周异发来了一封书信。周瑜读罢，急忙去找孙策。

孙策营中，身披铁甲的孙策此时也正在磨剑。

"公瑾，你来了。"孙策抬头望见周瑜站在营门口，便笑了起来，起身将他迎入营中。

"我看现在氛围有点不对，是不是我军就要开拔了？"周瑜问道。

"真是瞒不过你，联军马上要发动新的进攻，我们又是先锋！"孙策兴奋地说。

"一有仗打，你连说话的语气都变了。"周瑜笑道。

"我不像你有那么多本事，除了打仗，我什么也不会。"孙策弹了弹他的剑，剑身发出铮铮的微鸣。

"我今天来，是来辞行的。"周瑜说完这句话，孙策脸上的笑容僵住了。

"这话是什么意思啊？你也不像怯战的人啊？"孙策一脸疑惑地看着周瑜。

"我当然不是怯战的人，家父急招我回去，说有要事相托。"周瑜把书信递给孙策，孙策接过书信，读了起来。

"既然如此，我也不便阻拦了，只是你可能要错过目前遇到的最大的战功了啊。不遗憾吗？"孙策笑着一脸神秘地说。

"看来，这次战斗是个大行动啊。"周瑜说道。

"我们要攻洛阳了，父亲说的。"孙策兴奋地说。

"你可千万小心啊，不要那么鲁莽了。"周瑜白了他一眼，说道。

"放心放心，兵法我也有好好读的！"孙策陪着笑，说："那你什么时候离开？"

"我明天就走，骑快马，直奔庐江。"周瑜说道。

"既然如此，看来你我今晚要痛饮达旦了啊！"孙策转身，从桌案下拿出了两小坛酒。

"你哪里来的酒？军中不是禁止随便饮酒吗？"周瑜赶忙挡住孙策的酒。

"父亲说今晚犒军，还没告诉将士们呢，嘘。"孙策笑着说。

"既然如此，那我就不客气了。"周瑜笑着，回营收拾东西，然后向孙坚辞行。当晚一夜欢宴，自不必说。

周瑜快马回到家中，见厅堂之上，他的父亲周异正在读书。他正要去其他屋子看看，忽然被他父亲叫住。

"还知道回来啊？"周异说道。

"孩儿来迟，还望父亲恕罪。"周瑜赶忙下拜，惶恐地说。

"我当你离家这么久，到哪去了。原来从军去了？现居何职啊？大将军？假节钺？"周异把书猛地往桌上一摔，说道。

"从军报国，还百姓安宁，孩儿之志也。"周瑜坚定地说道。

"你想没想过，诸侯联军要是败了，我们全家都会受到连累。我就是下一个陈蕃！你爷爷的教诲，都忘了？"周瑜回想起，在他爷爷书房里度过的那些年岁。一卷卷史书里，成王败寇的故事，他几乎可以熟读成诵了。

"道义在关东，诸侯联军必能获胜！"周瑜说道。

"道义？孙坚军都要打光了，你见到援军了吗？董卓是什么样的人物，你知道吗？"周异愤怒地说。

"儿知错了。"周瑜仔细品味了父亲的话，低下头说道。

寂静。屋子里沉默的空气令人窒息。

"好在，孙家人还是不错的。孙文台要上战场了，马上给我写信，要把你送回来，又怕你抗拒不肯，让我召你回来。"

"原来是孙伯父……"周瑜恍然大悟。

"听说你和他儿子处得很好。"周异问道。

"确有此事。孙伯符乃当世豪杰，有鲲鹏之志，他日必成大器。"周瑜说道。

"是朋友，就好好结交。我们这辈人的时代已经过去了。今后你们这辈人的时代，要靠你们自己来开创了。"周异拿出藏在身后的一个大册子，交给了周瑜，说："我老了，今后要隐居后堂，再也不问世事了。你是功成名就，还是一事无成，都不要和我说了。这册子上都是你的世伯，与我周家常有来往，逢年过节，多去走动。今后周家，由你当家。"不待周瑜回答，周异便走入后院。

从此，汝南周氏的当家人，变成了一个名叫周瑜的年轻人。

时光飞速流转，从前线传来了孙坚军大破西凉的传闻。据说孙伯符先入洛阳，却发现洛阳已经成了一片瓦砾。而大汉传国玉玺早已不知所踪。

周瑜给孙策写了许多书信，可从回信来看，孙策只收到了寥寥几封。中原战乱，想必是许多信件在路上遗失了。当前方传回联军瓦解退兵的消息，不久后又听说了董卓的死讯。时间流逝，孙策的回信却迟迟不来。

这段时间，周瑜联系亲族，结交名士，钻研兵书，已名满江左。

一天，周瑜正在练剑，一只鱼鹰从天上俯冲而下，落在周瑜肩上。周瑜将它带回书房，取下了它腿上的书信。一看落款，正是孙伯符。

　　鱼鹰为孙坚驯养，用来传递军情。孙策屡立战功，孙坚便送给了他一只。周瑜打开信件，见上面只写了八个字：袁术密令，袭取荆襄。

　　"看起来，江南又不得安宁了。"周瑜收起信件，决心已经暗暗下定，要追随孙家，还百姓以安宁。

13.　征伐荆州

荆州本就是一片繁华富饶之地，刘表也励精图治，使得荆州在乱世中也显露出无尽的生机。可是这些年刘表的年纪渐渐大了，统治州郡也变得力不从心。

接到袁术命令，孙坚即刻调兵遣将，准备启程。孙坚头戴红色的头巾在战场上一马当先，冲在最前。荆州兵士气低迷，毫无斗志，根本不是孙家军的对手。从开战到现在，双方已经经历了大大小小七次战斗。这些战斗均以孙坚军的完胜告终。孙坚带领他的军队，以迅雷不及掩耳的速度，扫清了长江以南之敌，撕碎了刘表精心布置的长江防线。

襄阳，城楼上。

刘表望着远方扬起的烟尘，叹了一口气。从战争开始到现在，战败的消息像雪花一般飞到襄阳城。他捂着微微眩晕的头，苦苦地思索着破局的办法。

"刺史大人，您找我？"一位将军匆匆跑上城楼，喘着粗气，说到。

"黄祖将军，这么远还让你跑来，辛苦你了。"刘表回过头，对那个名叫黄祖的将军微微一笑。

"刺史大人言重了，既然紧急召见我，必有重要军务。请吩咐吧，黄祖万死不辞。"黄祖赶忙下拜，说道。

"我把我最后的精锐部队交给你，你在樊城一带布置防线。务必挡住孙坚的进攻。"刘表咳嗽着，对黄祖说道。

"末将领命！"黄祖忽然又转回来，对刘表说道："樊城防线，离襄阳太近，万分凶险。若是这次我们还挡不住，襄阳便危险了。还请主公先出城暂避为好。”

“脚下已是襄阳了，我还能退到哪儿去？”刘表忽然情绪激动地拉住黄祖的衣领，愤怒地对他说：“你若是守不住就直说，我换别人来守！”

“主公……我能守住，此次必能……击退孙坚，必定不负主公之托！”黄祖咽了咽口水，紧张地说。

刘表松开黄祖，叹了口气，什么也没有说。他转过头，望着城楼远处渐渐落下的夕阳，神情复杂地坐了下来。

黄祖离开了城楼，即刻整军，前往樊城，迎击孙坚。

荆州北部，汉水渡口。

天阴沉沉的，细密的雨丝从天上倾泻而下，时不时伴着阵阵雷声。在这样的雨中，有一支军队在艰难地行军。他们打着孙家的旗帜，脚下的鞋子已经被泥泞的道路弄得不成样子。虽然疲惫，但他们依旧精力旺盛，士气丝毫不减。

汉水岸边的水浅处，一个青年涉着水，艰难地向岸边前行。快到岸边时，一张粗糙的大手伸了过来，将他拉上岸。

“不错啊，大公子。”将青年拉上岸的人，正是黄盖。而他拉上来的青年，正是刚刚上战场不久的孙策。他们此时正作为后卫部队，注视着有可能威胁到军队的、来自后方的危险。

“带兵打仗这种事，真得很累人啊……”孙策擦了擦头上的汗水，说道。

“其实也没那么累，是公子你太拼了啊……”黄盖摇了摇头，将干粮递给了孙策。孙策看了看自己的脏手，在衣服上擦了擦，接过食物，大吃起来。

“慢点吃，他们还煮了汤，凑合喝一口吧。”黄盖坐在树荫下，对孙策说。

“这军粮……可真是够难吃的。”孙策吃完了自己的干粮，对黄盖说道。

“军中的口粮，和士族豪绅的宴会当然不一样了。”黄盖也快速吃完手中的东西，对孙策说：“加速赶上大部队，晚上就有米吃了。”

"那我们赶紧启程吧！"孙策笑道。

望着这个乐观的小子，黄盖心中感慨万千。他知道孙策自幼习武，但他真没想到刚刚接触战阵，孙策便表现出了天才般的军事天赋。突袭敌阵，断绝粮道，伏兵奇袭，破阵斩将。这些天来，安排给他的任务都超额完成。孙坚看到自己儿子的进步，也又惊又喜。

"公子，我不记得你学过什么兵法啊。"黄盖迟疑地问道。

"周公瑾教我的。在舒县的那些日子，我可没白过。"孙策拍拍胸脯，自豪地说。

"大公子有出息，主公一定也很欣慰。时候不早了，快启程吧。"

几人上马，钻入密林，开始了新一轮的急行军。

而此时孙坚带着程普等人，自为先锋，兵锋直指樊城。

"敌人如此布置，德谋，你怎么看？"孙坚骑在马上，对一旁的程普说。

"这不就是明摆着要龟缩吗？敌兵无胆，已经不敢出城决战了。"远望着敌人的深沟高垒，程普说道。

"他是算准了，我们无论如何也绕不开樊城，只能硬着头皮去攻这个防线。"孙坚叹了一口气，又问斥候，道："敌人的统领是谁？"

"黄祖。"斥候答道。

"像只乌龟一样，就是不知道他的龟壳硬不硬啊。"程普的手握在刀柄上，显然已经做好了战斗准备。

"龟壳硬不硬，碰过才知道。"孙坚拔刀出鞘，向前一指。他身后的无数士兵便跟着他向敌人防线冲去。

战争一触即发。

于是，在荆州的土地上，双方士兵便拉开架势。一方士气高涨，一方严阵以待。士兵们都穿铁甲，腰胯环首刀，手握长矛。天色阴沉，看起来要下大雨了。不论是江东军还是荆州兵，这样的天气他们都已经十分习惯。凉风呼啸，给南方的战场带来一些塞外的氛围。士兵们紧张地握着手中的武器。

此时此刻，无人说话，大家都在享受开战前的最后一刻宁静。将军们注视着对面的动静，随着战鼓敲响，士兵们喊着口号，跟着鼓点的节奏向前冲锋。几万士兵瞬间搅在一起，战场上，红色的血液流淌成河。孙坚头戴赤色头巾，挥舞着大刀冲在最前，士兵们也变换着阵型，与敌人周旋。

兵法的奇妙就在于，它能让看起来是乌合之众的士兵，发挥出比他们本身强大百倍的力量。

弓箭手不停地向敌人的阵地放箭，这片被鲜血染红的战场，很快被尸体堆满。荒野之中，尽是蝼蚁。而在乱世中挣扎的人，又与蝼蚁何异呢？

黄祖站在城楼上，发疯一般地指挥着士兵向下放箭，而城楼下进攻的士兵则纷纷举起盾牌抵挡。这场战斗刚开始，便进入了白热化。孙坚军不留余地，全军压上冲锋，前面的士兵倒下了，便由后面的士兵跟上来。如此排山倒海的气势，将负责防守的荆州兵吓得纷纷离开防线，向后退却。

"全军跟从孙文台！杀！"带着赤色头巾的孙坚第一个冲进防线。随后无数的孙坚军士兵奋不顾身地攻击荆州兵，将樊城防线打出了一个大缺口。

见情况不妙，黄祖连忙收拢残军，慌张地向北部的襄阳撤去。

"快！快！马上赶到襄阳去！"黄祖此刻心急如焚。樊城已经丢失，孙坚即将兵临襄阳城下。此时此刻他要赶回去救援刘表，尽可能保住襄阳。

刘表此刻也站在城头，望向远方。举目远眺，他看见了黄祖的残兵，正在撤往襄阳。虽然刚打了败仗，但队伍依然不乱，将士的铠甲也还齐全，这让刘表感到了一丝欣慰。

"说不定能保住襄阳呢？"刘表示意打开城门，将黄祖放回城内。

"主公……黄祖对不起你……实在有负所托。"一见刘表，黄祖赶忙下拜请罪。

"也罢，你能带兵回来，我便知足了。"刘表摆摆手，苦笑了一声，对黄祖说。

"末将必定，与襄阳城共存亡！"黄祖大声说，仿佛充满了决心。

"省省吧，我自己与襄阳共存亡就够了。城破之时，我就从城楼上跳下去，你们自去投降，保住城中百姓便可。"

"不会如此的，一定不会的。"黄祖咬着牙，试图阻止自己的眼泪从眼眶中流出来。

"你出城去吧。"刘表回过头对黄祖说。

"大难临头之际，我岂能背离主公！"黄祖上前抱住刘表的腿，大呼。

"我是让你出城聚拢援军，回来协防襄阳城。"刘表把黄祖踢开，捂着头说道。

"明白了，末将这就去办！"黄祖下拜，急忙出襄阳城而去。

从襄阳城向下望去，远处有一黑点儿，以极快的速度向襄阳城奔来。如果你仔细看就会发现那个黑点其实是孙坚军的哨骑。首度望见襄阳城的城墙，便掉转马头，向回奔去。

14.　襄阳鏖战

不多时，远处的地平线上便奔来一片黑云。孙坚亲率大军，兵临襄阳城下。阵中有一人，头戴红色头巾，腰胯宝刀，身披铁甲，正是孙坚孙文台。在他身边簇拥着一众将领，他们风尘仆仆，虽然疲惫，但精神十足。

"刘表，何不速速开城投降！我保证进城之后秋毫无犯！"孙坚走出阵中，来到城下，向城头的刘表喊道。

"孙坚！你是非不分，受他人挑拨，便来攻我，有什么道义可言？"刘表大怒，站在城头向城下的孙坚怒吼道。

"我奉汝南袁公之命，来取荆州。老兄可千万不要怪我。"孙坚说罢，拨马回阵，准备指挥进攻。

"弓箭手，上城！"刘表指挥他手下的弓箭手跑上城墙，拉开弓弩，对准了城下的敌人。

"看来他们并不准备和我们决战，是要坐守孤城了吗？"望着城上守军的动静，程普说道。

"那就围住他。孤城而已，看他能守多久。"孙策骑在马上，对他的父亲孙坚说道。

"城头不见黄祖，他极有可能出城去整合救兵了。此人也不可不防。"程普隐隐察觉到不对，不无担忧地对孙坚说道。

"他若敢来，我们便把他消灭在襄阳城下，城中守军见了，估计就会争着投降了。"孙坚点了点头，下令围城。

不多时，这座偌大的襄阳城便被围了个水泄不通。

　　襄阳城上，刘表正在穿戴盔甲。这重重的盔甲，讨董卓后，就一直不曾穿上过。他腰别宝剑，在一众士兵的簇拥下，守卫在城头。面对城下黑压压的孙坚军，此时此刻，他却并没有怎么慌乱。襄阳城，城墙高大坚固，是荆州最大的城池。城中粮草充足，军民众多，适合固守。自刘表进入荆州以来，一直苦心经营，绝不是一座轻易可破的城。

　　"接下来，就只看黄祖那家伙能带来多少援兵了……"刘表从容地指挥着城头上的士兵放箭，密集的箭雨射住了孙坚军的阵脚，一时之间，孙坚也不敢下令攻城。

　　却说当晚，孙坚的军队扎营之处灯火通明。孙策正率一队骑兵，绕着襄阳城巡逻。骑在马上的孙策有点心不在焉，他在想周瑜今天给他发来的一封信。

　　"伯符兄，荆州兵连连败绩而秩序不乱，必有明主勇将。襄阳城坚，敌兵狡猾，万万不可冒进。"周瑜在信中如此说道。

　　"不可冒进……吗？"孙策打了个哈欠，环顾四周，正要继续巡逻。就在这时，他忽然感到似乎有谁在盯着自己。凭着敏锐的直觉，他渐渐地把目光锁定在身边的草丛。

　　"什么人，快出来！"孙策拿起马槊，向身边的草丛用力刺去。忽然，草丛中窜出一支敌军的士兵，他们手拿短兵，将盔甲涂成黑色，藏在草丛中，口衔树枝，用布包住马蹄，伺机而动，准备寻找机会进入襄阳城，给刘表通风报信。没想到在此处被孙策发现，只得钻出草丛一战。

　　孙策指挥士兵，将来犯者层层包围。被包围的敌军不仅没有惧色，反而一起直直地向孙策扑来。孙策微微一笑，迎了上去。挥舞马槊，先刺穿一人。趁着转身的功夫，迅速拔剑。"当"的一声，接住了另一名敌军的劈砍。一个箭步，抓住了敌人的脖子，将他举起来，然后又重重地摔到地上。敌军领队张虎见此情景，拍马出阵。同行的几名军官担心张虎有闪失，便也一同冲了上来，想要助他一臂之力。只见张虎跃马舞枪。向孙策尽力刺去。不料却被孙策一手抓住枪头，径直拉下马。张虎正欲起身，却被自己的马重重地踏在脖子和后背上，被活活踩死了。那几名军官见势不好，将自己手中的长枪掷向孙策，接着取下背后的弓箭，挽弓搭箭，箭如连珠。孙策见如此情形，翻身下马躲避，躲过了那几支箭。来不及想许多，孙策一手握住马鞍。将身体蜷缩在马的侧面，避过长枪。接着不仅没有躲闪，反而直向敌军冲去。孙策横起手中长枪，对准敌兵，用尽全身力量一掷，军官闪避不及，被长枪贯穿，跌落下马，竟被直直钉在了地上，当场气绝身亡。

孙策拨马回阵，随即指挥士兵进攻。他的士兵见孙策在阵前连斩三将，个个士气高涨，奋勇争先。而这支通风报信的敌兵见此情形，面对孙策无不胆寒。士气崩溃，他们已经无力维持阵型，只得争先恐后，夺路而逃。可他们的退路却早已经被孙策派人层层堵截，面对士气崩溃的敌人，他们收拾起来毫不费力，孙策麾下的士兵一拥而上，迅速歼灭了这一小股传信的敌军。

孙策蹲下来，仔细检查着这一支敌人的尸体。直觉告诉他，他们的身上，一定带有某些重要军情。否则他们也不会这么大费周章地绕过孙军的包围，拼死进入襄阳城。

在这只敌兵领队的衣服上，缝着一个小小的口袋。孙策仔细摸索着，发现里面似乎有一张纸条。他奋力地撕开口袋，借着手下火把的光芒，他看了起来。还没读完，便忽然起身，飞身跃上马，向孙坚大营奔去。

孙策手中紧紧攥着字条，咬着牙拼命疾驰着。那张纸条很短，只有一行字："今夜子时，内外夹攻，袭杀孙坚。黄祖手书。"

"千万不要有事，千万不要有事啊。"孙策皱着眉头，自言自语道。

孙坚中军大帐。

孙坚皱着眉头，阅读着孙策带来的情报。他冷笑着，双眼之中，燃起了战意。就像一只期待着浴血搏斗的猛虎。

"荆州兵，有点意思。"孙坚拔出他的战刀，轻轻地擦拭着。连日的轻松战斗，让他觉得十分无聊。他渴望着，能有一个棋逢对手的人，与他好好过过招。

"主公！千万小心困兽之斗啊！"程普抬起头，望着孙坚说道。

"放心吧，随我冲锋便是！"瞬间擦好了刀，将刀收回鞘中，顺势整理了一下自己的盔甲。对于即将到来的这场战斗，他已经做好了准备。

"父亲，儿愿为先锋。"孙策走出来，对孙坚说道。

"你年轻，腿脚快，我把骑兵交给你。哪边有困难，你便去驰援哪里。"孙坚颇有威严地对孙策说。

"末将领命！"孙策向孙坚施礼，退出大营。

孙坚部署完成，时间也渐渐进入了深夜。这是何等寂静的一个夜晚，仿佛与和平时期的夜晚一样。军营内外，鸦雀无声。

15. 以兵为饵

一支大约有一万人的军队，此时刚刚经历了急行军。他们身上穿的甲并不全，有的手拿长矛，有的身背弓箭，只是没有骑兵。领军的人正是黄祖，这些士兵是他刚刚在荆州北部收拢的地方守军。经过激战，附近精兵已经所剩无几，只能依靠他们来保卫襄阳。

这些士兵，并不知道他们即将面对的是什么。

但黄祖知道。此时此刻，巨大的危机感压在他的心中，让他不得不思考接下来的对策。襄阳城已经被孙坚的军队围得水泄不通，如果此刻自己的援军不能化解危机，那荆州就只能等着被袁术、孙坚之流瓜分。

他想到了对策。这对策说起来也许有些残酷，但似乎十分有用。

"快！加速进军！务必要在子时赶到襄阳城下去！"黄祖催促着他手下的士兵。

"喏！"那些疲于奔命的士兵有气无力地回答道。

这时从前方的黑暗之中忽然钻出一名斥候，黄祖吓得赶忙拔剑，定睛一看却是自己的亲信。

"都布置下去了吗？"黄祖问道。

"都已经布置妥当，消息也已经传到了他们的耳朵里。"亲信回答。

"那就好，那就好。"黄祖点了点头，笑了。

在这样的夜色之中，这支疲劳的军队继续前进着。他们疲惫，但毫无怨言。荆襄各郡，民心仍在刘表，从未改变。这是刘表上任以来爱民之政的结果，对于孙家，荆州的百姓并无好感。

孙坚戴上了他的赤红色头巾。在火把的映衬下，他显得十分耀眼，仿佛火焰在燃烧。此刻在他的大营里，一切伏兵与守卫都已经部署完成，就等着黄祖手中最后的援军的到来。

"凡先处战地而待敌者佚，后处战地而趋战者劳。故善战者，致人而不致于人。"望着自己在大营之中周密的部署，孙坚得意地说道。

"《孙子兵法》，所言非虚啊。"程普站在孙坚的身边，说道。

"黄祖用老弱疲兵袭击我，孙子兵法中的大忌，他可全都占了，岂有不败之理。"孙坚站在岗楼上，望着天上的月亮，说："大概我们可以早些回去了。"

"父亲，我总觉得事情没有那么容易……"孙策此时心中并不平静，他一直想着周瑜对他的劝告："荆州民心未附，还都心向刘表。荆州兵败，但秩序不乱，建制不散。仿佛仍然留有后招。"

"的确有可能。不过你看荆州的大致兵力，全歼今晚黄祖的这些人后，他们便真的只能坐守孤城了。到那时，一切后招都不再是后招。"孙坚豪气万丈地说道。

"全歼……吗？只怕这些劫营之人，其中也有诈。"孙策对孙坚说道。

"其实公子说的也有理。按照常理，此时此刻难道不是更应该保存实力？贸然进攻损失兵力，这根本不是良将的选择。"程普和黄盖也对孙坚说。

"非常之时，不能以常理度之。"缓缓思考后，孙坚对众人说。

"一会儿将他们击退便好，还是不要随意追击，恐有变故。"孙策对孙坚说。

"这可不行。我们必须快速吃掉敌人的有生力量，才有迅速迫降襄阳的可能。"

"那儿子愿为先锋，不劳父亲亲自追击。"

"视战况而定吧。若敌人溃不成军，我们便全军一起追击。若敌人还是秩序井然，安然撤退，我们便不追。"孙坚回过头，对众人说。

"喏！"众人齐声应答。

孙坚大营外围，黑暗之中潜伏着黄祖的军队。他们经过急行军，终于赶到了襄阳城下。孙坚的大营之中，灯火通明，岗哨仍和平常一样，漫不经心地巡逻着。仿佛什么也不知道，仿佛什么也不曾察觉。

在黑暗之中，黄祖拔剑，指向孙坚的大营，歇斯底里地喊道："进攻！斩杀孙坚！斩杀孙坚！斩杀孙坚！"

一万名士兵从黑暗之中钻了出来，如潮水冲击岩石般向孙坚的大营冲去。在这样的夜色之中，黄祖将他的军队展开，按照计划向孙坚的大营进攻。孙坚也毫不畏惧，从容地指挥士兵进行抵抗。士兵们都穿铁甲，腰胯环首刀，手握长矛。天公不作美，就在此时，忽然刮起了大风。江南之地，本来没有什么风沙。可凉风呼啸，也给了这南方的战场一些塞外的氛围。守卫大营的士兵不停地向外射出箭矢，黄祖军的许多士兵都中箭倒下。一些士兵本来打算逃跑，却被身后黄祖安排的督战士兵尽数斩杀。见此状况，黄祖军的混乱有些缓解。程普一边指挥防守，一边注视着对面的动静。几万士兵就这样搅在一起，在孙坚的大营之前，双方的士兵尸体堆叠成山，红色的血液流淌成河。随着孙坚的指挥，士兵们变换着阵型，与敌人周旋。骑兵冲击着军阵，将列阵的敌军撞飞出去。阵型被冲散之后，士兵又急忙聚集起来，列成新的军阵。

震天的喊杀声，打破了原野的寂静。在这样的乱世，寂静的夜晚，想必非常宝贵吧。

黄祖麾下的士兵冲击者孙坚的大营，他们顶着如飞蝗般的箭雨，有的簇拥在工程车前，有的试着搭起梯子。不一会儿孙坚的大营门前便堆满了进攻的黄祖军的尸体。虽然付出了巨大的伤亡，但黄祖的士兵依然奋勇冲锋，几乎就要突破孙坚的大营。

突如其来的喊杀声惊扰了襄阳城里的守军，他们纷纷登上城头观看。见到黄祖在猛攻孙坚的寨门，一时间也群情激愤，士气上涨，纷纷请战。刘表见了此等情景，笑了起来。

"蔡瑁，让士兵离开城头，无我命令，不得出城交战。"刘表说道。

"难道我们不该去助黄祖将军一臂之力吗？"蔡瑁不解地问。

"这是他在用计，真是莽撞。此计若成当然好，若不成，襄阳也危险了。"刘表叹了一口气，无奈地说："千万不能出城，此时出城必遭埋伏！"

"这是什么计谋？末将不解。"蔡瑁疑惑地问。

"钓鱼，岂能不用香饵啊？"刘表望着远处的火光，缓缓说道。

这时，黄祖军的侧翼忽然响起了喊杀声。黄祖借着火把的微光仔细观看，只见韩当手持大斧，骑着快马，一马当先冲向黄祖的军队。在他身后不知道跟了多少甲士。黄祖正要指挥支援侧翼，他的身后又传来了喊杀声，原来是孙策带着骑兵，从身后掩杀而来。而孙坚的大营，此时忽然营门大开。孙坚头戴赤色头巾，手握大刀，身骑快马，威风凛凛，站在门前。

"黄祖小儿，下马受降，饶你不死！"孙坚大吼一声，声如巨雷，吓得进攻的黄祖军士兵纷纷向后退去。

"快！中埋伏了，撤退！"黄祖拨马回头，指挥军队向远方退去。回襄阳城的路已经被孙策的骑兵堵住，他们只得向襄阳城东边的山头撤去。

"不要放跑敌人！杀！"

话音未落，孙坚麾下的士兵仿佛饿狼追兔一般，倾巢而出。一时间杀声四起，令人胆寒。孙坚亲手训练出的士兵，战斗凶悍、战法精熟、武器精良。静如泰山耸立，动如波涛汹涌，与骁勇的西凉军对垒，也不曾落过下风。荆州援兵经过日夜奔驰，体力早已消耗殆尽。根本经不起孙坚军的冲杀，溃散而去。

孙策挥舞长枪，指挥士兵一路追杀，追到山脚下，想起周瑜的劝告，便停了下来。机警地看着山坡上苟延残喘的敌军。

"伯符！为何停下？"孙坚一马当先，甩开了军队，追上了孙策。见他在山下踟蹰，便问道。

"父亲，这山颇有蹊跷。上山下山，似乎都只靠这一条路。"孙策指着山坡上崎岖的山路，说道。

"既然如此，黄祖已入死地了。"孙坚笑道："统领败兵，即便他有计谋，也无从施展。谁会听他的？"

"他们已经不成威胁，不必冒险攻山吧？"

"伯符，带兵最忌讳的，便是畏畏缩缩。你要让将士们看到你的勇敢。

知道我为什么要戴着红色的头巾？"

"因为红色最为醒目，我军将士见到父亲的头巾冲在前面，便甘愿奋勇冲锋，紧紧跟随。"孙策回答道。

"你既然知道，那便跟在为父身后，冲上山去，捉住黄祖！"孙坚说着跃马舞刀，已向山路冲去。孙策见状，也急忙带领士兵跟了上去。山路陡峭，他们只能下马步行，孙坚、孙策走在前方，下马的骑兵紧紧跟着。

16.　猛虎归天

一路上，他们也遭遇了小股的黄祖军残兵，残兵非死即降，由降兵带领着，他们离黄祖的藏身之处越来越近。

绕过几重山路，在远处林子中若隐若现的正是黄祖的大旗。一般而言，有大旗的地方也是主将的大营所在。众人也都知道，此战若擒获黄祖，襄阳城必破！

就在孙坚一众觉得即将要捉住黄祖之时，密林之中，却忽然万箭齐发。突如其来的袭击，打了孙坚军一个措手不及。箭矢交坠之处，伏尸遍野。士兵纷纷举起盾牌冲上前去，为孙坚挡箭。可还是来不及，孙坚的胸口中了一箭，倒在了地上。

孙策正在挡箭，看孙坚中箭，急忙大叫着冲过来："中埋伏了，保护主公！后退！"

这时，黄祖带着他精锐的数百弓箭手，从密林之中冲了出来。这支弓箭手，是跟随他作战多年的亲信，能开硬弓，长臂善射，百发百中。在之前进攻孙坚的战斗中，他们并没有随军出战，而是早早埋伏在此处。也正是见敌人没有弓箭手，孙坚、孙策才敢贸然上山，围剿敌人残兵。

"杀招竟然在这里，难道之前那一万援兵，都是诱饵吗？"打到这里，孙策才明白黄祖的计谋究竟是什么。

"孙坚已死！孙坚已死！兄弟们，随我反攻！"黄祖大声叫喊着，听到这个消息，苟延残喘的残兵也纷纷站了起来，向山下杀去。孙策带领麾下士兵，边战边退。向他扑过来的士兵都被纷纷击倒，落下山去。见孙策如此骁勇，追兵也不敢靠得太近。这时，他身后也传来了脚步声，原来是韩当、程普、黄盖等人率军赶到，前来接应。几人合兵一处，将受伤的孙坚带下山去，接着指挥军队，缓缓后退。回到大营处，却发现大营燃起了熊熊大火。兵力空虚的大营，已被襄阳城中的刘表出兵攻破。

孙坚军败了。占尽优势的孙坚军，在这一夜之间，就这样败下阵来。

所谓兵败如山倒，正是如此。士兵拖拽着他们的武器，有的干脆连刀都扔下了。先前还高高在上的大旗，此时也被扔下，任由血水，将大旗浸透，任由逃兵将大旗踩烂。道路两旁时不时有放弃希望的伤兵在那里喘着粗气，他们不指望自己能够活下来，只希望自己能够没有痛苦的死去。一些马匹站在路边，等待着他们再也回不来的主人。战马的尸体更是随处可见，它们有的跑断了腿，有的累炸了肺，有的胸口被长矛戳穿。获胜的一方则熟视无睹地路过，收集着败军的物资，割下敌军的耳朵来计量军功。获胜的一方，士兵也没有什么欣喜。他们知道自己之所以没有被宰割，只不过是运气好罢了。

行军打仗，是不存在常胜不败的。卷刃的刀，折断的长矛，插在土里的弓箭，破破烂烂的铠甲，再加上一滩血水，一堆由逃兵留下的杂乱无章的脚印，便是对战场最简单的描述。失败的一方狼狈地撤回最近的营地和补给点。而胜利的一方则继续前进，怀着复杂的心情准备迎来下一次战斗。在此时此刻，战斗的目的早已经无所谓了。但是，在这种时候，孙坚手下的士兵还是没有抛弃他，他们宁死也要护住孙坚，让他安然撤离，这大概和孙坚爱兵如子有着很大的关系吧。

孙坚被抬下了山，他的手紧紧地捂着胸口。很明显，此时此刻的他还没有从失败的打击下走出来。自己从军以来，大大小小战事无数，多么难的难关都闯了过来。见过了无数阴谋诡计，领略了各种兵法的诡异奇绝，今天却倒在了轻敌上。这是兵家大忌，却被他这样一个身经百战的将领触犯了。这个后果是不可挽回的。

孙坚陷入了悔恨与自责。到头来，他还是没能带领兄弟们安全地回到家乡。兵败如山倒，长久以来自己一切的积累，一切的储备，此时此刻都将化为乌有。

此刻，他已经觉察到自己命不久矣。鲜血从他的伤口不断流出，无论怎样用力，都止不住向外奔涌的鲜血。一股从未有过的寒意从他的体内冒出，他知道，这是失血过多造成的。

弓箭在战争中是如此卑劣而有用。无论你是何等勇猛的英雄，一支箭都能在不经意间夺去你的生命。

明枪易躲，暗箭难防。

孙策守在孙坚的身边，一言不发。他不知道自己此刻应该说些什么，他本想安慰安慰父亲，可是他又觉得这不是现在该考虑的事情。

现在该考虑的事情只有一个，那就是带着将士们安全回到长沙。

"伯符，我们的军队就交给你了。你和你孙贲大哥一起，去投袁术。这种情况下，只有他能保住我们家。"孙坚强忍着疼痛，一字一顿地对孙策说。

"父亲！别这么说，你一定会好起来的，父亲！"孙策拉着孙坚的手，涕泪横流。

"从军没多久就让你遇到这种事，父亲对不起你啊。"孙坚挤出一丝微笑，对孙策说道。

"父亲！孙家不能没有你呀……"孙策紧紧抓住孙坚的手，对他说。

"你是个将才，父亲也不如你。记住，无论发生什么，都要保护好我们的家族。你的弟弟们还小，今后……你就是我们家的顶梁柱了。"孙坚紧咬着牙，对孙策说道。

"孩儿谨记……"孙策哽咽着，对他的父亲说。

孙坚没有回应。他只是缓缓地闭上了眼睛，仅此而已。他用尽了自己最后的力气，只是把一件东西交到孙策的手里。孙策张开手，发现孙坚塞给自己的，是那件赤红色的头巾。

"不甘心啊……说好的纵横天下……"孙坚的嘴巴微动，只是缓缓说出了这句话。半生军旅，半生激昂。斩华雄，进洛阳，得玉玺。本打算成就大业，最终却只落得如此下场。

孙坚的双眼紧闭，渐渐停止了呼吸。

将星陨落，猛虎去矣。

孙策什么也没说，只是将那红色的头巾戴在了头上。他把带队的任务托付给了孙贲和程普，自己却向相反的方向走去。一路上，他收拢起在战斗中被冲散的士兵，带着他们一同回到大部队之中。

没有其他的原因，他只是觉得自己应当怎么做。他对这些士兵的生命负有责任，孙家对这些士兵的性命负有责任，仅此而已。

"若父亲在，想必也会这么做的。"

赤色的头巾，在马上随风飘扬。此时此刻孙策的心情是沉重的，但他已顾不得许多。幸好之前一战并没有吃到很多亏，刘表最后的主力也折损大半，黄祖的一万援兵，最后只有不到千人回到了襄阳城。所以他们实在是分不出兵力追击了。而收拢残兵之后，孙策手中的士兵还有三千。他们护送着孙坚的灵柩，向袁术的地界行军。

行军的路上，孙策一句话也没有说。他本是个十分爱笑的少年，但此时此刻他面如死灰。他的脑子里在思考着许多东西，他想起了母亲和弟弟，想起了答应和他一起纵横天下的周公瑾，想自己的未来，想孙家的命运，想着纷纷扰扰的乱世和那个几乎不存在的朝廷。

他似乎做了一个决定。他再也不想把自己的命运交到其他人的手中，无论谁想把它夺走，都不可以。

如果此刻，他身边能有一个可以倾吐心绪的人就好了。孙策心中这样想着。忽然，前方传来了急促的马蹄声。骑马的人身穿白衣，风尘仆仆，见了孙策，便拉住马匹。

"伯符，我来了。"

孙策见了来人，便再也无法控制自己的情绪。他翻身下马，什么也没说，只是一把抱住了那人。

"公瑾，太好了，你来了。"

这句话，分明带着哽咽。

17. 定策江东

周瑜无时无刻不在关注着荆州的战事。他听到孙坚疑似战死的消息后，一刻不敢耽搁，骑上快马，直奔袁术地界。他知道如果此战失败，孙策等人除了带兵投靠袁术，别无他法。一路打探消息，一路疾驰而去，他自己也不知道自己究竟跑了多少里。

当见到孙策时，周瑜也有些恍惚，仿佛自己在做一场梦。

但至少，他安心下来了。孙策还平安无事，各位将领也都还在。对于一场败仗而言，打到这个程度，也很不容易了。

"伯符，我来了。"周瑜远远望见憔悴得不成样子的孙策，他心中本有千言万语要说，可终究还是没能说出来，只是凝结成着短短的五个字。

"公瑾，太好了，你来了。"孙策在某一个瞬间，确实很感谢上天。在他最需要倾诉的时候，上天为他送来了一个可以倾诉的人。

夜幕降临。远投袁术的孙坚残部，此刻也只能原地宿营。军粮已经没有了，彻彻底底的没有了。士兵们只能宰杀战马，然后分着吃马肉。

断粮这种事情，每一个带兵打仗的人，都希望自己永远不会遇到。可是又偏偏是战争中最常遇到的事情。

周瑜打开自己的行囊，把自己所有的口粮都拿出来，分给各位将军。将军们也很乐意接受那些粮食，因为，战马的肉真的很难吃。

之后周瑜便一直和孙策待在一起，听孙策滔滔不绝地讲着自己的心事，讲孙坚离世时的场景，讲这场艰难的战斗，讲那个红色的头巾。

周瑜的心中越发难过起来。他一直十分敬重孙坚，把他看作一个侠肝义胆、古道热肠的英雄。而这样一个英雄却被暗箭射死，这实在不该是一个英雄的死法。

"如果可以的话，我希望我的死法，不是被箭射死。"周瑜的心中这样想着。

"公瑾，既然你来了，还请你务必教我。之后我该做些什么？到底应该如何去做？"孙策下拜，对周瑜说道。

周瑜见状，赶忙将孙策扶起："伯符，你这是干什么？我早答应你要和你纵横天下，共创大业。如今我岂能不帮你？"

"还请贤弟务必赐教。"孙策看着周瑜的眼睛，说道。

周瑜拿出一张地图，将其展开。之后取出怀中短刀，指向了地图的汝南一带。

"伯符，眼下刚刚败绩，长沙退路已断，不足以自保。不如先栖身袁术帐下，再做图谋。袁术虽然狂傲，但唯有他可以保住你的家族和旧部。"

孙策点头，这也是孙坚对他说过的话。

"伯符也知道，袁术并非雄主。在那之后，便要寻求机会，拥有一支属于你的军队，之后再脱离袁术。"

"那要往何处去呢？"孙策的目光犀利了起来。

周瑜猛地将短刀插向长江以南。

"江东！"

孙策不言不语，他陷入了思考。

"江东之地，水网密集，人口稀少。又有山越蛮族为患，将此地当做基业，是不是……"孙策迟疑地问周瑜道。

"正因如此，江东才大有潜力。吴郡水量丰沛，四季常青，却无奈人口稀少，土地荒废，无人开垦。近些年来，中原之民，多有为躲避战乱而过江定居者。若能善加利用，数年之间，必可兴旺！"

"江东之地并没有坚固的城池，若中原大军乘势来攻，如何御敌？"

"伯符兄，用兵之道，岂是坐守孤城？下江东以后，当振兴水师，沿江建立防线壁垒，世间城墙再宽阔，岂有比大江宽阔者？"周瑜拍案而起，慷慨激昂地说道："再说，伯符兄素有远志，岂是任人宰割之人？只怕到头来，中原诸侯还要日夜防备兄长进攻呢。"

望着地图上标注的长江，孙策的眼中像着了火一般，仿佛已经见到了汹涌澎湃的江水，和长江以南四季常青的农田。

"一路辛劳，得遇公瑾，真是天不绝我！"孙策听罢大喜，一把拉住了周瑜。

两只手紧紧地握在了一起，周瑜清晰的感觉到，分别许久，如今孙策的手因常握刀剑，又粗糙了不少。

"如此危难的时刻，弟没能在伯符兄身边，真是惭愧呀。"周瑜叹了口气，对孙策说道。

"天有不测风云，不要再说这些了。"孙策本想多说几句，可话到嘴边，却又咽了回去。

"对。你我之间，不必多言。兄长知我，我知兄长。"

"今后山高路远，你我当生死相扶，共创大业。"孙策双眼圆睁，决心早已下定。

野外篝火前，二人双掌紧握，凌云之志，已在噼啪的篝火声中升腾。

兵家云：侵略如火。在这片九州大地上，烧着的是什么呢？是权臣的私欲吗？是饿殍的怒火吗？是士族的抱负吗？是寒门的希望吗？

都是。他们都在烧着，而只有一个被天命所选中的人，才能熄灭一切火焰，在焦炭般的大地上开出新芽。

可是偏偏，天命从不爱轻易做出选择。于是那堆火只能越烧越旺，烧光了洛阳不够，烧死千军万马也不够，哪怕把这奔涌的长江点燃，烧成火龙，也还是不够。

在天命面前，英雄和灰烬没有什么区别。

曲阿，郊外。

沿着小径一直走，拨开一片杂草丛生的灌木，便能看见一座不高的小山。站在半山腰，山下便是一条将注入长江的小河。在这样的乱世中，已经很难见到这样幽静而令人舒畅的景象了。

在尸山血海中征战一生的乌程侯孙坚便长眠于此。

有一公子，面如冠玉，而面容憔悴，正跪在墓前。在他身后，又有另一公子，眉目低垂，一言不发，只是静静地陪着前面那人。

没错，前面之人是乌程侯孙坚之子，孙策孙伯符。而在他身后默默陪伴他的，是他的挚友，汝南周氏出身，姓周名瑜，字公瑾。

丧礼之事已毕，在袁术的资助下，孙策也能好好地将孙坚安葬在曲阿。而他却依旧徘徊在墓前，不肯离去。明明此时还有很多事情要做，明明现在最是容不得感伤的时候，但他仍希望能和他的父亲多待一会儿，哪怕多看一眼也好。

因为他知道此次自己飞马离去，下一次再来此处，便不知是何时了。他已经把家人安顿到了江都，弟弟孙权虽然年岁不大，但是机警过人。因为目前的形势所迫，孙策只能选择隐忍，一旦有了合适的时机，他便准备讨回父亲的人马为父报仇。

原来，孙策等一众兵马抵达袁术的地界之后，孙策的表哥孙贲和他的舅舅吴景便留在了那里，在袁术麾下任事。袁术接收了孙坚的旧部，十分欣喜，便慷慨解囊，帮助孙策厚葬了孙坚。

也就是说，抛去一切虚名，此时的孙策和普通的百姓已经没有什么区别了。如果此时有仇家来犯，他只能成为砧板上的鱼肉。

在乱世生存要有兵马；要有粮草；要有广袤的根据地；要有坚固的城池；最重要的是，要有民心。

不甘于认命，前提是要有足以与命运对抗的能力。

“公瑾，我也将去江都，和我的家人住在一起。突遭变故，我担心他们一时间适应不过来。”孙策眉头紧锁，此刻他最担心的，是母亲和弟弟妹妹们。

“我已经派周家的人去帮忙了，吃穿用度都不必担心。伯符，去吧，他们现在需要你在身边。”周瑜轻抚孙策的后背，对他说道。

“公瑾，我要和你说的是另一件事。”

18.　三年之约

"你说便是。"

"从今往后，你可愿意辅佐我孙策，报父仇，纵横天下，成霸王之业？"

"你说什么呢，我不是早就说了，哪怕今后没有翻身之日，我也为你创造一个翻身的时机。"

"不一样的，此一时彼一时了。"孙策严肃地看向周瑜，用一种狂热而迫切的眼神："无论最后结局如何，也无关兴亡成败。如果我成为一方诸侯，你愿意辅佐我吗？"

"莫非伯符你……在轻视我？我之前许你的诺言，莫非尽是空话？"周瑜瞪起眼睛，用前所未有的，颤抖而愤怒的语调对孙策说道。

"不，公瑾。"孙策忽然露出了微笑，他觉得周瑜这个反应很有趣："我只是觉得，我欠你一个正式的邀约。你……愿意成为孙策军的第一位成员吗？"

周瑜在原地，愣住了。接着，他用尽平生力气，捶了孙策一下。

"当年在寿春，你家院中树下，我不曾答应过你吗？"

"那时你我年少，不知人生万般艰难。我孙伯符要走的，是一条艰辛异常的路，可能失败，可能送命。即便如此，你也不再考虑一下吗？"

"你在担心什么？早知道你这样，当初也不该答应你。"

"我只问此时此刻那个汝南周氏的世家子，江左名士，天纵奇才的周公瑾，愿不愿站在我孙策的战旗下。"孙策笑着问。

"我这个奇才可很贵的，你要拿什么来请我？"周瑜似笑非笑地说道。

"官位，爵禄，钱财，我都没有。如你所见，父亲不在了，我失去了一切。"孙策苦笑着张开手臂，似乎要展示自己的一贫如洗。

"那你凭什么找我。"周瑜转身，骑上了马。

"凭我的征途，虽然艰险，但绝不无趣。"孙策一个箭步拉住了周瑜的缰绳，望着马上的周瑜出神。

周瑜甩开孙策，策马离去。走出不远，又拨马回头，见孙策只是站在原地，笑着看着他。

"一坛醇酒，我便随你孙策走。"周瑜轻笑，下马走到孙策面前，下拜说道："末将周瑜，参见主公。"

话还没说完，他便被孙策拉了起来。

"这坛酒，先存在我这里。待三年后，起兵之时，你我再同饮吧。你现在，是我孙策军的第一人了。"

"既然你是君子，那我便与你约定三年。正好家中还有许多事务，我既然为你效命，便也需要提前做些准备。三年之后，取回你父亲的旧部，这天下，你我一起打。"

孙坚的墓碑前，二人如此立誓道。

多年后，孙策常回忆起此情此景。想到此处，那个爱笑的少年，也总有一声叹息。

当然，这是另一个故事了。

两个少年，两匹快马。一匹往庐江舒县而走，一匹奔广陵江都而去。马蹄声声穿林过，而天下大势，并不会因为有人停下脚步便止步不前。

初平三年，孙策、周瑜十七岁，孙坚战死，葬于曲阿。这一年，当初在洛阳城里失意的曹操遇到了一个让他此生无法忘怀的人。

那人姓荀名彧，字文若。在此人的辅佐下，曹操得以奉迎天子，名臣奇佐纷纷投身效命。当然，这是后话。

也是在这一年，袁绍攻占邺城，争夺河北，实力逐步增强。

还是在这一年，长安城中，董卓依旧在作威作福。但他不知道，这已经是他生命中最后的岁月了。

对于想要争夺霸业之人，每分每秒，都必须绷紧神经，小心翼翼。一着不慎，便有可能粉身碎骨，玉石俱焚。

周瑜回到家中，向父亲周异问安，之后便回到书房，仔细地看着地图。

回来的路上，他已经详细打探了天下正在发生的事情。北方的各个州郡已经为了霸权打得头破血流了，而长江以南，虽然也有不同的势力盘踞，却并没有能整合南方的强大势力存在。

对于孙策而言，这无疑是一个好消息。可是天下之大，谁知道哪一天，会在什么地方冒出一个耀眼的人物呢？

"再这么下去，汉室……可能真的要完了吧。"周瑜这样想着，没有说出口。

周瑜想着想着，连日来旅途的困顿与疲倦便席卷了全身。他趴在案桌上，以一个极其别扭的姿势睡着了。

他睡下时正是中午，当他醒来的时候却已经是黄昏了。周瑜只觉得脖子与肩膀前所未有的酸痛，让人难以忍受。

更吓了他一大跳的是，他一抬头，发现他身边还睡着一个人。他揉着惺忪的睡眼仔细一看，原来不是别人，正是他的叔父周尚。

"叔叔，叔叔，快醒醒。"周瑜推了推睡着的周尚。

周尚抬起头，转了转脖子，思考了好久，才反应过来自己此刻正在周瑜的书房。

"啊，公瑾，你醒了。"周尚含糊地说。

"叔叔为什么在这里睡下了？"周瑜眯着眼睛问道。

"我本是来找你的，看你看着地图睡下了，我就也困了。这几日袁公的差事太多，叔叔我实在不堪重负，就拿赋税这个事来说吧……"周尚扶着额头，尽力倾诉苦水。

"叔叔疲劳，从面相就看出来了……"周瑜望着周尚憔悴的面容和发黑的眼圈，同情地说。

"所以啊，小瑜。"周尚凑了过来，不怀好意地说："叔叔有点事情，想请你帮个忙。"

"你肯定又要我帮你干活，想都别想！"周瑜赶忙逃开，仿佛看到了小时候被周尚抓去做苦力的自己。

周尚，是周异的弟弟，周瑜的叔父。他正在袁术手下任职，颇受袁术器重，负责诸多事宜，常常因工作琐事烦扰。

周瑜也因此常常被他捉来按在案牍旁，替他处理公文。

"这次是好事哦。"周尚笑着，对周瑜说道："听说你打算和孙家那个小子一起闯出点名堂来，那你最好和我一起走。"

"为什么？"

"你也好，他也好，想兴风作浪，就要问问大海同不同意。而袁公，就是那大海。"

"所以？"

"他很看好你，希望你跟着我历练一番，之后会委任你做地方官。"

"可今后……"

"今后之事，今后再说。可趁这个时间，随我历练一番，总没有坏处。你说是吧？"

"……"

周瑜并非不善言辞之人，相反，在大多数时候他很健谈。可是面对他叔叔周尚的时候，他常常说不出话，他觉得自己的所思所想，在他面前根本无所遁形。

周瑜跟在他叔叔身后，开始了只属于他自己的修行。

19. 招募兵马

日子就这样一天天过去，从不给人留下喘息的时机。冰雪融化，草木生长，周期轮回，循环往复，三年时间听起来长，实际上却非常短。

江都草屋里，披头散发的孙策借着微弱的灯火，阅读着周瑜留给他的兵书。白天自己已经在田地中劳作了一天，此时此刻，他只想把双眼合上。可是他知道他不能这么做。他奋力地睁开双眼，对着自己胳膊上的肉，狠狠地拧了一下。强烈的疼痛感并没有让他瞬间清醒，于是他把屋内水缸中的冷水舀起了一瓢，将自己的脸整个浸在冷水中。他想起了已经故去的父亲，想起了还在等他的周瑜，终于他清醒过来，走到桌边，继续读书。这三年每一天他都在重复着这样的生活，从未停歇。

历阳官府内，周瑜揉着自己酸痛的眼睛，正在努力地看着公文。到目前为止，他已经处理了许多事务，从税务到诉讼，从筹集粮草到讨伐盗贼，每一件对他未来有帮助的事情，他都积极地尝试了。周尚对这个颇具才能的青年后辈十分赏识。周瑜的才干，小时候他便知道，但是他没想到这个孩子的成长竟然也会如此快。

于是周尚也欣喜地把自己的工作都交给周瑜去做，他自己也因此获得了一段难以想象的清闲日子。

这三年，周瑜也重复着这样忙碌的生活。比起处理内政事务，他更愿意研习兵法。在劳累的时候，他会一直在心里期待。期待着自己建功立业，期待着某天孙策的到来。

"叔父，今年的赋税已经筹集完了。"周瑜揉着酸痛的胳膊，对周尚说道。

"是吗？听说近郊有贼人出没，你安排人去讨伐一下吧。"周尚打着哈欠，一边喝着茶，一边说道。

"叔父，适可而止啊。"周瑜白了他一眼，愤怒地说道。

"我这是在锻炼你，不要抱怨嘛……"周尚笑着，试图安抚他。

周瑜什么话都没说，只是瞪圆了眼睛看着他。察觉到周瑜的怒气，周尚顿时一颤，背后冒出冷汗。

"如果我没记错，叔母应该不让你喝酒吧？"

"对……对啊。"

"那你后堂里藏的那一坛是什么呀？"

"啊……贤侄啊，我也歇够了，接下来的公务交给我吧……你快去歇着，没事的。"说着，周尚急忙翻开了公文，开始批阅起来。

交卸了工作，周瑜悠闲地走回自己的房里。他很享受这样忙里偷闲的时光。周瑜拿起挂在墙上的剑，走到院子里，对着木桩练习了一会儿。坐了一整日，偶尔活动活动筋骨，已经是莫大的享受了。

天边月色阑珊，今天是十五，月亮正圆。天上月已圆，人间何时能团圆呢？

孙策合上了书本，也望着天边的月亮。算起日子，明天他就可以脱去丧服，回归正轨了。他收拾起行囊，明天，他便要踏上远行的路。

路走多远？

穷尽少年的一生，也走不完。

寿春，袁术府邸。

偌大的会客室，此时没有以往那么热闹。堂上堂下，只有两人对坐。坐在主人之位的那人，身穿华美衣裳，面目白皙，留着络腮胡子，此人正是袁术。而在下面坐着的是一个孔武有力的汉子。那汉子身穿武官官服，正仰着头，恭敬地听着袁术讲话。此人不是别人，正是袁术手下大将纪灵。此人文武双全，深得袁术信任。时而运筹帷幄，时而冲锋在前。

"孙贲和吴景他们，在历阳最近做得怎么样？"袁术向纪灵问道。

"主公令他二人训练兵马，一切顺利。前些日子我刚去看过，孙坚遗留下来的练兵之法，果然有过人之处。"纪灵回答道。

"那就好。当初我收留他们，就觉得他们是可用之才。今日一看，果然不错。"袁术点了点头，似乎对自己当初的决策很满意。

"主公，说起来，孙策也该脱下丧服了。"纪灵忽然想到这件事，便随口对袁术说道。

"孙伯符这孩子，我还真爱惜他。就当他是故人之子，在我这里给他找点事做吧。"袁术喝了一口蜂蜜水，自言自语道。

"这孩子既然得主公垂爱，一定感激涕零。那明天我便差人去江都，把他叫来。"纪灵笑着对袁术说道。

"袁绍得了冀州，曹操得了兖州。这一个个蝼蚁都爬上桌来了。不可不防，不可不防啊。我这个人，最闻不得土腥味了。"袁术看着地图说道。

"我已令孙贲、吴景加快练兵速度。争取尽早为主公练出一支精兵来。"纪灵应答道。

"叫周尚也抓紧。十万担粮草，一点儿也不许少。"

"喏！"

就在这时，门口的卫兵匆匆前来通报。

"禀告主公，门口有一人，自称乌程侯孙坚之子孙策，前来拜谒主公。"

"你看，我们正说着，他就来了。"袁术双手揣在怀里，笑着看了一眼纪灵，说道："让他进来！"

不多时，孙策身穿一身窄袖黑衣，用丝带束发，大步流星，穿过庭院。走到府门前，利落地将怀中之剑交给门口的卫兵。停在门口，向屋内说道："乌程侯孙坚之子孙策，前来拜见袁公。"

"快快进来，让我瞧瞧。"袁术望着门口笔直站立的孙策，心中顿生喜爱之情。

"是！"

孙策小步走入屋内，见了袁术，倒头就拜。

"贤侄不必多礼，来人，看座。"袁术一摆手，自有仆人上前，为孙策设座。孙策大方坐下，恭敬地看着袁术。

"你家中现在可安好？钱粮布帛可还够用？纪灵，再多送些钱粮给伯符家人。孙将军不在了，他家人我自当抚恤。"袁术捏着自己的胡子，说道。

"放心吧主公，我去安排。"纪灵应答道。

"蒙袁公挂怀，袁公厚恩，策虽肝脑涂地也不能相报。"孙策下拜，对袁术说。

"不要说这些不吉利的话。伯符啊，看你也不小了，愿不愿意在我手下做些什么啊？"

"策此次正是为此事而来。"孙策抬起头，用真诚的眼光看向袁术。

"说说你的想法吧。"袁术喝了一口蜂蜜水，慢条斯理地说道。

"三年以来，我所思所想，就是想要为父报仇而已……"孙策说着，偷偷地抬头，看袁术的反应。

袁术咳了一声，点了点头，表情似乎有点出乎意料，说道："可以理解，人之常情嘛。"

"所以孙策此次前来，是来求袁公。"

"你想让我发兵去征伐荆州？"

"孙策岂是这等不懂事的人。我只想向袁公暂借回我父亲留下的旧部兵马。只需一个月，我定能破江夏，斩杀黄祖，为父报仇。到时，我便将兵马连同荆州之地一起归还袁公。"孙策对袁术说道。

沉默。袁术与纪灵表情微妙，良久无言。

"伯符啊，当初你父亲的那些军队本就是寄存在我这里的。按道理来讲，我应该把他们归还给你。但近日我可能急着用兵，已经没有多余的兵力给你了。"袁术捏着胡子，缓缓说道。

"袁公……"

"袁公，您看这样如何。孙策的亲戚孙贲和吴景正在历阳招兵买马，不如让他去历阳投奔他们，自行招兵，再做打算。"纪灵说道。

"就这么办吧，我累了。"袁术站了起来，走到孙策身边，用手轻轻地拍了拍他的肩膀，之后径直走出了屋子。

"孙公子，袁公待你不薄，你可千万别做忘恩负义之人啊。"纪灵站了起来，走到孙策耳边，轻声对他说了这样一句话，之后也离开了屋子。

孙策面向大门，拱手施礼，送别袁术和纪灵。见他二人走远，孙策大步流星，匆匆离开了袁术府邸。出了府门，便去马市买了一匹最快的马。他小心翼翼走到城郊，之后飞身上马，火速奔历阳而去。

　　孙策如此着急，不为别的，只是担心袁术忽然改变主意。此行虽然没能如意，但他终于可以名正言顺地拥有自己的军队了。

　　"等着我，等着我。历阳，孙伯符来也！"

20.　所谓军队

　　与此同时，丹阳郡。周尚坐在他崭新的官邸中，桌上摆着属于他的太守印信。袁术刚刚任命他为丹阳太守，负责调度钱粮，招兵买马。

　　而周瑜，则被派到各个县去，监督各地的扩军状况。此时的他，穿着盔甲，在卫士的簇拥下四处巡视。

　　周瑜不喜欢穿盔甲。夏天它热得滚烫，冬天它冷得透骨，更不必说它有多笨重不便了。但在手下兵士面前，不能表现出自己对盔甲的反感。他不喜欢被人叫作吃不得苦的世家子——实际上，比起那些世家子，周瑜更喜欢和士兵们待在一起。

　　周瑜正忙着自己的工作，忽然有信使骑快马来到。

　　"庐江周公子在此处吗？有给他的信。"

　　"我便是。"周瑜一挥手，从军士中走了出来。他接过信，一看落款，顿时大喜。这封信来自孙策。

　　"袁术许我在历阳招兵，我将起兵，卿何日来？"信中只有短短一句话，却包含着无限的期许。此时的孙策，最需要的便是周瑜，有了他的支持，孙策才能顺利招到兵马。至少，他是这么认为的。

　　周瑜看着信件，走到无人处，点起了一个火堆。之后，他把信件扔到了火里，随后，他望着跃动的火苗，陷入了沉思。

　　沉思一会儿，他笑着摇摇头，回到了他的士兵身边。仿佛一切都没有发生，仿佛他什么都没有看到。甚至，他根本没有离开丹阳，到历阳找孙策的打算。只是继续着自己选择的生活。

　　孙策到了历阳，见过堂兄孙贲和舅父吴景之后，便在那里住了下来。

他一边凭借自己的声望招兵买马，训练军队，一边等待周瑜的到来。孙贲和吴景知道孙策的野望，也愿意慷慨解囊，常常在粮食金钱方面资助他。

可令他无奈的是，自己的名声终究还是不够。听说招兵是为孙策而战，很少有人愿意参军。孙策也不愿强求，只是独自继续招募着士兵。一个月下来，除了自己在路上降服的山贼百余人外，再没有人愿意跟着他。

山贼首领名叫凌操，本是四处流浪的侠客，见时局动荡，便收集英雄豪杰，啸聚山林。他们只是劫富济贫，从不袭扰百姓。在路上被孙策遇到，凌操亲自下山与孙策交战，被孙策击败，孙策见他们义气，觉得十分投缘，便将他们收在身边。他们就成了孙策招募的最早的士兵。

"百人可不行啊……公瑾，你何时能来啊……"孙策一个人独自喝着酒，望着远方的天空。他不相信周瑜会背叛他，此刻他的心中，担心更多一些。

"莫非他没有收到信？莫非他被囚禁了？莫非……"孙策摇摇头，不敢往下想。

"无论如何，必须要有自己的军队。哪怕只有我自己，这件事我也必须要做成……"孙策心中充满了决心。

他走到屋里，拿出了一个木匣。木匣中放着一个红色的头巾，那是孙坚的遗物。父亲常戴着头巾冲锋在前。士兵见此头巾，便知道自己的统帅一往无前，都会争先恐后向前冲锋。

"不够，还不够。"

孙策找来了丹阳最好的能工巧匠，给了他们一笔重金。之后便一连几天和他们在工坊之中同住，把军队交给凌操代管。

过了几日，一个大木箱子被一群人抬进了孙策的屋子。孙策欣喜的打开箱子，里面放着一副铠甲。

箱子里不是一般的铠甲，而是孙策重金定制。从头盔到裙甲，都被漆成了醒目的鲜红色。头盔为精铁锻造，身上铠甲坚实而不沉重。孙策仔仔细细地将它穿在身上，将父亲的战刀悬在腰间，提起马槊，策马来到校场。

望着一身鲜红的孙策，士兵们一个个惊讶得说不出话。

"孙将军……你这甲胄……"凌操皱着眉头看着，欲言又止。

"如何？我花重金定制的。"孙策转了一个圈，展示道。

"呃……甚好，甚好……"凌操犹豫着，没有说出来。

"我总觉得你有话要说？"孙策看着凌操的眼睛，说道。

"末将只是觉得……在战场上，这身铠甲是不是过于显眼了？"凌操犹豫地说。

"就是，太刺眼了！"凌操的儿子凌统在一旁大声喊到。

凌操狠狠拍打了一下他的头，凌统便不做声了。

"确实有点。"孙策低头看了看自己鲜红的铠甲，在阳光下闪闪发亮，笑着说。

"那将军为何如此？"凌统不解地问孙策。

孙策微微一笑，走上前来，对着士兵，大声说道："我希望，你们能记住这件铠甲！今后，在战场上，我会穿着它冲锋陷阵。你们只要跟着我，无论刀山火海，都会闯出一条生路！你们敢跟着我孙伯符走吗？"

"将军威武！"

答案出乎意料的一致。大家都知道战场不是儿戏，可是大家都对这个赤衣的青年充满了信心。

孙策并有提及自己的父亲。他已经从父亲的庇佑下走了出来，十分坚决，不再回头。过去的三年，他无数次希望能够忘掉自己背负的东西，只是他发现，这根本不可能。

既然如此，便只能坚定地走出去，一步，再一步。

"当初的父亲，也是戴着头巾，这样起步的吧？"望着士兵们坚毅的脸，孙策心中这样想到。

孙坚的面容，在他的脑海中已经渐渐模糊。但父亲宽厚的背影，却永远印在了他的脑海中，不曾忘怀。

与此同时，寿春，袁术府邸。

"孙策那边现在是什么情况啊？"袁术一边搅拌着杯中的蜂蜜，一边说。

"根本无人跟从他，到现在也只招到了百余人。"纪灵笑着对袁术说。

"没有名声，没有钱粮，没人支持。我还以为他根本招不到人呢。"袁术吸了一口蜂蜜水，慢慢说道。

"也是为难他了。"纪灵依旧笑着，幸灾乐祸地说。

"这都不重要，汝南周氏真的站在他那边？"袁术一仰头，将蜂蜜水一饮而尽。

"周尚、周瑜都没有动静，依旧在丹阳，连封信都没写。不像有勾结的样子。"

"那就好！我就说他们不会这么糊涂。谁是英主，还不是一看便知。"袁术得意地哈哈大笑起来。

"我主英明！"纪灵下拜说道。

"那么，就让周尚抓紧时间吧，十万担粮草在手，谁来我也不惧。"

"喏！"

袁术抬起头望了望窗外，日已中天，时至正午。

"纪灵啊，时候不早了，留下吃个饭吧。厨子新学会了一个菜，把蜂蜜涂在鸡上烤。一会儿和我一同享用如何？"

"恭敬不如从命。"纪灵拜谢道。

"啊，对了。把孙策召回来，已经吃到了苦头，想必他应该明白了，在淮南没有我袁术，他什么事情都做不成！"

21.　进剿祖郎

丹阳，泾县郊外。

此处刚刚发生过一场战斗。地上到处都是尸体和鲜血，还有残破的武器。

"这是第几次了？"孙策骑在一匹骏马上，对身边的凌操说。

"第三次了。这伙山贼胆子真大，竟敢袭击官府的运粮车队。"凌操望着这一地，皱着眉头说道。

"他们居然还屡屡得手。官府的脸面都丢尽了。"孙策叹了一口气，他知道，不能再任由这些山贼为所欲为了。丹阳是舅舅吴景的治所，如果再出乱子，恐怕舅舅真的会被责罚。但如果官军进山剿匪，山贼便躲藏起来，真是令人头疼。

"敢不敢会会他们？"孙策笑着对他身后的士兵说道。

"请下令吧，孙将军。"凌操拔刀出鞘，此刻的他也渴望着战斗。

"把粮食装上车，我们假扮成运粮车队过去！"孙策戴上自己赤红色的头盔，手握刀柄，率领士兵进入山中。

今天是阴天，从山上看，远远就看到一队运粮车在急匆匆地赶路。除了领头之人身穿红色铠甲之外，并没有什么其他异常。一样的轻甲步兵护卫，一样颠簸的道路，一样沉重的运粮车。这只是一支朝廷给驻守的士兵运送粮食的车队，也是势力庞大的山贼们补充物资的重要来源。

车队走到山谷之中，为首的那个身穿红色铠甲的人轻咳了一声，他身后的士兵纷纷会意。忽然从草丛之中跃出一众山贼。说是山贼，但他们的装备并不差。他们穿着官兵的盔甲，手里拿着各色武器。他们之中，有些人本就是官军落草为寇，还有一些人，武器便来源于被袭击的官兵。将他们看做普通的山贼，其实并不恰当，他们更像一支无人约束的官军。

"把粮车留下，便可以饶你们性命。如果不想回去，入伙也好。我乃是泾县大帅祖郎，欢迎各路好汉，和我同享受富贵！"从山贼中走出一人，身材精壮，面相凶恶，语气却十分温和。

"狂徒！放下武器投降，我可以考虑放你们一条生路。"孙策对着祖郎大声喊道。

"哈哈哈！区区一个毛孩子，竟敢穿着赤红盔甲，就不怕死吗？"祖郎看着孙策的盔甲，似乎觉得有些可笑。他轻轻摆手，山谷两侧便出现了许多埋伏好的弓箭手。

"既然你执意要刀兵相见，那你们只能留下性命这里了。"祖郎笑着对孙策说。

"这句话我送还给你！"孙策一挥手，身后的士兵们飞快地拿出盾牌，举了起来。

"有点意思，看来是有备而来。"祖郎从腰中抽出佩剑，举了起来。

"大帅不必动手，看我擒他！"头目王淮提着长枪从众匪徒中走了出来。大喝一声，冲上前去，电光火石之间却被孙策一招掀翻。接着他被士兵们按在地上擒获。

眼见这位将军如此威猛，自己的首领还被生擒了去，山贼们顿时士气顿失。见此状况，又有两名头目一同拍马出阵冲了上来。祖郎恐怕他们有闪失，刚要出言阻止，无奈他们血气方刚已经冲出。只见一人跃马舞枪。向孙策尽力刺去。不料却被孙策一手抓住枪头，径直拉下马。他正欲起身，却又被孙策一招掀翻，打倒在地，动弹不得。另一人见势不好，将手中的长枪横握，对准孙策的脑袋，猛力掷去，接着拔出腰中的刀，伏在马背上，直向孙策砍去。孙策见如此情形，心中觉得好笑，提枪策马，躲过对方的攻击，三招之内，将其斩于马下。祖郎见状，挽弓搭箭，向孙策射去。孙策一手握住马鞍，将身体蜷缩在马的侧面，避过一箭，径直向祖郎破风冲去。

"鼠辈可敢与我一战？"他拔出了本属于孙坚的战刀。这是孙策第一次真正在战场上使用这把宝刀，随着宝刀出鞘，清脆的刀鸣似龙吟虎啸之声。

"好刀！尔等都不要动手，待本帅会一会他！"说着，祖郎舞剑冲了上去。

"找死！"孙策一跃，跳下马来。顺势挥舞着手中的战刀，在半空中划过一道完美的弧线。只见剑光一闪，祖郎飞身躲避，又用剑接住了刀势。刀剑在空中相撞，迸出阵阵火花，破风之声，刀剑撞击之声，不绝于耳。无论是山贼还是孙策的部众都看呆了。只见孙策越战越勇，祖郎却剑法渐乱，只能连连招架。几个回合后，两人倏然分开。

"真没想到，你的身手不错。"孙策对祖郎说。

"哼，你这是在嘲讽我吧？"祖郎喘着粗气，看着自己已经卷刃的剑说道。

"本以为你在我手里走不过三招。"孙策哈哈大笑。

就在这时，山谷上的山贼忽然混乱起来。原来孙贲和吴景率领援兵，已经杀到了身前，正在肆意捕杀祖郎的弓箭手。孙策拨马回阵，指挥士兵们进攻，他们见孙策刚才的神勇无敌，各个士气高涨，奋勇争先。而山贼们见此情形无不胆寒。祖郎奋力维持阵型，却依旧无法控制，只得率先拨马回头，冲出重围，见主将已经逃亡。山贼们的阵型开始崩溃，有胆怯的已经放下武器投降，更多的人则是慌乱退去，消失在密林之中。

"居然敢算计我！"祖郎心中怒气上涌，他骑在马上望着身后的残兵，自言自语地说。他虽然不服气，却也只能急忙上马逃窜。孙策指挥军队奋力追杀敌军。但无奈他们的逃跑速度实在太快，四处搜寻也没有结果。孙策担心地形不熟，再这样下去恐怕会有危险，于是只得指挥军队后撤，与援军会合。

回军的路上，望着四周的景色，孙策觉得心里有些愉悦。

"伯符，这段时间在丹阳住的还习惯吧？"吴景对孙策说道。

"承蒙舅舅挂怀，住得舒服极了。"孙策对吴景回了一个微笑。

"寿春那边下来了一道命令……"孙贲迟疑地说。

"什么命令？"

"让你率兵马，到寿春去。"吴景犹豫地说。

"是谁下的命令？"

"好像是袁公亲自下的。"孙贲低着头说。

"你……是怎么想的。"吴景看着孙策，关切地说。

孙策不答。三人一时沉默了。

"伯符若是不愿意，我便带你逃到远处去，大不了去投曹操。这个官我不做就是了。"孙贲激动地说。

"舅舅，兄长！"孙策的脸上依旧保持着笑容，说："既然袁公召我，不去岂不是驳了他的面子。只恐他心胸狭窄日后会处处刁难。"

孙贲和吴景心下稍安。几人回到丹阳，设置酒宴，欢饮一夜，为孙策饯行。

第二天清晨，孙策便身穿赤色铠甲，披挂整齐，来到丹阳城外。放眼望去，跟从他的，只有那新招募的百余壮士。他们将一路北上，朝着寿春的方向前进，不再回头。

此时此刻，在孙策的脑海中已经构想出了一个计划。一个足以令他报父仇、成大业的计划。虽然前路还有诸多艰险，但他决定试一试。哪怕失败的代价是粉身碎骨，他也在所不惜。他忽然想到周瑜，那个为他指引了前路方向的人。

"公瑾……莫非你真的背叛我了？"孙策不敢再想。

历阳，河岸边。青石台上正坐着一人。他嘴中叼着柳叶，似乎在悠闲地钓着鱼。此时天气不错，河中碧波荡漾，正是钓鱼的好时候。

"如果是条鲈鱼，就切成脍生吃吧。"那人晒着太阳，自言自语道。

风吹来，他身后的林子里响起了扑簌簌的声音。这个场景，无论是谁都会想打一个盹儿吧。

周瑜提着鱼竿，从林中走出来。他本想到一向钟爱的青石台上钓鱼，可走近一看，却发现自己一直占据的位置，被他人坐了。

坐在青石台上的那人，头戴斗笠，身披白袍。身边的鱼篓里已经放了好几条鱼。见此人气度不凡，周瑜便不说话，只是站在那人的身后，默默地观察。

　　"你是谁？何故暗中偷看我？"钓鱼之人也不回头，只是甩给周瑜这样一句话。

　　"阁下说话这么大声，不怕惊到鱼儿吗？"听那人声音，似乎岁数不大。周瑜轻声说道。

　　"与你有什么关系？"那人回过头，看了一眼身后伫立的周瑜。随即，他立刻改变态度，扔下鱼竿，从石头上站了起来。

22.　再会阿蒙

“大人！竟然是你！”他走上前来，一把抓住了周瑜的手。

“我们之前见过？”周瑜仔细端详着那人的脸，也没认出他是谁。

“当然见过，当初我做江上人的时候，你曾经坐过我的船。”那人急忙说着：“我姓吕，大家都叫我阿蒙。”

“既然你是江上人，那每一个坐过你船的人你都能记得吗？”周瑜有点惊讶，这种情况他也是第一次遇见。

“那也不是，当初您坐船，给了我一大笔钱。靠着那笔钱，我到江东找到了我的姐夫。说起来，我们一家人团聚，都是您的功劳啊。我还得叫你一声恩公呢！”

“举手之劳，你我都是年轻人，不必如此拘谨。”对于这个名叫吕蒙的恭敬，周瑜感到有些不自在。

“既然你已经找到了你姐夫，那还来到这里干什么呢？”周瑜不解地问。

“这里一直在招兵买马，我姐夫也随军来到了此处。我到此处，也是来从军的。”吕蒙一笑，露出了脸庞。他分明比周瑜还要年轻几岁。

“既然如此，那你今后愿意跟着我吗？”周瑜也微微一笑，双手抱在胸前，对他说。

“不知道您是……”

“在下姓周名瑜，字公瑾。恰好奉命在此招兵。”

“您就是周大人？没想到这么年轻！”听完周瑜的介绍，吕蒙抑制不住自己的惊讶。

"你似乎比我还年轻几岁吧？"周瑜拍了下那人的斗笠，说道。

"蒙恩公不弃，小子自此便跟随周大人了！"吕蒙一把抓着周瑜的手臂，要他坐下。接着拔出短刀，处理刚钓上来的鲈鱼。

"这儿的鱼可真好，大人不要急着走，看我给您做鲈鱼脍吃！"见周瑜没有什么架子，吕蒙十分开心。

"从你的臂膀来看，功夫不错？"趁着他切鱼的功夫，周瑜仔仔细细地打量着吕蒙的臂膀。看起来是个吃苦耐劳之人，同时处事又很圆滑，想必智力也不错。

"大人您会相人？"

"略懂一点。"周瑜微微一笑，说道。

"大人谦虚了。相人之术不光您懂，我也懂一点。"吕蒙将切好的鱼放在厚大的叶子上，递给周瑜，接着说："我也跟您说句实在话，凭周大人您的才干，必成大器。我之所以跟着您，也只不过是图日后能升官发财而已。即便如此，你也愿意带着我吗？"

"无妨，天下熙熙，皆为利来；天下攘攘，皆为利往。如果名利都不能动众人之心了，谁还肯上阵卖命啊。"周瑜拿起一片鱼，哈哈大笑。

"大人您从军为了什么？"

"你想听实话？"

"想听实话。"

"大丈夫谁不想生而为王侯，博取功名？我也如此。"

"不对，看你表情，似乎意不在此。"

"正是！"周瑜的目光锐利了起来，他抓住吕蒙的衣领，死死地盯住他的眼睛，仿佛要将他的灵魂看穿："大丈夫立于天地，若不能争衡天下，立不世之功，声震九州，名传后世，岂不空负年华？若后人读我等史传，叹时无英雄，岂非我等莫大之耻乎？"

二人良久无言。此刻，小河流淌，也恰如澎湃大江。

那一天，吕蒙从周瑜那里偷走了一样东西。

那便是他的志向。

许多年后，吕蒙也曾感慨过当日激昂的周瑜，不过那又是另一个故事了。

"那么阿蒙，接下来我要你替我办一件事。"

"什么事？"吕蒙期待着自己的第一个任务。

"招兵。"周瑜口中只蹦出这两个字。

"是要我帮你招兵？"

"对，招募你认识的，身手不错的江上人。你估计能招来多少？"周瑜眯着眼睛，似乎在思索着什么。

"江上人是有聚落的，去那里招，五十人左右是可以的。"吕蒙拍着胸脯，保证道。

"好，挑仗义豪杰之人招募，不必吝惜金钱。把他们招来，招到多少，你便统领多少人。"周瑜拍了拍吕蒙的肩膀，对他说道。

"那事不宜迟，我即刻出发。"说着，吕蒙揖别周瑜，向远方走去。

周瑜也转身，急忙回去。他忽然想起来，今天心腹传达的消息还没有看。

最新的消息已经被送到周瑜的桌上。周瑜来到桌前，拿起通告，上面只传达了一件事：孙策投奔袁术，太傅马日磾安抚关东，表奏孙策为怀义校尉。

"一切正如我所料。"见到此消息，周瑜的表情轻松了起来："伯符果然成长了许多，没有赌气去找黄祖拼命。趁着他立下战功的时机，我也该有所准备了……"周瑜自言自语道。

就在大家的计划都已进入了落实阶段的时候，在寿春城中，却有一个人心情特别不好。

那个人就是袁术。

袁术正在自己府邸的花园里大发脾气。原来，他此时正准备攻打徐州，由于粮草不够，便写下命令，向庐江太守陆康索求三万斛军粮。没想到陆康不但不给，反而撕碎命令，还对袁术的使者破口大骂。

袁术当然不会善罢甘休。兴平元年，袁术出兵五万，分三路进攻庐江郡。太守陆康身先士卒，动员男女老幼一起参战，可仍旧寡不敌众，只得放弃各县，退守庐江郡城。

庐江郡城深沟高垒，城墙坚固，粮草充足。庐江的士兵在城门后面坚持着，他们坚信只要他们在，袁术永远也别想攻下城池。

袁术进攻了几次，但是收效甚微。就这样，战争僵持了一年多，仍不见转机。

一年过去，见自己的军队仍没有攻破这座坚城，袁术十分生气。在他的印象中，汝南袁氏的命令和圣旨没有什么分别。今天却被小小的庐江太守羞辱，实在无法忍受。

"倾尽兵力也要拿下庐江郡城，不杀陆康，我誓不为人！"袁术愤怒地把手中的茶杯摔到地上，茶杯摔得粉碎。

"主公，现在还不是大举用兵的时刻。我们的军队全在北面，准备进攻徐州。分不出兵打庐江啊。"纪灵赶忙劝慰袁术，说道。

"可我实在是咽不下这口气！如果今天我不处理陆康，那明天就还会有更多的人反对我！"袁术的眼球通红，看起来十分可怖。

"主公，我倒有一个主意。"纪灵抬起头，看向他。

"但说无妨。"袁术冷静下来，摆了摆手，让纪灵继续说。

"眼下孙坚的旧部还有一千人没有被部署在前线，主公不如先把这一千人借给孙策，让孙策率兵攻取庐江。一来试试他是否忠心，二来也可以检验一下他的能力。"纪灵说道。

"这么做，如果孙策带着兵跑了，该怎么办？"袁术捏着胡子，迟疑地说道。

"绝对不会如此，区区一千人而已。如果孙策会逃跑，那他根本就不会接受您这道让他回来的命令。"

"给他一千人，就能拿下庐江城？我们可攻了一年啊。"袁术迟疑地说。

"若是换了任何一个其他的将军，攻取庐江之事，都绝对不可能成功。唯有他是例外。"纪灵说道。

"为什么如此说？"

"我记得他曾经在庐江住过一段时间，对城内城外的各种情况了如指掌。从他之前的战斗经历来看，此人作战喜欢用奇袭。我料想陆康之流，绝不是他的对手。"纪灵为袁术分析道。

"你去安排吧，我准了。告诉他，打不过就撤回来，就当是去探探虚实。如果打赢了，庐江太守之位就是他的。"袁术对纪灵说道。

"是，末将这就去安排。"

袁术坐在舒服的床上，眯起了眼睛。此时他的愤怒已经渐渐消解了。但他根本不认为孙策能够打赢，只是他也好奇，这个年轻人，究竟能做到何种程度？

"明天还有场宴会，今天得早点睡了。"他一边这样想着，一边沉沉地睡去了。

此时的袁术根本没有想到，在他睡觉的时候，外面将会发生什么。夜晚如此深沉而静谧，一点声音都没有。可就是这种安静之中，正隐藏着惊涛骇浪。

23. 一筹莫展

寿春，袁术府邸。

此时，一场盛大的宴会正在举办。满座宾朋，都是支持袁术的世家大族，席间各色菜肴，琳琅满目。庭前歌舞声声，让在座的那些大士族流连忘返，好不快活。

袁术也很开心，此时正是准备战争的关键时刻，这些原本不和的大士族却忽然口径一致，团结起来，公开表示支持他，还拿出了大把的钱粮。有了这些后勤支持，袁术可谓是前所未有的有底气。

"听闻孙坚之子孙策现在袁公的军中，早听闻他勇猛过人，不知可否一见呢？"席间，一位当地士族对袁术说道。

"如今可能有些晚了，就在昨天，孙策已经被我派去进攻庐江了。估计这些日子是不会回来的。"袁术一边吃饭，一边漫不经心地说道。

"庐江太守陆康，有眼无珠，竟然胆敢冒犯袁公的威势。理应惩罚！"一个支持袁术的铁杆士族附和道。

在场的众位宾客交头接耳，议论纷纷，连连称是。袁术听得欣喜，一边捋着自己的胡子，一边欣赏歌舞。

就在这时，一名卫士走到席间报告："禀告主公，门外孙策将军求见。"

在场的宾客停止了议论，齐齐望向袁术。袁术此时也十分疑惑。不过他忽然想到，也许是军粮调配问题没有及时解决，行军耽误一日也是正常现象。

一位宾客拱手对袁术说道："袁公，也许是孙将军想在出征之前讨一杯酒喝呢？不如增添一席？"

"哈哈哈，到底是年轻人。也罢，那就增设一席位，当是给他壮行了。让他进来！"

孙策身穿赤红色的铠甲，腰中挎着战刀，风尘仆仆，大踏步走了进来。满座宾客，见他如此英武，无不啧啧称奇。

"伯符啊，既然你还没有出发，那正好。我已经给你设了一席，喝一杯壮行酒再走吧。"袁术笑着对孙策说。

孙策见了袁术，赶忙下拜："非也，袁公。孙策此来不是来讨壮行酒的，而是来交差的！"

"交差？我昨天不是让你带兵去攻庐江吗？"袁术听孙策之言，也变得一头雾水。

"孙策此来，正是来交这个差。庐江城已经被我攻克，城破之时，太守陆康急火攻心而死。他的遗体被我盛殓，官印已经被我带回来了，现呈予袁公。"

"什么！你用一夜的时间就攻下了庐江？"袁术惊讶地看着孙策递过来的太守印信，张开了嘴巴。

"伯符真是神勇过人，不亚于当年的孙文台啊！"在场宾客交口称赞。

"这印是真的，你把陆康打败了？这么快？"袁术还是有点不敢相信自己的耳朵，即便是吕布，也不可能做到这个地步。

"末将绝无虚言。在接到命令之时，我即刻令全军骑上快马，飞奔至庐江郡城。我军到达之时城门防备空虚，我便令全军突击，打了他们一个措手不及，城池一日而下。四周的援军听闻陆康已死，也纷纷投降，庐江全境现已进入主公的版图。"孙策一脸平静地说道。

"即便是大汉飞将军李广，岂能做到这个地步！有孙伯符在，我无忧矣！"袁术看着孙伯符，眼神中充满了喜爱。

"袁公过奖了，能为袁公效命，策三生有幸！"孙策谦卑地回答道。

"快快入席，今天我们这酒，即当是为伯符庆功！"袁术欣喜地招呼孙策进入酒席。庐江的战功，让他在宾客面前大出风头，酒喝得也是异常快乐。

在场的人都喝了不少酒，袁术不记得酒席是什么时候结束的，也不记得自己是何时睡着的。直到纪灵走来，把他叫醒，才发现自己有些失态。他头痛欲裂，用手扶着额头，勉强坐了起来。

"你来了，出什么事儿了？"袁术含糊不清地说。

"主公，庐江已经被孙策攻破了，那太守怎么任命？要把让孙策接任吗？"纪灵问道。

"不可！不可不可，万万不可！"袁术一边揉着自己的眼睛一边说道。

"请主公示下。"纪灵疑惑地看向他。

"庐江之地，离我太远。镇守庐江，需派心腹之人。交给孙策，我不放心。"

"可当初主公已经答应孙策了，这样会不会引起他的不满？"纪灵继续问。

"他即便不满也没有办法。大不了过后赏他点什么，弥补一下。他若忠心耿耿，根本就不会急着要一个太守之位，我岂能亏待他？"袁术还是躺了下去，嘴巴嘟囔着，对纪灵说道。

"主公的意思，末将明白了。主公英明。"纪灵为袁术盖好被子，便恭敬地退出去了。

袁术其人，之所以能成为颇具实力的诸侯，不仅仅是因为他的出身，也因为他具备一定的领导能力和智慧，能在这乱世中有一席之地也不是浪得虚名。

"我本以为他打不下庐江……"袁术轻声嘟囔着，不知道是不是梦话。

历阳，练兵校场。

"列位，兵法中的常用阵法，我已经全都教给你们了。现在由长蛇阵改为鹤翼阵，迅速变阵！"周瑜站在台前，对手下的士兵命令到。

"喏！"士兵异口同声地回答，之后迅速动作起来，变换阵型。整齐的脚步声顿时响彻整个校场，伴随着口令声、口号，以及铠甲的撞击声，士兵们迅速完成了阵型的转换。

面对着尘土飞扬的校场，周瑜的心底生出了无限欣喜。学习了兵法阵法的军队，无论在谁的麾下，都可以算是精兵了。这样一支军队竟然被自己训练出来，无论是谁都会油然而生一种成就感吧。

"做得不错！"周瑜望着校场中的这三千人，由衷地夸奖道。

"周将军，今天我们练什么？"一名军官走上前，向周瑜问道。

"通知全军开拔，行进到江边扎营。一路不得言语，敢有扰民者，斩立决。"周瑜用坚定的语气说道。

"遵命！"

随着周瑜一声令下，三千名士兵便分成几队，向江边行进。他们披挂整齐，不言不语，秩序井然。路边田中劳作的农民听到有士兵行进，都纷纷躲了起来。但见他们秋毫无犯，并不喧哗，只是赶路，便从藏身之处走了出来，偷偷地看向他们。

来到江边，见周瑜背对着江水，骑在马上。在他身后，有五十人，穿着并不像士兵。他们头戴斗笠，身披白袍，腰佩短刀。个个皮肤黝黑，双手粗糙，不知道是什么来头。士兵们也不多想，只是齐齐地看向周瑜。

"今天叫他们来，是教你们如何水战。经过训练之后，你们必须人人会水，明白吗？"周瑜看着他手下的士兵，说道。

"将军，水战交给水兵就可以了，我们是步兵，为何要学水战？"士兵们议论纷纷，有胆子大的人，向周瑜如此问道。

"问得好。那是因为，我对这支军队的要求是，上马能奔袭，陆上能接战，上船可水战，入水可擒敌。"

听了周瑜的话，士兵们听了，个个垂头丧气。他们虽然秩序井然，军纪良好。可毕竟大家加入军队都只是为了混饭吃，让他们如此拼命地训练，当然不情愿。

24.　如鲠在喉

"我早知道你们是怎么想的，也没打算让你们每个人都学会这么多。不想做的，做不到的，现在就可以退出。只是如果你们做到了，我重重有赏。"说着周瑜指向了他身边的大铁锅。

听到有赏赐，士兵们纷纷来了精神，不像之前那么不安。

周瑜一摆手，吕蒙便带着他的手下，将周瑜早已准备好的肥猪、肥鸡带了出来，当场宰杀。望着猪和鸡流出的鲜血，士兵们也不知道周瑜唱的是哪一出。

"我和你们说句实话，我只指望你们有五百人学会水战，便够了。多一个人，我都不要。你们现在已经是精兵了，肉食是每十五日一次。但我选出的这五百人，肉食三天一次，绝无拖欠！"

下面的士兵们没有那么惊喜，而是纷纷露出了怀疑的目光。三天一次肉食，在当时已经是富户的生活了。怎么可能把珍贵的肉食轻易分给这些士兵们吃呢？

"取肉下锅！"周瑜下令道。

吕蒙便率领他的手下，将堆叠如山的肉食下进锅中。闻着锅中肉的香气，士兵们也开始渐渐骚动了起来。于是渐渐有士兵走了出来，打算投入训练。

"体验一次富人的生活，就是死了也值啊。"

"我看将军说的不像假话。"

"本就是出来卖命的，刀山火海都不怕，还怕训练？"

士兵们又开始纷纷讨论起来，骚动程度比之前训练时更甚。

"这锅中的肉已经快好了，打算训练的，可以过来吃了！"吕蒙看着锅中的肉，对士兵们喊到。

说是只留五百人，但到头来还是有一千人选择留下训练水战。而其余的士兵，则回到了自己的驻地。

士兵们围坐锅前，大口咬着手中的肉。对有些士兵来说，这还是他人生中第一次吃肉。等他们吃饱了饭，便要在吕蒙的带领下，训练水战的技巧。

望着吃着正香的士兵们，吕蒙小声对周瑜说："怎么办说是五百人，结果留下了一千人。三天一食肉，你养得起吗？"

"原来你在担心这个？"周瑜似乎很惊讶地对吕蒙说。

"莫非你在骗他们？到时候不怕他们哗变？"吕蒙也很惊讶，他不相信周瑜没有想到这一点。

"就是三千人都留下，我也养得起。我担心的是留下的人太多，容易被察觉。"

吕蒙此刻有些震惊。

周瑜微微一笑："你也太小看汝南周氏的家底了。"

"那我可以问一下吗？这些兵你到底是给谁练的？"吕蒙正努力地缓解刚才受到的精神冲击，捂着脑袋说道。

"一个朋友。"周瑜抬起头，望了望蓝色的天空。一只鹰正在上空盘旋着，久久不肯远去。

就这样，那一千名士兵开始了训练。吕蒙手下的五十多个江上人，平常的他们是艄公，必要时他们便是侠客。在他们身上很好地保留了周秦侠客的尚武之风，并且他们平时常住在船上，水性极好。他们理所当然地负责起士兵水上功夫的训练。许久之前，周瑜便对孙策提起过下江东的战略计划。而这支少而精的军队，正是周瑜为孙策下江东所做的必要准备。

孙策给周瑜千里迢迢寄来的信，他看到了，但却始终没有回复。因为他知道，孙策的身边，已经被袁术的眼线层层包围。如果自己出现在孙策身边，便会引起袁术地猜忌。无论是孙策的霸业还是自己的家族，都会因此受到重大的打击。而历阳是他叔父周尚的地盘，处处都是自己的势力。如果想搞什么小动作，这里便是整个淮南最安全的地方。

"再等几个月，这支军队的训练就要完成了。"周瑜望着远处训练的士兵，自言自语道。此时此刻的他，心中隐隐出现了一个预感，需要用到这些士兵的时候，不远了。

曲阿，扬州刺史府。

此时此刻的刘繇，坐在桌前，满头冷汗。他轻轻地抚摸着自己的后脖颈，总感觉背后隐隐发凉。自从孙策攻陷庐江，刘繇越来越觉得，自己似乎陷入了一个险地。

他本是朝廷册封的扬州刺史，本该是此地的最高军政长官。可是朝廷终究不是当初那个强大的朝廷，时局也早已不再是当初那个安定的时局。此时淮南之地，以寿春为中心，已经被袁术纳入了控制范围。自己所能管辖的地方，已经非常有限了。

当孙策如一把快刀，直插庐江腹地，攻陷庐江。袁术又立刻给庐江换上一位新的太守时，刘繇明白了。如果自己没有一支强大的军队，如果自己守不住自己的土地，那自己这个扬州刺史的下场不会比陆康好太多。

他已经三天三夜没有合眼了，整个人变得异常憔悴。他的心事仿佛写在了他的脸上，他手下的人一眼便能看出来。

"刘刺史，您似乎心事重重啊。难道是因为孙策进攻庐江的事吗？"刘繇手下的大将张英对刘繇说道。

"正是如此。孙策攻占庐江，现在庐江已归袁术所有。我实在是如鲠在喉啊。"

"庐江本来也不是刺史您的控制范围，何必如此日日忧愁呢？"在一旁的樊能也想劝劝刘繇，说道。

"可是那袁术日渐做大，根本不把我这个朝廷命官放在眼里。自己占据寿春不说，还擅自任命太守。再这样下去，他在此处最大的阻碍便是我。那如果你是袁术，接下来你会怎么办？"

"找个理由，兴兵讨伐。"张英皱着眉头，说道。

"那我们该怎么办呢？"刘繇看着两位将军，说道。

"袁术势力太大，我们是不是隐忍为上啊？"樊能一边思考着，一边对刘繇说。

"但一味隐忍是躲不过战争的。"张英叹了口气说道。

"那就……"

"先下手为强。"刘繇咬着牙，心中已经有了计划。

兴平元年，刘繇派遣樊能、张英率军八千，屯驻横江津，沿江设置防线，防御袁术。同时，驱逐袁术任用的吴景、孙贲，将他们赶到了江北的历阳。

这一系列的举动，无疑是在向袁术示威。仿佛在告诉他，扬州还有个刺史，这里还轮不到你说了算。

于是同年，袁术自置扬州刺史，并且与吴景、孙贲合兵一处，猛攻张英、樊能驻扎的横江津。

横江津本是个不起眼的渡口，但水深港阔，能行大船，适合水军通航，那里逐步修起了要塞，经过张英重新加固和布防，变得易守难攻。樊能率兵固守当利，两个沿江防线互成犄角之势。要塞之中囤积了大量补给物资，刘繇率兵据守丹徒，通过大船运兵，可以畅通无阻地对横江和当利的要塞进行支援。

袁术身披华丽的铠甲，坐在羽盖车上。望着又一次进攻失败的吴景，不禁长叹："区区一个渡口，怎么能那么难打？"

"主公，这条防线经过精心设计，刘繇水军又占优势。无论我们从哪一边开始进攻，都很难在对岸登陆。"纪灵面对这个防线，也在冥思苦想着破敌的策略。

"我们的兵力、粮草都占优势。依旧攻不破，真是岂有此理！"袁术歇斯底里地敲砸着手边的物品，依旧不能在横江津前进一步。

横江的争夺，已经过了几个月。双方短时间内胜负难分，处于胶着状态。就在袁术即将放弃的时候，他收到了一人的请战书。

那人正是孙策。

25．玉玺为质

寿春郊外军营，袁术中军大帐。

此时的袁术并没有穿甲，而是穿着华贵且舒适的衣服坐在大营之中。桌上已经摆好了精致的饭食，身边的侍女小心翼翼地服侍着，她们都看出来主子的心情非常糟糕。

"这鹿肉太硬！端去倒掉！"袁术一边发着脾气，一边将眼前那方菜鼎狠狠地推到地上。

侍女赶忙过去收拾残局，营中的人全都小心翼翼，生怕哪个眼神，哪个动作得罪到他。

"主……主公。孙策将军来了……"卫兵走进来，小心翼翼地说道。

"让他进来。"听到这个消息，袁术似乎在一瞬间收起了怒气，面无表情地向营门口望去。

孙策身穿赤红的铠甲，迎着他的目光，走了进来。

"伯符啊，你来找我，有什么事吗？"袁术仔细地端详着孙策的脸，希望从他的表情中找到一丝心虚，可是他失败了。

孙策的目光从容而坚定。

"听闻主公寝食难安，末将特意献上开胃小菜一罐，请主公品尝。"说着，孙策拿出了一个小陶罐子，递了上去。

侍女试吃之后，那个小罐便摆上了袁术的餐桌。袁术尝了一口，之后便大口吃起了精稻米饭。

"区区粗野之食，也有如此滋味啊。"袁术吃了几口饭后，抬起头对孙策说。

"能得袁公夸奖，这道小菜自己想必也觉得光荣吧。"孙策笑着说。

袁术听了，脸上也露出了久违的笑容。

"伯符啊，你可知道我为什么吃不下饭？"

"因为横江迟迟不克，耗费军需甚重。而北方曹操、袁绍势力做大，已对主公形成威胁。主公日夜忧虑，所以吃不下饭。"孙策说。

"你既然一语道破我的心思，想必也有心为我根除这一心病吧？你的请战书，我已经看到了。"袁术望着这个年轻有为的将领，估量着他的前途。

"我孙家一向与江东有缘，父亲曾经在那里广施恩义。我舅父吴景和表哥孙贲，他们治军用兵皆不如我。横江防线，孙策不才，愿试为主公破之。"

"好一个孙伯符。你的才能不仅超过了你的舅舅，甚至已经可以和你的父亲比肩了。我那不成器的儿子若有你的才能，我也不必如此忧虑啊……"袁术叹了口气，语气之中藏着些许无奈。

"主公言重了。横江攻克之后，末将还可在当地召募士卒，以资主公。江东之地，早已不是一片荒蛮，兵力足有三万之多。那时，末将再率领他们，助您平定天下，谋成大业。"孙策将话一股脑都说了出来。

"你打算下江东？是打算离我而去吧？"袁术眯起眼睛，表情顿时严肃了起来。

"主公待我孙家不薄，我岂是忘恩负义之人？"孙策急忙解释道。

"那你一共需要多少兵马？"

"只想向主公暂借我父亲的旧部三千人。必能克横江！"

"我岂能信你？你得了父亲的旧部，又下江东，分明是想趁机独霸一方！"袁术冷冷地说道。

"只是暂借，任务完成，即刻归还！"孙策双眼盯着袁术，没有一丝动摇。

"你说暂借就是暂借了？"

"我愿以此为质！"说着，孙策从怀中拿出了一个木匣。

"我袁家四世三公，什么宝物没见过？"袁术轻蔑地说。

"我愿和袁公打个赌，此物您一定没有。"孙策微微一笑，说道。

"哦？那是何物啊，打开看看。"

孙策将木匣缓缓打开，袁术的表情先从轻蔑不屑，到震惊，再到欣喜。他向后栽了一下，重重地坐了起来。

"这……这是……"

"这是我父收复洛阳时，从皇宫枯井中打捞出的玉玺。不知此物，足以抵我父亲旧部三千人否？"孙策一字一顿，将这些话说了出来。

"快拿上来，容我细细观察！"说着，袁术便慌忙地跑下台，将玉玺抱在手里。这玉玺为和氏璧所刻，上面精心雕刻着"受命于天，既寿永昌"八个大字。玉玺一角，有一处残缺，已经被用精金补上。那正是王莽篡汉，向太皇太后索要玉玺之时，被太皇太后砸坏的一角。

"是真的……你父亲竟然真的得到了传国玉玺！"袁术此刻的表情异常复杂。他死死地将玉玺捧在手心里，然后小心翼翼地放回木匣。

"你真的肯以此为质？"

"千真万确。既是天命之物，当归天命之人。"孙策下拜，直截了当地说道。

"既然如此，那就依你吧。你父亲的旧部和家将，我都借给你。不过已经没有三千人了，这么长时间的战争下来，也就不足一千人了。"

"无妨！只是粮草军械，还要仰仗主公支援。"

"当然！"袁术一只手按在木匣上，心不在焉地说。

"谢主公！末将这就去准备！"孙策赶忙下拜，告别袁术，忙离开大营。

在大营外，一处不显眼的地方。有一人正在等着孙策。那人穿着便服，身材魁梧，一眼就看出是军旅出身。那人见孙策笑着奔出营门，赶忙迎了上去。

"时机已到，去告诉老将军们吧。"孙策勒马，激动对那人说道。

"是！少主公！"

说话的人名叫朱治，字君理。他本在孙坚麾下从事，因为屡立战功，在攻破洛阳之后被任命为督军校尉。在依附于袁术的日子里，他日渐觉得袁术不理政务、品德败坏，难成大事。在和程普、黄盖等一众孙坚旧部老将商量之后，便连夜暗中找到孙策，劝孙策返回江东自立。

"还有，你的马快，你即刻到我家中，接出我的母亲和弟弟们。之后你便马不停蹄地护送他们到历阳。到了那里之后，我的舅舅和堂哥自会照应。"

"喏！"

两人策马分别，马蹄扬起阵阵尘埃。天空之中，一只鹰停止了盘旋，它振翅而起，向南飞去。

寿春，袁术大营。

纪灵焦急地向袁术居住的大营奔跑着，此时此刻，心乱如麻。他在自己的军营中刚刚收到报告，孙策带着袁术的兵符，调走了孙坚所有的旧部。他想都没想，便径直朝袁术之处奔去。

"慢点儿，慢点儿！你这个样子，成何体统？"见到气喘吁吁的纪灵，袁术责备道。

"末将听闻主公把孙坚旧部还给了孙策，不敢犹豫，便急忙赶来了。"纪灵依旧喘着粗气说道。

"正是如此，孙坚旧部就剩下千余人，既然他说能破横江，就给他吧。"袁术一边欣喜地看着桌上的木匣，一边说道。

"兵马倒不足惜，只是孙策一旦离开，就像猛虎回归山林，以后必为后患啊。"

"你多虑了，即便他真的离开我，也无所谓。他只有那点兵力，粮草补给还全依赖我。江东之地复杂，刘繇占据曲阿，王朗占据会稽，未必能有什么作为。"袁术捏着胡须说道。

"那主公也不该如此轻易地答应他啊……"

"他把这个给我了。"袁术笑着轻轻打开盒子，露出了玉玺的一角。纪灵看了，惊讶得张大了嘴巴。过了半晌，他才理清了自己的思路。

"莫非主公真的要……"

"时势造英雄，英雄亦适时也。若天命真的在我，我自当取之！"袁术轻轻地合上木匣，望着远方的天空说道。

26．历阳会师

兴平元年，袁术表孙策为折冲校尉，代殄寇将军。率其父旧部千余人，向南进发，一路畅通无阻，因为孙策先前的威名，不断有豪强游侠带领士兵门客前来投奔。到达历阳时，队伍已经达到了五千余人。麾下更是有程普、黄盖、韩当、朱治、吕范、凌操等大将，一时间威名传遍淮南。

可是孙策心中还是没有忘掉一个人，那个许他纵横天下、共创大业的人。

孙策身穿赤红的铠甲，腰中选着战刀，手握马槊，骑马走在最前。父亲麾下的老将程普、黄盖，已经许久不见孙策了。而今终于相见，他们发现此时的孙策已经再也不是几年前那个还有些稚嫩之气的少年，眉宇之间隐隐有霸王之风，都是满心欢喜。见到孙策的红色铠甲，更深知其寓意，顿时感慨万千。

正在行进之时，前方遇到一片密林。凌操策马上前，对孙策说："主公，我前去探路。"

"好，一切小心啊。"

"过了这片密林，应该就能看到历阳城了。"

凌操带领一小队骑兵，钻进了密林。孙策见他们进去，便停下行进，对身后的士兵说："已经走了许久了，此处不像有危险，停下歇会儿吧。"

于是士兵们开始原地休息。孙策也从马上下来，找了一块干净的石头坐下。他本想等待凌操，但等了许久，都不见回来。正要派人去寻找，忽然见林子中钻出一人，正是凌操。

"你终于回来了，前方有什么情况？"孙策给凌操递了一碗水，问道。

"我遇到了一只奇怪的军队……"凌操灌了两口水，吞吞吐吐地说。

"有什么奇怪的？可是敌军？"

"他们没有旗号，所以不知道是敌是友。"

"你带去的士兵呢？"孙策见只有凌操一人回来，便问到。

"我让他们先盯住那只军队，亲自回来报告您。看他们的装束，应该是支精兵。估算着大概有千人左右。押送了无数粮草辎重。骑着马的不光有将军，还有一些戴着斗笠的人。"

"你这要么说确实有些古怪，走，我们看看去。"孙策起身，刚要上马，忽然见林中出现无数黑影。孙策的士兵们见状，也赶忙起身，拿起武器。慌乱之中孙策抓起一把弓，挽弓搭箭，对准了那片树林。

"来者何人？"孙策向林中大喊。

"前面可是孙策，孙伯符将军吗？"林中的声音喊道。

"正是，你们是何人？"

"我们不是敌人！"林中的声音又喊道。话音未落，一个带着斗笠的人手持手弩和短刀，率兵走了出来，此人正是吕蒙。在他身后跟着的，是留在林子里的凌操的手下。

"末将吕蒙，参见孙将军。您的部下在林子里迷路了，我们把他们送回来了。"吕蒙放下武器，向孙策施礼。

"你是个生面孔啊，归何人节制？"孙策仔细端详着吕蒙，说道。

"我们将军一直在找您，不如一会儿让他和您说吧。"吕蒙微微一笑，向身后林子中望去。

"怎么神神秘秘的，这有什么好隐瞒的？"孙策疑惑地望着密林，见林中有人骑马走出。那人并未穿甲，白衣白袍，腰中佩戴一把宝剑，神采奕奕，资质风流，仪容秀丽，端的是一个青年儒将！

孙策望着来人，瞪大了眼睛，本来心中欢喜得不得了，却丝毫笑不出来。本来有千言万语想说，话到嘴边却又咽了下去。

"周瑜来也！伯符兄，久等了。"周瑜星目低垂，微微一笑，见了孙策，下马便拜。

孙策急忙上前，将他一把拉起来，又将他一拳打倒。周瑜向后翻滚了两下，擦了擦脸上的泥，随即望着天空，哈哈大笑起来。

"你还笑！这么长时间，你都跑到哪儿去了？"孙策愤怒地向周瑜喊道。

"伯符，别激动，听我解释。"周瑜一边捂着刚才被孙策击打的地方，一边笑着说。

他一五一十的，把这长久以来发生的事，向孙策仔细地解释了一通。

"你那时之所以不来，其实是在保护我！"孙策想起刚刚自己打了周瑜一拳，心里觉得十分惭愧。

"过去的就让它过去吧，重要的是未来。伯符，我已将家眷送往南方了，并且变卖了一些产业，全都换成了粮草。在打下根据地之前，哪怕袁术断掉补给，我们也足以支撑。"

"这可真是雪中送炭。公瑾，我寄人篱下也许久了，今天便是我这些年来最高兴的一天。"孙策牢牢地抓住周瑜的手不松开，似乎担心松开手，周瑜便又会消失。

"我带来的这一千人，装备的皆是庐江上甲。上船可水战，下船可陆战，上马能奔袭，下水能擒敌。他们便是我们下江东的刀锋。"

"我们现在合兵一处，手中已有六千精兵。就是袁术反悔，举大军而来，我们也不用怕了。"孙策的脸上止不住笑意。

"不过也万万不可轻敌。我们的首战对手便是刘繇，他手下大将张英等人都是名将，听说最近还新收了一员勇将，名叫太史慈。淮南地区敢和袁术较量的，唯有他而已。"周瑜望着地图，冷静地说。

"公瑾有何良策？"

"说不上计策，但我有一点想法。横江和当利两座要塞之所以如此难以攻陷，是因为它们在江北，背靠长江。刘繇的水军在江上占优势。刘繇的大船可以畅通无阻地走水路进入要塞支援。"

"你的意思是派水军在江上先破刘繇？"孙策拿了一枚棋子，放在地图的大江上。

"非也。我想，与其派水军去和刘繇争夺大江，不如直接……"周瑜将那枚棋子挪到了大江的对岸。

"登陆。"孙策一拍大腿，恍然大悟。

"刘繇的大营和屯粮之地就在长江南岸的牛渚。我们出奇兵，渡江击溃刘繇，横江防线便能轻松破之。"

"可是刘繇已经派水军保护航道，如果不解决他的水军，我们根本无法过江。袁术等人之所以没有那么做，就是因为在江上刘繇的水军占优势。"孙策皱着眉头说道。

"伯符安心，来的路上我就已经在计划这场战斗。我有把握击破刘繇的水军。"周瑜微微一笑，说道。

"几成把握？"

"七成。"

军营之中，两个少年对视一笑，破敌之策便已紧握掌中。

牛渚，刘繇军军营。

十几名士兵正手拿长棍与盾牌，严阵以待。他们对面的人，身材高大，体格雄壮，赤裸着上身。他手握两根短棍，站在那里，不怒自威。

十几名士兵喊着冲了上去，那名壮汉也无所畏惧地迎了上去，接着场地中便传来木棍击打的声音。不多时，那十几名士兵都已倒下，而那个赤裸上身的壮汉，却毫发无伤。

"你们，都太弱了！这个样子如何上阵杀敌？"望着倒下的十几名士兵，那汉子向他们咆哮道。

"太史慈将军，你和他们较什么劲呢？"刘繇站在营门口，望着场地中独自站立的汉子，说道。

"主公，我没有别的意思，我只是觉得他们太松懈了。"那汉子赶忙下拜，对刘繇说道。

"我不是责备你。不过士兵们也不容易，放过他们吧。"刘繇拍了拍太史慈满是汗水的肩膀，说道。

"禀告主公，早听闻袁术手下孙伯符勇冠三军。末将请求与孙策一战。"太史慈用迫切而激动的语气说道。

"孙策来势汹汹，还是不要与他硬碰硬为好。"

"主公！"

"我意已决，不必多言。"

刘繇离开了军营。望着刘繇远去的背影，太史慈懊恼地将手中的短棍摔到一边。

27．来者不善

长江南岸，牛渚，刘繇军防线。

和袁术进行了长久的拉锯战之后，防线上的将士已经疲惫不堪了。他们强撑着守在岗位上，用疲惫的眼神望着远处的大江。

忽然，有一名眼力比较好的士兵，望到大江上出现异常。在江水与天空的分界线，似乎出现了一个黑点。那个黑点越来越大，渐渐的，越来越多的士兵都看到了。

"战船！是敌袭！"

终于，站在烽火台上的士兵望见了浩浩荡荡的船队。在船队的最前面，站着一个身穿红色盔甲的年轻将领。船队秩序井然，一看就训练有素。刘繇的士兵点起了烽火，敲响了宣告战斗开始的战鼓。

从港口驶出一艘艘战船，也熟练地列阵，向孙策的船队迎去。在这片江上，他们已经很久没有遇到敌手了。

刘繇手中水兵共七千余人，大小战船二百余艘。而孙策这次带了本部的一千军兵，和袁术手下的四千水军编在一起，也凑了一百多艘战船。双方在开阔的江面上摆开架势，颇有些破釜沉舟的味道。

"据我所知，孙策只有五千多人，看起来他是倾巢而出了。"刘繇望着远方黑压压的战船说道。

"主公不必担心，来多少人，他们也不是我军的对手。"刘繇手下统领水军的将官说道。

"去教训教训他们，不必手下留情。"刘繇对将官说。

"遵命！"

一声令下，这场在江上的战斗便开始了。

几轮弓箭互射，双方各自都损失了一些兵力。之后，双方便全速向对方的战船撞去，大船凭借威势将小船不断掀翻，而小船上的士兵也不愿示弱，他们用钩爪勾住大船的侧面，口中衔着短兵器，向大船上爬去。

水上战斗，兵力少的一方，有着绝对的劣势。交战一个时辰后，孙策见势头不好，下令鸣金后撤。刘繇的水军哪里肯罢休，他们趁着优势奋力追赶，想争取更大的功劳，一直在长江上追了几十里才返回。此次他们大胜，袁术水军损失战船五十余艘，折损两千人。而刘繇方损失战船三十余艘，折损一千人。统领水军的军官十分开心，因为他知道，经此一战，袁术已经没有能力在水上与其匹敌了。

正当他欢欢喜喜地打算回港领赏时，却发现己方的岗楼上万箭齐发，直向自己射来。来不及反应，便有众多士兵中箭落水而死。营垒里的投石车也一齐向船队抛射巨石，毁伤无数战船。

"这是何故？"那名军官高声向营垒中喊到。在岗楼上，一个少年将军赫然而立，正是周瑜。

"此处已被我军攻陷，尔等还不速速靠岸投降！"周瑜高声说道。

军官正要退走，忽然间身后鼓声震天。他回头望去，发现孙策去而复返，率领水军猛攻上来，只得下令停船靠岸，扔下兵器投降。

原来，这是周瑜早已定好的计策。孙策调袁术的水军进攻，然后诈败，引水军去追。周瑜率精心训练过登陆作战的主力，趁着混乱在对岸登陆，急攻刘繇军。要塞守将张涛见此情况，即刻调拨兵马出阵迎敌。吕蒙策马上前，与张涛战在一起，几个回合张涛便被生擒。

见张涛被生擒了去，要塞守军顿时士气尽失。他们本打算就逃回要塞，或者撤到远处的秣陵城。但失去了主将，便失去了主心骨，军队开始溃散。见此状况，周瑜大喊："你们的江北要塞已经全部被我攻陷，刘繇已经不管你们了。聪明的速速放下武器投降，我保证你们都会得到良好对待！"

得到如此保证，士兵们纷纷放下武器，投入周瑜的军中，甚至自告奋勇要当向导。周瑜笑着一一接受，在他们的指引下，成功登岸，并找到了刘繇的下一处防线。

周瑜打着刘繇军的旗号前来，防线上的士兵毫不怀疑，便拨开路障放行。周瑜随即指挥士兵进攻。他麾下的士兵见在如此短的时间内便达成了如此战果，各个士气高涨，奋勇争先。而防线守军见此情形，以为他们前面的防线已经被全部歼灭，心中顿时恐慌。守将奋力维护军队的阵型，却已经无法控制，只得自己乘上快马，打开城门，放下吊桥，打算去寻找刘繇。其他士兵见主将已经逃亡，阵型更加崩溃，几千人，争先恐后地跑向了要塞外面。周瑜率兵一拥而上，将那些逃亡的士兵尽数包围。士兵们求生无门，便也放下武器，纷纷加入了周瑜的队伍。周瑜将那些士兵们整编到一起，随后率兵撤回岸边，在岸边等待着孙策的到来。经此一战，刘繇精心布置的长江防线被一举击破了。

刘繇虽计谋百出，但实际上从未真正领军打过仗。他本以为孙策主力已经败北，却忽然发现敌军已经杀到面前，顿时心中胆怯，急忙命手下仅剩的四千余人速速后撤，往秣陵城方向退去。太史慈苦苦相劝，希望能拼死一战，却被拒绝。太史慈又请求引本部一千兵马负责断后，可刘繇担心自己不会武艺，太史慈若走，身边无人护卫，依旧不从，将牛渚大营拱手让人。

孙策收降了刘繇的水军，那位统领水军的将官向孙策投降，问其姓名，原来是姓蒋名钦，字公奕，是寿春人。蒋钦见孙策如此英雄，便也心悦诚服地投降。牛渚大营中存放着无数刘繇还没来得及带走的粮草军械。经此一战，孙策军实力大增。

横江津和当利防线上，守军见大江对岸，自己赖以补给的牛渚大营已经被轻而易举地攻破，蒋钦将军也已率众投降了孙策，顿时军心涣散，大量士兵走出要塞投降。眼见战事不利，横江津的守将樊能和当利的守将张英便率残余的士兵撤出，一路南下去寻找刘繇了。

孙策和周瑜合兵一处，快马加鞭追击刘繇，一路收降掉队的士兵，又得数百人。路上又遇到了当地的游侠周泰前来投奔。孙策任命蒋钦、周泰为校尉，让他们为向导，火速追击刘繇。

此时已到傍晚，一众人马追到一处山岭。见此地地势险要，便打算仔细探查一番。

"周泰，此山是何名？"

"主公，此山名叫神亭岭。"周泰恭敬地说。

"神亭岭？莫非山上有谁的庙宇？"

"有光武帝陛下之庙，就在山顶。"周泰回答道。

孙策忽然想起，昨晚他梦到了光武皇帝刘秀。皇帝似乎对他说了些什么，但他却什么都记不得了。

"竟有如此奇妙之事……"孙策顿时觉得非常有趣，便令他手下将官，程普、黄盖、韩当、蒋钦、周泰等随他一同上山，祭拜光武帝。周瑜、吕蒙率兵在山下策应。

"不如多带些兵士护卫。"周瑜不无担心地说。

"山路崎岖难行，还是我们人少点自在。"孙策一笑，说道。

"伯符，千万小心！"周瑜不无担心地对孙策说。

"放心吧，我等十三人聚在一起，就算遇到千人，也敢一战。"孙策拍了拍胸脯，胸前的铠甲发出清脆的响声。对他而言，此时什么样的敌人，都无所畏惧了。

周瑜望着孙策一行人的背影，摇了摇头。便把粮草辎重留在山下，自己率领轻装的两千人，来到半山腰接应。敏锐的直觉告诉他，今天晚上的神亭岭，定会发生一些事情。

"真让人不舒服。"周瑜打了个寒战，说道。

孙策一行人在山的密林深处找到了那间祠堂，很显然，这里已经被荒废许久了。尘埃堆积、破败不堪，都已经不足以形容这里的样子。

这种情况，早已在孙策的预料之中。几人一起打扫祠堂，摆好贡品，祭祀一番。随后走出了庙门。

"我孙伯符终于有了不必寄人篱下的机会，今日在此发愿。若能从此成就大业，纵横江东，则我刀劈此石，此石裂为两半。"孙策手指苍天，在光武帝庙门前的石头旁，对众将说道。随即便缓缓抽刀出鞘，酝酿气息，用尽全身力气向石头砍去。只听一声巨响，那石头顷刻之间便裂成了两半。众将见此情景，无不欢呼。

一行人正要下山，却听远处有马蹄声。

"一人？不，是两人。"周泰仔细地听着，说道。

"莫非是公瑾和吕蒙担心我们，找上来了？"孙策说道。

"不，方向不对。似乎来者不善！"蒋钦高呼。

"哪个是孙策？"

一声叫喊，从不远处传来。孙策一听，便知来者不善，跟随他的十三名将军排成一排站在身后。忽然见一大汉，留着俊美的胡须，身穿铠甲，手持一对铁戟，腰中背着一把宝弓，骑快马从林中飞出。在他身后紧跟着一名小将，也挺枪策马出阵。

28. 神亭酣战

"我便是孙策。"孙策身穿赤红色铠甲，手拿马槊，走上前去。众将纷纷劝阻，孙策却说："光武帝庙就在此，成大业者，岂是胆小之辈？"

"孙策，你今日插翅也难逃了！"那人大声喊道。

"你是何人？"孙策笑道。

"我乃东莱太史慈也！"只见来将举起一对铁戟，一声大喝，惊得马连连后退。

"区区两人便想捉我，未免太小看我了！"孙策也大喝一声。

"可恨刘繇不听我言，不然你早已身首异处！"太史慈一脸愤怒，说道。

"你们两个一起上，我都不怕。"

"你们十几个一起上，我都不怕！"说着开始，便纵马出阵，挥舞着双戟，直取孙策。孙策也手舞马槊，前来迎战。两马相交，兵器呼呼生风，大战了五十回合，不分胜负。

这场战斗，可谓棋逢对手。太史慈见孙策没有半点破绽，心想不能速胜，于是卖了一个破绽，诈败后撤，想要引孙策来追。孙策正斗得开心，哪里管什么诈败，飞马前去追上。而太史慈却且战且走。

太史慈带来那员小将，恐太史慈有失，便飞马而上，打算帮助太史慈。黄盖挥舞着大刀，飞马出阵接住了小将的进攻，二人也斗得难舍难分。

见孙策走得越来越近，太史慈一个闪身，从腰中拔出弓来，飞速挽弓搭箭，一箭直直地向孙策的脸庞射了过去。不料孙策丝毫不慌，一把便抓住急速飞来的箭矢，停住了马。

"孙策，身手不错啊！"太史慈见孙策抓住了他的箭，忽然大笑了起来。今天真是棋逢对手，让他非常开心。

孙策却丝毫没有露出笑意，一把将手中的箭矢折断，说："你知道吗？我的父亲就是被箭射死的。从那时我就下定决心，绝不能死于箭下。"

"废话少说，再来！"太史慈拨转马头，回身再战，又是五十回合过去。孙策一枪刺了过去，被太史慈闪过，顺势抓住了他的枪头。太史慈手中的铁戟，向孙策奋力刺去，孙策也将铁戟抓在手中。二人互相争夺着对方的兵器，互相角力着，争斗间，双方都是重心不稳，二人齐齐跌下马来。但他们依旧没有松开兵器。僵持了一会儿，他们索性把武器扔下，互相揪住，扭打在了一起。太史慈一把扯下了孙策红色的头盔，孙策也一把抓住了太史慈的腰带。他们二人心中已经明白，谁都无法速胜对手。

这时四周忽然马蹄声大作，刘繇派手下将领率千余名士兵接应太史慈。原来太史慈劝说刘繇回军进攻孙策，却被拒绝。太史慈一气之下便偷偷独自出发，希望能找寻机会，擒住孙策。此时接到消息的周瑜也飞速率兵两千来到山顶，接应孙策。

双方对峙许久，本来打算交战，忽然天空乌云密布，豆大的雨点不由分说地倾泻而下。于是双方便默契地鸣金收兵，各自回营了。

"真是意外之喜，一场小小的争斗，竟然让我们见到了刘繇的主力军队。既然肯率兵接应，说明刘繇本人的大营一定在附近。"回去的路上，孙策兴奋地对周瑜说。

"离此地不远，就是秣陵。猜也猜到了，刘繇无处奔逃，只能向自己控制的地方撤退，最近的就是秣陵了。"周瑜有些不高兴，说道："今日之事如此凶险，伯符，你今后可千万注意。"

"放心吧，不会再有下次了。"孙策轻轻一笑，说道。

回到军中，周瑜即刻下令。全军急行军一夜，务必在天亮之前赶到秣陵城下。

第二天，天蒙蒙亮的时候，孙策的军队已经在秣陵城外十里处扎营。大有不克秣陵，誓不回还的架势，两军对垒于秣陵城下。

孙策一马当先，走出阵中，用手中马槊挑着太史慈的铁戟，大喊："太史慈，要取你铁戟否？可敢再出来一战？"

太史慈也毫不示弱，策马走出，用另一把铁戟挑着孙策赤红的头盔，说："孙策，你的头盔在这儿！可敢来拿吗？"

二人都飞马出阵，誓要一决雌雄。不由分说，战在一起，打得难解难分。太史慈见孙策攻势凶猛，根本不肯示弱，心中骂他好生狂妄，心中大怒，手握战刀，来战孙策。

太史慈挥舞战戟，直直地向孙策劈来。孙策赶忙格挡。太史慈忽然又将刀锋一转，沿着孙策的兵器，直直地扫了过去。孙策赶忙俯身躲避，从马鞍上拔出一把短剑，直直地向太史慈刺过去。太史慈见状，也拔出剑来格挡。两把宝剑相撞，"当"的一声。两人都觉得手发麻。长刀短剑相抵，此刻两人之间的战斗，变成了马上的角力。支援的部队与太史慈的骑兵，此刻也厮杀在一起。太史慈用尽全力挥舞着战刀，孙策也拼尽全力地支撑着。兵器与兵器之间碰撞，交锋，磨出火花。此时双方的心里都知道，自己遇上了劲敌。如果不拼尽全力，就很有可能命丧于此。周围的喊杀声、兵器的碰撞声、虎蹲炮的击发声不绝于耳，但两人都仿佛听不见一般。好像两个久经沙场的赌徒，只全心全意地注视赌局里的动静。两人战了二十个回合，难舍难分，索性扔掉了长兵器，跳下马匹。认真地做着剑术的较量。

双方兵士看得目不暇接，一招比一招惊险，一招比一招绝妙。就在二人酣战之时，忽然有一人，穿着刘繇军的铠甲，给刘繇递了一封信。刘繇看后大惊，赶忙下令鸣金收兵。

太史慈听到鸣金，顿时大失所望。奈何军令如此，只得后退。

"将军，不如留在我军中！"望着太史慈的背影，孙策喊道。

"休要再说这种话，大丈夫处世，当以义字为先。我岂能叛主投敌？"太史慈停下马，没有回头。只留下这样一句话，便离开了。

原来，刘繇收到的消息，自己最后的根据地曲阿被袁术军围攻。听到这里，顿时心急如焚。那里兵力空虚，这些日子刘繇一直在担心这件事，可又苦于应付孙策，无暇分兵去救。想来想去，他想出一计。

他命令士兵紧闭城门，做坚守之状。同时城中多插旗帜，要营造一种城内兵士众多，难以攻克的错觉。之后，便率领兵马，从城中侧门飞速撤出，打算驰援曲阿。太史慈是军中唯一能和孙策匹敌的猛将，刘繇令他率军殿后，防止孙策率军追击。部署完成，刘繇便率军从秣陵城外山路撤走。

走入山谷，忽见前方有烟。刘繇令士兵停止前进，正要定睛细看。忽然山上万箭齐发，箭如飞蝗，擂石滚木也一起从山坡上滚下来，山谷中的刘繇军死伤不计其数。

刘繇抬头一看，见山顶站立的人没有穿盔甲，只披了一件白袍。眉宇之间，英气逼人，正是周瑜。

"哈哈哈哈，刘繇老儿，你中计了！"周瑜从容地指挥着战斗，孙策也率军从身后掩杀过来。刘繇军大败，建制被完全冲散，刘繇只得在亲卫的保护下逃往丹徒。太史慈见刘繇军已被打散，只得奋力杀出一条血路，夺下一匹快马，向南奔逃而走。

"真是畅快，全赖公瑾妙计！"孙策一边笑着，一边看着清点战利品的士兵说道。

"若是没有伯符压制太史慈，这一仗真是凶多吉少。只是作为主公却要冲在阵前，可真是愧煞我等了。"周瑜也笑了，说道。

"也就是说，曲阿现在已经尽归袁术了？"孙策望着曲阿的方向说道。那里不仅是刘繇的根据地，也是孙坚被埋葬的地方。

"根本没这回事。"说到这，周瑜哈哈大笑："那个传信兵，是我派人假扮的。我本来只是想在他的心里再添加一些顾虑，没想到他竟然在慌乱之中相信了。"

击败刘繇，孙策的军队再次扩张，达到一万之众。得到领土的孙策，也构想起了自己一统江东的计划。

时值兴平二年。

29.　忠肝义胆

　　视线转到刘繇一方。

　　秣陵城外的战场之上浓烟滚滚，哀嚎遍野。孙策似乎有万夫莫开之勇，率军杀入阵中，刘繇一时难以招架，大军后撤，士气也十分低落，部将各自逃散。此时太史慈却愈发镇定，他连忙召集手下赶紧突围。太史慈手持双戟，振臂一呼，惊天动地一般，周围敌军都不敢上前。身边士卒原本都惊恐万分，但见此情形，也都来了勇气，纷纷高喊着，追随太史慈，一同冲出重围。太史慈跃马上前，手中双戟左挥右舞，敌军皆难以抵挡。就这样，太史慈带着手下骑兵冲出了孙策的包围。等到甩开敌人，他又召集了四下奔逃的士兵。最后，收拢了约五千人的溃兵。太史慈一时间找不到刘繇的部队，便率领部下前往泾县。汉末时候，天下大乱，州府之中也没有像样的长官守备，都是当地的世家大族聚集乡勇守卫自己的家园。泾县也是如此，当太史慈赶到泾县之时。看到此处城池坚固，心想："此处想必难以攻取，我等必不能强攻。"

　　可是，出乎意料的是，城中乡绅知道来人是太史慈，竟然主动开城献降。那乡绅代表姓乔名睿，只见他拱着手，从城门中走出来，对太史慈说："来人，难道就是子义将军？"

　　太史慈见此人竟然知道自己的名号，心中有些疑惑，回答说："阁下怎知我的姓名？"

　　"哈哈哈，太史子义，闻名天下，我等仰慕已久，今日将军来到此地，是我等的荣幸。"那乡绅说道。

　　太史慈驻马，点了点头，便纵身下马，拱手说道："我等不过败军之将，今日至此，还望有一歇息落脚之处。"

那乡绅笑了笑："将军莫要自责，胜败乃兵家常事，相信将军一定能够重整旗鼓。"

说着，便带着太史慈进入城中。太史慈来到泾县后，不仅休整了自己的军队，而且又以他的声望招募了三千余名乡勇。这些人都是慕他的声望而来，原来，太史慈年轻时候，便名动北方。他孝顺母亲，为报答恩人从青州突围的事迹已传遍大江南北，世人皆称之曰贤。如今他招募了不少部将，又在这段时间，招来了许多当时逃散的士兵。

可在泾县还有一支队伍，经常扰乱当地的秩序，便是当地的山越之民。这些人长于山地作战，由于资源缺乏，所以经常骚扰州郡中的百姓，当地百姓苦不堪言。太史慈听说此事，下令率军讨伐山越之民，此时，太史慈手下的士兵，已经有万余人之多。

虽然那些山越之民很骁勇，但是太史慈乃是熟读兵法之人。他先是派出部队伪装成村民的模样，抬着几个大箱子，不断地在山林中走来走去。那些山越之民早就听说有一名将来此，起初并不敢行动。但是时间久了，觉得也并无大碍，于是，他们便派出军队准备打劫这些人。只见那山越头领，从森林之中跳了出来，后面还跟着一众山越士兵。他们贪婪地看着太史慈手下伪装成的村民。正准备上前抢夺财物之时，只听树林响起中沙沙的响声，忽然又听得嗖嗖嗖的声音。几个士兵应声倒地。原来太史慈早已经在森林之中埋伏好了众多的弓箭手，而太史慈本人也是极为善射，只见他挽弓拉弦，"嗖"的一声，一箭直中那山越首领的额头。众人还没反应过来是怎么回事，太史慈的手下已经从森林之中杀出，喊声震天，刀光剑影之中，山越之民死伤大半，纷纷逃散。太史慈令手下继续追赶，一直追到了他们的大本营。大本营中另一个山越首领听说此事极为惶恐。还未等太史慈的大部队到来，便开城乞降。

太史慈又因此得到了一支机动部队。山越之民非常熟悉当地的环境，又比较善于在山地中作战，因此，太史慈收留了他们。

这时，太史慈以为能够前去寻找刘繇了，但是前线探子来报，孙策已经率军亲征泾县。

众人皆知，孙策身边有一得力谋士，二人情同手足。这人便是周瑜周公瑾。他早已派探子探查了泾县的情况，发现这里人心皆依附太史慈，孙策若想攻下泾县，非要费一番周折不可。但若是伤亡太大，反而会影响士气，况且此时孙策军接连作战，已是兵锋不盛。

不过，周瑜还是想出了一条计策，他吩咐手中的水军组成一支特殊的部队，用来刺探军情，名唤白衣营。而白衣营的统帅，便是吕蒙。

但是，如何能窃取太史慈军中的情报呢？周瑜又想出一条妙计。他命白衣营千余名将士列阵于泾县城外，太史慈杀敌心切，便率军攻打，而白衣营却故意一触即溃。太史慈担心其中有诈，便只率先头部队前去追击。先头部队的统帅名叫王寓。他亲率轻骑合围白衣营的将士，将他们全部活捉回了泾县交给太史慈发落。太史慈一直以仁义著称于世，这些白衣营的士兵纷纷向他求饶，希望能留他们一条活路。太史慈本想将他们放回，但是这些俘虏表示太史将军声名显赫，愿意投身到将军麾下。虽然部下中有一部分人并不愿意，但是这段日子以来，太史慈已降服了许多的士兵，况且他一向心软，他怀疑这些士兵是在孙策营中遭遇了很差的待遇。在军阀混战的东汉末年，这种情况也是屡见不鲜的。因此也并没有任何的怀疑，并决定后天举办一场酒宴，庆祝这些兄弟的加入。

一转眼就是两天之后，城中张灯结彩，太史慈的府邸中也是大摆宴席，他十分高兴，对众将士说道："子义不才，幸得诸位相助，今后，我并不图谋求大业，待我们整顿军备，还是要前去寻找主公刘繇。"

这时他的手下便有人说道："既然将军今日已经与刘繇走散，何不自立门户？"

太史慈摇了摇头："我等虽然生于乱世，但是仍然要守住忠孝的底线，况且刘繇乃是天子亲封的地方长官，又是汉室宗亲，我等应当听命。"

手下众将士听到太史慈这么说纷纷赞叹将军忠义。酒过三巡，太史慈也已微醺。这时只听得城外的哨兵来报："将军不好了，孙策已经杀到城外了。"

听闻此言，太史慈心中一惊。连忙令众将士前往南门外迎敌。旧部下早已习惯了太史慈的号令，一听此言连忙赶出府外。就在此时，那些白衣营的士兵却暗暗地互相递了个眼神。他们借此机会，取来兵器。表面上是要保护太史慈，实则是要跟在他周围。就在即将出府之时，只听得身旁一声大喊："上！"

说时迟那时快，几个彪形大汉，立刻抽出宝剑将太史慈压在地上，虽然他一身神力，但是双拳难敌四手，最终也被白衣营的人挟持住了。他们从身后取出了绳子，将太史慈牢牢捆住。

白衣营的士兵并不对太史慈下杀手。因为周瑜曾交代过，一定要留他活口。此将早已名声在外，若是杀了他，那岂不留下了残害名士的骂名？

太史慈问道："我不忍杀你们，好酒好肉地款待你们，你们却将如此对我，这是什么意思？"

"将军莫怪，我等只是依照主公的计策行事。只要将军配合我们，断不敢伤害你的性命。"其中一个白衣营的将士说道。

就这样，太史慈被他们带着来到了前线。城外是孙策的军队，城内是被绑的太史慈，众将士一时间也没了办法，他们僵持在城门附近。这时，只听得白衣营中一个首领人物说道："不想让你们的主公死，速速将城门打开。我们主公有话要亲自和太史将军讲。"

手下听闻此言，担忧太史慈被掳走，不愿开门，但自己的主将已经受制于人，一时间不知该如何是好，只能等待太史慈吩咐。

太史慈思索片刻，叹了一口气："那个叫孙策的，不就是想见我吗？我见便是了，打开城门吧。"

白衣营将士见状说道："将军果然果断，我等佩服。"

"废话少说。"太史慈冷冷地说道。

手下众将接到命令，便将城门缓缓打开。

而孙策从马上下来，负手立于城外，看着那缓缓打开的城门，笑了。

30．子义归降

城门缓缓打开，孙策一眼便见到了容貌英俊，身着甲胄，颇有大将风范的太史慈，他身后还背着没有抽出来的双戟，果然是不负盛名。他连忙拍拍身上的尘土，奔跑着来到太史慈身前。而后他眉头一皱，对着那些白衣营的将士训斥道："我只要你等将将军请来，谁让你们把将军捆来了？"

说着便连忙给太史慈松绑，一边松绑还一边说："子义啊子义，我可想死你了。"

太史慈看着面前的这个人，二十多岁，脸颊棱角分明，眼睛炯炯有神，说起话来掷地有声，确实就是那名动江东的孙策孙伯符，二人见面之后便打得不分上下。太史慈没能生擒孙策，孙策也未能完全击败太史慈。没想到这一次，自己却成为了对方的阶下囚。他不知道为什么孙策如此殷勤。于是只是冷冷地说道："我对于将军无功无德，哪里又值得将军惦记呢？"

孙策并没有回答太史慈的话，一把握住太史慈的手，拉着他往自己的军营中走去："早就听说太史将军的大名，威震青徐，如今天下纷乱，刘繇暗弱，何不与我一起共创一番大业？若是将军率领部下归附于我。我必重用将军。而阁下在刘繇军中，这样的大才，他弃而不用，那是埋没了人才啊。"

太史慈反驳道："哼，我已归附刘将军，岂能就这样背主求荣，若是你认为高官厚禄就可以说通我，那是不可能的。"

"早就听闻先生忠义，今日一见，果真如此，策虽说没有什么本事，但是，这颗求贤若渴之心，希望将军能够看到啊。"说着，又紧紧握住了太史慈的手。

太史慈还是摇了摇头，他闭起了眼睛："先生若是怕我投靠其他人，那么先杀了我吧。"

孙策听后眉头一皱："将军怎么会有这种想法？我是断断不会杀将军的。希望将军能早日与我共创大业，平定江东，定鼎天下。"

太史慈叹了一口气，说："我心意已决，但无论如何，我手下士兵是无辜的，城中百姓也是无辜的，希望将军能放过他们，并且善待城中百姓。"

孙策一听这话觉得似乎找到了突破口，他笑了笑："将军不必担忧，城中百姓和将军手下士卒，我军一定会善待，只不过，城中百姓都仰慕将军的大名，我军去安抚还不如将军去安抚呢。"

一时间，场面陷入了一片寂静，太史慈一言不发。他心中想着，孙策手中兵力数万，而自己只有一万士兵，确实难以招架，况且城中百姓也会因为战乱而痛苦不堪。这岂不是有违天道人伦。况且，他早就听说孙策的大名，此人并不是无德之人，而是少年英才，也许确有一番本事。

片刻之后，太史慈仰面对天，叹了一口气："唉，罢了罢了。我愿率全城百姓和手下将士向孙将军效命。但是希望孙将军，能善待城中百姓。"

孙策听闻此言哈哈大笑，拉着他的手说道："有将军相助，如虎添翼。我军军纪严明，一定不会骚扰城中百姓的，这点，还请将军放心。"

于是，孙策旋即拜太史慈为门下督。太史慈亲自招降了曾经纳为部下士兵。孙策军得到这一支劲旅后，离平定江东又进了一步。

不久后，孙策带领着太史慈、周瑜等人回到了吴郡，刚回到吴郡，孙策便授予太史慈兵权，又拜他为折冲中郎将。太史慈见到孙策如此重视自己，说不感动是假的。在这期间，两人常常同席而食，在府中交谈治军理政方略。

这段时间里，太史慈也一直不知道刘繇的去向。直到有一日。手下来人禀报，已经打听到了刘繇的去向，原来他去了豫章，还斩杀了反叛的笮融。听到这个消息，太史慈心中感到十分痛快，因为笮融为人阴险狡诈，虽然信奉佛教，但是杀人无数，毫无悲悯之心。如今被刘繇斩杀也是大快人心。太史慈又接着向手下问道："那刘将军怎么样了？"

听到刘繇的现状后，太史慈沉重地叹了一口气。原来，在击败笮融后不久，刘繇便去世了，享年四十二岁。他去世以后，军中无将，手下万余名士兵一时间无人依附。就在此时，孙策也听到了这个消息，便连忙召见太史慈。

他对太史慈说道："子义，我听说刘繇病逝，可是他手下的士兵，现在还游荡于军营之中，我怕日久生变。无论他们是被其他人攻杀，还是逃进山林成为流寇，我想都不是什么好结局。"

太史慈叹了一口气说道："将军说的是。"

"这些人都是刘繇的旧部，也是将军曾经的部下，我想今天应当由将军前去救他们一命。"孙策趁机说道。

太史慈连忙问："将军，这是何意？如何去救他们呢？"

孙策接着说道："我想以将军的威名，前去游说众人，定能使他们心悦诚服。世人谁不知太史子义的威名，到时候让诸将来到我军中，与将军，与我一起共创大业，岂不美哉。"

太史慈重重地点了点头，拱手对孙策说道："某定不负将军所托。"

又过了几天，孙策率领着手下文武官员亲自为太史慈送行，一直送别至昌门，到了此处，他二人，跃身下马。孙策双手紧紧地握着太史慈的手："将军此去，一定要保重身体，现在世风日下，小心江上的流寇，一定要平安回来呀。"

太史慈点了一下头，孙策又说道："将军此去需要多久？"

太史慈思索了片刻："主公放心，不出六十日，我必然带上旧部回来。"

"好，一言为定，我就在此处，等着将军凯旋，归来之时，我必设宴款待。"孙策笑着说。

在孙策和一众大臣地注目之下，太史慈跃身上马，向着远方奔去。这时，孙策手下谋士按耐不住，对孙策进言道："主公，太史慈来我军中之前，是我军用计策将他擒来的，此时将他放走，怕是放虎归山啊，只怕他安抚兵众是假，招揽旧部，以抗衡我军是真。"

其他谋士也纷纷附和道："是呀，趁着他没有走远，主公应当赶紧抓回来才是啊。太史慈北去，怕是一去不返了。"

孙策听着众人的言语，眉头紧紧地皱在了一起，他厉声说道："好了，不要说了。世人谁不知道，太史慈是一个重名节之人，他乃是青州名士，我不相信他会跑。就等他六十日，我相信，他必然会回来。各位，不要在私下议论了，也不要再跟我提及此事，否则休怪某翻脸不认人。"

在一旁的小孙权也说道："太史慈受我们厚恩，如今刘繇已死，他又能逃往何处呢？就算他想带着自己的手下自立，却也是名不正言不顺。"

"好了权儿，你也不要再说了。"孙策一把将年幼的孙权揽在怀里说道。

众谋士见到孙策这么说，也不敢再说些什么，但是心中依然是隐隐担忧。

二十天过去了，依然不见太史慈的身影，一些谋士坐不住了，他们前去探寻孙策的动静，但是孙策已经说了不许再提及此事，因此他们也不敢明说，只能随便说着些什么，顺带提到太史慈。孙策当然知道他们心里在打着什么算盘，于是，在一次酒宴上，他对着诸将说道："我知道诸位对太史慈的行踪有所疑惑。但是如今时间还未过半，还请大家耐心等待，我本人是很相信子义的，以后不要再让我听到这样的言论了。"

众将听到孙策这么说，也便不再言语。

三天后，孙策的斥候来报："将军，我军北面有大批军队逼近。"

孙策倒也并不慌张，他对那手下说道："再探，看看统兵的人是谁？"

过了不久，斥候再次来报："主公，来军主帅是太史慈。"

孙策手下谋士，听闻此言，对孙策献言道："主公，太史慈回来了，但是我们并不知道他的用意是什么，为了保证您的安全，我看我们还是率兵前往吧。"

孙策连忙摆了摆手，说："大可不必。我相信子义的为人。"

说完便亲自点了十余名亲兵，随自己出城迎接。果然不出孙策所料，太史慈将刘繇的旧部悉数降服带了回来。

31．会稽王朗

会稽郡，固陵城近郊，战场。

两支军马已在此处对峙多时。其中一支，为首的是一名少年将军，身穿赤色铠甲，英气过人，似有霸王之风。在他身边又有一人，与他年龄相仿。不穿铠甲，却披着一件白色战袍。这两人一个是孙策，一个是周瑜。

对面的军阵不是特别整齐，但士兵都有披甲，也是不可小觑。为首之人是一个留着文人胡须的中年人，他套着一件与瘦弱的身材非常不符的铠甲。此人正是会稽郡太守，名叫王朗，字景兴。

此时正值建安元年。新年伊始，曹操在部下荀彧等人的劝说下，迎天子于许都。天下诸侯有的嗤之以鼻，有的毫不在乎。他们不知道的是，从这一年开始，天下大势的车轮将转得更快。

一转眼，孙策下江东已经一年了。刘繇也好，严白虎也好，面对孙策的兵锋所向，都纷纷败下阵来，几乎退出了历史舞台。此时孙策将眼光定格在了会稽郡，当初西楚霸王项羽起兵的地方。

"王朗，你也是熟读儒家经典的，身为大汉官员，竟然去援助严白虎这个反贼！你可知罪？"孙策举起马槊，指着对面的王朗，说道。

"你这黄口小儿，不过是胜了几场，便忘乎所以了。夺了那么多城池还不够，今天还要来……"王朗用他嘶哑的喉咙喊到。因为这些日子的战事不利，他有些上火。

"住口！无耻老贼！速速前来领死！"孙策正要冲上前去，忽见自己阵中，大将太史慈挥舞铁戟，率先冲了出去。

却说王朗此时见太史慈挥舞铁戟而出。顿时热血沸腾，他手握长矛，挥舞着瘦弱的胳膊，便向太史慈冲去。他肥大的铠甲在身上不停地晃动，也不以为意。

"公瑾你看，真有不自量力的。"孙策见王朗滑稽的模样，小声对身边的周瑜说。

周瑜也捂着嘴巴，偷笑起来。

太史慈用铁戟直扫过去，王朗见状，赶忙提起长矛格挡。虽然费力，却也接下了一击。

见王朗如此狼狈，依附于他的客将严白虎坐不住了，飞马杀出，前来助阵。孙策阵中，韩当身穿着厚重的铠甲，手握一杆重重的长矛，上前接住严白虎的攻击。兵器相交，只听一声巨响，严白虎的手被震得酥麻。

见己方将领实在敌不过孙策麾下的名将，王朗拨马便走。他正要传令鸣金收兵，却发现身后孙策、太史慈骑着快马冲了过来。在他们身后，是呐喊冲锋的孙策军将士。王朗拼命地抽打着自己的马，急忙冲入城中。他麾下的士兵见主将逃了，也纷纷往城内奔逃，被踩踏而死的不计其数。孙策早已配备了冲车和云梯，趁着胜利，急攻会稽郡城。

无奈固陵城的城墙坚固，几次冲锋都是无功而返，孙策只得下令鸣金收兵。只是每日派兵在城下叫骂，激王朗出战。

经过今天的一场战斗，王朗坐在城头上仔细反思着。他闭上眼，思来想去，脑海中全都是太史慈挥舞铁戟向他冲来的模样。

"算了，我一个文人动什么刀兵？"王朗自嘲地笑了笑，自言自语道。

从那之后，再也没有人看到王朗身披铠甲、手拿武器的样子。

同样陷入思考的还有孙策。只不过他在想的是，究竟该如何攻破面前这厚厚的城墙。

孙策的叔叔孙静走到了他的背后，轻轻地拍了拍他。孙策回头，说："叔父，你也没睡啊。"

"那是自然。你的心事，便是叔叔的心事。我家晚辈里，属你最有出息。能帮上忙的，叔叔都愿意帮忙。"

"如何攻破会稽郡，叔叔可有良策？"孙策问道。

"攻城之法，无非是诱敌出战。我们的探子已经回来了，敌人粮草都储存在查渎。如果我们出兵攻之，王朗必然出兵来救。只要王朗大军一出，这城池便容易破了。"

孙策大喜，正要说话，忽然听到背后一人说道："退一步讲，即便敌人依旧坚守不出，粮草一断，他们又能守多久呢？"

孙策回头一看，正是周瑜。三人聚在一起，借着营中的篝火，议论起攻破会稽之策。

第二天夜里，王朗没有像往常一样睡觉，而是站在城楼上，思考着退敌之策。孙策连日进攻，已经把他逼得心力交瘁了。他此时无比渴望着战争的结束。

忽然，有卫兵送来消息，说孙策军中兵马调动频繁，似乎要有大举动。

王朗心中仍有疑虑，远望孙策营寨，见到孙策的营垒之中，旗号不乱，灯火通明。心中思索良久。

"莫非他们要来攻城？"王朗一边思索着，一边命令士兵上城防御。可是许久都没有看到孙策派来攻城的军队。心中正在疑惑着，忽然一名眼力好士兵指着远方大喊："主公快看，他们似乎要走固陵旁边的小道，绕过我们！"

"不好，如果让他们绕过固陵，山阴就危险了。粮草补给，就此断绝，我军危矣！"想到这个后果，王朗心中已经无法平静了。他必须以最快的速度阻止孙策，一定要将他们拦住。他回过头，看着身后的将领，试图寻找一个可用之人。

"周昕，就交给你了。"王朗的目光定格在一个名叫周昕的将领身上，手下将领中，他是最年轻的一个："你即刻带兵五千，奔赴查渎道，截击孙策。务必要把他拦下来！"

"喏！"周昕上马，领命而去。

周昕刚刚率兵离开，去截击孙策，固陵城下便来了一支兵马。他们手拿火把，将城下照得灯火通明。借着火光，王朗向城下看去，来者正是周瑜。他率领五千士兵，在巨大盾牌的掩护下，开始冲击城门。

王朗此时陷入了一个两难抉择——要不要把周昕的五千人马调回

来？如果把他调回来，那么就会给孙策留下一条畅通无阻的道路，这是万万不应该发生的事情。

王朗见周瑜兵不多，下定决心，让周昕尽力拖住孙策，自己死守固陵。他明知道，周瑜仅仅是佯攻，根本没打算就这样攻破城门。但是只要他的军队还在固陵城下，自己便不敢抽出身去专心对付孙策。

这就是阳谋，你明知道他的计划是什么，但是却不得不按照他的设想行动。

"仔细想想，周昕又哪里是孙策的对手呢？"王朗失落地走下城墙，自言自语道。

天亮时分，周昕的败报到了。周昕在慌乱之间构筑起的防线，根本经不住孙策的全力冲击。而他本人，也在乱军之中被孙策当场刺死。他带去的五千人，死的死，散的散，根本无心再战了。防线一触即溃，士兵拖拽着他们的武器，向后方撤离，有的干脆脱下铠甲，伪装成平民。先前还高高在上的大旗，此时也无力地耷下脑袋。任由泥水将大旗浸透，任由逃兵将大旗踩烂。

孙策的士兵熟练地收集着败军的物资，割下敌军的耳朵来计量军功。孙策骑在马上，注视着那些凄惨的景象，他心中也不禁生出了恻隐之心。但他知道败军的命运，就是如此。

孙策率领士兵从固陵城后绕了回来。望见城池背后出现了孙策的旗帜，王朗手下的士兵以为自己的城池已经被攻占，个个痛哭流涕，士气低沉。见到这种情形，他知道，自己的地盘已经无法守住了。于是率领卫士，轻装简从，逃出城去。坐大船来到海上，本打算沿着海岸南逃，却终究还是被截住了，他也被孙策俘获。孙策知道王朗名声远播，没有杀他。只是让他赋闲在家，过上了一段悠闲的日子。

后来，朝廷征召，王朗便又北上做官去了。当然，这也是后话了。

击败王郎后，孙策又转战江东各地，威名传遍天下。

32. 深入虎穴

寿春，袁术府邸。

近几日，准确地说，是得了玉玺之后，袁术越发得不正常了。

无论是会见下属，还是宴请宾客，他都会莫名其妙地笑出来。

和他关系比较近的人，都知道原因是什么。但他们也不能明说。

很明显，袁术想做皇帝。

孙策已经基本收取了江东，他的捷报一张接一张地被摆在了袁术的桌子上。当初袁术放他离开时，怎么也没有想到，那个名不见经传的少年如今却闯出了这么大的一片基业。自己明明只给了他一千人，他却越打越多，如今已经发展到几万人马了。

虽然知道孙策有野心，但袁术还是乐见其成。毕竟他还没有完全脱离控制，他打下的土地，不少官员都是袁术任命的。

换言之，现在拥有江东的不是孙策，而是袁术。拥有再多军队，孙策也不过是为袁术守卫疆土而已。

这样一来，袁术已经成为天下势力最大的诸侯之一。坐拥豫州的沛国、陈国，还有汝南，更兼有江东各郡，兵力近十万。在他心中一直蠢蠢欲动的称帝计划，也被提上了日程。

可在这之前，还有事情要做。

袁术觉得，自己绑在孙策脖子上的缰绳越来越松了。孙策为他开疆拓土，自然是好事。可是他不希望孙策摆脱他的控制，更不希望自己养虎为患。

"主公，我有一计，可以解主公之忧。"纪灵看出了袁术的顾虑，对他说道。

"你说。"

"既然孙策名义上归您节制，那么调动他手下之人，也是合理的吧？"

"你的意思是？"

"刚好我们的可用之人也越来越少了，孙策手下精兵良将众多，如果我们把他最倚重的人调到我们手下，一可以削弱孙策，二可以壮大我们。"

"那他要是不肯呢？"袁术一边思考一边说。

"那不是给了我们一个下江东削其兵权的机会嘛，他现在再厉害，也不过只有几万人，根本不是我们的对手。"

袁术的脸上久违地露出了笑容："他手下我能看上的人还真不多，听说周尚的侄子在那儿？"

"正是，他侄子周瑜变卖产业，换成钱粮，随孙策而去。"

"而且居然能在我的眼皮底下招兵买马，不简单啊。"袁术捻着胡须，说道。

"主公的意思，是要把他调到您手下？"纪灵问道。

"对，给他个县长的官职，历练历练。此子的才能，说不定今后能在你之上。"袁术用开玩笑的语气说道。

"周瑜年少志大，处事果断，足智多谋。恐怕已经在我之上了。"纪灵认真地说。

"孙家、周家，后辈都有出息啊。"袁术说着，难以掩饰哀伤的神情。

"主公日后得周瑜辅佐，也必能成就大业，不负威名。"纪灵低着头，对袁术说。

"纪灵啊，你不是外人，我就直接问你了。我若称帝，你肯跟随我吗？"袁术忽然说。

"主公，我已说过多次，此时称帝，为时尚早啊。"纪灵抬起头，看着袁术鬓角隐隐出现的白发，心中五味杂陈。

袁术也看着他，什么话都没有说。

"不过，这么多年来，纪灵何曾背离过主公？主公在哪儿，纪灵就在哪儿。这一点，永不改变。"纪灵向袁术郑重地叩拜，颤抖着说道。

袁术觉得鼻子酸酸的，看着地上跪着的纪灵鬓角也长出了白发，在心中暗暗算了一下，两人相识，已经是少时之事了。

"纪灵。"袁术忍住流泪的冲动，硬逼着自己笑了出来："你要和我站在一起？"

"末将只要站在主公的背后，仰望着主公，就够了。"纪灵听出了袁术的动摇，流着泪，却笑了出来。

"好了，这件事就交给你了，下令让袁胤接替周尚、周瑜的职务，把他们两个调到寿春来。"

"喏！"

建安二年伊始，袁术召周尚、周瑜北上做官。

外面狂风大作，是要变天的征兆。对于孙策和周瑜来说，对于江东那个初见雏形的新势力来说，此时此刻，真正的挑战才刚刚开始。

好在，这世间总有未雨绸缪之人。

丹阳，周瑜大营。

周瑜坐在营中，他的面前，放着袁术发来的调令。从他带兵投奔孙策的那一天起，就已经预料到了这一天。这件事的应对方法无非两种，要么去，要么不去。去则忍辱负重，但可为孙策争取宝贵的发展时间。不去则不需担心其他的事，只要沿着长江好好备战便可。

周瑜此时一直在等待着的，是孙策的回信。

周瑜与孙策分开已经许久了。随着孙策不停地扩张，他的军队不但没有减少，反而越打越多，已有三万之众，足以平定江东。此时袁术在江北，陈兵江边，耀武扬威，似有南下之意。而孙策的主力尽在南方，要应对江北来的威胁，实在是捉襟见肘。他知道，必须要有一员足智多谋、文武双全的大将北上镇守。孙策思来想去，唯有周瑜最为合适。

于是周瑜率本部兵马北上丹阳，用他敏锐的眼睛死死地盯着江北的袁术。有他在丹阳，任何人都别想轻易渡江。

一封信从孙策的大营乘着快马，来到了周瑜的营帐。周瑜打开信，信中是孙策对周瑜想法的答复。

"公瑾可大胆为之，程普即日率兵北上，以备不测。只是公瑾深入虎穴，万万小心。"

周瑜收起信，长舒了一口气。

周瑜还是决定走一趟。此时的孙策，万万不能和袁术真正决裂。袁术一旦发兵南下，长久以来，周瑜和孙策一起开创的大好局面就要付之东流了。三年也好，一年也好，几个月也罢，战争拖得越晚，孙策休养生息的时间也就越长。

自己北上就能换取发展时间，这笔买卖还是非常划算的。

可是这样完美的计划，这样划算的买卖，一开始的时候，孙策却怎么说也不愿意批准。

不是不明白其中缘由，而是孙策实在不想让周瑜再赴险地。南下至今，周瑜已经为他奉献了太多。他害怕周瑜像下江东之前那样，不声不响地便失去联系了。那种痛苦，孙策再也不想经历第二次了。

周瑜却坚持自己的观点，一定要到袁术那里去。几天之内，两人通信数次。终于，在周瑜坚决坚持的情况下，孙策无奈地同意了他北上的计划。

周瑜此行，一是要以自己为人质，消除袁术的戒心。二是要作为袁术和孙策的中间人，避免误判。在问题解决之后，便找寻脱身时机，回到江东。

周瑜收拾好行囊，踏上旅途。几十名江上人，早已乔装打扮，提前混入江北，吕蒙扮作随从，跟在身边。

33.　会见袁术

天下的愚者大同小异，而聪明人却各有各的聪明。

春节刚刚过去，周瑜便轻装简从，渡过长江，先到庐江郡，之后再北上，抵达寿春。这一路上，他遇到了不少袁术派来的聪明人。这些人眼光毒辣，手眼通天，无时无刻不在套话。和他们相处，周瑜觉得心很累。

"当聪明人真好啊，只要动动脑子，功名利禄就自己找上门了。"吕蒙望着形形色色的聪明人，心中生出了羡艳之情。

"我倒是觉得这世间难得糊涂。"周瑜坐在馆驿里，一边喝茶一边说。

"人都是这样，越是没有什么，就越想要什么。"吕蒙也长叹一声，忧愁地说。

"你平时不是挺机灵的吗？"周瑜看了一眼吕蒙，揶揄道。

"小聪明和大聪明是不一样的，有的人只为毫厘之利，机关算尽；有的人一计出世，天下皆惊。"吕蒙慢慢说来，一脸认真。

"听说宛城那边开战了，曹操倾尽兵力去征张绣，不知战况如何。"周瑜又喝了一口茶，温暖的茶水让他身心舒畅。

"这还用想吗？曹操根本不可能输啊。我要是张绣，就直接献城投降。"吕蒙哈哈大笑地说。

"张绣手下有一智囊，名叫贾诩，此人可不简单，我总觉得曹操可能要吃亏。"周瑜放下茶杯说。

"曹操手下的智囊更不一般，将军你多虑了。"

"是吗？但愿吧。"周瑜起身，活动活动筋骨。

这时，袁术的使者推门而入，面向周瑜，一脸傲慢地说道："主公有令，明日入府拜见。周将军自去便可，不必带随从。"说着，那人还特意看了一眼吕蒙。

"知道了，请回禀袁公，一定按时到达。"周瑜回复道。

使者拜别周瑜。望着他远去的背影，吕蒙朝他啐了一口。

"为什么不让我去？"吕蒙愤怒地问。

"如果你想听实话，那就是袁公看不起白身。"周瑜无奈地拍了拍他的肩膀。

听到这话，吕蒙仿佛顿时萎顿了，失落地瘫在椅子上，说："今后我要是有幸能混出头，一定要贿赂史官，把我当江上人的履历抹掉。哪怕改写成靠军功升上来的小卒都行。"

"江上人怎么了？"周瑜一脸困惑。

"将军你有所不知！江上人其实就是在水上行走的牛马，是比商人地位还要低的职业。那些士族老爷们唯恐不及，也就您不嫌弃我们罢了。"吕蒙依旧很失落，坐在那里说。

"我和伯符不嫌弃，就够了。大丈夫提三尺剑在手，何愁功业不成。"周瑜倒了一杯茶，摆在了他面前。

吕蒙大喝一口，又吐了出来。

"这么苦！"

第二天，袁术府邸。

看着周瑜从江东带来的礼物，袁术很是欣喜。这些年来，各地给他的礼物越来越少了。

"贤侄啊，听说你在江东屡立战功，辛苦你了。"袁术和颜悦色地对周瑜说。

"都是凭借主公您的威名，不然我们也不可能那么快就收复吴郡。"周瑜陪着笑，对袁术说道。

"伯符近来如何？"袁术捻着胡子，看似随意地问道。

"他下江东以来，无时无刻不在挂念着主公，渴求着为主公建功立业。这些礼物也都是他让我转交给您的。"周瑜谦卑地说。

袁术不置可否地一笑，点了点头。接着说："伯符是个好孩子，我知道的。好多时候，我都想收他当义子。"

周瑜也一笑。

"这次召你回来，只给你一个居巢县长做，没有不满意吧？"

"主公厚恩，岂敢有不满之理？"

"言重了。我其实是想让你到地方历练一下，你有大才，我日后必有大用。列侯的位置，我都给你和伯符留好了。"袁术得意地一笑，口中流出惊人的句子。

"祝主公鸿图大展！"周瑜尴尬地一笑，向袁术施礼道。

会面就在这样奇怪的氛围中结束了，周瑜心情复杂地回到驿馆，第二天，便马不停蹄地到居巢县上任。

治理地方的工作，小的时候，周瑜就常帮着叔父周尚做了。所以一到岗位，各项工作开展得井井有条。江北的情报，则由负责联络的江上人往孙策的手中传递。

离开军队的周瑜，此刻也完全闲不住。闲来无事，便开始操练军队，整肃军纪。一改当地颓废的军队风貌，周围的山贼都不敢轻易进犯。新来的县长周瑜，自然在当地拥有了极高的人望。

时光流转，进入二月份。这时，发生了一件惊天动地的大事。与周瑜会面之后，袁术彻底打消了对孙策的忌惮。终于，策划许久的他，以九江太守为淮南尹，置公卿百官，郊祀天地，正式称帝，国号仲氏。

听到这一消息，各地军阀的反应和预料的一样。口诛笔伐的有之，准备兴兵讨贼的有之，事不关己、高高挂起的也有之。唯独没有宣布支持他。徐州的吕布本打算支持袁术，可后来权衡利弊，发现弊大于利，便又公开反对。

孙策在江东，听闻这一消息，也赶忙给袁术修书一封，劝他不要如此。但袁术根本不听孙策的劝谏，两人便断绝了信件来往，不再交流。

建安二年，孙策正式与袁术决裂。曹操代表朝廷，派议郎携天子诏书给孙策，任命他为骑都尉，袭父爵乌程侯，兼任会稽太守，并命他与各路人马一起讨伐袁术。

而此时的周瑜，依旧在他的居巢县，默默观察着外面的形势。此时甚是欣喜，因为他知道，离自己回江东的日子不远了。

随着袁术众叛亲离，实力也一天天地衰落下去，无论是兵力还是经济，都大不如前。盗贼蜂起，一日更胜一日。袁术的治所内，百姓的日子越来越难过了。收上来的粮食，根本不够交高额的租税。袁术苦苦地硬撑着，尽可能维持一个帝王的体面。

可是袁术终究是连军饷都发不出了。养不起军队，各地的治安就越差。周瑜所在的居巢县，治所内的士兵吃饭都已经成了问题。周瑜也正为此日夜发愁。

听到他的焦虑，下属们纷纷劝他去拜访一个人。周瑜心中疑惑："缺粮问题，袁术都解决不了，还有谁可以解决？"

带着这样的疑惑，周瑜将信将疑地来到了一个大院门前，下了马。

那是一个朴素而大气的院子，围墙高高的，由砖石砌成。一个高大的，由铁铸成的大门耸立在那儿，令没有见过世面的人不寒而栗。

"看这程度，说是豪强都有些谦虚了吧？"周瑜在心中暗想，没有说出口。

周瑜走上前，叫了叫门。不多时，便有一小童将门打开。

"请通报一下，居巢长周瑜前来拜会。"小童飞快地跑进了院子，不多时，一个相貌忠厚、衣着体面的绅士便迎了出来。

"早闻庐江周郎大名，今日有幸相会。快快有请！"来者十分热情地招待周瑜进屋，奉上了茶点。

在见到那人之前，周瑜在脑海里构想的是一个面相凶神恶煞的暴发户。见到那人面相忠厚，礼节周到，便安下心来，随他进屋。

原来那人姓鲁，名肃，字子敬。本是临淮郡东城县人，出身名门，颇有家资，算是一个豪强。可他却不置家业，为人仗义疏财，最爱做扶危济困之事，不惜变卖自家田产土地。在当时已经名满淮南。

34．鲁肃之才

"将军此来，是要和鲁肃谈谈天下大势吗？"鲁肃为周瑜倒茶，说道。

"早听说先生有佐世之才，愿意讨教。"周瑜满怀感激地接过茶杯。实际上他所来并非为此事，既然主人这么说了，自己也只能奉陪了。

原来，鲁肃虽然仗义疏财，但却很少有人陪他说话。人们都觉得鲁肃其人愚笨，所以他朋友不多。身边挚友，唯有淮南名士刘晔。他们常常坐在一起讨论天下大势，一谈便是一整日。刘晔常常惊讶于鲁肃惊人的见解，把他比作天下奇才，社稷之臣。今日鲁肃见名士周瑜来访，便忍不住要和他聊聊。

所谓大智若愚，便是如此吧。

周瑜本是抱着姑且一听的态度，可鲁肃一开口，便有惊人的见解。对天下大势的理解，周瑜觉得，面前之人已经超过了他。两人越聊越投机，越聊越激动，仿佛酒逢知己千杯少。不知不觉，便忘了时间。

眼见天边暮色将至，周瑜依依不舍地起身，打算告辞。

"难得你我二人聊得如此投机，今晚何不住下？我当设酒杀羊，招待公瑾！"鲁肃也依依不舍，周瑜对用兵之道的理解，不仅高于刘晔，更是远远超出他的想象。他心里已经认定，面前这个少年，将来必成大器。

"可惜府中还有公务在身，子敬莫急，不久必将再来叨扰。"可以说，遇到此人是周瑜来袁术这里最大的收获了。

"公瑾，你这次前来，真的没有别的事吗？"鲁肃把周瑜送到门口，忽然想起什么似的，对周瑜说道。

周瑜一拍脑门："啊，谈得过于投机，倒把正事忘了。说来惭愧，我其实是来借粮的。袁术已经没有多余的粮草给各地守军吃了，可我总要养着军队保护百姓啊……"周瑜一边说着，一边觉得惭愧。

"哈哈哈哈哈！"

鲁肃仰天大笑起来，不由分说地一把抓住周瑜的手，向院内走去。周瑜只得随着他走。鲁肃站定，周瑜抬头一瞧，已经到了鲁肃家的谷场。谷场的中央，有两个圆形的巨大粮仓。

"我来是想借米五百斛……"大士族出身的周瑜，一直不太习惯向别人借东西："如果不行的话，三百斛也……"

周瑜的脸红了，小声地说着。

"说什么呢公瑾？"

"要不一百斛……？"周瑜心中想着，眼下都不宽裕，只要能借到一点粮食，便不虚此行了。

"你我如此投缘，说什么借？便赠给你了！"鲁肃爽快地说。

"莫要如此啊子敬，百斛之粮，你怎可随意送人？我一定会还的。"周瑜急忙劝阻道。

"百斛之粮？公瑾莫非把我当成小气之人？"

周瑜抬头，见鲁肃正指着两座粮仓中的一座，说："这一囷粮食，一共是三千斛米，全都赠给你了！"

周瑜惊呆了，他愣在原地，久久没能缓过神来。即便是汝南周氏，也不曾有这样大的手笔，对一个初次谋面的人指囷相赠。

仿佛看出了周瑜的惊讶，鲁肃缓缓说道："能结交公瑾这样的英雄豪杰，区区三千斛米，何足惜哉！"

"子敬才真是当世豪杰，若有机会能和子敬同事明主，共谋大业，何其荣幸！"

周瑜施礼，向鲁肃一拜。鲁肃连忙将周瑜扶起，二人携手，走出院子，依依惜别。

那日之后，两人便交往密切，结为挚友。袁术听闻鲁肃有此奇节，便征召他为东城县长。鲁肃到任以后，见袁术和他手下的官吏目无纲纪法度，政令废弛，贪污腐败，终究难成大事。便把官印留在官署，放弃官位，带着家人和乡中愿意追随他的少年，前往居巢县，投奔周瑜去了。

在二人共同的努力下，居巢县百姓的生活水平仿佛回到了太平之世一般。山贼流寇都躲得远远的，官府之中也没有欺人的贪官酷吏。日子仿佛会一直这样过去，但周瑜知道，自己还有更重要的事情要做。他要寻找机会，返回江东去。袁术此时的实力已经无力威胁孙策了，再在这里呆下去反而会成为袁术要挟孙策的砝码。他把心中所想的事告诉鲁肃，两人一起商量对策。

与此同时，江东。

朝廷催促孙策进兵讨伐袁术的使者来了一次又一次，却都被孙策搪塞过去。他知道此刻还不能贸然进兵，因为袁术的手中，还捏着自己的人质。

孙贲和吴景也在袁术手下做官，见当下形势不妙，便抛下官位，逃回了江东。可这样一来，他们就把周瑜推到了险境之中。袁术发现他们两人已经逃跑，顿时大怒。暗中吩咐手下，盯住周瑜。此时此刻，袁术手中握着的人质，只剩下周瑜一人。无论如何他也不能将他放走，不然孙策会肆无忌惮地向自己大举进攻。可他又不能贸然对周瑜下手，将其关押。周瑜在居巢县行善政，人望颇高。如果随意抓捕他，只恐会引起民变。

袁术的动作自然逃不过周瑜的眼睛。他带来的江上人早已隐藏在民间，袁术派来盯梢周瑜的人，也已经被吕蒙暗暗标记。这段时间他依旧重复着以往的日子，和鲁肃一起出游，一起巡视，一起畅谈天下大势。

直到有一天，鲁肃被周瑜拉着，来到居巢郊外。他本以为此次出行是去山里游玩，可眼看着要出居巢地界，周瑜还没有停下的意思。

"公瑾，哪里去！"鲁肃问道。

"我的手下探听到消息，袁术等不及了，准备趁我出行，派人抓捕我。"周瑜回过头，急切地对鲁肃说道："子敬，接下来你我要共去江东了。"

"何不早说，我母亲还在城中，我若离开，家人便危险了。"鲁肃焦急地说。

"令堂现在正和我叔父在一起，我已经派人保护她撤离。之所以不告诉你，是担心走漏风声。袁术的眼线在暗处，说不定什么时候就会出现。"

"那你我二人何不跟着你的随从一起走？"鲁肃还没有从惊讶中缓过神来。

"因为我们二人是诱饵，追兵来追我们，家眷逃离的时间便会更充分一些。"周瑜冷静地说。

"等等，你的意思是……"话还没说完，鲁肃已经听到了不远处的马蹄声。一队骑兵正来势汹汹，向两人奔来。

"抓住周瑜！"

"二百步……"

"公瑾，我们快逃吧！"

"一百五十步……"

"公瑾！你是不是被吓傻了！快跑啊！"

"百步！"

周瑜话音刚落，两边草丛之中忽然箭如飞蝗，向那队骑兵射去。骑兵反应不及，当即被射倒一片。

鲁肃从未上过战场，如此场面，也是生平第一次见。他瞪大眼睛望着周瑜，那个少年将军的表情如此自信，仿佛一切都在他的掌握之中。

解决了那队骑兵，草丛中钻出二十名百姓衣着的人，手拿手弩，腰别短刀，正是周瑜带来的江上人。

周瑜走到一旁的荒草之中，一块石碑被掩映在草中。周瑜对着那石碑，拱手行礼："谢亚父庇佑。"

鲁肃走近一看，那石碑，正是当年项羽麾下谋士，亚父范增的墓碑。

"居巢……正是当年亚父范增的故乡啊……"鲁肃站定，恭恭敬敬地行了一个礼。

35．帝王末路

话说周瑜和鲁肃逃过追杀之后，便骑着快马在江上人的护卫下，一路往江边逃去。周瑜骑在马上看着路边田园荒芜，百姓哀号，饿殍遍地，无人理睬。他什么表情都没有，只是抬起头往自己家乡的方向望去。不知道此时一别，下一次再归来会是什么时候。

周瑜是在洛阳出生的，可他最喜欢的却是在舒县生活的日子。小小的县城当然没有皇都洛阳那般宏伟壮丽，但却给他的生活带来了一份难得的悠然。此间百姓，淳朴善良，街道之上也没有自以为是、令人生厌的公子哥。

或者说，那处的公子哥，只有他自己。

他知道，此时的淮南，表面上的平静已经再也无法掩饰内部激化的矛盾了。从名义上讲，袁术的力量很强，强到天下没有人想轻易与他为敌。可实际上大家都明白，袁术对他手下的各个势力控制力度都很弱。他是经不起各路诸侯联军对他的讨伐的。

这个道理全天下的智者都懂，只是不知道袁术本人懂不懂。

周瑜和鲁肃来到了江边，周尚、吕蒙等人，护送着鲁肃的家眷，在江边早已等候多时。在计划开始的时候，周瑜便已经向江东的孙策联络。孙策派出的大船和水军估计不久便会抵达渡口。

就在这时，正急着离开此处的一行人，听到身后有连续不断的马蹄声传来。他们心想不好，回头望去，正是纪灵率兵两千，风尘仆仆奔渡口而来。

吕蒙拔刀出鞘，带领一众江上人，挡在了最前面。周瑜，鲁肃也拔剑出鞘，瞪圆了双眼，盯着纪灵。

"周瑜你在此拔剑，是要谋反吗？"纪灵用手中长枪指着周瑜问道。

"有急事需要过江，还望纪灵将军高抬贵手。"周瑜说着，却并没有放下武器。

"何不跟我一起去面见袁公，说明事情原委之后再走啊？"纪灵冷笑一声说道。

"纪灵将军，这就不必了。我实在是怕耽误了行程。"

"既然如此，那我也不必跟你客气。袁公待你不薄，你却竟敢叛逃！真是好大胆子！"纪灵张牙舞爪地大声喊道。

"今天不管你放不放，我都非要走不可！"周瑜冷冷地说。

"来人，拿下！"

一队士兵一拥而上，却在几阵刀光之下，纷纷倒地。

"区区这点杂兵，真敢说啊。"吕蒙用袖子擦了擦刀上的血迹，恶狠狠地盯着来人。

纪灵吓了一跳，他没想到，周瑜这一伙人真的敢反抗。

"没关系，拿下周瑜，生死不论！"纪灵用手中的长枪直指着挡在他面前的吕蒙，说道。

"我看你们谁敢！"

一声大喝从周瑜等人背后传来。几人回头观看，却见一个赤色的身影，像离弦的箭一般飞快地冲了过来，拔出战刀，挡在了周瑜一行人面前。

来者正是孙策。他亲自率领着麾下的江东船队，带着蒋钦、周泰，以及一千名士兵，前来接应。

望着此刻突然出现的变故，纪灵知道，这一次留不住周瑜了。

"纪灵，难道你想在这里和我起刀兵吗？你应该清楚，你根本不是我的对手。"孙策用手中闪着寒光的战刀，也指向了纪灵。

"区区一个反贼，也敢在这里大放厥词？"纪灵大吼一声，却并没有上前一战。

"天命在不在汉，我不知道。但我知道，一定不在袁术这里。"见纪灵根本没有一战的意思，孙策也收起了他的刀。

　　"忘恩负义。你要说的只有这些？"纪灵拨转马头，正要离开，却又被孙策叫住。

　　"等一下，帮我给袁老爷子带句话。"

　　"让他好自为之吗？"

　　"不，他日真的走投无路，可以来江东找我。"

　　"不会有那一天的，有我纪灵在。"纪灵下令撤退，接着拨转马头，离开了渡口。

　　建安三年，孙策握在袁术手中最后的人质——周瑜叔侄，也在孙策的接应下返回了江东。同年，孙策正式起兵，响应朝廷号召，讨伐袁术。他将袁术之前派到丹阳的袁胤赶走，之后收取了江东所有袁术的属地。

　　此刻，袁术正对着堆叠如山的败报，一筹莫展。他不停地收拢残兵，在后方集结兵力。对于孙策的行动，他已经无暇顾及了。面对曹操精锐尽出的攻势，他甚至没有赢过一场。

　　舒仲应从袁术的府邸走出来，望着天上越聚越多的乌云，心中暗暗地下定决心。

　　他一直是一个文官，主管赋税。袁术因人才紧缺，将他提拔为沛相。可近些年，随着战事越来越吃紧，他的工作也日渐难做。为了维持庞大的军费，税负越来越高，无数的农民因为无法缴纳赋税成为流民。再加上今年大旱，许多农田颗粒无收，这一年收上来的赋税，只有去年的一半。

　　从袁术的府中出来，他得到了一个新的任务。袁术将他仅剩的十万斛稻米全部托付给他，让他分发给还有战力的士兵，好让这些在最前线抵御曹操攻势的士兵优先吃饱。

　　舒仲应先回到家中，遣散了妻儿，找出自己准备了好久的棺材。随后他来到府库之中，将十万斛粮食尽数运到了寿春城外。

　　寿春城外，此时已经挤满了失去土地，辗转到此的饥民。这些饥民来自淮南各地，通往寿春的道路上，每一条路旁都躺满了饿殍。无数的乌鸦和野狗，在路旁肆意地啃食着。传说，将死之人的上空，无不徘徊着几只等待美餐的乌鸦。

　　"救救百姓吧，救救百姓吧。"他抬起头，对着天说道。

天依旧阴着，不知道听没听到他的祈祷。

拿着袁术最后的军粮，整整十万斛稻米，舒仲应将其全部散尽。他以袁术的名义，将粮食分发给了饥民。之后，他脱下官服，赤裸着上身将自己捆绑起来去见袁术。袁术此时正在前线，听到了这个消息，顿时气得头都要炸开了。那可是他最后的军粮啊，粮草已失，自己的败局已定。

"杀！杀了他！"袁术骑在马上，声音颤抖着，难以抑制自己的愤怒。

"你为什么要这么做？你难道不知道后果吗？"在一旁的纪灵愤怒而疑惑地看着舒仲应，问道。

"知当必死，故为之耳。宁可以一人之命，救百姓于涂炭。"舒仲应只说了这样一句话作为应答，之后便站起身，准备往刑场走去。

"等等！"袁术忽然叫住了他，舒仲应回头，见袁术以手掩面，声音似乎在哽咽。

沉默。

舒仲应在等待发落，纪灵在看袁术的反应。

过了一会儿，袁术将手从脸上拿开，露出了笑容，接着从马上跳了下来。

"舒仲应，你难道想独自一人享受天下的赞誉，而不和寡人一起分享吗？"说着，袁术便为他松绑，并免除了他的罪过。

"陛下，既然您如此决定，末将也没有什么好说的。只是我们军粮已失，接下来这一仗该怎么打？"

"纪灵啊，你觉得到如今这步田地，这场仗还能持续多久？"

"一年……吧。"

"你不必安慰我，我知道的。寡人虽然不是什么贤明之人，但对淮南的现状还是清楚的。那些不愿意打仗的，放他们回去吧。汝南袁氏爱民的家训，我今日才想起来，可惜已经晚了……"袁术几乎是哭着说完这段话。

"陛下，有纪灵在，一定护陛下万全！"

36.　袁术之死

"事到如今你还有什么办法？不妨说说。"

"陛下莫如自去帝号，投奔河北而去……"纪灵直言不讳地说道。

"你大胆！"袁术的反应是意料之中的事，纪灵也早已做好如此觉悟。无论如何，他要保住袁术的性命。

"不过你说的不无道理，就依你吧……"发作过后，袁术仿佛一瞬间憔悴了许多，落寞地说道。

建安四年，在收到袁术将传国玉玺相送的许诺后，袁绍派儿子袁谭迎袁术入青州。接到了袁绍肯定的答复，袁术即刻准备车马，率军北上。就在即将踏入青州地界时，忽然鼓声大作，万箭齐发。袁术军队的士兵铠甲不全，士气低落，中箭而死者不计其数。喊杀声不断从四面八方传来，吓得根本没有战意的士兵纷纷趁乱潜逃，乱军之中，又有许多人互相践踏而死。

袁术定睛一看，有一赤面长须大将，手持一柄大刀，从左方杀来。又有一豹头环眼大将，手持一柄长矛，从右方杀来。更有一人，面相奇伟，披挂整齐，挥舞双剑，迎面而来。

"看那旗号，来者应该是刘备。"纪灵赶忙把袁术护在身后，对袁术说。

"刘备一个织席贩履之徒，也敢挡我的去路！给我上，杀了他！"袁术在马上歇斯底里地叫喊着，可没有一个士兵向前冲锋。

"主公你快撤退，我来断后！"纪灵手拿铁戟，怒目圆睁，说道。

"撤退？撤到哪儿？"袁术想不出自己还有什么地方可以去。

"回淮南，到那里再做打算。若真的无处可去，我们便渡江去找孙策。"

纪灵飞快地说道。

"孙策想必也想要我的人头吧？他已经接受了汉室的爵位，怎么肯收留我？"袁术叹了口气。

"当年孙策要我转达主公，若无处可去，可前往江东。主公对他有恩，他不会为难主公的。"

"总之先回淮南，也无别处可去了。"

"主公快走！"望着张飞刺来的长矛，纪灵迎了上去，挡住了攻击。袁术见形势凶险，拨马便走，率领残部，直奔淮南而去。纪灵率领本部兵马断后，与刘备军交战，死战不退。

刘备见纪灵作战英勇，心生爱才之心，便说："纪灵将军此等英雄，为何屈身于贼人之下？你可愿归降于我，共扶汉室？"

"天命不归我主，也早已不归汉室了。不劳将军挂怀！"纪灵高声对刘备说道。

"我还以为将军要骂我是织席贩履之徒呢。"刘备笑着说。

"刘将军可以退兵了，我纪灵在此，绝不会让将军过去！"纪灵没有理会刘备。

"若我非过去不可呢？"

"除非纪灵死了。"

"纪灵小儿看招！"张飞暴喝一声，如同惊雷。挥舞长矛，直奔纪灵而来。纪灵挥舞铁戟迎战。三十回合，不分胜负。张飞见不能速胜，便卖了个破绽，回头便走。纪灵手持铁戟尽力刺去，却被张飞精准地躲过，反而反手将铁戟抓住，用巨大的臂力，一把将其夺了过来。

纪灵重心不稳，摔下了马，顺势被张飞一矛刺穿胸膛。

"你还有什么想说的吗？"

"有我……纪灵在……"

"袁公……保重……"

张飞下马，将他依旧睁着的眼睛阖起来，然后向他行了一个礼。

袁术的士兵们就这样望着他远去的背影，什么也做不了。当初袁术称帝之时，曾经为士兵们加官进爵。得到甜头的士兵不想轻易背离他，可此时他们所感到的只有失望。士兵拖拽着他们的武器，有的干脆连刀都扔了。袁术那珍贵的马车，燃着熊熊烈火，用金丝绣着龙纹的旗帜，也被胡乱地扔在地上。

纪灵是这支军队的主心骨，士兵们已经习惯了跟在他的身后来冲锋陷阵。他们从来没有想到过会这样轻易地失去自己的主帅。纪灵的马站在他的尸体旁，期待着它的主人能够再一次站起来。目睹着战败的袁术军的惨状，刘备的心中五味杂陈。他不知道是不是如果当初自己失败了，跟随自己的士兵们也会遭到如此对待。想到这里，他忽然不敢再想下去了。虽然这是近些年来为数不多的胜仗，可是他根本没有感到丝毫的欣喜。

行军打仗，是不存在常胜不败的。

失败的一方跌入深渊，万劫不复。而胜利的一方则继续前进，怀着复杂的心情迎来下一次战斗。逐鹿中原，谁会知道鹿死谁手呢？在最终的答案揭晓之前，在天命显现出自己的天枰之前，他们只能这样相互厮杀者，永远不会终结。

逃往淮南的路上，袁术听说负责断后的纪灵已经阵亡，顿时泪如雨下，哀嚎着当场昏死过去，过了许久才醒来。醒来之后，他整个人就变得歇斯底里、疯疯癫癫。

此时的淮南，早已是一片废墟，民生凋敝，生民十不足一。即使袁术想坐吃山空，可他面对的却只是一座空山。府库已经见底，百姓常吃的野菜，也被用鼎装着，端上了袁术的餐桌。

袁术已经许多天没有好好吃饭了，口中咀嚼着野菜，心中生出难以言喻的屈辱。虽然他不知道，正在吃的东西，已经是部下能找到的最好的。

"此间有蜜水否？"袁术扔下筷子，高声问道。

"此间有蜜水否！"他继续高声叫着，四处询问着。家人和属下见他这副模样，只得相顾无言，隐隐啜泣。

"我袁术，竟然到了这个地步吗？"这句话他是对天喊的。

天不应答。

急火攻心，袁术又昏死过去。当他再次醒来，望着围坐身边的一众亲属和部下，他的理智仿佛又恢复了。

"我死以后，你们便去江东，求孙伯符收留吧。我无颜见他，但他绝不会加害于你们。这是我最后能为你们做的一点事情了……"

"主公，切莫伤悲，保重身体才能东山再起啊。"

"这么多的罪孽，这么多的错处，就让我全部担下吧……这是觊觎帝位的报应！报应！只是……"袁术用微弱的力气说道："只是那帝王之梦……绝不是假的，我手下的某人，可成帝王之业……那人就是……孙伯符……"话音刚落，他便呕血不止，当天便气绝而亡。

建安四年，背负了无数罪孽的袁术，呕血而死。随他一起消失的，还有那未竟的野心。

丹徒，孙策大营。

江北的消息来了，孙策此时正坐在桌前，仔细地读着。

"想必袁术要不行了？"周瑜望着孙策，问道。

"袁术死了。"孙策笑着说。

"袁术不知爱民，穷兵黩武，败亡也是意料中的事。"周瑜叹了口气，感慨道。

"他的家人发来消息，说要来投奔于我，请求收留。"

"伯符打算收留他们？"

"正是，不管怎么说，袁术对我有恩，在做得到的地方，我还是尽可能为他做点什么吧。"

"如果朝廷责备下来……"周瑜皱着眉头，似乎还有顾虑。

"那也无妨。对的事情，不管是谁来阻碍，我都一定要做。"孙策的话语之中充满了决心。

"既然伯符已经想好了，那我便无话可说。既然如此，便派一支军队前去接应吧。"

"我来安排就好。公瑾，你这次来不是为了说这件事吧？"孙策知道，既然周瑜拿着地图亲自来找他，一定有重要的军情。

"伯符还记得二分天下之策吗？"

"当然记得。当年我父亲刚刚兵败，公瑾为我谋划的策略，全据长江，进可攻退可守。我始终不曾忘记。"

　　"如今淮南正是无主之时，各地军阀纷纷裂土自守。庐江郡在江北，扼守江东航道，对于我们全据长江十分重要。"周瑜一边指着地图一边对孙策说道。

　　"公瑾的意思是……"

　　"取庐江。"周瑜眼神坚定，看向孙策。他知道，对于庐江，周瑜已经志在必得。

　　"若取庐江，多少军队合适？"

　　"水军步军共两万人，可纳庐江。"说着，周瑜将详细的作战计划，放在了孙策的桌子上。孙策读罢大悦，下令筹备粮草军械，开始在暗中紧锣密鼓地进行战争准备。

　　大江之上，阴云密布。华夏大地如棋盘一般，毫不掩饰自己的全貌。而无数的棋手们，正期待着在这片棋盘上大显身手。

37.　皖城奇遇

　　就在孙策进行着紧锣密鼓地战争准备之时，江北传开了消息。本要前往江东投靠孙策的袁术家眷部属，被庐江太守刘勋率兵截击，尽数俘获。消息一出，整个淮南，整个江东都在注视着一个人的反应。

　　那个人便是孙策。

　　可这时的孙策势力，却一点反应都没有，平静得像一潭死水。这件事仿佛和他们一点关系都没有，仿佛孙策只是一个懦夫。

　　只有一些真正的聪明人，才明白，没有反应才是最可怕的。

　　孙策的战争准备，已经完成了。

　　刘勋的地盘，庐江郡，皖县。

　　一个公子打扮的人，正在漫无目地闲逛，至少看起来是这样的。在他身后跟着二三随从，他们腰中都悬着刀剑，保护着那个手拿羽扇的公子。公子用羽扇遮着自己的脸，一言不发，看起来和那些纨绔子弟丝毫不同。

　　兵荒马乱之时，庐江看起来还是比较太平的。街道上行人不多，集市中偶尔还活跃着几个商人。

　　"公子留步。"

　　手拿羽扇的青年放下扇子，露出一张英俊的脸庞，正是周瑜。他听到身后有人呼唤，便回过头来。来人长着一副学者面庞，气质潇洒、风度翩翩，缓步而来。

　　"不知先生有何见教？"周瑜上前，恭敬地问。

　　"在下见公子有些面生，特来问候。"那人也笑着说。

"不知足下尊姓大名。"

"在下姓刘，名晔，字子扬。眼下为庐江太守从事，见公子气度不凡，敢问尊姓大名。"

"在下只是一介商人而已，怎敢当此美誉。倒是子扬兄威名，在下可早有耳闻。"周瑜陪着笑说。

"公子作为一个商人，还真是眼光独到。不逛集市，不看物产，倒是很关心城池守备啊……"刘晔对周瑜说。

"先生言重了，在下只不过是随便看看。莫非城墙附近禁止驻足吗？"周瑜冷静地说。

周瑜早就听说过刘晔的大名。刘晔与鲁肃是多年好友，智谋决断，异乎常人。鲁肃与周瑜谈论兵法，便常常引用刘晔的观点。他的观点犀利，想法周密，常令周瑜称奇。今日一见，果然不同凡响。面对刘晔的逼问，周瑜心中一惊，却强做镇定，应付道。

"并无此事，我只是听说孙策打算向庐江郡用兵，他手下有个叫周瑜的，特别擅长使用间谍战术。我也是心中放心不下，才来街上四处巡视一番，不想遇到了您。"刘烨笑着说："听您口音，应该是庐江本地人吧？"

"正是。城内城外都很太平，不见有什么用兵迹象。大人，您多虑了。"周瑜挥舞着羽扇，对他说。

"既然如此，我便也不多打扰了。"刘晔作别周瑜，随后便率领随从来到了皖县官府。

"大人，您觉得那个人是什么来头？"随从问道。

"此人绝不是个商人，商人趋利，但他身上却没有那股铜臭味儿。此人绝不简单，你们派人去盯住他，如果他有异常举动，马上向我汇报。"刘晔吩咐下去。

"喏！"

与此同时，馆驿之中。

周瑜进入馆驿休息，吕蒙作为他的随从，也跟了进来。

"阿蒙，情况不对。"周瑜眨了眨眼说。

"不错，我们被盯上了。"吕蒙点了点头。

"货有多少啊？"周瑜高声对吕蒙说。

"五车粮食，车车都是上好的谷子。"吕蒙会意，也高声说。

"就这么点货，我们的人手肯定够了吧？"

"这是自然，该拿这些谷子怎么办？在城里卖了？"

"还是不了，皖县商家太多，还是运出城给孙掌柜吧。路上可仔细着点，千万别把谷子漏了。"周瑜轻摇羽扇，吩咐道。

"放心吧，肯定干净利落。"说着，吕蒙摸出了袖子中的短刀，走出屋外，来到僻静处，学起了鱼鹰的叫声。不多时，刘晔派出的五名在暗中盯梢的人便被捂住口鼻，五花大绑，扔进马车。随后无数袋谷子便结结实实地压在他们身上。周瑜和吕蒙骑在马上，带着五架马车逍遥地离开，向城外奔去。

就在快要出城时，忽见前方有一女子拦住了去路。那女子面容清丽脱俗，但言语动作却十分豪气，与孙策那个刚刚十岁的妹妹阿香类似。周瑜勒马，不解地看着那女子。

"这位掌柜，莫走。"那女子开口道。

"姑娘何故拦路？"周瑜皱着眉头，问道。

"你这车里，装的是谷子吧？"那女子看着周瑜，问道。

"正是。你有何事啊？"

"搬下车吧，这五车谷子，我买了。"

"这些粮食是要运到别处卖的，姑娘别为难我啊……"周瑜苦笑道。

"你在这里把粮食卖给我，还能省去路上运输的时间，何乐而不为呢？"那女子认真地说。

"抱歉了，姑娘，在下也是奉命行事，还请多多包涵啊。"周瑜无奈地回答。

"这是什么道理？莫非你怕我少给你钱不成？你这些粮食，我出高价买。"那女子不依不饶，说。

"做生意的，还怕买主不成？你就卖给她吧。"周围的百姓见此状况，也过来劝解。

"这车上还装着人啊……"周瑜心中想着。

"让开，让开。怎么回事？"一队卫兵将围观的百姓分开，赶了过来。为首之人正是刘晔。

"这是怎么回事？"刘晔认出马车上便是之前他盘问之人，而自己安排去盯梢的人全都消失了。刘晔觉得此事有蹊跷，便喝止住了众人。

周瑜见情况不妙，便对面前的姑娘说："姑娘，你会骑马吗？"

"诶……怎么突然……"那姑娘没听懂周瑜的意思。

"来不及了。"

周瑜忽然策马，向前狂奔。顺势一把将那姑娘拉到马上，吕蒙等人也迅速跟了上去。一鼓作气冲出了城门，向远处奔去。

"你究竟是何人？放我下来！"那姑娘在马上挣扎着，但她明显感觉到身下的马正在加速。狂风吹打着面庞，让她睁不开眼睛。

"追！快追！他们是细作！"刘晔吩咐守城的骑兵去追赶他们，周瑜等人也渐渐听到了身后急促的马蹄声。

"周将军，怎么办？"吕蒙焦急地问着。

"算着时间，也该差不多了。"周瑜转过头喊到。

吕蒙微微点头，拿出一把手弩，向身后不停地射击。追赶马车的骑兵一个个应声倒下。

"就要……到了！"周瑜自言自语着，带着马车跑过了一座小石桥，忽然从路边冲出了一支军队，带队的正是程普和黄盖。

"周将军，辛苦了。孙将军已经率大部队绕到了侧翼，安排我等在此接应！"

"有劳了！"

说着，这支军队一拥而上，将追兵团团包围。追兵见此状况，纷纷下马投降。

"将他们，还有马车中埋着的那五个人带出来，审问一番。"周瑜吩咐道。

"是！"

"公瑾啊……你马上……"黄盖笑着，指着周瑜的马。

这时，周瑜才想起来，自己的马上还有一个惊魂未定的姑娘。

"你……到底是谁……山贼？"那姑娘惊恐地问。

她没见过如此俊美的山贼。

"在下周瑜。"周瑜微微一笑。

"周瑜？不认识。"她摇摇头说。

38. 天作之合

"不认识就不认识吧，你又是谁？急着买粮做什么？"周瑜问道。

"我是在帮家里收购粮食，我父亲是个乐善好施的人，眼下淮南已乱，灾民四起。父亲要购买一些粮食，分给饥民们，哪怕能救一人都是好的。求求你放过我吧……"她哽咽着说。

"你叫什么，是哪家的姑娘？"周瑜问。

"我是乔府的小女儿……"

"安心吧，我们不是山贼。城中将乱，你先在我军中住下，等一切安定下来，我再放你回去。"

"莫非你们……打算攻城？"小乔惊讶地说。

"带她下去，好生保护。"周瑜没有回答，只是吩咐道。

"是！"士兵回应道。

"你们不能这样，快放开我！"

"把情报快马送给孙将军！"周瑜将城中搜集到的敌军的兵力部署写在了地图上，然后命人飞马传给孙策。

孙策穿着赤红的铠甲，骑在马上。传来的情报让他信心大增，皖县兵力空虚，根本挡不住己方的一击。见时机已经成熟，孙策便下令攻城。他冲锋在前，根本不在意城上的敌人向下射出的箭。士兵们跟在他的身后，如潮水一般涌向城墙。轻而易举地便攻破了这座城。而刘晔则在孙策刚刚开始攻城时便离开了这座县城，往刘勋大军所在的上缭去了。

上缭，刘勋大营。

刘勋此时正端坐营中，虽然经过苦战，但他最终获得了进攻上缭的胜利。这让他得意洋洋。这时他的下属跑了过来告诉他刘晔来了。

刘勋十分高兴，因为刘晔是反对他进攻上缭的。而此刻，赢了下来，他迫切地想把这个胜利的消息告诉刘晔，以显示自己的英明神武。

可是刘晔根本没有心情恭维他。

"太守，皖县丢了……"刘晔一进大营，第一句话便浇了刘勋一头冷水。

"孙策小儿竟敢戏弄我！"他歇斯底里地在营中又打又砸，愤怒异常。

原来，孙策在进攻之前就开始担心刘勋兵力的优势，于是和周瑜一同想出了一个计策：派使者渡江，献上丰厚的礼物，并以谦恭的言辞劝说刘勋进攻上缭。刘勋此人好大喜功，果然上当，一口答应下来。

刘晔看穿了这一计谋，他诚恳地对刘勋说："上缭城虽然小，但是城墙坚固，易守难攻。此城绝不是短时就可以攻下的。太守如果把兵力调走攻城，庐江就会兵力空虚。如果孙策趁机进攻，我们根本守不住啊……"

刘勋看了看刘晔，又看了看孙策送来的书信和财宝，他最后还是选择相信后者。他整点兵马，率大军去进攻上缭。

刘晔长叹了一声，无论如何也不愿随军。他选择留下来不是为了守城，而是为了验证自己的判断。

至于退路，他早已想好。

"子扬啊……当初不听你言，我真的后悔了。"刘勋发泄完自己的怒火，苦恼地对刘晔说。

"没关系，太守大人。过去的已经过去了，我们该想想接下来要怎么办。"刘晔面无表情地说，仿佛他此刻并没有什么情感的波动。

"请先生务必教我！"刘勋走上前向刘晔下拜说。

"眼下孙策兵威正盛，而我等地盘尽失，回军与其决战已不可能，不如……"刘晔一边说一边观察着刘勋的反应。

"先生尽可直言，刘勋必定言听计从！"

"眼下不如投降曹操。他在北方经营已久，又奉迎天子，将来必成大业。此时他正是用人之际，我等去投，他一定会欣然接受。"刘晔依旧面无表情地说。

　　"而今确实没有其他办法了，实不相瞒，我军中粮草已尽。既然如此，便依先生，我即刻向曹操写信投降。"刘勋长叹一声，说道。

　　皖城城墙坚固，守卫在城墙之上的士兵们根本毫无战心。在刘晔离开之后，更是如此。城中群龙无首，军官们试图抵抗，但他们终究聚拢不起四散逃命的新兵。所谓兵败如山倒，正是如此。士兵拖拽着他们的武器，有的干脆连刀都扔下了。城墙上挂着的，代表刘氏统治的"刘"字大旗，被从城墙上随意的扔了下来。而向前冲锋的孙策军士兵毫不在意地将大旗踩烂。城墙上，放弃希望的伤兵横七竖八的躺在那里，喘着粗气。他们不指望自己能够活下来，也知道不会再有援兵前来救助，只希望自己能够没有痛苦的死去。

　　杂七杂八的石头与木材，被随意地堆放在城墙之上。这些本应该砸向孙策军的武器，在攻城的时候却没有人想起来。孙策的士兵早已进城，他们四下收集着投降士兵的武器和铠甲，城中丰富的资源让他们震惊不已。那一战并没有多少人阵亡，孙策军中没能领到战功的士兵们只能坐在街上，因为孙策下令禁止杀害俘虏，更禁止骚扰百姓。

　　这一战轻松赢下，让孙策也十分意外，望着战后的城，一幅幅景象让他感慨万千。此时此刻，他忽然怀疑了，战斗的目的到底是什么？在血淋淋的战场面前，一切政治上的主张都显得那么苍白无力。士兵们不在乎天下是谁的天下。

　　孙策骑在马上，进了皖城。守城的士兵毫无士气，只是象征性地抵抗了两下，便纷纷放下武器投降了。孙策将投降的士兵编入军队，对百姓秋毫无犯。县中官员上交了府库钥匙打开府库，却发现库中也并没有什么金钱粮米。正在孙策失望时，忽然见到一伙家丁，拦住了他的去路。

　　"你们是何人，也敢挡我的路。"孙策怒目圆睁，指着他们说。

　　"少废话，我们不管你是谁，快把我家二小姐还回来！"家兵指着孙策说。

　　"竟敢这样说话，我看你们是不想活了！"在一旁的太史慈挽弓搭箭，对着那群家兵说。

"且慢，看他们的样子，必有隐情。"孙策止住太史慈，冷静地说："我严令各部，秋毫无犯，怎会抢夺你家小姐？"

"让开，他们不是坏人。"远处，一女子的声音传来。听此声音，众家兵回头一看，顿时愣住了。

"二小姐！"

小乔骑在马上，在她身边的还有周瑜，程普，黄盖等人。他们率军从另一门入城，刚与孙策会合，便遇到此事。

"二小姐，您到哪儿去了！"家丁们顿时放下武器，让开了道路，然后急忙聚拢到小乔身边。

"说来话长，还是请各位将军入府一叙吧。"小乔下马，向孙策施礼，说。

"既然如此，那便恭敬不如从命了。"孙策也一笑，说。

乔家是当地豪强，此时的家主，便是小乔的父亲。他常常感念生民之苦，每有灾荒，便拿出钱粮来赈济灾民。可偏逢此时民生凋敝，各地商家也缺少粮食货源。小乔见周瑜手中有五车谷子，便急于购买，上前拦车。于是便有了当街拦车的事情。

一行人骑着马，此时已经来到乔府门前。

"请通报一下，就说乌程侯孙策特来拜访。"孙策对府门前的仆人说。

不多时，府门大开，乔公率领家人亲自迎了出来。

"父亲，我回来了，让您担心了……"小乔见到家人，赶忙跑了过去。

"久闻江东孙伯符之名，今日一见，果然不凡。莫非是您把小女从山贼手中救了出来？"

听闻此话，周瑜红着脸低下了头。

孙策回头，见周瑜如此反应，心中十分惊诧："莫非是他干的？"

周瑜抬头，见到孙策惊讶的神情，瞪了他一眼。

"你们都误会了……"小乔轻声说道。

"看来是说来话长了，快快进屋吧！"乔公笑着，将一伙人迎入屋中。

孙策路过厢房，余光瞥见一位女子。资貌端庄，眉眼与小乔相似，却少了三分活泼，多了三分温婉，正在屋内一边看着竹简，一边使用算筹，仿佛在计算什么。只一眼，孙策就心中悸动，不能忘怀。

"那是老夫长女。"乔公看出孙策的心思，便笑着说。

"啊……我……这……"孙策支支吾吾，说不出话。

"长女至今尚未婚配，将军莫非有意？"乔公看着孙策，笑着说。

"实在失礼，方才一瞥，着实难忘。"孙策虽然羞涩，但却毫不避讳地说。

"既然如此，婚约就可定下了……"

"且慢，之前那么多豪族求娶姐姐，父亲都不许。今日怎么一见面，就把姐姐许出去了啊！"小乔上前，拦住了乔公。

"孙将军乃当世英杰，且观其双眼澄澈，心无邪念，必不会亏待你姐姐的。你看此二人，岂不是郎才女貌？"乔公笑着说。

听闻此语，孙策笑着，羞涩地低下头。

"我不要姐姐离开……"小乔说着，眼睛忽然红了起来。

"此事容易。"见此情形，孙策灵机一动，坏笑着一把抓住周瑜："乔公，此人乃我兄弟，汝南周氏青年一辈的翘楚周公瑾。常言道好事成双，不如……"

"伯符，莫要开玩笑！"周瑜红着脸，责备道。

"公瑾对待旁人，可从来不曾如此扭捏啊。"孙策笑道。

"今日不小心冲撞姑娘，已是十分对不起。怎能……"

"没事，我不介意。"小乔也红着脸，却抬头注视着低着头的周瑜。周瑜见此情形，更加不知所措。

"噗嗤。"望着周瑜地反应，小乔忽然笑了起来。

"多好看的眸子啊……"小乔心中想着，没有说出口。

在与孙策会合之前，小乔和周瑜已经聊了许久了。本以为他是个皮囊好看却十分粗鲁的悍匪，没想到面对她，此人却如此羞涩。更没想到，他根本不是什么悍匪。

只是个不太常见的、名满江左的少年罢了。

"若乔公不嫌弃，在下也愿意……"别扭的语句，吞吞吐吐地从周瑜的口中冒出。

"周公瑾……"小乔小声嘀咕着，此时却是满脸笑意。

"咳咳。"乔公见状，咳了两声："既然如此，那可真是好事成双啊！"
说罢，他便笑了起来。

于是双方定下婚约，在某个良辰吉日，英雄身边，终于有了美人相伴。
江东军全军庆贺，趁着士气高涨，他们又南下夺取了豫章。至此江东各
地几乎被孙策尽收。

而那五车谷子，在第一时间就被公平地散发给饥民。那些粮食，他
们是混着眼泪吃下去的，一粒谷子都没有浪费。

生民苦，生民苦。

39.　阴谋展开

建安五年，江东久违的统一了。孙策忙于推行新政打压豪强，周瑜也在巴丘日夜练兵。可北方的中原之地，一场规模空前的大战正在上演。

白马之战后，曹操军与袁绍军相拒于官渡。刚刚失去名将颜良、文丑，即使是声势浩大的袁绍军，此时看起来也有些疲惫。而前期作战的顺利，让曹操的军队士气越来越旺盛。此时的曹操早已不是洛阳城中那个失意的年轻人，面对混乱的世道，丝毫没有还手的余力。他的身边已聚集了众多治世能臣。

这一次，他不想再失败了。

官渡，曹操大营。

围着一个巨大的沙盘，曹操手下的谋士们开始了新一轮的军议。

"前段时间我们的进攻已经大有成效了，可是敌人的兵力依旧比我们多得多，这就是当下的现状。"刘晔走上前说道。

"公达之前立过大功，说说你的看法。"曹操此时已经留起了胡须，虽然个子不高，但看着也很精壮。

"最大的问题还是粮草，战争已经拖了很久了，我们的储备很成问题。"荀攸看着沙盘，担忧地说道。

"没有好消息吗？"曹操已经两夜没合眼了，他揉着自己酸痛的眼睛，希望能有一些好消息慰藉自己。

"明公，坏消息倒是有一个。"郭嘉犹豫着此刻应不应该把坏消息说出来。

"说吧，把坏消息放到一起，说不定能一起解决掉。"曹操自嘲地笑了笑，说道。

"我在江东的探子得知，孙策近些日子在调集军队，似乎有北上之意。"郭嘉拿出了探子的密报，递给了曹操。

"这人要是膨胀起来，就不知道自己几斤几两了。"曹操笑了笑，说道。

"主公，不可不防啊。"刘晔在沙盘上，又放了三个棋子，用它们来代表孙策军。

"我们的兵力本来就不够，难道还要派兵去南边防备吗？"曹操叹了一口气，他知道此时已是危急存亡之时了。

"对付孙策可能没有那么容易。"说话的人是贾诩，"盲目的分兵只可能有一种结果，那就是我们正面挡不住袁绍的进攻，背后又挡不住孙策的偷袭。到那时，许都陷落，可不是闹着玩儿的。"

"我想到一计！"郭嘉忽然拍案大呼，走上前来，将代表孙策的棋子拿开："孙策统一江东没有多久，此时他们的内部矛盾重重，士族不服孙策的统治，孙策也磨刀霍霍要向士族开刀。"

"我明白你的意思了。"曹操笑着说："挑拨矛盾，让他们自行瓦解。"

"不光如此，我们可以暗中招募对他心怀怨恨的人，挑动他们去刺杀孙策。"郭嘉的眼睛眯了起来，坚定地说道。

"孙策勇力过人，刺杀恐怕不太容易得手吧。"刘晔注视着郭嘉，怀疑地说道。

"哈哈哈哈，毕竟你在庐江，已经被他打怕了吧。"郭嘉大笑着揶揄道。

"奉孝，不要无礼。"看着刘晔脸色不佳，曹操赶忙出来打圆场。

"言归正传，我觉得此计可行。"荀攸站了出来，说道。

"我也觉得如此。"曹操自豪地说，"奉孝就由你来负责此事。你若能不费兵卒而退孙策，便是大功一件。"

"请明公放心。"郭嘉领命，离开大营。

巴丘，周瑜大营。

周瑜接到了孙策的亲笔书信，他读着读着，忽然惊出一身冷汗。孙策在书信中抱怨着这些日子的忙碌，并且提到自己又杀了一批鱼肉乡里的豪族。

　　周瑜发现，这些日子，豪族越来越不安分了。豪族本就不服统治，可这些日子好像有什么人在组织他们一样。他感到非常不安，即刻提笔回信，劝孙策注意安全。

　　"速速去叫吕蒙将军！"周瑜向营外大呼。不久，吕蒙身披轻甲走了进来。

　　"周将军，您叫我？"吕蒙说道。

　　"是的。士兵训练得怎么样了？"周瑜皱着眉头问道。

　　"十分顺利，这些兵之前都是江上人，特别机灵。现在又特别能打。"吕蒙得意地说。

　　"那现在就到了检验这些士兵能力的时候了。"周瑜拿出令牌，交给吕蒙。

　　"什么，有任务？"吕蒙借过令牌，立刻严肃了起来。

　　"现在那些地方豪强有些不对劲，仿佛受到了什么人的组织。我担心这样会对主公不利，你们马上去查一查。"周瑜说道。

　　"明白了，即刻出发。"吕蒙刚要退出大营，又被周瑜叫住。

　　"等等！你们一定要暗中保护好主公的安全，严防刺客！"

　　"明白了，必不辱命！"

　　"如果情况不对，飞速报我。我即刻带兵回去。"

　　吕蒙回到军营，点起白衣营士兵百人，假扮作客商民夫，一路往丹徒而去。

　　此时，孙策将讨逆将军府设在丹徒，一个因要塞而兴旺发展的小城。如果有人想对孙策不利，一定要首先控制这里。不然，城外要塞里那些随孙策下江东的虎狼之师，可不会轻易放过他们。吕蒙头戴斗笠，身穿白衣白袍，腰中没有带刀剑，只是在袖子里藏了一把短刀，俨然一副客商模样。他和几名兄弟此时正围坐在一个酒肆的炉子旁装出一副饮酒的样子。

　　酒肆里都是偶尔有闲钱喝酒的旅行商人，毫无疑问，这座城里唯一的酒肆，是全丹徒消息最灵通的地方。如果想知道丹徒发生了什么事，高层又有哪些动向，来这里准没错。

吕蒙一行人正在用他们敏锐的耳朵过滤着嘈杂的声音。不一会儿，一个尖利的声音引起了他的注意。

"听说你们最近遇到了个郭掌柜，出手颇为阔绰啊。"

"正是如此，替他做事，不愁没有钱拿。"

"你们做什么生意呀？下次也千万带上小弟啊。"

"没什么本钱，卖消息。"那人一脸神秘地说。

"谁的消息那么值钱啊？"

"城里住的那位，讨逆将军。"那人压低了声音，悄声说道。

"你可小点儿声，那位连士族都敢杀，你还敢往枪口上撞。"

"我看那郭掌柜也不是凡人，说不定那个讨逆将军也猖狂不了几天。"

"也是，这片地到现在已经换了多少个主子了。"

吕蒙一个眼神，暗示手下盯住这人。自己则起身付了酒钱，回到白衣营密密聚集的地方，部署今晚即将展开的行动。

夜色降临，月黑风高，正是杀人夜。

头戴斗笠，身披白袍，口中衔着短刀，手中拿着手弩。这样打扮的一百多人悄悄的接近了一个客舍。

带头的吕蒙悄悄使了一个眼色，便有一人上前叫门。

"开门啊，我是路过的客商，想借宿一宿。"

仆人一打开门，就被按在地上，捂住口鼻，发不出一点声音。白衣营士兵迅速涌了进去，却一点脚步声也听不到。

白天那几个客商睡眼惺忪地发现自己被五花大绑扔到大厅里时，他们还完全不知道发生了什么。

"为什么抓我们？我们只是路过的客商而已。"

"诸位都是聪明人，难道猜不到吗？"吕蒙面无表情地说道。

"我看他面熟，是白天酒肆里的那人！"一个客商认出了吕蒙，说道。

"没错，就是我。既然你们如此聪明，我也就直说了，郭掌柜是谁？"吕蒙从腰间拿出了鞭子，说道。

"我们不认识什么郭掌柜，这里没人姓郭。"一个客商赶忙回答道。

　　"真的不认识？"吕蒙举起鞭子，对着那人狠狠地抽了一下，顿时皮开肉绽，哀嚎声不绝于耳。见此情景，余下的人不得不招。

40. 猫鼠游戏

"郭掌柜是我们在江北认识的。他为人豪爽阔绰，不吝惜重金买情报。"

"他着重强调让我们多收集江东军的调动情况。"

"他买情报，一条多少钱？"吕蒙问道。

"当权者的流言蜚语一条百钱，军队调动情况一条千钱。"

吕蒙走到了几人睡觉的地方，仔细搜索，拿出了一个大钱袋子。

"看来你们没少赚啊。"吕蒙抖落袋子，方孔钱像雨点一样洒在地上，仿佛要堆成一座小山。接着他一脚将几人踢倒，踩在地上，说："说是商人，连货物都没有，你们到底出卖了多少江东军的情报？"

"将军，这里还搜到了他们往来的密信，您看怎么办？"负责搜查的士兵说道。

"带回去，好好审。"吕蒙拎起被他踩在脚底的人，带了出去。这一众商人被带到了吕蒙的秘密据点，连夜拷打，自不必说。

第二天，孙策的府邸。

吕蒙依旧穿着白衣白袍，坐在会客厅。孙策坐在大堂上，正仔细阅读着连夜审出来的消息。

"调兵计划竟然泄露了那么多，看来我们的确是大意了。"孙策喝了一口水，强压着怒火说道。

"末将更在意的是，那个郭掌柜联络江东当地的豪强，重金贿赂，让他们藏匿人口究竟是要干什么？"

"不过是一群土鸡瓦狗而已。还有什么消息？"孙策问道。

"近一个月以来，铁匠铺的生意都不是很好，问他们原因，说进不到铁矿石了。"吕蒙赶忙说道。

"看来他们还真是常怀反心啊。"孙策长舒了一口气："看来公瑾把你们训练得不错啊。"

"周将军说，我们必须要把自己看作是江东的尖刀。"吕蒙下拜说道。

"正好借此机会去除内忧。你去暗查当地豪强，看都有谁牵扯其中。"孙策下了命令。

"谨遵将令！"吕蒙回答："只是城内没有驻军，如果在调查期间他们忽然发难，只怕军队反应不及。是不是早做准备为好？"

"明白了，我即刻秘密调兵进府。"孙策拿出兵符，交给了门口的护卫。

"末将即刻去查。"吕蒙接下命令，便离开将军府，混入人群之中。

"这些地方士族豪强，之前便明目张胆藏匿人口，鱼肉百姓。这次又勾结外敌，分明是不把我放在眼里！"见吕蒙走远，孙策一怒之下推翻了面前的桌子，卷轴公文洒落一地。

"兄长不必急。"有一青年从堂后走了出来，将桌子摆正，说道。此人长相英武，没有留胡子，双臂很长，正是孙策的弟弟孙权。

"仲谋，此事你怎么看？"孙策起身，也开始捡拾满地的公文。

"弟只想劝兄长，要注意恩威并施。当地豪强士族犯下大错，可兄长刑杀峻急，是不是也是原因之一呢？"孙权说道。

"我如果对他们宽仁，那就等于是对百姓的暴政。"孙策皱着眉头，说到。

"世家大族不论这个，只看利益。谁能给他们带来利益，就拥护谁。他们拥护谁，谁的力量就强大。"孙权无奈地说道。

"他们若能动我，就让他们试试吧。"孙策的目光忽然严厉了起来："仲谋，你离权术太近，离正道太远了。"

"兄长帐下的文武重臣，可有不少士族啊。连公瑾哥哥都是大士族出身啊。"

"公瑾不一样。他最讨厌别人拿他的出身说事，你刚才这话可千万别让他听见。"孙策起身，离开屋子走了。

望着孙策远去的背影，孙权摇了摇头："兄长啊，你也太不会保护自己了……"

丹徒城虽小，富户大族却有不少。他们各个家中院墙高耸，大门紧闭，轻易看不到屋内的动静。吕蒙的白衣营日夜走访，都抓不到线索。

就在吕蒙心急如焚的时候，忽然注意到进入城里的马车多了起来。一车接一车，不知道在运输些什么。他决定想办法跟上去，一探究竟。

一队马车正在城里走着，忽然街边传来一声巨响。拉车的马被惊到了，在城里横冲直撞。趁此机会，吕蒙和两三个身手较好的士兵一跃而上，趁着别人不注意，偷偷倒挂在了马车底，跟着马车进了一个院门。许多家仆赶来卸货，原来车里都是粮食。

"这家究竟有多少人？一次运这么多粮食吃得完吗？"吕蒙心里暗暗想道。

此刻他明白，这里面一定有蹊跷。

一直趴到了深夜，吕蒙和他的士兵才悄悄地出来。他们默默地窥视院子里的一切，才发现这里根本就不是一般的院子。院内的房子没有差别，仿佛就是为了住更多的人而修的。目前来看，这么大的院子至少能住两百多人。院子里有明哨有暗哨，站岗的人穿甲，手拿兵器。除了训练度不足，几乎和士兵没有什么区别。

"抓着大鱼了。"吕蒙示意士兵急速退回，几人轻手轻脚地撤了回去。

这几日，吕蒙通过这种方法调查了丹徒所有的大院。这样异常的院子一共有五座，都不打旗号，看不出是谁家养的兵。

"能在主公眼皮底下养一千人的军队，这组织者是不是有点太可怕了？"吕蒙不敢怠慢，赶忙写了两份报告。一份呈交孙策，另一份飞马报告周瑜。

"我早知道他们暗中收买死士，只是想等他们露出马脚好一网打尽。没想到他们已做到这种地步，幕后之人绝不简单。既然你不仁，就休怪我不义了。"孙策把他最精锐的军队暗中调到了将军府，并部署完毕。

夜晚降临，孙策坐在窗前读书，不拿剑，更不披甲。他心里毫无忐忑，只有好奇和激动。好奇的是他想知道谁会来。激动的是他终于又有拿士族开刀的借口了。

　　门外一声哨响，打破了丹徒城夜晚的宁静。一千名死士从四面八方汇聚到将军府。他们知道为了不扰民，孙策已经把军队移到城外驻扎。对于拿下孙策的首级，他们此刻充满了信心。

　　夜幕之下，猎物与猎人开始了游戏。

41. 伯符遇袭

正当他们为撞开讨逆将军府的大门而感到欣喜时，忽然察觉自己背后似乎有动静。察觉情况不对，他们正要离开，但却发现已经晚了。

围堵他们的士兵穿着铁扎甲，手拿长戟，腰中别着环首刀和军功袋。很明显，这是经过百战的精兵。是经历过戍边的军队才有的装束。带领他们的青年将军名叫韩当，他冲锋在前，早已砍翻两名死士。

无论是装备还是训练度，二者都有着天壤之别。所以这场战斗很快就演变成了单方面的屠杀。这一千人死的死、降的降，没有一个人逃出去。

"韩将军，我交给你的这支军队如何？"兵戈声渐熄，孙策仍不披甲，站在高台，笑着高声问道。

"锐不可当！真是一只劲旅啊！"韩当下拜，回答道。

"这是公瑾当初在山中为我招募训练的丹阳兵，专门保护我中军冲锋陷阵。今日把这只军队交给你，今后陷阵杀敌，为我解忧去烦，还需仰赖将军！"

"必不负主公所托！"

韩当将活着的敌人全部抓住，押解起来，装入囚车。接着便移交吕蒙，连夜审讯。第二天早上，一份详细的名单被摆在了孙策的桌上。

"株连！涉及的士族，全部夷三族！夷三族！"望着那份名单，孙策不由得怒火中烧，仿佛肝胆都要从腹中呕了出来。那份名单里涉及的人物甚众，有不少还是他曾经信任的老下属。这几日发生的一切，让孙策饱尝被背叛的滋味。

"伯符，掌握权柄之人，千万不可如此动怒啊。"大乔正在为孙策梳头，见他如此生气，说道。

"这名单上有多少人是我曾经信任的人，我待他们不薄……勾结外敌，背叛君主，这样的事情他们也做得出来！"孙策显然还没有消气，愤怒地说。

"虽说如此，只杀受牵连的人就行了，灭三族未免也做得太过了……"大乔说道。

"你的意思是我不够宽厚，不得人心吗？"孙策深吸了一口气，平静地说道。

"我没有这样说。"大乔此时的语气，已经开始哽咽了。

"我没有责怪你的意思，之前仲谋也这么说过我。"孙策见大乔眼眶红了，急忙解释道："我也明白，让我好好想想吧。"

"我们两个之间，你知道我，我知道你。一路扶持，已经多少年了。"大乔见孙策策这笨拙地反应，笑道。

"为患之人一网打尽，危机应该解除了。也许是这些日子我在屋里憋久了，有点转不过弯。我去林场透透气，给你射一头鹿回来吃。"孙策的脸上露出了久违的笑容。

"你留着和公瑾吃吧，比起我，他更喜欢你。"大乔白了孙策一眼，不无担心地说道："不过，现在出去真的安全吗？你若出去，可千万带好卫士，谨慎为上。"

"你多虑了，丹徒毕竟是我们的地盘。放心吧，我天黑之前就回来。"孙策笑着，仿佛还是一个少年。他蹦跳着，去弓架上挑了一把最硬的弓，牵着最爱的白马，走出了将军府。

丹徒，狩猎林场。

"你们，走快点！"孙策骑着他耀眼的白马，在林中尽情驰骋，对在它身后拼命追赶的卫士说道。

一头野鹿在前面飞快地跑着，孙策在马上挽弓搭箭，一箭飞出，正中野鹿后背。野鹿痛苦地嚎叫着，想要摆脱孙策的追击。孙策再搭一箭，说时迟那时快，只听箭支破风而出，将一棵树木直接射穿。那受了伤的野鹿反而一跃而进密林，不见踪影了。

　　"分头去找！"孙策对卫士说道。

　　一个之前曾是猎户的卫士转过头，说："将军，我的家乡有一种说法，射中的鹿如果逃掉了，就不要再追了。因为那代表上天不让它绝命，如果穷追不舍，恐遭天谴啊！"

　　"我不信命，更不信天！"孙策纵马一跃，进入密林。

　　循着血迹，追到了一片开阔地。他看到那头鹿正在舔舐自己的伤口。孙策挽弓搭箭，瞄准了它。

　　正在孙策聚精会神瞄准之时，他忽然听到远处也有破风之声。当他意识到自己受到了袭击时，已经来不及了。一支箭已贯穿了他的脸颊，他躲闪不及，坠下马来。

　　"不愧是江东孙郎，运气真好。"三个蒙面人从林中走出，手中各自拿着武器，对孙策说道。

　　"区区毛贼……竟敢偷袭！"孙策快速拉弓，立刻射倒一人。接着忍住伤口疼痛，拔剑而起，一个转身已经来到剩下的两人面前。

　　"拿命来！"孙策声嘶力竭地喊道。

　　见孙策来势汹汹，那二人也急忙拔剑，只可惜晚了一步。孙策两下便把这二人全部斩杀，接着奋力从脸上拔出箭矢。伤口撕裂，流出汩汩鲜血。

　　"好险……差一点儿就……"孙策此时已经口齿不清，强撑着自己站着。过了不久他便妥协了，用剑撑住地面，跪坐下来，大口大口地呼吸着，空气里夹杂着他自己的血腥味。

　　他不知道自己是怎样回去的，印象里只有卫士慌张的动作，以及回来后大乔惊恐的表情。吕蒙仿佛跪在地上，责怪自己无用。将军府的上上下下，此刻仿佛失去了主心骨。

　　他感到外面很嘈杂，又感到自己的无力。他不知道接下来还会发生什么，更来不及去想江东的命运。睡意仿佛一个无情的恶魔，不断的吞噬着自己的灵魂。活着还是死去，这是一个大问题。

　　怎样活着，或是怎样死去，便是最重大的问题了。

　　孙策高烧不退已经两天了，大乔与孙权也整整两天没有合眼了。将军府的周围，程普、黄盖早已安排了重兵把守，丹徒城也宣布戒严。在这座小城里，所有人都屏住了呼吸，等待着未来的到来。

吕蒙差遣白衣营中耐力最好的士兵，骑着最快的马，把情况报告给周瑜。

周瑜正在营门口等候，见远处快马前来，心中便知道意外可能发生了。

"讨逆将军遭遇刺客，情况危急！"

当听到这个消息的时候，周瑜如遭晴天霹雳。他扶住面前的围栏，防止自己过于慌乱，影响军心。他让传递消息的士兵把消息再说一遍，以确定自己是不是听错了。可惜他没有。

"吕蒙吕蒙……我恨不得斩了他！"周瑜急忙回营，做出部署。接着带领营中的一半主力，星夜兼程，直奔丹徒。

在人心浮动的时刻，丹徒的那点守军是完全不够用的。只有足够的兵力，才能安抚躁动的人心，才能压住随时可能爆发的反抗。

周瑜此刻无比期待孙策下达命令，可惜他心里知道，近期之内这个命令是无法等到了。

"伯符……兄长……等我……"周瑜努力瞪着眼睛，他害怕一松懈，眼泪就会夺眶而出。他恍惚着，期盼着一切都不是真的，期盼着一觉醒来，什么都没有发生。

42.　霸王寿终

与此同时，丹徒城中。

孙策睁开眼，映入眼帘的是孙权和大乔红肿的眼眶。透过门他看到外面似乎站了一些人，但他们一声不出，空气都因此沉闷了起来。

"伯符，你醒了？"大乔见孙策睁开了眼，仿佛心中有千斤秤砣坠地，一滴泪痕瞬间就滑过了她的脸颊。

孙权和众位弟弟扑上来叫着兄长，门外的官员也开始议论纷纷，空气仿佛活了一样。

只有孙策自己知道，情况并没有他们想像得那么乐观。

"让你们担心了……"孙策本打算咧开嘴笑笑，可一阵撕裂般的疼痛传来，让他放弃了这个打算。

"拿铜镜来……"孙策有气无力地说道。

"等你恢复好了再……"大乔急忙说。

"拿铜镜来……"孙策的眼里噙满了泪水，那眼神仿佛在哀求，仿佛在示弱。那双看向大乔的眸子，从始至终都写满了温柔。

从年纪来看，他不过是个大男孩罢了。

接过镜子，孙策看着自己脸上巨大的疮疤，闭上了眼睛，将镜子交还给大乔，悲怆地说："后悔不听你们之言……变成这副样子，还有什么脸面说争天下。"

"兄长要保重身体，江东有万斤重担，离不开兄长啊……"孙权声泪俱下地说道。

"我的傻弟弟……江东不是我一个人的，是我们孙家的……我若不在了，替我看好江东……和你公瑾哥哥一起……"孙策颤抖着，摸着孙权的头，说道。

"兄长……如此重担，叫弟如何承担……"孙权紧紧握住孙策的手，说道。

"我相信你，你会做得比我更好。带兵作战，与天下争衡，你不如我；但举贤任能，保卫江东，我不如你……"孙策看着孙权稚嫩的脸，说道。

"若兄长真有意外，谁可以辅佐……"孙权轻声说道。

"公瑾……他在吗？"孙策问道。

"公瑾哥哥正星夜兼程，往这边赶。"孙权回答道。

"我怕是要不行了……叫各位官员进来！"孙策命令道。

江东的高等官员进入屋内，赶忙下拜，等待孙策的命令。

"张昭张子布何在？"孙策看着进屋的众官员，说道。

"臣在。"张昭抬起头，望向孙策。

"这些年，子布一直辅佐我，辛苦你了啊……"孙策望着张昭湿润的眼眶，说道。

"从老朽向主公下拜这一刻起，便决心为孙氏效命，谈何辛苦……"年过半百的张昭伏在地上，泪水已经将地面沾湿。

"我弟弟仲谋，今后便托付给你和公瑾了……孙家的未来，今后还要仰仗先生和众官员，多多帮衬。"孙策从床上艰难地爬起来，向在场的诸位官员深深地施礼。

"敢不竭尽死力……"在场文武官员，异口同声地答应道。

此刻，周瑜已骑马到达丹徒城外。

众人退去，房中只剩下孙策、大乔二人。

"随我南征北战，苦了你了……"孙策轻抚大乔的脸颊，为她擦去泪水，轻声说道。

"你会好起来，一定会的……"大乔扑在孙策怀中，已是泣不成声。

"孩子还小，今后就要辛苦你了……"孙策看着襁褓里熟睡的幼子，轻声说道。

"你不要说这种话，你快好起来啊……"

"开心点呀……我给你唱个小曲吧……"孙策轻抚大乔的背，唱到："力拔山兮气盖世，时不利兮骓不逝，骓不逝兮可奈何？虞兮虞兮……"唱到这里，孙策也哽咽起来。

回过神，大乔已哭成泪人。

孙策的脉象已乱，气息也越来越微弱了。他觉得自己很困，但他知道，此时如果自己睡去，便再也醒不过来了。

无论如何，他还要撑着一口气，因为还有一个人他没有见到。

"公瑾……你何时来……"孙策强撑着朦胧的眼睛，盯着屋子的门。

"伯符……千万挺住……"周瑜气喘吁吁地跑上将军府的台阶。

孙策竖起耳朵，听到了门外熟悉的脚步声。

"告诉仲谋，外事不决……"孙策用尽最后的力气，说道。

房门被"吱呀"一声推开，随之而来的是一个再熟悉不过的人影，四目相对，恰如那年，竹林之中，仗剑而立的两个少年。

"……就问周瑜吧……"

孙策的手垂了下去，眼神中似乎藏着说不尽的话语，迟迟不肯合上。

"你我之间，何须多言。都交给我吧……"周瑜看着孙策的眼睛，微笑着将它合上。随即栽倒在地，泪如泉涌。

夜空中有一颗星滑落，人间有一少年离去。

多年后，史册有载："策为人，美姿颜，好笑语，性阔达听受，善于用人，是以士民见者，莫不尽心，乐为致死……"

此时夜幕已深，将军府内却是灯火通明。堂上尽白，人人缟素。周瑜呆呆地望着面前的棺木，心中有千言万语，却仿佛像被堵住了一般，什么也说不出来。此时的他感到非常不真实，一切仿佛做梦一样，朦朦胧胧的。需要等着他完成的事情太多了。但至少，今天夜里，他希望能静一静。

"公瑾，你的心情我全都明白，但现在还不是悲伤的时候。"张昭来到了屋里，拍了拍周瑜的背。

"子布大人，我带回来的士兵已经在城外秘密扎营。"周瑜看着张昭，说道。

"没有贸然进城是对的，不然第二天你谋反的流言就会传遍整个江东。"张昭望着江东地图，说道。

"伯符他……留下了什么遗命吗？"周瑜咬紧牙关问道。

"先主公他……命我辅政，要你我二人辅助二少主，保住江东。"年过半百的张昭也适应不过来称谓的变化，颤抖地说道。

"让仲谋继位，张公您来辅政。英明的决定。"周瑜笑着说。

"若你在他身边，顾命之臣的位置一定是你的。"张昭对周瑜说道。

"绝不会如此，伯符他知道，政事并不是我的强项。要稳固江东的局势，唯有张公您能做到。"周瑜握住张昭的手，对他说道："伯符的意思我已明白，张公是文人。瑜虽不才，但那些会弄脏手的事情，便交给我吧。"

当年初见时，在张昭的眼里，孙策和周瑜不过是两个孩子罢了。而今再看，此二人已皆是社稷之才。

"你有计划了？"张昭凑近周瑜，小声说道。

"今晚，你我二人便商量出一个万全之策。"周瑜轻声对张昭耳语道。

讨逆将军府的书房，灯火彻夜通明。门口有卫士站岗，闲杂人等一概不许入内。周瑜张昭密谈一夜，没有人知道他们究竟说了些什么。

孙权身着丧服，跪坐在灵堂前。他热爱读书，也喜好权谋。但看着他哥哥的灵柩，觉得手足无措。

"争衡天下……吗？"孙权望着摇曳的灯火，只期盼自己是一个平民家的孩子。如果是这样，父亲便不会被暗箭射死，兄长也不会被刺客偷袭丢掉性命。

"难道这是一个施加在孙家身上的诅咒吗？"孙权这样想着，没有说出口。

吕蒙在白衣营的据点，把自己灌了个酩酊大醉。他认为，孙策的死完全是因为自己没有把事情查清，因此陷入了深深地自责。

"以死谢罪？也不错……"吕蒙满脸通红，眼里布满了血丝。就在他打算神不知鬼不觉地自我了断时，他的属下送来了周瑜的密信。

一打开那封密信，吕蒙的醉意顿时消失了，酒醒了大半。

密信只有短短几行字："彻查士族官员交游，寻找把柄。"

吕蒙一声令下。那一夜，那些神秘的白衣士兵，散布到了江东各地。他们探听消息，收买商人，一张周瑜布下的天罗地网正在悄悄展开。

第二天。

孙权身穿丧礼服，带着张昭、鲁肃来到大堂，会见士族代表。虽然只有十九岁，但他现在已经是江东的主人了。他走到堂前，本来做好了向众臣一一还礼的准备，却发现满堂公卿，竟只有寥寥数人上前行君臣之礼。

原来，不少官员乃是江东当地士族出身，本来就对孙家的统治不满，如今见孙策已死，便约定好要给孙权一个下马威。

"众位皆是我的前辈，今后江东的未来，还需仰仗诸位……"孙权这样说着，汗水却已湿透了他的后背。

见此状况，张昭、鲁肃走上前，对着孙权，倒头便拜："微臣，定为主公尽心竭力，保江东安稳。"

孙权将二人扶起，目光却依然看着那些表情讥讽的士族官吏。此刻，他感到无比的羞辱。

张昭对着那些人，怒目而视："你们为何还不拜见主君？莫非你们心怀二心？"

"在大汉的土地上，张公却要我们对一个小小会稽太守行君臣之礼吗？心怀二心者究竟是谁呢？"

话音刚落，那些官员便哄堂大笑起来。

"主公还是朝廷册封的破虏将军！对主公不敬便是对朝廷不敬！"鲁肃大声说道。可是，无人理会他的话语，堂上依旧有说有笑。

"本来我还想留些情面，你们真的要自绝于先主公吗？"张昭冷笑一声，说道。

"在江东，我不信谁敢动我！"其中一个官员说道。

"那你可当真是自负啊……"一声话语传来，接着一队甲士鱼贯而入。周瑜身穿戎装，走入大堂，见了孙权，倒头便拜："末将周瑜，愿为孙家赴汤蹈火，在所不辞！"

43.　稳定局势

身穿戎装的周瑜出现在朝堂之上，令在场的官员们心中忽然紧张起来。他们不知道周瑜此行的目的究竟是什么，所以心中畏惧，注视着他的一举一动。

"来人，将寻衅滋事者全部拿下，仔细拷问。"周瑜话音刚落，那些身穿全甲的士兵便拔剑出鞘，将闹事之人按在地上，用铁链紧紧捆绑。之后他们便被一并压入大牢。吕蒙早就在那里等着他们了，他将这些日子的怨气全都撒在了这些人身上，那场拷问进行了许久。

周瑜眼见着闹事者被押了下去，心中顿时松了一口气。他走上前对惊魂未定的孙权说："惊扰到主公了，是属下失职。"

"周大哥……你会帮我吗？"孙权望着周瑜，眼眶红了，用颤抖的声音，低声说道。

"自然，臣也是主公的家人啊。请主公安心，主公的敌人，由我周瑜铲除。"周瑜见他如此，心中也十分不好受。

"听周大哥这样说，我便放心多了。但周大哥你可否告诉我……究竟是谁害了我哥？"孙权抑制不住自己的哽咽，对周瑜说道。

"正在审讯，早晚会知道的。请主公放心，我已经在追查了。"周瑜痛苦地说。发生这样的事情，他不知道该怎样面对孙权。他不会劝孙权放下仇恨，因为自己都放不下。

见到周瑜和张昭一文一武，带头拜孙权为主。群臣也只得随他们二人，向孙权下拜。年纪轻轻的孙权，就这样坐上了江东之主的位置。

拜别孙权之后，周瑜走了出来，望着面前的护城河，他的心中感慨万千。

望见周瑜满是心事，张昭便跟了上来，一脸关切地对周瑜说：

"公瑾，为何在这里唉声叹气？斯人已去，还是节哀顺变为好。"

张昭不说还好，一说完，周瑜心中顿时难受了起来，他问张昭："眼下时局混乱，不知张公有何打算？"

张昭微微地一怔愣，便立刻环顾了四周，对周瑜说道："主公之事，公瑾心中一定已有打算了吧。你之所以问我，只不过是想来探一探口风。你放心吧，那天我们商议了那么久，你我是一条心的。先主公已死，而今新主继位，百废待兴，还有好多事情要做呢。"

"听到张公如此说，我也就放心了。而今白衣营正在连夜审讯，一旦审问出线索，我可能会采取一些出格的行动。还望张公不要见怪。"周公瑾一边说着，一边轻叹了一声，摇了摇头。

听见周瑜的意思，张昭脸色微沉了一下，立在旁边半天也未曾开口。

周瑜知道张昭的态度，他所做的一切都只是为了江东的稳定，如果自己一味报复，让江东更加混乱，那他就不会站在自己的一边了。于是便连忙说道："张公，请你放心，我周瑜做事是有分寸的，绝不会置江东安危于不顾。"

"既然如此，那便放手去做吧，眼下是非常时刻，江东上下都要做好准备。"张昭听着周瑜的意思，知道他对于此事心中也有打算，便不再过问了。

张昭想了想，对周瑜说道："眼下安定民心最为重要，关于此事，我等还需仔细研究。"

"在下也有同感，江东一直苦于百姓太少，若因此事使民心生变，逃亡者增多，那损失便太大了。"周瑜正说着，表情越发严肃起来。

张昭在旁边听了，连连点头，嘴里连声说道："既然如此，那你我二人便同心协力，守卫江东。先主公看了，也会含笑九泉吧。"

周瑜点了点头，任由微风吹乱了他的头发。

没过多久，孙权正式继承孙策的爵位，在典礼上，新主公身边一左一右站立的正是周瑜和张昭。

孙权继承爵位之后，转过头望向旁边的周瑜，微微地蹙眉。对于成为一名雄主，他此时依旧没有信心。但他知道，自己还有依靠的对象。他打开面前的木匣，匣中放着的，是朝廷赐予的金印。他把金印握在手上，仿佛自己抓住了权柄。

他知道，依照现在的实际情况，周瑜无论是兵力、经济实力或者是在朝廷当中的人脉资源，都远在自己之上，也完全有这样的能力取代自己，继承兄长的位置。甚至他不能否认的是，如果周瑜坐在这个位置上，很有可能做得比自己更好。

可是，周瑜却并没有这样做。他也明白，周瑜与自己的关系，并不是曹操与皇帝的关系，表面上心悦诚服，暗地里却阳奉阴违。至少，这权柄，孙权可以自己抓在手里。

孙权自幼熟读兵法，虽然能力尚不如自己的兄长，但是识人之术他还是懂一些。正是因为感受到了他对自己的忠心与诚恳，孙权满脸感动地望着眼前的周瑜。

"公瑾大哥，我任命你为中护军，江东的兵马也都暂时由你来监管。今后，我孙家的身家性命，就有劳公瑾大哥你了。"孙权对身边的周瑜轻声说道。

周瑜原本望着孙权满脸的忧心，还不知道他究竟所谓何事。当他低头看见孙权递给自己的兵符时，总算是明白了过来，随即下拜领命，周瑜知道这是个英明的决定，军队即便交给由孙权掌控，以他目前的威望也是压不住人的。如果此时军队哗变，后果不堪设想。虽说如此，但他也感谢孙权的信任。

"末将周瑜，蒙主公不弃。愿在此立誓与众将士同心同德，辅助主公，生死无悔，永固江东。"周瑜接下兵符，感受到了沉甸甸的重量。

周瑜一边说着，一边将那枚兵符攥在手里，此时此刻，他在面前浮现出了当初那个少年的笑容。他忽然有一种恍惚的感觉。但并不清楚未来将会如何。

孙权抿唇，微微点头之后，周瑜这才离去。

还没有从这些日子的忙碌之中脱开身，周瑜便多了一种身份：中护军。

这一官职主要负责掌管城中巡视的卫戍部队，以及保卫孙权一家的安全。这一职位只有主公的亲信才能担任。

周瑜当上中护军之后，一直都勤勤恳恳，没有丢掉之前的职责，在训练军队、招募兵马、巩固边防的同时，还要进行巡逻。

可是即便是这样，他也依旧会在天黑之后，亲自调动卫队，举着火把，自己则骑在一头高大的骏马之上，率领着大家在周围环行巡视。

望着日渐冷清的城市和渐渐荒芜的田园，他忽然想起了张昭的话："眼下之事，安定民心最为重要。"

这一天，孙权召见文武百官，所谈的只有一件事：江东的人口越来越少了。原因有很多，但最重要的一条，便是民心不安。百姓多是从中原之地南迁而来的，江东政局动荡，百姓便纷纷往荆州等地逃窜，担心战乱之祸再起。他知道这件事非同小可，身边所信任的人，又非周瑜莫属，便将周瑜叫来了身边，说道："公瑾，这一次又要麻烦你了。流民之事，你代替我走一趟吧。"

周瑜点了点头，轻拱着双手，对孙权说道："请主公放心，末将这便动身。流民问题尚未解决，已成江东大患。眼下唯有安定民心，才能根治此问题。"

听着周瑜的话，心中觉得十分有道理，便朝向他点了点头说道："甚好，那就有劳公瑾了。"

作别孙权后，周瑜便回到了自己的府邸，刚回到家，小乔正在家中等他。

听说周瑜今日提早回来，小乔的心里正有些高兴。从屋子迎了出去，正有满腹的话想和夫君说，哪知道，周瑜却忽然开口。

"夫人，这才不几日，我便又要离开了。主公派我去解决江东的流民问题，你在家要保重好身体，我不日便会回来。"

"又要走吗……"小乔微微一愣，露出忧伤的神情。

周瑜点了点头，轻声地嗯了一声，之后便带着愧疚地神情，说着："实在抱歉，我一定会尽早回来的。"

"那好吧。"小乔带着一脸的恋恋不舍，目送周瑜离开。

　　周瑜四处巡查，又将江东各州郡近几年的赋税情况与张昭一同细细查验，发现课税过重是一个问题，但当务之急是制止百姓离开。在各地实行宵禁的政策，避免百姓趁乱混出城去是一个必要的手段。

　　虽然周瑜大力提倡宵禁，可是现下时局动荡，动作越多，百姓的心中就越是惴惴不安。

　　好在周瑜下令各州郡士兵严防死守，加强巡查，同时进入村庄核验户籍。若有藏匿人口者，通通治罪。

　　老百姓望见周瑜，感觉陌生不说，居然还带领着军队，大家的心便立刻全都跟着悬了起来。

　　"是不是主公要加税啊？眼下粮食根本就不够吃，这还让不让人活？"

　　"我们这里已经要起战乱了？"

　　"可是听人说，江东的旧主已亡，现下要更换新主了。"

　　"那我们这里怎么办，怎么办？"

　　"嘘，大家小点声。若是说话这么大声，当心被那些当官的给听见。"

44. 腹有良谋

　　七嘴八舌的议论，充斥在江东的码头和各郡县的大街小巷，让人想听不见都难。周瑜雷厉风行地实行政策，有效地抑制住了流民问题。虽然招惹了一些非议，也让百姓心中担惊受怕，但此举在一定程度上稳定了局势。

　　在将手头的任务做完之后，周瑜回到孙权处，将自己的所见所闻汇报给他，孙权听闻消息之后，满脸疑惑。真没想到，自从哥哥去世了之后，地方州郡居然民怨沸腾。

　　孙权抬手摸了摸自己的脑袋，对身旁的周瑜说道："这件事说起来也怪我，百姓生活如此艰难，我却每日悠哉悠哉，什么事也不管。"

　　周瑜望见他一脸懊悔的神情，便说道："这一切其实也并非没有方法可解。"

　　孙权的神色便立刻有了一丝好转，说道："不知公瑾有何妙策？"

　　"若是主公当真想平息民怨，最行之有效的方法，便是采取一些惠民的政策。"周瑜一边说着，忽然停顿了片刻，之后又补充着说道。

　　"眼下百姓生活困苦，又逢灾年，可以适当地降低一些赋税。另外，江东之地，地广人稀，还有大量土地未被开垦成良田。如今可以鼓励开荒，承认新开垦的土地为百姓所有，之后再派官员仔细丈量土地，不出几年江东便又可富足起来。"

　　听着周瑜的意见，孙权不自觉地点了点头，嘴里连声说道："如公瑾所言，这不愧是让老百姓安居乐业的惠民良策。今后保国安民之事，还请公瑾多多教我啊！"忽然周瑜的眼底闪过了一丝微亮。

"可是，如此行事其实并不是万无一失，即使可以造福广大百姓，可是势必还会有一小部分群体的利益会受到损害。"

"小部分的群体？公瑾，你的意思是……"孙权正说着，忽然抬起头来望了望他。

周瑜轻声地嗯了一声，点了点头。

"公瑾所说的是江东的士族吧？可是我并不害怕他们，"孙权正说道，忽然微微地眯起了一双眼睛，"江东的百姓可都在看着，为了那些贫苦的老百姓牺牲掉自己的一些利益，又能算得了什么？"

孙权年少的脸上满是意气风发。

周瑜望见孙权这样，便提醒着："可是那少部分的人往往也最难对付，主公岂不知，而今门阀士族权势滔天，百姓不知有主公，更不知有汉室，只知道管理他们的士族是哪家。"

"这真是岂有此理，兄长当初下江东时，他们便多与兄长作对。一定要找个机会，给他们一点教训。"孙权坚定地说。

"主公万万不可！眼下江东的官员，几乎全是出自世家大族，他们相互联姻，同气连枝，共同进退。惹了他们，会有大麻烦的。"

果然不出所料，白衣营的人很快便传回了消息，得知新主孙权准备做新政改革，士族们也开始策划着什么。

"既然如此，应当如何去做，公瑾教我！"孙权眼睛一亮说道。

"对于此事，只有两计。一是分化他们，二是震慑他们。正好，吕蒙的审讯也将要结束了。可以借此做些文章。"周瑜坚定地说。

孙权不知道此时该做些什么，更不知道所谓的利益平衡与利益交换究竟是什么意思。思来想去，他决定支持周瑜，就像周瑜坚定地支持他一样。

他也决定学习一下，作为人主，究竟该如何御人。

"什么新主，眼里居然就只能看到那些穷包子，哪里还能看得到我们？既然他这么希望讨好那些穷包子，那么我们不扶也罢。"

"江东是士族的江东，孙家只不过是外来者，也敢如此行事？"

"士族门阀就是天下的未来，逆天下大势而行，是不会长久的。"

那些士族聚在一起，七嘴八舌地谈论着孙权的新政。对于那些所谓的惠民政策，他们的言语只中充满了讥讽与鄙夷。

"诸位，既然如此，倒不如……"其中一个肥胖的士族在脖子上比划了一下，众人看着他，笑了。

"说得好！让弟弟随哥哥去吧。"

"哈哈哈哈哈哈哈哈。"

这个提议让这里的气氛瞬间活跃了起来。他们决定寻找机会，刺杀孙权，之后再为江东寻求一条新路。

"我看诸位聊得热闹，不如加我一个如何？"一个声音从门外传来。

众人停止了议论，纷纷把目光投向那扇门。其中几人已经拔出了剑。

"你是谁？"肥胖的士族问道。

"汝南周氏，周瑜。"

听闻名号，在场众人倒吸了一口凉气。

那名肥胖的士族老爷使了个眼色，那些人便都拔出了武器，悄声埋伏在门后。他们都心知肚明，既然周瑜来了这个地方，想必已经查出了有关的线索。对于他们而言。这可实在算不上什么好消息。

那个肥胖的士族，冷峻的眼色中带着一丝无情与狠辣，看样子心里没什么好主意。他做了一个手势，在场人纷纷会意，点了点头。

大家都明白他的意思，那就是，杀了他。

"你们不开门，我只能自己进来了。"周瑜冷冷一笑，拔剑而出，只一击便将大门刺穿。屋内的人看了那白花花的剑刃，无不倒吸一口凉气。

门外，周瑜头戴斗笠，站在门前。吕蒙率领白衣营的将士们，站在周瑜左右。他们都穿着一样的装束，头戴斗笠，身披白袍，白袍之下藏着的是铁制软甲。为了方便室内作战，他们没有带长矛，而是都在腰中系了一把环首刀。

对于江东地区的不安定因素，在这样的特殊时刻，他们的出现便意味着危险，是死亡的前奏。

"动手利落点。"周瑜收剑回鞘，冷冷地说。

白衣营的士兵们默默点头，吕蒙心急，一脚将门板踢碎。屋内那些士族见此动静，一拥而上，却被吕蒙的一声大喝吓住了。那些士族虽然平日也练剑，但几乎没有实战过，对他们而言，坐而论道才是他们的日常。纨绔子弟闲暇时便聚在一起吃五石散，身体红肿，面黄肌瘦，醉生梦死。见到吕蒙这等人物，十分畏惧。有壮着胆子冲上来的，也早被吕蒙一刀一个，砍下了头。

"别被他们捉住！千万不要被他们捉住！上！"那肥胖的士族坐在远处，歇斯底里地叫着。但真正愿意执行的人却没有多少，零星几个冲上来的人都被白衣营将士们利落地杀掉，没有一丝犹豫。见此情形，那些人更加害怕。

屋中的人全被控制住了，吕蒙带着白衣营的人，将他们尽数捆了起来。

"你们……你们是如何找到这里的？"那肥胖的士族仍不死心，高声喊叫道。

"前些日子我们抓了一批出言不逊的人。经过审问，他们供出了一个士族聚集的地点。真是有趣啊，江东的士族很有胆气，比冀州那些人强多了。曹操入了邺城，他们若有你这样的胆量，就不会有杀身之祸了。"周瑜冷笑一声，说。

"我等知错了……求你放了我们吧……"那些被抓的士族此时开始跪地求饶，他们担心这次事件会牵连他们的家族。原本高高在上的他们，此时毫无底气，哭天喊地的样子滑稽得很。

果然，只有被捆起来的士族，才是好士族。

"带走。"周瑜一挥手，白衣营便押着屋中的人陆续走了出去，将他们投入大牢之中。

白衣营的动作如此迅速，震惊了整个江东。一时间，那些意图趁着江东政局不稳，想要勾结外敌，为自己谋取更大利益的世族人人自危。他们派遣门客家兵，在家门口日夜巡逻，担心白衣营会像那天一样，忽然出现在他们面前。

"公瑾，接下来你打算怎么办？"张昭放心不下，找到他问道。

周瑜看着审讯的卷宗，说："敲打敲打就足够了，领头之人灭三族，其余的，让他们家里人来狱中赎吧。"

　　"这样处理，士族们会不会人人自危？"张昭不无担心地问。

　　"要的就是这种效果，杀一儆百罢了。我就是要在他们的头上悬上一把刀，让他们时刻担心刀会落下，行动便会有所顾忌。犯了死罪，我却允许他们活着，这也算是给他们恩惠了吧？"周瑜放下卷宗，对张昭说道。

　　"也许你是对的。"

　　"这样对双方都有好处。"周瑜轻叹一声，望向窗外。活着的人心生畏惧，可已经死去的人，却再也回不来了。

　　刑场上，一些士族流下的血，宣告了此事的了结。周瑜展开审讯的记录，望着上面的字，自言自语："这个中原的郭掌柜，究竟是何许人也。"

45.　子敬归吴

　　一代枭雄，小霸王孙策就这样，在一次狩猎之中丧命，时年二十六岁。就在这政局动荡、风云变幻的时刻，有人试图改变局面，而有的人却想要离开了。

　　江东的名士鲁肃，因为祖母的去世陷入悲痛之中。此时的他，还没有投靠孙策，上次为孙策出谋划策后，因为还要处理家中的诸多事务，只是在东城乡下隐居，当他听说孙策去世的消息，万分震惊，他开始思考自己该何去何从。这天，鲁肃收到了自己曾经好友的来信，那人便是刘晔，信中写道：

　　"子敬兄亲启。

　　"当今世上汉室衰微，群雄并起，天下的诸侯都想割据一方势力。且不论其他事情如何，这正是你我建功立业的大好机会，我虽说也是汉室宗亲，但是这世道到底是弱肉强食，如今在庐江一带，有一豪强名叫郑宝。我现在已经到了他这里。子敬兄不如随我一起，依附郑宝，子敬兄弟乃是有大才之人，屈居于乡下，未免也太过屈才了。这郑宝，如今拥兵万余人，割据在巢湖一带，巢湖一带物产丰富，兵力强劲。况且当地的许多士族都依附于他，更何况我们呢，现在正是过来依附的好时机，机不可失。不如就快点随我一起来吧，我在这里等你。"

　　鲁肃挑着油灯，在灯下，反复地看着这封信，在屋子里走来走去。他思考着自己究竟是否要前去。说实话，他此时也不知自己要去往何处，听到自己好友如此好言相劝，说不心动是假的。况且，孙策已经去世，新继位的叫孙权只是一个毛头小儿，跟着他，也不知自己到底能否成就大业。想到这儿，鲁肃似乎更坚定了要投奔郑宝的想法。

于是，第二天他便收拾行囊前往曲阿，前去寻找刘晔。可是他刚到曲阿就听说，周瑜此时已经将自己的母亲接到了吴郡。周瑜也并不是故意为之，他早年也是和鲁肃十分要好的朋友，此次也只是要代替鲁肃尽一点孝心罢了。听说此事，便又动身前往吴郡，前去寻找周瑜。同时也是准备嘱咐自己的母亲别告诉周瑜自己的动向。

几天后，鲁肃背着大包小包来到了吴郡，二人相见便紧紧相拥在一起。周瑜大笑说道："子敬兄，你可来了，好久没有见到你了。"

"公瑾公瑾，我这段时间不在家，家中的老母亲全仰仗你照顾了，是我还要谢谢你呢。"说着鲁肃便起身要拜。周瑜见状连忙拦住他说道："子敬兄，你这样就太见外了，你我既然兄弟相称，你的母亲便也是我的母亲，我既然是做儿子的，尽一点孝道不是应该的吗？"

鲁肃闻言哈哈大笑："哈哈哈，公瑾说的是，说的是，看来还是我太过见外了啊。"

于是，二人一起来到了母亲的住处。用餐过后，鲁肃和周瑜来到了书房。简单交谈之后，便谈到了自己的前程。鲁肃一向是十分信任周瑜的，便向周瑜谈起了自己的选择："公瑾，我最近听说在庐江有一个当地的豪强，拥兵万余，名叫郑宝，当地有很多人都依附于他，刘晔最近写信给我，也叫我前去投靠，所以，最近我准备收拾行囊，前去投奔于他，不知公瑾意下如何。"

周瑜听了这话很是惊讶，他站起来说道："子敬，这是为何？那郑宝是什么人我虽然没有太多了解，但是我可断定此人并没有什么大才，而我家主公在江东已历三代，我们少主虽然年轻，但是也绝非泛泛之辈，他小的时候就曾经独自一人前去刘表处谈判。只不过现在年龄尚小，急需有人辅佐。子敬兄才华横溢，何不留在江东共襄大事？"

"这……"鲁肃顿了顿，"他小时候的事情，我确实有所耳闻，的确是一个可造之材，只不过眼下形势，孙氏家族主少国疑，只怕……"

"先生无须忧虑。"周瑜打断了他，"老主公孙坚，还有前主公孙策，身边能臣猛将众多，并且忠心于孙氏。现在吴郡兵精将足，周围山越之民纷纷依附，世家大族，无不拜服。"

见鲁肃还在犹豫，周瑜又继续说道："当今的世道，不仅君主选择臣下，更是臣子选择君主的时候，像先生这样的大才，自然要选择像我家主公这般圣明的君主才行啊。他虽年纪轻，但是擅选贤任能，亲近贤臣，广纳名士。还望先生，多多考虑。"

鲁肃听了这话，心中似乎有些动摇，周瑜一把拉住他的手，在他的耳边说："先生可信占卜之事乎？我听说有仙人的密语流传于世，说道：顺承天命，取代刘氏的，乃兴起于东南。这里必定会产生一个明君贤主，而后建成帝业。如今汉朝几百年，气数已尽。天下贤士，皆各有自己的打算，就算为自己考虑，先生也该有自己的选择了！"

这一番话，彻底打动了鲁肃。天下大事，诸侯割据，想要匡扶汉室者有之，但是大多人都有着自己的打算，说不上谁对谁错。于是鲁肃决定投靠孙权："那就依照公瑾所言。"

周瑜喜出望外："好，有子敬相助，想必我们一定能够共闯出一番大业来。我现在就前去禀报主公。"

孙权虽然年轻，却也是求贤若渴之人。听到这个消息大喜，便立即要求召见鲁肃。

鲁肃来到府中，孙权见此人容貌英伟，文质彬彬，连忙来到近前说道："你就是鲁肃鲁子敬吧，早就听说您的大名，今日一见，果然不负盛名。"

"您过奖了，我早听公瑾说，您是少年英主，谁不愿择明主而仕呢？所以今日特来投奔。"鲁肃拜道。

孙权十分激动："有幸能够得到先生相助，公瑾所推荐的人，我是万分相信的。"

说着孙权就带鲁肃进入了宴席，众人有说有笑，时间已经不知道过了多久，宴席结束后，众人陆陆续续地离开了，孙权却将鲁肃留了下来。他将鲁肃召到身边说："我想以阁下的才华，一定对当今天下大势有所看法吧，如今我陷入了一番困境，正愁无人开导。"

孙权叹了一口气又接着说道："在这乱世之中，汉室衰微，我只是仰仗着父兄的基业，既然您愿意辅佐于我，请问有什么办法能让我成为像齐桓公、晋文公那样的人呢？"

鲁肃听了哈哈大笑，坐在榻上说道："主公无需多虑，在下早已为主公定好了平定天下的方略。曾经被汉高祖刘邦尊崇的义帝为什么没有成功？是因为项羽加害了义帝啊。现在曹操的做法不就如同项羽吗？"

"曹操确实可恨，那我们应当怎么做呢？"孙权问道。

鲁肃见他的话已经激起了孙权的兴趣，又试探性地接着说道："以在下所见，天命更替，汉室的气数已尽，天命难违。而那曹操割据北方多年，名将谋士众多，地盘广大，一时间不可与其争锋。我认为主公应当立足于江东，团结好江东世族，使人心凝聚，并且操练兵士，以图天下之变。"

"先生说的太对了，这之后呢？"孙权听到这里，顿时眼中发亮，神情激动。

鲁肃微微一笑，他觉得时机已经成熟，便又接着向孙权进言说："现在主公虽然盘踞江东，但是完全不需要在乎曹操，当前的北方仍处于多事之秋。曹操完全没有时间南渡，您不如趁机向西进攻黄祖，攻下江南各地，这样长江以南就全部囊括到您的手中。进而就可称帝，向北夺取天下。那时候，您可就不仅仅是建立齐桓公、晋文公的功绩了。您的功绩将堪比汉高祖啊！"

鲁肃越说越激动，孙权心里不免一惊，虽说汉室衰微，但是这个时候如果提称帝之事，还是要被众人所讨伐的。自己既不是汉室后裔，又没有什么丰功伟绩，断不可在明面上将此事说开，落人口实。孙权微微一笑说道："哈哈，先生玩笑了，我现在统治一方，也不过是辅佐汉室罢了，至于您说的，可不是我的能力所能办到的啊。"

鲁肃听闻此言，也笑了笑。他没想到的是，孙权年纪轻轻，便有如此深的城府。对于留在江东一事，也变得坚定起来。

46.　人质事件

　　建安七年，曹操在官渡打败袁绍后，意欲南下，扫平江东孙氏，但他心知此时自己刚刚打完官渡之战，北方不少异族尚未归附，而麾下将士多是北人，不善于水战，如果贸然南下，倘若兵败而返，这些年的苦心经营只怕会毁于一旦。

　　曹操急忙"请"来皇帝刘协，并召见贾诩、程昱等麾下谋士，商议此事，曹操问道："如今江东孙权，继承父兄基业，却始终不来许昌朝见天子，这是何缘故？"

　　贾诩立即上前，禀告道："启禀皇上、丞相，江东孙权近些年一直开疆扩土，招兵买马，名义上是固守本土，可实则是包藏祸心，意欲北上对抗朝廷。臣窃以为，将军孙权有谋反意图，应该下旨将其拿下，送往许昌！"

　　刘协听闻此言，不禁冷汗直流，看向曹操弱弱地问道："丞相，贾爱卿此言当真？"

　　曹操对左右使了一个眼色，左右当即拿出一些账簿，尽是孙权上报朝廷的赋税数目，曹操递给刘协，对刘协道："皇上明鉴，孙权将军上报的这些数目，都是虚假的，他故意减少呈报的数目，差额部分用于养兵。那么，他意欲何为？如果是为国尽忠，大可以如实上奏，可他故意隐瞒，呵呵，只怕是想要谋反！"

　　刘协有些不敢相信，但见到曹操递给他的账簿中，确实有瞒报的赋税，他眼神一怔，问道："丞相，可有良策？"

　　曹操若有所思道："孙权此举，只怕也是有人暗中唆使，不过是真是假，不好鉴别，若是误杀忠臣，只怕匡扶汉室，又是难上加难。"

刘协有些焦急道："丞相，此事你可全权处理，朕希望能查明此事真相。"

曹操心中虽喜，可脸上故作难办的样子，恭敬道："想当初，臣与孙文台一同讨伐奸贼董卓，文台忠勇爱国，以身殉难，如今故人之子，却受他人挑唆，意欲谋反，臣着实难办此事！"

朝堂内，此时有一人道："皇上，臣愿献上一计，既可鉴别孙权是否有不臣之心，亦可查明赋税之事到底是怎么回事！"

众人寻声而望，却见一个瘦弱书生立于贾诩身后，他说完便咳嗽两声。曹操闻言，心下一喜，急忙问道："奉孝，汝可有良策？"

原来这人便是官拜军师祭酒的郭嘉，他闻曹操言语，便知主公意欲吞并江东，只是后方尚未平定，担心江东乘机偷袭许昌，于是想要牵制孙权。

郭嘉上前道："启禀皇上、丞相，臣以为可以派人暗中巡视江东，查看赋税数目是否属实，再命孙权遣人为质，若是他不肯，便可证明他的不臣之心，为防不测，可立即派兵征讨！"

曹操听闻郭嘉言语，假意大怒道："奉孝，岂能大动干戈，劳民伤财？再说孙权亦是故人之子，不到万不得已，我不愿与之兵戎相见。皇上，您圣断如何？"

刘协心道：只怕曹操已然安排好了，我人微言轻，又能有什么意见？于是笑道："朕觉得此举甚为妥当，一切就依丞相的意思。"

次日，曹操命荀彧草拟一份圣旨，责令孙权派遣家中子弟作为人质，立即送往许昌，表明忠心。如有谋反之心，天兵立刻渡江，踏平吴郡！

使者乘船过了半月，抵达吴郡，孙权见朝廷下书责问这两件事，心知这是曹操的计策，可岂能抗旨不遵？便召集群臣商议对策。

朝堂上，孙权见大臣们争吵声此起彼伏，张昭、秦松等重臣亦是毫无对策，似乎全等着俯首就戮，急得背脊上汗水直流。

孙权问道："诸位大人你们说，该如何应对呢？"

众谋士一起望向张昭，张昭无奈之下上前道："臣窃以为，皇上遣使者来此，定是有人挑唆所致，这人质若是不送，只怕皇上猜忌，到时候朝廷大军渡江而来，我们如今的实力定是难以抵挡，江东十年的基业，就此断送了。"

一些人开始附和，步骘上前道："主公，此事虽说是曹贼暗中指使的，但如今这厮挟天子以令诸侯，我们也不能公然抗旨不遵，张大人此言也是为保江东基业，拳拳之心，可昭日月啊！"

孙权一听，心里着实不喜，他左看右望，唯有一人一直未曾发言，便是鲁肃。孙权给他使了一个眼色，鲁肃登时会意，上前道："主公，今日家中有事，恳请……"

孙权起身道："诸位大人今日受累了，容我回去三思，明日再来定夺！"

言毕，孙权便转身离去。

待到傍晚，鲁肃找到从军营中回府的周瑜，对他说明此事，周瑜急忙道："主公什么意思？同意了吗？"

鲁肃摇了摇头，答道："今日大殿之上，张昭等人一脸投降的模样，着实可恨，敌人尚未抵达，我们却自乱阵脚，这可如何是好？我想昔日伯符将军曾教你主管外事，如今唯有你可以解决此事。"

周瑜一拍桌子，喝道："子敬，你随我同往主公府上，我定要帮助主公，解决此事！"

孙权听闻二人前来，心内大喜，急忙让他们进来，寒暄一阵，孙权命人为鲁肃备好酒菜，留他在此用饭，只带周瑜一人到母亲面前议定此事。

吴夫人早就听闻此事，正在发愁，听闻周瑜前来，登时喜形于色，命人为周瑜赐坐，周瑜坐下说道："幸好子敬将此事告知我，才得以及时赶来。请允许公瑾讲一个故事，当年楚国国君刚被封到荆山的边上时，地方不足百里。如果他一味苟且偷安，只怕早就被人灭了，他的后辈偏偏不甘现状，扩张土地，开拓疆域，最终在郢都建立根基，占据荆扬之地，直到南海。子孙代代相传，延续九百多年。主公，您继承父兄的旧业，统御六郡，兵精粮足，如今四方群雄纷纷慕名而来，三军将士们个个骁勇。况且，我们现在铸山为铜，煮海为盐，人心安定，可以说所向无敌，为什么要送质于人呢？正所谓'人为刀俎，我为鱼肉'，人质一到曹操手下，我们就必然受制于他。那时，我们所能得到的最大利益，也不过就是一方侯印、十几个仆人、几辆车、几匹马罢了，哪能跟主公您自己创建功业、称孤道寡相提并论？为今之计，最好是不送人质，先静观曹操的变化。如果曹操能尊奉皇室，拯救天下，那时我们再归附他也不晚；如果曹操骄纵，图谋生乱，主公您便可以征讨他，为何要送质于人呢？"

周瑜这番话，说到了孙权心里。孙权问道："可此事如何处理得更周全呢？"

"主公不必担忧，曹操刚刚灭了袁绍，北方尚未完全统一，他哪里有精力南下？更何况他麾下尽是北人，不善于水战，我们完全可以凭借长江天险与之对抗！他此举，不过是担心我们偷袭许昌罢了，想牵制我们。我们完全可以拒绝他的要求，至于瞒报赋税之事，我们大可以将实际情况告诉皇上，告诉他，差的数额，我们用于战时储备，救济灾民了，完全没有私自养兵谋反，如若不信，可令曹操亲自前来察看。"

吴夫人对孙权说："公瑾的话有道理，他比你哥哥小一个月，我一向把他当儿子对待，你该把他当成兄长才是。如今，你哥哥不在了，你该听他的话。"

孙权点了点头道："母亲，请您放心，我听公瑾的话便是，只是此事该派何人去朝廷回复呢？"

周瑜指了指窗外的鲁肃，孙权笑道："子敬可担此重任！"

吴夫人见此事得以解决，向周瑜行礼称谢，周瑜见吴夫人如此行大礼，心中好生过意不去，急忙扶住吴夫人，对她道："四月的时候，伯符不幸遇刺身亡，临终把军国大事托付主公，公瑾不才，窃居高位。江东如今时局内外动荡，内有皇室宗亲谋逆之徒，外有投靠曹操通敌之人。公瑾愿意以身护佑孙氏一族，生生世世为孙氏肝脑涂地！"

次日，孙权召集群臣，宣告不送人质到许昌，并怒道："如若再有人敢有异议，以通敌罪处置！"

鲁肃奉命携孙权的亲笔信赶往许昌，朝见刘协后，呈上书信，刘协早知孙权并无二心，便将书信递给曹操，曹操见信上写道：昔日周公辅佐成王，何曾命四方诸侯将人质送往镐京？他自然明白这话是写给谁看的，只是笑了笑，没再提人质的事。

47. 麻保二屯

这一天，孙权端坐于府内，身边幕僚环绕，他们在处理江东各州郡县上报而来的公文。这些日子在周瑜、张昭等人的辅佐之下，孙权越来越明白究竟该如何做一名君王，对于朝中事务，也顺手了许多。

"今日若无别的事，大家便可以去用饭了。我让府内的属官为大家准备了鱼，这些日子大家辛苦了。"孙权笑着，亲和地说。

堂下的幕僚们，气氛忽然就轻松下来。对他们而言，从政务中脱身出来，便是最安心的时刻。孙权对他的下属很好，没有那种霸气凌人的架子，这让他的幕僚们十分欣慰。

周瑜和张昭则是在旁边，欣慰而又安静地看着这一切。经过这些日子的培养，这个少年终于有了一些人主的样子。

正当眼前的奏折处理得差不多的时候，一个传令卫兵忽然从外面跑了进来，气喘吁吁地连声说着："主公，大事……大事不好了。"

孙权望见那人一脸神色慌张，便有些不悦地轻蹙着眉宇说道："何事慌张？慢慢说来。"

那人是拿着加急军报来的，望着他慌张的神色，在场的诸位也顿时紧张起来。孙权读着军报，忽然问："山匪，究竟是怎么一回事？"

府中的武官听到孙权的声音传来，便不自觉地轻声咳嗽了一声，清了清喉咙，之后又轻拱着双手，神色凝重地对孙权说道："主公，眼下一些州郡山匪成患，以麻屯和保屯为根据地，非但如此，他们还勾结了山越，原本区区的几百号人，现在却是发展迅速，还在江东各处烧杀抢掠，欺压百姓，现在已经发展到了数万人，就连我们的麻屯长官李昭也都被这些山匪给杀害了……"

孙权一听李昭这个名字，忍不住怔愣了片刻，他有些印象，孙策还在的时候，李昭兄弟两个就已经共同在朝为官了。当时，孙策对于李昭兄弟两个极为赞赏，说他们是可以任用之人。如今，孙权一听说李昭遇害，便立刻传唤来了李昭的兄长李悦。

李悦来到孙权幕府，只见他身穿丧服，痛哭流涕。他还没有从哀痛之中走出来。家中老母年已花甲，听闻自己最宠爱的小儿子去世了，哭瞎了双眼。

"李昭遇害，都是我的错。我没能保护好你的弟弟，实在是……"孙权一边说，一边抹了抹自己的眼泪。

"主公，千万不要再说这样的话。为主公分忧是臣下的职责，弟弟他若在，也一定不希望主公如此自责……"李悦向孙权下拜，哽咽着说。

"一会儿我处理完公务，便亲自到你府上去祭拜。放心，你弟弟的仇，便由我来报。无论是山贼还是山越，我一定让他们血债血偿。"

"谢主公……"李悦将头深深地低下，贴在地上。孙权的话语让他的心中也得到了些许的宽慰。他还想再说些什么，可是终究没有说出口。孙权从他脸上的表情中读出一些什么，是失望？是怨恨？还是其他？

孙权的幕僚们离开了，李悦也在侍从的搀扶下缓缓起身，走出了府邸。周瑜缓缓站起来，却没有要离开的样子。察觉到周瑜的意思，孙权问道："公瑾，对于山贼之事，你怎么看？"

周瑜知道他是有意让自己去江东剿匪，便对孙权说道："主公，既然府中里有意让瑜出面去解决这件事，我一定赴汤蹈火在所不辞。"

孙权点了点头说道："既然如此，那么就辛苦公瑾替我跑一趟了。"正说着，便转身将自己手中的调令兵符拿给了周瑜。

周瑜得到了兵符调令之后，便亲自调了孙瑜等人，率领精兵，日夜兼程，直奔麻屯、保屯讨伐。

一路上，周瑜见到因被盗贼袭扰而荒芜的村庄，百姓的尸体横七竖八地散落在各处。各家各户的财物已被劫掠一空，无数的乌鸦与老鼠肆无忌惮地在道路上奔走。

"这群匪徒真是胆大包天！"一路上，从将官到士兵，心中无不怒火中烧。

山匪头目阿会喃一听说周瑜来了，心里立刻产生了莫名的恐慌。他早听说过周瑜威震江东，是个非常厉害的人物。

"首领，周瑜就算再厉害，也只不过是孙权手下的一条狗，那些官兵兄弟们可见得多了，根本不是我们的对手。纵使是千军万马来了，他又能奈何得了我们吗？"

听着手下所说的话，阿会喃却若有所思，他拧了拧眉，看上去神色有些凝重。

若是有勇无谋之人，倒还好对付。可周瑜是什么人！无论是下江东之战，还是孙策死后迅速稳定政局，他所做的每一件事都显示出此人出手果断，不留后患，实在是有统帅之才。

这是一个只听名字，便会让人心生忌惮的人。

虽然阿会喃心里觉得周瑜的确是很厉害，但是却也不是一点儿办法没有。

"对待周瑜这件事，可千万不能草率，那周瑜是孙权的重臣，他打起仗来，特别善于使用计谋。对于这样的对手，我们也只能用计谋夺取胜利。"阿会喃说完，手下们立刻便被引起了兴致，扬声问："不知道头领您有什么好的主意？"

阿会喃忽然神色凛然了起来，对手下说道："咱们只要来一个诱敌深入，假装败退，将对方引到我们伏兵的区域，那周瑜还不是手到擒来？"他脸上还洋溢着一丝得意："到时候，只要到了咱们的地盘，那周瑜就算再英勇善战，也一定也打不过我们。"

众头目们听后，无不欢呼雀跃。阿会喃闭上眼睛感受着手下的吹嘘和追捧，忽视了他的手下虽多，可是都只是一帮乌合之众的事实。

阿会喃设好了埋伏，等待着周瑜钻入圈套，而周瑜亲率大军，沿路往前进攻。

匪徒们挑衅式的进攻都被周瑜的军队挫败，虽然一连打胜了好几场，可是还没有被胜利冲昏头脑。他感觉到眼前的这些山贼很聪明，可是一触即溃，这其中肯定有问题，他敏锐地察觉到敌人在前方设好了埋伏，只是佯装不知，率领部队继续往前。

望见周瑜就要走进自己的埋伏区，就要取得胜利，阿会喃的脸上浮现出了一丝得意的笑容。可是他还没有高兴多久，却看见周瑜只是靠近了埋伏区，并没有彻底走进去。

阿会喃望见眼前的情形，嘴里骂着："周瑜小儿，有本事你们就走进爷的地盘，别想着能躲过去。"

嘴里正在骂着，却见周瑜的军马停了下来，而且还丢下了粮草，转身逃跑了。他望着眼前的情形，看着军队逃窜的样子，他们脚步杂乱，旌旗也倒在路旁，似乎不像故意为之。

阿会喃立刻命令道："大家可千万别放过他们，周瑜小儿，还以为他会多么英勇，原来也是个贪生怕死的草包。"他满脸得意地说着，一边指挥匪徒前进。附近并没有城市和要塞，周瑜即便撤退，也无法快速安营扎寨。于是他坚定了自己追击的决心。

可天不遂人愿，他部下的匪徒路过周瑜军丢下的粮食财物时，纷纷脱离队伍去抢夺财物。阿会喃虽尽力阻止，但根本没有任何效果。这些人见小利而忘命，见到粮食财宝，便忘了自己身在战场之上了。

正当阿会喃骑着马，在匪徒之中来回穿梭，维持秩序的时候，却不知道自己已经走进了周瑜所设下的陷阱当中。

"不好了，头领，咱们的营寨被人放火烧了。"

阿会喃一听，愣在原地，满脸惊愕地说道："什么，是什么人干的？"

"回头领，是周瑜派出的白衣营！"

阿会喃吐出一口老血，急火攻心，直直地从马上狼狈地滚了下来。

阿会喃从马上滚下来，却并没有等到自己手下的搀扶，却受到了周瑜的军队的进攻。周瑜在不远处从容指挥，装备精良的官军从他的两翼包抄了过来。

不可一世的山贼头领阿会喃，开战几个时辰不到，便被周瑜的手下给活捉了。

他虽然被活捉，却依旧满脸的不肯屈从。当他被架着来到周瑜的面前时，阿会喃的桀骜终于有了一丝收敛，脸上没有了之前的嚣张。取而代之的只有狼狈的神态和疯疯癫癫的言语，他指着周瑜说道："不，这一定不是真的。我为何会被你们的人给抓起来？"

周瑜望着阿会喃，死到临头却依旧不知所谓，便对他说道："无他，早在你们卖弄计谋的时候，我就早已看破。"

"我提前在这里设好了埋伏，而你的那些手下只不过是一群乌合之众罢了。"周瑜说道。阿会喃依旧只是怔怔地望着周瑜，许久之后才回过神来，轻叹了一声说道："常言道，胜者为王，败者为寇。周公瑾，亏你如此聪明，到头来还不是孙权手下的一条狗罢了？"

"倘若我是你，趁着现在自己还年轻，一定早早地为自己做打算，"阿会喃显然有意想要拉周瑜入伙。

周瑜蹙眉说道："都死到临头了，还不知悔改，还敢嘴硬。"话音刚落，一队甲士便带着刀冲来。他们将阿会喃给绑了起来，带到了刑场。

"你罪行深重，想报仇，下辈子吧。"望着阿会喃远去的背影，周瑜冷冷地说。

阿会喃死后，周瑜又率领着军队，深入山中，扫清了阿会喃的残余势力。虽然阿会喃是周瑜所见过的山匪当中，为数不多的懂得一些兵法战术的头领。可是既然站到了自己的对立面，就不能手下留情。

在解决完了山匪的事情之后，周瑜转头望向身后的山寨。往日热闹的山寨，现在则是空空如也，里面的人全都成了俘虏，数量多达万余人。这样庞大的队伍，与其说是山匪，不如说是一股新的势力。乱世之中究竟是怎样的人才能纠集起这样庞大的队伍？来不及多想，周瑜骑乘着骏马，回到将军府去，向孙权汇报消息。

至于那些被俘虏的人，则是事先被周瑜做好了安排，分批被押送到都城。后来他们有的人作为农民，来到野外开垦荒地。有的则留在军队作为士兵听候调遣。

少数幸运的人，甚至参加了不久后的赤壁之战，在战斗中活了下来，加官进爵。

周瑜刚抵达丹徒，便来到将军府去找孙权。

　　孙权得知了消息，满面欣喜地站了起来，率各位幕僚，出去迎接周瑜。

　　他原本还想着周瑜剿匪会颇费周章，但是没想到，居然这么快，而且还斩杀了头领，俘虏了万余名匪徒。

　　"真是天授公瑾于我。"孙权说着。晚上，便在府中置办酒席，设宴款待周瑜。

　　望着天边的月亮，周瑜默默地思索着江东的前路。未来究竟会如何？谁也给不出答案。

　　但至少，孙策的志向，周瑜从未忘过。

48. 犬父犬子

虽然周瑜刚刚赢得了剿匪之战的胜利，可是他却并没有因此就感到一丝沾沾自喜。反倒更加清楚地意识到，虽然现在孙权已经当政，可是朝廷内外还隐藏着一股势力，暗暗地想要推翻孙权。

周瑜便在暗中加紧训练兵马，以备不时之需。

山匪讨伐之事不久后，江夏太守黄祖得知已经有人站出来反对孙权，原本还在隔岸观火的他，此刻忽然也开始蠢蠢欲动了起来。黄祖得知自己的儿子黄射在外胡作非为，非但不予以阻止，反倒为儿子在外打着巩固边防的名义，暗地里招兵买马。

这一日，黄祖眼见着时机成熟，便将黄射叫到了自己的跟前。

黄祖说道："你长这么大，也应该争一口气了。眼下江东政局不稳，各个州郡叛乱频生。我们若趁此机会夺下柴桑，未来便会成为我们攻取江东的基地。这份功劳，便由你来拿，如何？"

"柴桑？"黄射微微一怔，黄祖点了点头，看着儿子说道："趁着江东还没有人注意，迅速进兵，只要能够拿下这座城，江东来多少人都无济于事！"

黄射立刻点了点头。于是他来到军营，整顿兵马，和自己的手下部将邓龙商议，不日两个人便发兵了。

远在将军府的周瑜得知了消息，还不等孙权开口，便毛遂自荐，请求带兵支援柴桑。

黄射和邓龙的军队长途奔袭，赶到柴桑，可是却没有第一时间开始攻打，只是观察着柴桑城池。

此刻，大门紧紧地关闭着，就连城楼上的士兵也都装备齐整，一副固若金汤的架势。

邓龙有意想要围而不攻，可是黄射不肯。

无奈之下，邓龙只好集中了所有的弓箭手，朝向柴桑射出弓箭，柴桑城中的官兵手中举盾牌，挡住了弓箭并予以还击。

邓龙的军队原本是想要射杀城楼上的人，但是没想到城楼上的柴桑士兵纹丝未动，受伤的却是他们自己。

"这哪里是什么小城，分明就是易守难攻的一块硬骨头，"黄射的心里说着，对身旁的邓龙说道："咱们先在附近安营扎寨，柴桑就是个小城，他们的粮草支持不了多久，过段时间便会出城向外请求支援，到时候咱们再猛攻，柴桑的军队肯定顶不住。"

邓龙听着，点了点头说道："好，一切全听少主的吩咐。"

他们将柴桑城围住，整整一天一夜，第二天清晨天还没有亮，柴桑的城门从里面被缓缓地打开。

一小队前往寻求支援的军队刚从柴桑城里出来，便立刻被邓龙的手下抓了起来。

可是，邓龙等人正准备询问，那五个人便已经纷纷咬舌自尽了，只剩下一场空欢喜。

他们没有料到，柴桑城派出军队请求支援是假，声东击西倒是真的。

在所有人的注意力都集中在俘虏身上时，守将徐盛从偏门出击，并且拼杀出了一条血路。

邓龙下令全力追击，徐盛眼看着就要被抓住，一个神色有些慌张的守卫，正满头大汗地朝他跑过来。刚一望见邓龙，便对邓龙说道："不好了，将军。有人把我们的粮草给劫了。"

"什么？这究竟是谁干的"邓龙说着，神色慌张，这事情要是被黄射知道了，那还了得？

怕什么来什么，邓龙心里正在想着，不远处，黄射忽然从营帐外面背着双手走了进来。

他边走边问："邓龙，何事这样惊慌？"

邓龙立刻对黄射说道："少主，有人劫了我们的粮草，这件事我也才知道。"

黄射急忙说道："劫了粮草？何人所为？"

邓龙慌忙直摇头，他还没有说完，黄射就跑了进来。

这时，前往带回消息的人嘴里说着："好像是周瑜的军队。"

"什么？周瑜！"黄射忍不住攥紧了拳头，"抢粮草居然抢到老子的头上！"

黄射转身对邓龙说道："本公子可不管什么姓周的还是姓范的。总之这粮草是在你手里丢失的，你一定要给我追回来。"

黄射的话没有任何商量的余地，虽然邓龙心里不太情愿，可是又知道他的秉性。无奈，只好亲自带军队走到营帐外面，打算去追粮草。

邓龙刚率领军队走到营帐外面不过几百步，便望见有人推着粮草车朝向他的方向赶了过来。

"阁下可是想要回粮草？"邓龙还没有开口，对方居然主动上前一步说道。

邓龙满脸迟愣，可是很快就望见正前方的粮草车后面是一条冗长而又浩荡的军队。

那军队比黄射军队的总人数还要多。

不好！

邓龙心中惊呼一声，忽然意识到自己是中了埋伏。他亲自率领着军队往旁边逃跑，可周瑜早已经料定了邓龙的意图，走投无路的邓龙就这样被俘虏了。

营帐里的黄射得知了邓龙被俘虏的消息，神色立刻慌乱了起来。虽然他也不知道究竟是谁这样厉害，连邓龙也被俘虏了。但是此时唯一能想到的只有逃走。

于是他换上了一身简单且方便行动的衣服，亲自率领一支骑兵逃走了。

黄射逃走后，周瑜赶到黄射所在的营帐外。可却发现营帐里除了正袅袅燃着的香炉，根本不见任何人影，也听不见任何声音。

　　凭借多年的经验，周瑜知道，这营帐里面的人一定先行逃走了。他策马转身命大军去追赶黄射，只留下一队人马，看看营帐中有没有留下什么。

　　很快，搜寻营帐的人马复命，他们对周瑜直摇着头说道："大人，没有什么，只剩下一个玉鼎。"

　　周瑜望了一眼那玉鼎，应该是用来装酒的，没多说什么。他命人将玉鼎装起来，便亲自去追赶黄射。刚走到营帐外面，便听见了不远处的一阵嘶吼声，还有武器发出来的撞击声……

　　听声音是从正前方的不远处发出的，他立刻追了过去。

　　刚赶到，周瑜便望见一个看上去有些狼狈的年轻人，正带着一伙人和自己的手下拼杀。

　　周瑜上前问道："你是什么人？"

　　黄射蓦地一回头，只见一个身材高大、长相俊美的男子出现在不远处，那人身上还穿着一身银光闪闪的铠甲。

　　黄射道："我乃是江夏太守黄祖之子，你是何人？"

　　"江夏太守？"周瑜微微一怔，轻挑着嘴角不屑地说道，"黄祖是你爹？"

　　"对啊，"黄射点了点头，言语不太客气地说道，"关你什么事？"

　　周瑜见眼前的黄射满脸地痞无赖的模样，心道真是有其父必有其子。他心中暗暗冷笑了一声，便对黄射说道："本官周瑜。"

　　黄射立刻神色惊慌了起来，嘴里却说着："原来你就是周瑜！你可坑苦了我了，这仇是非报不可！"随后趁机挥剑向前杀开一条血路，带着手下几百号人，向着江夏的方向，迅速地逃走了。

　　见黄射逃走，周瑜迅速命令手下军队追赶，大胜而归。

49. 江夏开战

建安十三年春天，吴郡地界。

这些日子，江东颇不宁静。运送粮草的牛车从四面八方汇集到江边的孙权军要塞，任谁都能看出来，江东军很快就将有一场大行动。

要塞外的码头早已运来了囤积已久的巨量战争消耗品。箭支、草药、木料、攻城器具等，不计其数。

孙权占据江东，已是第八年了。这些年月，在能臣辅佐下，发展生产，增加人口。江东的财富与民力都得到了恢复壮大。山贼越来越少，城市越发繁华，百姓的脸上也渐渐有了喜悦的颜色。虽然比起当年的盛世还有许多不足，但百姓终于有了安定生活和吃饱饭的机会。

虽然孙权已经展露出自己的政治才能，但还是远远不够。天下仍是乱世，这个青年对于能否带着这个饱经沧桑的江东活下去，还尚未可知。

就在他苦等机会的时候，机会真的来了。猛将甘宁从荆州赶来投奔，并带来一则消息：黄祖年迈，无力掌握江夏防务。而他身边的人只知道经商和欺凌下属，不得人心。江夏城池武备废弛，江防不振。

黄祖曾经射杀孙坚。孙策在世时就一直想为父报仇，却总是被他逃掉。孙策已死，为父报仇便成了孙权的志愿。

得到甘宁的消息，孙权把自己关进了屋子。整整一天，不吃不喝，一言不发。屋子的角落里，静静地放着哥哥留给他的赤红盔甲。虽然已闲置多年，但盔甲仍是一尘不染。因为每一天临睡前，孙权都会仔细地擦拭它。

但孙权从来没有穿过它。

这一次，他想试试。

遍寻江东，此时可以迅速召集起来的精兵，共有两万五千多人。他们来自各个州郡，是由孙策下江东时的旧部渐渐发展起来的。此时此刻他们正以极快的速度行军，向江防要塞会聚。

孙权身披赤红铠甲，在程普、黄盖等一众老将的簇拥下向前方行进。孙字战旗随风飘扬，这场景，总让人想起多年前孙策下江东的场景。

孙权在马上远眺，望见远处有一队骑兵，正向此处飞奔而来。定睛一看，原来是周瑜带领吕蒙、甘宁、凌统等人，前来迎接自己。于是他策马扬鞭，直奔几人而去。

周瑜等人一见孙权，下马便拜。

"拜见吴侯！"他们几人异口同声。

"不必多礼，快快请起！"孙权赶忙下马，搀扶周瑜，问道："粮草军械都齐备了吗？"

"全都齐备，有这些物资做支撑，我们可以大打一场了！"周瑜说道。

"依公瑾之见，此战把握如何？"这是孙权即位后的第一场大战，他十分希望能一战打出自己的威望。这一路上都在想这些事儿。

"以瑜之见，获胜只是时间问题。我们最重要的任务，是找出一个损失最小的方法。"周瑜扶孙权上马，然后自己翻身上马，拿出了一张地图说道："这是前线的探子手绘的江夏布防图，主公，请您过目。"

"我听说荆州水师也不容小觑，我们能敌否？"望着长江上密密麻麻的战船标记，孙权问道。

"如果是前些年，他们或许还有一战之力。可现在他们军心涣散，训练不足，将军以倒卖粮草牟利，恐怕非我等之敌。只是……"

听说己方优势很大，孙权放下心来："只是什么？"

"江夏地形复杂，易守难攻，我担心他们会诱敌深入，之后凭借地形坚守。我们兵力较少，若不能速胜，荆州援军一到，情况就会对我们不利。"周瑜不无担心地说。

"既然公瑾已经考虑到了，必有破敌之策吧？"孙权问道。

"只要顺利击破他们的水军，我便有办法助主公拿下江夏城。"周瑜微笑道。

　　"好！众军听令！"孙权下令道："命周瑜为前部大都督，总领兵马。吕蒙统领水军，凌统为先锋，进军江夏，誓杀黄祖！"

　　众将下拜领命，江东军浩浩荡荡，向江夏而去。

　　江夏，守军大营。

　　黄祖身披铁甲，缓慢地走入大营。自从他把政事交给下属处理，已经很久没有走进军营了。他正要发起军议，却发现大营里的将军少了一个，其他人也站得歪歪斜斜，没有一点士气可言。

　　"张武人呢？"黄祖问营中的将军。

　　"张武将军昨晚喝了酒，估计现在还没有醒……"众将吞吞吐吐地回答道。

　　"喝酒？敌人都打来了，他们竟然有心思喝酒？"黄祖听了大怒，咆哮到："来人！把张武从帐里拖出去斩了！"

　　被拖出营帐时，张武还没清醒过来。他慵懒地把眼睛睁开，却发现自己已经在断头台上了。

　　见到黄祖二话不说便斩了一个将军，营内之人，也开始战战兢兢。

　　"张硕，你哥哥刚犯军法，你敢怯战避战？"

　　"谨遵将令……"张硕犹豫着答应了。

　　"好！就命你为水军先锋，迎战孙权小儿！"

　　"这……是……"张硕领命而去。

　　"陈就，水军我便交给你了，务必在江上挡住他们的攻势！"黄祖如此说道。

　　"末将领命！"陈就接了兵符，也离开了大营。

　　"他老子都被我一箭射死了，何况这个小子，哼！"黄祖望着营外的天空，冷笑了一声。

　　来不及擂鼓，在江夏要塞南边的长江上，双方的水军便相遇了。张硕带着二十条船，与正在侦查敌情的凌统相遇。望着区区一艘小船，张硕欣喜若狂，希望能在首战取得一些战果，之后便可称病逃走。

　　二十艘船将凌统的小船团团围住，张硕从船舱中走了出来，看着中间那艘小船，哈哈大笑。"撞上我算你们倒霉！我乃是黄祖军水军先锋张硕，识相的快快下船投降，饶你们不死！"

此时小船上只有十几人，但他们个个水性极好。见此状况，凌统带着他们口衔短刀，跳入水中。见此状况，张硕命令水性好的士兵下水搜捕，可迟迟不见士兵上来，只见船周围溅起一个个血花，还有浮上来的尸体。

张硕心里暗想不好，正打算回头离开。忽然，凌统和水兵破水而出，跳到张硕船上。他拔刀正要迎战，却被凌统一刀斩于船上。

"你们！谁敢与我一战！"凌统高声叫道。

张硕手下的士兵本来就士气不高，经凌统这一吓，更是肝胆俱裂。他们纷纷放下武器投降。经此一战，凌统便俘获了二十艘船。

随即，周瑜的水军主力抵达前线，见凌统已成此大功，十分欣喜。

孙权与周瑜同乘一艘战船，遥望江夏城隐藏在群山之中，不由得感叹这里的易守难攻："荆州地势，虎踞龙盘，果然险峻。真是成大事的地方啊！"

"荆襄之地，天下通衢。我们的基业正在江东，如果心怀野心之人占据荆州，那便如在枕边放了一把尖利的匕首，不可不防啊。"

"公瑾的意思是我们今后需要吞下荆州，才能争衡天下吗？"孙权虚心地问道。

"要争衡天下，荆州还远远不够。"周瑜望着绵延的群山说道："中原之地，统一之势已成。无论是要自保还是要争天下，我们至少需要以长江为界，与中原国主二分天下。不光要拿下荆州，还要拿下益州。全据长江，以长江为城池，才能高枕无忧啊。"

"公瑾所言，与几年前鲁子敬对我说的有相通之处。果然是英雄所见略同了……"孙权笑道。

远处，凌统完成了侦察的任务，还带回了二十艘船和俘虏。见首战告捷，孙权的心里松了一口气。

50. 报仇雪恨

　　与此同时，黄祖大营。

　　"张硕真是废物，二十艘船围一艘船，竟然还能让敌人给跑了，不光如此，自己还丢了性命！这个仗还怎么打？"黄祖气得直拍桌子，大营里的将军们没有一个人敢出声。

　　"将军，还是固守吧，借助地势，固守待援！"陈就将军走上前说道。

　　"事到如今也没有别的办法了，你去带两艘艨艟守卫沔口，无论如何，江防不能丢！"黄祖捂着头说道。

　　水军的决战开始了。周瑜亲率战船，攻入敌阵，与江夏的水军激战。江面上，江东军和黄祖的荆州兵拉开了架势。一方士气高涨，一方严阵以待。士兵们都穿铁甲，腰胯环首刀，手握长矛。天公不作美，就在此时，忽然刮起了大风。江面上起了浪，战船随着波浪起伏，士兵们光着脚板站在船上。

　　周瑜和吕蒙等人仔细地注视着对面的动静，虽然风很大，吹得人睁不开眼睛，但在战场上，无论如何谨慎都不为过。随着战鼓的敲响，战船扬起风帆，士兵们喊着口号，跟着鼓点的节奏操控船桨，向前划船。成百上千艘战船就这样撞在一起，战船上，阵地上，滩头上，红色的血液流进大江，渐渐地把江面染红了。

　　随着周瑜的指挥，士兵们变换着阵型，与敌人周旋。兵法的奇妙就在于，它能让看起来是乌合之众的士兵，发挥出比他们自身强大百倍的力量。尤其是在水上对敌，不同的阵型，产生的效果是完全不同的。江东军的水兵都身经百战，荆州的水兵也经过严格的训练。长久以来，江东与荆州之争，常是水上之争。一场恶战一触即发，弓箭手在船上尽力地瞄准着，时机一到便是万箭齐发。前排的士兵中箭倒下了，便有后排的士兵上前补上。士兵们拔出明晃晃的刀，跳上对方的船，搅在一起进行厮杀。斩将夺船，在这样的江面上屡见不鲜，更是双方水兵的必修课。

周瑜站在桅杆上，俯瞰着整个战场。江夏水军人数多于孙权军，且训练得法，井然有序，丝毫不乱，在陈就的指挥下发动着反击。

"荆州水兵的传承，果然不可轻视。"周瑜心中暗想。

江面上此时四处都是喊杀声，船与船相互冲撞，士兵之间相互砍杀。周瑜挥舞令旗，变换着阵型。但陈就哪里是周瑜对手，经过一个上午的激战，孙权军的战损并不高，却给予江夏水军重大杀伤。

可是，江夏的江防却依然没有被攻破。黄祖亲自带着弓箭手登高，向孙权军射去。密集如雨点般的箭矢飞落，无数的士兵中箭落水，鲜血将江面染成了红色。

见此情景，黄祖更为得意。他大笑着指着孙权的旗帜，疯了般地大喊："放箭！给我放箭！射死孙权、周瑜者，官升三级，赏千金！"

见到黄祖如此癫狂的模样，孙权怒发冲冠，拔出宝剑便要向前，却被周瑜一把拦下。

"公瑾，别拦我，今日我要为父亲报仇！"孙权想要挣脱。

"这个仇，今日必报，但现下不要中了他的激将法！"周瑜从容地指挥着战斗，比起刚才，他此刻却面带微笑，仿佛已经胜券在握。

一声凄厉的鸟鸣从对岸传来，几乎盖过了江面上的喊杀声。过了不久，又连续响了两声。

"主公请看！"周瑜一只手指向群山之中的江夏城。

孙权随着周瑜的手指看去，发现江夏城燃起了熊熊的烈火。刚才还气派非凡的城池，现在已经被浓烟和大火所笼罩。

"江夏城……怎么了？"孙权用不可置信的眼神看着周瑜，问道。

"主公没有发现，凌统将军此时已不在此处了吗？"周瑜微微一笑，从怀中掏出一个竹哨，放到嘴边。只见他轻轻一吹，哨子便发出类似鱼鹰的鸟鸣。

对岸忽然从水中窜出两人，随即有二百人从水中钻了出来，杀向陈就本阵。孙权定睛一看，正是吕蒙和董袭。他们二人各带麾下精兵，趁乱跳入水下埋伏。只等周瑜信号一发，便从水中冲出，专打乱敌方节奏。

陈就见此情况，赶忙收拢残兵，向后收缩。在山上的黄祖见情况不对，本打算回防江夏，却忽然发现，凌统已经带兵从自己身后杀来。来不及聚拢余兵，他抢了一匹快马，打算逃走。

周瑜下令，江东军全军进攻。本来就士气低落的江夏守军，此时更是无心抵抗。江防全部崩溃，孙权军终于全部登上了对岸的陆地。

陈就本打算趁乱逃走，忽然间一只手搭在了自己的肩上。陈就回头一看，发现那人带着斗笠，身穿白衣，正是吕蒙。陈就来不及细想，拔刀出鞘，直向吕蒙劈去。吕蒙一个闪身躲过了他的攻击，接着快速出招，一拳打他手肘，一脚踢他膝盖，接着用力将他掀翻在地。

"对付你我都不用拔刀。怎样？投不投降？"吕蒙笑着对他说。

"死也……不降！"陈就咬着牙，说道。

"好！有骨气！那你就去死吧。"说完吕蒙将他的头按进了江水里，不久，他便一动不动了。

岸上的江夏守军，死的死、降的降。孙权和周瑜骑着马，从容地走进了江夏城。

"黄祖呢？黄祖在哪里？"孙权一入城，逢人便问。对他而言，江夏城远远不如一个黄祖重要。

凌统风尘仆仆地赶来，见到孙权，下马便拜。孙权赶忙将他扶起，关切地说："将军辛苦了！今日一战，你可是立了大功啊！"

凌统喘着气，微微一笑，说："末将还寻得一个礼物，想要送给主公。"

"将军如此急切，不知是什么礼物啊？"孙权笑着说。

凌统从身后拿出一个匣子，递给孙权。孙权接过来，打开匣子一看，里面正装着黄祖的人头。

孙权是第一次如此近距离地审视着刚砍下来的首级。匣子中满是鲜血，黄祖的表情还定格在他被杀前一刻，恐惧之情溢于言表。孙权闭上了眼睛，却满心欢喜。

"此次将军立下大功，我一定会重重赏你。"孙权笑了。这是自哥哥去世以来，他笑得最开心的一次。

战斗结束了，毫无疑问，孙权军取得了最后的胜利。继位后的第一场大战，终于立下了威严。并且斩杀黄祖，做到了哥哥孙策都没有做到的事情。他迫不及待要回去祭奠自己的父兄。

水军离开港口，顺流而下，向江东驶去。步兵也列队缓缓地离开了江夏。周瑜正倚着栏杆，迎着夕阳，轻抚琴弦。一首古曲，便萦绕指间。

"公瑾，这首古曲，令人闻之断肠啊……"孙权走出船舱，掩面对周瑜说道。

周瑜仍在抚琴，表情愈发凛然，每次拨弦，行云流水。音乐正在高潮，却戛然而止。余音不绝，与江水相和。

"方才琴声，说的是伯牙钟子期之事。"周瑜皱着眉头，似乎还没有从刚才的音乐中回过神来。

"力拔山兮气盖世……"孙权望见江水澎湃，岸势曲折，心中的英雄气概油然而生。又想起孙策，便不由得唱道。

大风吹起，江水泛起浪花，恰如破风的青龙，奔走千里，从不回还。

邺城，丞相府。

"哪里又开战了啊？"曹操正躺在卧榻上午睡，听到了熟悉的脚步声，便问道。

"江夏。孙权、周瑜率兵两万多，攻克江夏，杀黄祖而返。"来者正是荀攸，他带来了最新的前方战报。

"这个黄祖也真是不争气，我记得江夏守军少说也三四万吧……"曹操听到这个消息，起身去看了看地图。地图上天下各州郡城池的守军人数都有标注。

"江东军骁勇，传到孙权一代，看来也没有退步啊。"荀攸一边整理军情报告，一边说道。

"承平日久，是不是我们也该活动活动筋骨了？"曹操抻了个懒腰，说道。

"丞相的意思……我们要南征了？"荀攸略微思索问道。

"我们军备充足，也是时候一统天下，还百姓一个安宁了。"曹操注视着地图，开始盘算起来。

"喏，我这就去通知众官员做好准备。"荀攸正欲离开，又被叫住。

"公达！如果是你，荆州、益州、扬州，你先攻哪个？"

"攸以为，若有把握，便先破荆州。"荀攸回答道："荆州之地，天下通衢。握住荆州，天下大势便尽在我手。"

曹操略加思索，说："先破荆州，扬州、益州会不会不战而降啊。"

"可以先在荆州展示军威，然后收买分化敌人。等他们皆成一盘散沙，我们再大举进攻，必能一统。"荀攸一边指着地图，一边说到。

"不愧是公达，心中早有计策。"曹操点了点头，笑了起来。

51.　山雨欲来

　　第二天，邺城，司空府。一众谋臣缓步进入议事厅，他们是奉曹操的秘密召见前来议事的。曹操与荀彧早就在厅中等候，一边小声谈论着什么，一边指着地图。

　　"参见司空！"谋士们异口同声地说。

　　"不知诸位是否知晓，黄祖已经死了，江夏被孙权小儿攻克。"曹操向在场众人说道。

　　"黄祖守险要之地却不修武备，军队上下，贪腐成风。这是自取灭亡啊。"程昱一边抚摸着花白的胡子，一边说道。

　　"刘表也已经老迈昏聩，恐怕命不久矣。听闻刘备已到荆州，如果他鸠占鹊巢，夺得荆州，必成心腹大患。今日急招诸位前来，是为了商议攻伐荆州之事。"曹操顿了顿，说道："众卿可有什么良策？"

　　"荆州虽衰弱，可还有大军十万。若我们倾中原之兵，全都向南。恐怕西北马腾会趁乱造反啊……"荀攸走出来，抓出三枚棋子，放在地图上凉州的部分。

　　"我们的力量不可能同时向两个方向用兵，这是个难题呀。"曹操看着地图上的棋子，陷入了沉思。

　　"攸以为，马腾终究是汉臣。我们以朝廷的名义，召马腾及其家眷入邺城为官，让他处于我们的掌控之下，这样就不必担心西北一路了。"荀攸说着，将一个棋子移到了地图上邺城的地方。

　　"此计甚妙，让尚书台即刻给他发文。"曹操话音刚落，一旁的文官便将这条计策记了下来。

"明公，我还有担心之处。"荀彧手拿五枚棋子，放在了襄阳，接着说："如果我军在荆州北部无法快速取胜，难保江南之敌不会联合起来对付我们。南州之地多奇士，到那时，恐怕想要一统就会困难许多。"

"只要我们能迅速获胜，拿下荆州，这个问题便迎刃而解了。不过襄阳是座坚城，想要快速获胜，只能靠兵贵神速，出其不意。"曹操思考了一下，说："是时候让虎豹骑上场了。"

"除此之外，我们在军队调动时也要留心。我们可以兵分两路，一路大张旗鼓地从宛城、叶县出发，缓慢前进，迷惑敌人。另一路偃旗息鼓，暗中抄小路，轻装行进，打他个措手不及。当敌人反应过来时，我们已经直插荆州腹地。"荀彧说完这句话，将放在襄阳的五枚棋子，推到了长江以南，四散开来。

"文若真是天下良才，能与你共谋天下，操之幸也！"曹操听后大喜，即刻示意文官，将此计策抄录下来。

"计划需要尽可能周全，我们此次南下面临许多困难。"刘晔走出来抓了一把棋子，放在了地图的长江上，接着说："司空的精兵，皆来自北方。若说陆战，称得上所向披靡。可此次远涉江湖之间，恐怕敌不过江南的水师啊……"

"的确如此。远征南土，士兵不习舟船，多有呕吐病症。以此临敌，恐有所不利啊……"荀攸点了点头，附和道。

"传令，即刻征召民夫，在邺城附近修建玄武池，日夜不停操练水军！"曹操皱着眉头，看向了荀彧，说："这经费……"。

"咳……明公既然是为了天下一统，这些花费，便是必要的。"荀彧微微一笑，说："祝明公旗开得胜！"

军议结束，众谋士皆散去，堂上仅剩曹操、荀彧二人。曹操走到武器架前，拿起了一柄剑。只听剑鸣清脆，他拔剑出鞘，用软鹿皮细细擦拭起来。荀彧坐在案前，眉目低垂，正在核算即将南征需要的花费。夕阳西下，二人相对无言。

这样的场景，从二人共同创业至今已经有过无数次了。望着天边的夕阳，曹操此刻忽然觉得很享受。

"文若，此次南征，你要随军吗？"曹操脱口而出。

"那后方调度怎么办？"荀彧抬头，与曹操对视。

"奉孝不在了，多想有个知心的人在身边啊……"曹操看着面前空空的酒樽，似乎想起了什么。

"奉孝若在，此刻大概会兴奋地喝个大醉吧。"荀彧停顿了一下，说道。

"……"

"文若一会儿可愿陪我同饮一杯？"曹操偷偷地看向荀彧。

"一会儿还要去尚书台分派军务，改日吧。"荀彧一边写着面前的文书，一边说道。

曹操轻叹一口气，摸了摸自己渐白的鬓角。一路走来，他已失去了太多人。此时此刻，天下一统，夙愿成真，对他而言似乎已经只剩一步之遥。多少叱咤风云的枭雄倒下了，漫漫中原，如今只有他还在。

他从起兵之日起，从未想过自己会有今天。

"若天下一统，文若当如何？"

"若天下一统，彧当还于旧宅，焚香操琴，了此一生。"荀彧处理完了公事，走到门口，与曹操拜别。

"文若不愿与我同行吗？"曹操跟着荀彧，来到门口。

"此去路远，明公且自珍重。"荀彧郑重地拜别了曹操，转身离开了。

房屋空空荡荡，只有曹操一人倚在门框旁。夕阳西下，屋内暗了下来，只能闻到芝兰之香。

建安十三年，曹操废三公，称丞相。于邺城修凿玄武湖训练水军。张辽、于禁、乐进驻军许都以南，准备南征。

就在大江南北暗流涌动之时，荆州北部的新野小城，似乎也在暗暗地做着什么准备。

有一男子长相奇伟，身材精壮，络腮胡须，有一双长臂和一对大耳。他此刻正坐在案桌前，对着公文，陷入了沉思。

没错，此人正是中山靖王之后，刘备刘玄德。

"孔明啊……你觉不觉得最近的粮价涨得有些快？"刘备放下公文，一脸疑惑地对身边的诸葛亮说道。

诸葛亮此时身穿一身白衣，手握羽扇，聚精会神地研究着荆州的地图。

"要买粮食的人多了，粮食自然也就贵了。"诸葛亮羽扇轻摇，看似漫不经心地回答道。

"这是好事情啊，去年是丰年，粮仓里余粮很多。不如卖掉一些充作军费啊。"在角落里安静读书的关羽抬起头，对二人说道。

"我总觉得不对劲……"在关羽一旁的张飞若有所思地说。

"哪里不对劲？"关羽看了一眼张飞，说道。

"我从军之前算是个生意人，粮食的价钱和其他的东西不一样。粮食价格飞涨，从来都没有好事情。要么是在荒年有人囤积居奇，要么是……"张飞忽然瞪圆了眼睛。

"要么是哪里要开战了，有人在暗中大量囤粮。"诸葛亮补充道。

刘备的目光凛然起来："莫非……是江东孙权打算乘胜追击，拿下荆州？"

"可是已经得到消息，孙权退兵了。"关羽主管军事，他前些日子刚刚收到了孙权退军的军报。

"会不会是孙权明里退兵，暗中收集粮草，打算再战？"刘备望着地图上江夏的方向，不无担忧地说。

"以荆州兵现在的士气，他们不必这么做。而且他们前些年已经囤积了不少粮食了，根本不担心粮草不足。"诸葛亮说。

"如果真的有人要开打，事情便好办了。"刘备摸着自己的胡子，说道："翼德！你带五十名甲士，去闹市捉拿大量采购粮食的人。"

"是，大哥！要以什么罪名？"张飞走出来，正色说道。

"哄抬物价，制造流言，本就有罪。抓他回来，我们好好审一审，便知道是谁派出来的了。"刘备说道。

"如果是刘表的人？"张飞迟疑地问道。

"若是刘州牧的人，我自修书给他。"刘备点了点头，微微一笑。

张飞穿上盔甲，拿起佩剑，领命而去。

"翼德近日，颇为长进啊……"刘备回头，望着诸葛亮笑道。

"这两个月，张将军常常找亮讨论兵法。"诸葛亮低着头，笑着说。

　　"云长，翼德可能已经不在你之下了啊……"刘备舀了一碗梅子汤，递给关羽，开玩笑说。

　　"翼德看起来是个粗人，但绝不是个莽夫。"关羽接过梅子汤，一饮而尽。

　　谈话间，忽听外面脚步声大作，刘备等人便知道张飞回来了。

　　"走，审审去。"刘备带着关羽和诸葛亮离开了屋内。

52.　战争阴云

巴丘，周瑜大营。

"阚泽啊，我令你到荆州各郡去采购粮食，现在进行得如何了？"周瑜身穿一袭白衣，一边审查着军报一边问道。

"回将军，目前还算顺利，只是……"阚泽眼圈发黑，气色很不好，看起来似乎很久没有休息了。

"有什么困难吗？钱财不足？"周瑜放下公文，关切地问道。

"不不不，其他各个郡县都没有问题，只是我们安排在新野的商人不仅没有收到粮食，反而被抓了。"

"新野？我记得那里是刘备的地方。"周瑜思索着说道。

"没错，正是刘备的地方。"阚泽回答道。

"我不是嘱咐你们，要适量收购，不要太明显吗？"周瑜脸色一沉，问道。

"我们都是严格按照将军的嘱咐来办的，但似乎收购粮食的不止我们一家。"阚泽严肃地说。

"难道，中原的郭掌柜又来了？"周瑜的表情先是愤怒，之后转为冷冷一笑。

"将军莫要动怒，此事绝没有那么简单，我们还是仔细考量为好啊。"阚泽正色对周瑜说道。

"我之所以派你们去收购粮食，就是为了这一天。果然不出我所料，曹操要动手了。"周瑜仔细盯着地图，目光早已放在荆州北部。

"那我们的收粮的任务还要继续吗？"阚泽问道。

“不必了，通知那些人，偃旗息鼓，退回江东。尽可能谁都不要惊动。”周瑜长出一口气，仿佛轻松了许多。

阚泽领命而去，吕蒙走进大营。

“阚泽的任务结束了，接下来是子明你的任务了。”周瑜低头看着地图，对吕蒙说道。

“曹贼将至？”吕蒙的表情顿时严肃起来。

“曹贼将至。”周瑜缓缓抬起头，看向吕蒙。他双眼通红，眼神犀利，仿佛一头随时投入战斗的狼。

“白衣营如何部署？请吩咐吧……”吕蒙咽了一口口水，说道。

“化整为零，散入荆州，将那里的情况报给我，每天不断。”周瑜拍案，决心早已下定。

吕蒙走出大营，天上下起了淅淅沥沥的雨。他戴上了背在身后的斗笠，身形已经与客商无异。

盛夏的雨，是带不走闷热的。如果非要说它能带来什么的话，大概它只会带来琐事。

数不尽的琐事。

荆州，襄阳城。

一张床榻上，一个形容枯槁的老人咳个不停。屋子里侍奉他的人并没有多少，从他们的表情来看，似乎也并没有多在乎。

如果不说，你很难想象，他便是当下荆州的最高军政长官，刘表。

他已经一个月没有理政了。当年匹马入荆州，叱咤一生，如今却落得这步田地。他心中感觉自己十分可笑，他清楚荆州此时已经千疮百孔，自己却什么都做不了。

“快死的人了，操这份心干什么……”刘表苦笑着对自己说。

他颤颤巍巍地从床上爬起来，缓步向门外走去。门外下着淅淅沥沥的雨，此时此刻，院子里空无一人，只有一颗枯树立在院内。

“这棵老树，也终于病死了啊……”刘表咳嗽了一声，全然不顾雨水，走到了院内，用自己衰老的手掌抚摸着那棵枯树。

“四四方方一座院子，木在则困，伐木成囚……这不正是荆州吗？

荆州的前途究竟在何方？谁能告诉告诉我……"

襄阳城很大，却无人注意有一个老人，在大雨磅礴之中泣不成声。

襄阳城，蔡瑁府。

听着府外淅淅沥沥的雨声，蔡瑁此刻的心情非常好。一场酒宴正在家中进行着，他邀请了驻守襄阳的各位将领。玉盘珍馐，把酒言欢，好不热闹。

"我是真没想到，我们的运气竟然这么好。"蔡瑁将杯中的酒一饮而尽，对众将说道。

"蔡将军，你就别卖关子了，到底是何事让你如此高兴？"一名将军举杯问道。

"去年粮食丰产，仓廪丰实，没想到今年粮食价格却涨了许多。真是卖了个好价钱啊！"蔡瑁大笑着说。

"将军卖了多少？"又一名将军陪着笑问道。

"不多不少，正好五万斛粮食。"蔡瑁伸出手掌，说道。

"真不愧是大手笔，各路商人，都挺舍得给钱啊。"众将哈哈大笑，为忽然鼓起来的腰包，为了安稳太平的荆州，喝了一轮又一轮。

无论是荆州的官员还是将军，此时仿佛都沉浸在这诡异的氛围之中，仿佛这里是世中仙境，人间天国。仿佛荒野中裸露的白骨从未存在，仿佛北边、东边的强敌都不存在。

"荆州危矣。"刚刚拜访了一圈荆州的官吏，庞统回到家，只说了这样一句话，便倒头就睡。

他本是去献策的，可还没来得及说出口，蔡家便摆开了豪华的宴席。于是他便把话憋回了肚子，什么也没说便告辞离开。

此时，时间已到了六月的最后一天。

此时，江东刚刚造好五艘江面上最大的艨艟战船。

此时，曹纯带领的虎豹骑先锋已经近得望得到荆州的第一个哨卡。

53. 荆州之战

荆州最北部，某处哨卡。

此地再往北，便是曹操的地界，若把目光越过丘陵向南看去，那片土地就是荆州。对于哨卡的士兵来说，他们虽然日夜戒备，但并不觉得自己真的会那么倒霉，会碰上战事。

这一天，他们吃过饭。正各自寻找阴凉的地方休息，却忽然觉得大地在震动。

"是地龙吗？"

"地龙翻身了？"

"不知道又要塌掉多少房子。"

区区地龙翻动，还是不足以让他们从阴凉的地方站起来。可不久之后，他们便后悔了。因为他们终于明白，让大地震动的并不是地龙，而是马蹄。

以极快的速度，荆州北部的哨卡全部陷落。而荆北的守将，却连敌人是谁还没有确定。荆州北部迅速集结了将近一万人。可这一万人组成的防线，却被一支骑兵轻易突破。在那之后，装备精良的大批敌军士兵便跟着那队骑兵长驱直入。

他们从未见过这种打法，简直就像用刀切菜一样。荆州北部的守将终于见到了那支古怪的骑兵，他们的战马也身披铠甲，士兵手握长矛，身披重甲，在面部戴上用金属铸造的、可怕的虎豹纹面罩。纵马疾驰而来时带起的风几乎能将人掀翻，更何况被那可怕的铁人撞一下。那支骑兵个个武艺高强，荆州兵没有任何有效的办法可以抵御他们。只是与这支奇怪的骑兵打了一个照面，荆北守将的头便被他们轻易地割了下来。

所谓兵败如山倒，正是如此。士兵拖拽着他们的武器，有的干脆连刀都扔下了。先前还高高在上的大旗，此时也被扔到了地上。任由血水将大旗浸透，任由逃兵将大旗踩烂。

"如此打法……应该是曹操吧……"这句话是那位无名的守将留下的最后一句话。

这一消息被从战场上逃回来的、惊魂未定的士兵传到了襄阳刘表的耳朵里。刘表听到这一消息，什么都没有说，只是点了点头。

"调……刘备到樊城……"刘表用他沙哑的嗓音断断续续地说道。他不知道，这将是自己下达的最后一个命令。

"可是刘备将军正在新野积极准备防御，他若走了，荆州北部就全完了！"他的部下说道。

"只要守住襄樊，我们就还能活着……趁着敌人还没有完全合围……快把刘备带出来！"

"遵命！"

建安十三年，刘备率军从新野出发，南下驻守樊城。曹操控制荆州北部，只用了短短十几天的时间。曹操几乎是精锐尽出，剑锋直指襄樊。

巴丘，周瑜大营。

收到了从荆州北部发来的消息，周瑜陷入了沉思。很显然，曹军的战斗力已经超出了他的预期。本以为拥有十万之众的荆州和曹操之间将陷入拉锯战；本以为凭借自己充足的准备，完全足够和曹操周旋。可眼下，他只能另想策略。无论如何，绝不能让曹操的大军渡过长江。不然以江东的兵力，根本无法与曹军抗衡。

"来人，随我一起去港口，视察战船！"周瑜说道。

程普、黄盖等一众将军纷纷领命，随周瑜来到了港口。望着港口中，随江水浮动的小船，周瑜陷入了沉思。

盛夏酷暑难耐，天气燥热。再加上南方多蚊虫，在这样的天气里，曹军开始有人生病。不过规模不大，曹操并未重视。一路的胜利，让他们士气高涨。他们唱着战歌，像潮水一般排山倒海地吞噬着荆州的土地。曹操身骑战马，在许褚护卫下，向南行进。突袭荆州一战，歼敌两万，而己方损伤不过数百人。这让他觉得十分愉悦。仿佛一统天下，就在眼前。

不久之后，一件令他更愉悦的事情发生了。

曹操接到密报，刘表病逝于襄阳。蔡夫人与蔡瑁暗中勾结，立其子刘琮即位。并且在密谋举州归降曹操。

"公达，你怎么看。"曹操看向他身边的荀攸，问道。

"恭喜主公。从今往后，荆州也归属主公所有了。"荀攸施礼说道。

"他们难道不会是诈降吗？"在宛城吃过亏的曹操在那之后便不再轻易相信别人的投降。

"主公，此事容易。只要把荆州将领聚集在一起，许以高官厚禄，然后将那孤儿寡母送到许都软禁起来，主公便又多出十万大军。荆州虽弱，但水师尚有一战之力。平定南方，还当以他们为先锋。"荀攸微微思考，说道。

"我刚想着收取襄阳，公达已经想到这一步了。"曹操笑着说道。

"在下也没想到破荆州竟然如此顺利。原本以为刘备会成为一根难啃的骨头。可如今，他可能没有挡在主公面前的机会了。"

"为什么？"期待着和刘备较量一番的曹操，听到荀攸如此说，不解地问。

"刘备现在身在樊城，身后的襄阳却先投降了。他一定不会固守死地坐以待毙，得到消息之后便会迅速南下江陵。"荀攸锋芒毕露地说着自己的判断，而曹操则一脸微笑地看着荀攸。

平时的荀攸是个木讷寡言的人，当他进入这种锋芒毕露的状态时，便是他在聚精会神地分析战局，顾不上维持寡言的状态了。画策斩颜良，妙计诛文丑时，荀攸便是以这种锋芒毕露的状态，帮曹操一举粉碎了袁绍的进攻。

"公达说的我明白了，来人，叫曹纯来！"曹操大声地命令道。

不多时，一个威风凛凛的重甲骑兵飞快地骑马赶来。眼看着就要冲到曹操的面前，曹操的侍卫吓得下意识举起了长矛，后退了两步。而曹纯的马却稳稳地停在了曹操的面前，并摘下了自己的虎纹面罩。

"子和！之前几战打得非常漂亮，不亚于你兄长曹仁。我十分欣慰。"

曹操笑着，拍了拍曹纯的肩膀。

"是敌人太弱了，除了武艺，我都不如兄长。"曹纯腼腆地笑了。

"既然如此，给你一个任务。"

"进攻襄阳？"

"不，你们虎豹骑用最快速度奔袭江陵。目的只有一个，那就是擒获刘备。"曹操的眼中露出玩味的神色，猫鼠游戏玩了那么久，也是时候结束了。

"末将领命！"

曹纯戴上面具上马，转眼功夫已经不见人影。望着他远去的背影，曹操欣慰地笑了笑。

樊城，刘备大营。

经过休整军队，基本恢复了战斗能力。此时此刻他手中有两万人。他们来自荆州各地，奉刘表的调令往樊城而来，接受刘备的调配。刘备铠甲鲜明，在军营之中四处巡视。此时此刻他意气风发，壮怀激烈，誓要在樊城之下打出一番名声来。

这时有人匆忙地来找刘备，此人正是他所倚重的军师中郎将，诸葛孔明。

"主公，我们恐怕有些麻烦了。"诸葛亮脸色阴沉说道。

"我已经部署好了各处防御。究竟是什么事啊？"

"刚刚得报，襄阳少主刘琮举荆州全境投降。"

54. 携民渡江

"此事当真？"

"千真万确，眼下襄阳已经投降，樊城便是一片死地了。绝不可以久守。"诸葛亮皱着眉头说道。

刘备见诸葛亮都如此神情，当前形势一定比想象中更加严峻。

"如果我们想要撤退便只有去江陵这一条路，曹操岂会不知啊？"刘备叹了口气，无奈地说。

"好在曹操还没有进入襄阳，如果我们立即行军火速奔赴江陵，曹操未必追得上。"诸葛亮拿着地图说道。

"可问题就在于……"刘备陷入了思考，仿佛心中还有顾虑。

"曹操明知道我们会往江陵去，此时他部署在荆州北部的追兵，可能已经启程了。"诸葛亮抢先说道。

"若真是如此，我们该如何处置？"望着身后士气不高的军队，刘备不无担忧地说。

"主公无忧，亮已有安排。"诸葛亮轻摇羽扇，对刘备说道。

诸葛亮常常说这句话。每当诸葛亮这样说的时候，无论多凶险的事情，都会转危为安。刘备的心中涌起一股安心的感觉，但他知道，这个时候根本就不是松懈的时候。

"军师是如何安排的？"刘备正要问，忽然见关羽风尘仆仆地赶到。

"军师，你叫我？"关羽向诸葛亮施礼道。

"听闻云长的赤兔马，是天下第一名马。敢问云长，它到底有多快？"诸葛亮问道。

"一日一夜，可达江陵。"关羽回答道。

"既然如此，两日之内，便可到达江夏。"诸葛亮在头脑中计算着什么，说道。

"战场在樊城，去江夏做什么？"

"眼下有一急事，需要关将军立即出发前往江夏。刘琦公子此时正在江夏镇守，手中还有一万兵马。我等将要撤往江陵，请关将军先行离开，到江夏请刘琦公子发水军接应。"

"可我若离开，大哥的安全……"关羽看着刘备，心中一万个不放心。

"有翼德和子龙在，云长放心去便是。"刘备看出了他的疑虑，说道。

"自从当年和兄长失散，我便发誓今后再也不离兄长寸步。而今正是危难之时，我怎能不在兄长身边？"关羽神情激动地说。

"关将军，只要你越早到江夏，我们便越早脱离危险。这件事只有你能够办成，请关将军千万不要推辞。"诸葛亮看着关羽的眼睛，对他说道。

"遵命！兄长保重！"

关羽上马回望了一眼，刘备此刻也正望着他。关羽转身，策马狂奔而去。

"主公，我们也快走吧。"诸葛亮说道。

"我等若不能守卫襄阳，曹操一来，百姓危矣。我怎可轻易抛弃他们？"刘备望着城中惊慌失措的百姓，说道，"可以令人遍告百姓，有愿意跟随的人便让他们和我们一同离开，不愿者可自行留下。"诸葛亮点了点头，他知道这不是眼下最好的选择，带着百姓会可能给南撤的军队带来无可挽回的后果。但他还是选择了服从刘备，因为在百姓这件事上，刘备根本不会妥协。

但这才是他的主公。

孙乾、简雍在城内宣扬消息：曹兵将至，樊城已是死地。百姓愿意跟随者，可一同南撤。不愿跟随者，可自行留下。

听闻这一消息，百姓顿时慌张了起来。他们分不清什么明主与庸主，更不懂得什么大业。他们只是想活下去而已。刘备虽到来不久，但对百姓却爱护有加，军纪良好。而即将入城的曹操，他屠杀徐州的事情还历历在目，于是百姓纷纷收拾存粮和行李，准备跟随刘备离开。

百姓哀号着，稚子哽咽着，扶老携幼，离开了自己的故乡樊城。数万百姓簇拥着刘备，在军队的庇护下，向南行进。百姓中多有妇孺老幼，行进速度十分缓慢。

此时秋风已起，凉风透骨，百姓身上穿的多是单衣。路边因受寒而冻死之人多了许多。日夜不停行军，刘备一行人此时也已是蓬头垢面。夜晚也只得披一件毛毯，围在火堆边休息。

忽然，刘备一行人听到己方身后忽然传来了特别响的马蹄声。刘备知道，这是曹操那只诡异的骑兵，于是便拔出剑，骑上马招呼士兵们列阵迎敌。

曹纯带领着虎豹骑飞也似的杀了过来，阴森的气势让人看了不寒而栗。披挂整齐的张飞挥舞长矛，大喝一声，率军迎了上去。双方交战起来，一直打到了日出。张飞杀得尽兴，却发现自己身边已经没有了己方的士兵。虎豹骑将他团团围住，张飞一人用长矛抵挡着，却未落下风。

正在这时从远处杀来一员小将，身穿白袍白甲，手拿长枪，猛地冲入阵中。

"子龙来得正好！"张飞见赵云前来，松了一口气。

赵云与张飞一同冲杀，杀出一条血路，来到了刘备身边。二人保护着刘备，且战且走，直至天明，听到敌军喊声渐渐远去，方才停下。

见刘备妻儿不在随行的队伍之中，奉命保护刘备家眷的赵云觉得十分自责，便趁刘备等人休息时骑马向回杀去。刘备随从纷纷对刘备说，赵云已经向北投奔曹操去了，可刘备却坚定地认为赵云绝不会弃他而去。

过了许久，赵云一身血污地回来。白袍白甲的小将，如今盔甲仿佛被染成赤红一般。赵云把他的马让给甘夫人坐，而甘夫人的怀中抱着孩子阿斗。见到赵云仿佛浴血而出，刘备终于抑制不住自己濒临崩溃的情绪，他的眼角挤出了一滴泪，只有一滴。

自己颠沛流离已经太久了，他从没有给过自己的妻儿一个安逸的环境。更没有让从一开始就跟着自己的弟兄们获得过些什么。无论如何他不想再失败了，他希望自己能拥有一片领土，他希望自己能有不再需要躲避曹操的实力，他希望匡扶汉室，挽救那个傀儡朝廷下被人鱼肉的万千百姓。

这一次，他想要赢。他已经打了一辈子仗了，战争从来不是他害怕的事。与之相反，在他波澜不惊的外表下住着的，是一颗极度好战的心。

"主公，前方便是江陵了。"刘备顺着诸葛亮羽扇的方向望去，见一座巍峨的大城在远处显现，正是江陵。龙盘虎踞，濒临大江，正是用武之地。

"若能得此城以图大事，就好了。"刘备叹了口气，说道。此刻刘备来不及入城，粗略地望了一眼江陵，便纵马疾驰，向江边赶去。到了渡口却发现并没有船只到来。而身后却渐渐听到了密集的马蹄声。

"苍天不佑我啊……"刘备愤然拔剑，呐喊而起。

"刘备，你若仍肯归降，丞相绝不杀你！"曹纯在马上喊道。

"备誓死不向逆贼投降！"刘备将双剑的其中一把拿起，狠狠地向虎豹骑投掷过去。那把剑在空中旋转着落下，狠狠的插进了曹纯面前的石头缝中。

曹纯正要发起进攻，忽然间江上鼓声大作。几艘大船缓缓开来，船上士兵不停地向虎豹骑射箭。为首大将正是关羽，他到了江夏，说明来由，便坐着刘琦的战船，日夜不停，支援刘备而来。

趁着虎豹骑被弓箭手压制，刘备一行人迅速趁乱上了船。大船平稳地航行着，顺流而下，往江夏驶去。

曹纯的虎豹骑追到江边，却已经晚了。他愤怒地挽弓搭箭，向已经开走的船队射去。箭在天空划过一道弧线，直直地落入水中，就像捕鱼时扑了个空的鱼鹰。

船上。

刘备擦了擦自己的脸，长叹了一声："云长，幸亏你及时赶到。不然我命休矣。"

"兄长，军师，我们到江夏之后又该如何？"关羽不解地问。

在场一众人都把目光齐齐地投向了诸葛亮。诸葛亮用羽扇轻掩自己的脸庞，缓缓说道："接下来，就要看江东的反应了。"

55. 大战将至

话说周瑜已经见识过了曹军的凶猛，深知不能在陆地上与其争锋。于是他来到港口，开始视察江东最新的战船。

这些年为了防备北方，保住自己在长江上的一切航道，江东新造了五艘最大的战船。此时此刻它们正整齐地排列在港口之中，而娴熟的水兵们正在船上日夜操练，士气高涨。

艨艟是水军中最大的船，而江东军所造的艨艟，其庞大更是冠绝江面。船头由金属铸造，用来在突破敌阵时破坏敌人的船只。工匠们早已奉周瑜之命，将船头船身尽量加固。为了保证航行的速度，江东的工匠们又定制了巨大无比的风帆。当大船顺着风全速航行之时，远远望去，它就如翼若垂天之云的鲲鹏，无人不生出敬畏之心。

周瑜很满意这个设计。水军的成功让周瑜更加坚定必须将曹操军隔绝在大江之北的计划。只要能全力一战，消灭曹军水师，曹操的战马纵使再善战也无能为力了。

而此时，吕蒙正在荆州，源源不断地将情报传递回来。

周瑜每天都在等着吕蒙的消息。从最新的情报来看，刘备已经率残部到达江夏了，进行休整。曹操进入襄阳，将刘琮母子送到了许都。此时此刻，除了江夏以外，荆州全境已经尽归曹操。

"你说刘备此人，为什么总是有这么好的运气？明明已经败了那么多次，却依旧能安然撤退。此人绝不简单啊。"周瑜转过身对身边的鲁肃说道。

自孙权继位以后，鲁肃常常为孙权出谋划策。他对于天下大势的把控不亚于天下任何一个智者。他曾在床榻之上为孙权献策，劝他全据长江，二分天下，立足江东，以观天下之衅。孙权十分倚重他，军国大事都找他来商议。

"正是如此，刘备其人勇武雄烈，屡败而屡战，可知其志不小。强敌压境而百姓皆愿跟从，麾下猛将如云，可见其驭人有术。有此人在，天下之事未可知啊。"鲁肃望着平静的江面说道。

"那么子敬，是什么风把你吹来了呢？"周瑜笑着问道。

鲁肃此时本该在孙权的京口铁瓮城，处理着公文。既然此刻离开了那里，来到军中，必定有要事。

"实不相瞒啊，公瑾。我已经建议主公，此时此刻应当联合刘备共拒曹操。"鲁肃坦率地回答说："我其实只是顺路来看看你，一会儿我便要渡江，作为主公特使来探听刘备的情况。"

"联刘拒曹吗？不失为一个好办法。"周瑜拉着鲁肃的手，把他送到渡口。一边走一边说。

"公瑾你一定早就想到了吧。"

"不瞒你说，还真没有。军中内部事务已经够我忙了，我还没来得及分心去考虑外交之事。"周瑜抻了个懒腰，说道。

"那，就先告辞了！"鲁肃上了小船，向周瑜施礼，说道。

"啊，等一下，子敬。"周瑜把鲁肃叫住，说道："听说诸葛子瑜的弟弟诸葛孔明此刻正在刘备军中，子敬替我好好观察他。若他真是奇才，我们何不把他请过来，让他一家团聚。"周瑜笑着说道。

"放心吧，今日我也当一次公瑾的耳目。"鲁肃揖别周瑜，踏上了旅途。

襄阳，曹操大营。

"启禀丞相，荆州兵八万已经全部投靠我军。"刘晔走上前对曹操说道。

"也就是说，我们现在可以调动南下的兵马，一共有二十万之多。"曹操喜不自胜，拥有了这么多兵马，平定南方大概指日可待了吧。

"恭喜丞相！"大营之中，文武群臣齐声向曹操祝贺。

"来，大家可畅所欲言，我们该如何平定南方？"曹操意气风发，声音洪亮，对手下群臣说道。

"启禀丞相，末将愿率军两万，率先渡江！"夏侯渊率先走出，对曹操说道。

"丞相，末将也愿渡江！"一众将军争先恐后的表态，都想用自己的手为这一场一统天下之战画上一个圆满的句号。

荀攸此时在营中居谋臣之首，此时他却高兴不起来。攻取荆州太过容易，让将军们个个都成了骄兵。此时此刻若忽有变故，三军危矣。他回头望了望贾诩，贾诩此刻正闭着眼睛坐着，一言不发。

见到武将那边气氛火热，而谋臣却不应答，曹操便打算问一下荀攸。可他发现荀攸正在看着贾诩，而贾诩却又闭着眼睛，一言不发，便觉得好奇。

"下江东之事，文和可愿教我？"曹操毕恭毕敬地对贾诩说道。

贾诩睁开眼睛站了起来。他本打算一言不发的，也根本没有想到曹操会叫自己。

营中之人的注意力纷纷转向了贾诩。他们都知道，这家伙一开口，一定会说出出人意料的言语。

贾诩整理了一下自己的衣服，然后向曹操行了一个礼，对他说道："曹公尽得荆州之地，实乃一统之始也。"

曹操点了点头，得意地笑着说："那接下来，我该怎么办呢？"

贾诩再次向曹操下拜，一字一句地说："明公昔破袁氏，今收汉南，威名远著，军势既大；若乘旧楚之饶，以飨吏士，抚安百姓，使安土乐业，则可不劳众而江东稽服矣。"

曹操听出了贾诩之意，是要自己罢兵回去，有些不悦。于是他对着荀攸问道："公达，你又觉得如何？"

荀攸看出了曹操的不悦，可自己的看法却与贾诩类似，于是陷入两难。

"丞相可知不攻而攻？"略微思索，荀攸便向曹操说道。

"当年我进攻张绣，公达就曾如此劝过我。"曹操稍一思索，便知道了荀攸的意思。

"正是如此。缓军以待之，可诱而致也。若急之，其势必相救。"

荀攸一撇嘴，只把话说到了这儿。

"当初确实有道理，因为张绣、刘表都在。他们二人唇亡齿寒，自然抱团取暖。可如今天下，谁会相救呢？"曹操冷冷地看着荀攸，说。

"明公，此刻刘备正在江夏，厉兵秣马。孙权正住在自己新建好的铁瓮城中，虎视荆襄。若我们进攻甚急，难保他们不会结盟啊。"程昱也走了出来，向曹操说道。

"不要说了，我意已决。此时正是百年难遇的天下一统的时机，我若不抓住，该遭天谴了。"曹操一笑，说道。

众人领命，各自回营准备。望着天边的乌云，曹操陷入了沉思。

江夏，官署。

刘备、刘琦、诸葛亮围坐在一起，商议着接下来的动作。而张飞，赵云等人此刻正在军中日夜不停操练军马，严阵以待。关羽领了本部兵马，沿港口布防，时时刻刻盯着江面上的动静。

诸葛亮望着失落的刘备，心中也很不是滋味。年过半百，屡败屡战者，虽为英雄，但其中艰辛又有谁知！

"主公不必忧虑，我们还有机会。"诸葛亮轻声对刘备说道。

"请先生教我。"刘备落寞地说。

"当下曹操势力极大，军威极盛，光靠我们必然无法抵抗。不如联合江东孙权，互相支援。龙虎相斗，我等才有立足之地啊。"

"当下事急，只怕江东只为自保，不肯为了我得罪曹操吧？"

"当下曹操又得荆州十万兵马，共二十万人，饮马长江。孙权居大江下游，想必现在他连觉都睡不好了。如果亮料想得没错，他的特使应该就快来了。"

56. 孔明入吴

就在这时，刘备抬头望向外面。见关羽大踏步急忙走来，便起身迎了出去。

"云长不在江边布防，为何在此？"刘备对关羽说道。

"江东特使来了，正在门外等候。我怕失了礼数，便亲自将他送来了。岸边无事，曹军并无动静，大哥放心。"关羽说道。

"既然如此，那快快有请。"说着，众人便迎了出去。

鲁肃站在门前，手中持节。他的身后，带着孙权送给刘琦的礼物。几人一一相见，礼毕，便来到后园。刘琦早已吩咐下去，摆上宴席，招待贵客。

酒过三巡，鲁肃率先发问："当今战局不利，不知刘使君如何打算？"

刘备微微一笑："我与苍梧太守吴巨是老朋友，在这之后我打算去投靠他。"

鲁肃把眼睛眯了起来，他看刘备神色并不自然，一眼就知道他在撒谎："吴巨兵微将寡，自保尚且不能，如何敢收留使君呢？"

"既然如此，愿闻先生指教。"刘备也一笑，将话题抛给了鲁肃。

"鲁肃是个直率的人，便不绕弯子了。眼下使君既然不能降曹，我便给使君另一个选择。我少主孙将军如今雄踞江东六郡，兵精粮足，礼贤下士，江东的英豪全都归附于他。为使君考虑，不如派一心腹之臣前往江东，商讨结盟之事。"

刘备少年任侠，平生最喜欢结交豪杰，也最喜欢直率之人。见鲁肃如此，心中觉得快意。他望着席间饮食自若的诸葛亮，笑了。

　　鲁肃也明白了刘备的意思，便笑着开口："孔明先生可愿与我同行？来的路上我还遇到了周公瑾。他特意嘱托我，多向孔明先生讨教。"

　　诸葛亮放下筷子："岂敢岂敢，竟得江东周郎赏识。鲁子敬国士之风，才令人钦佩啊。"

　　"孔明，结盟之事，你以为如何。"刘备问道。

　　"主公，不如待亮去江东，见过孙将军之后再做决定吧。"诸葛亮施礼，说道。

　　"如此最好，那孔明就替我走这一遭吧。见了孙将军，一定转达我的问候。"刘备点了点头，说道。

　　"必不辱命！"诸葛亮和鲁肃拜别刘备，登上了船。

　　诸葛亮站在船上，任冰冷的江风肆意地吹拂着自己的面颊。江边的寒意让诸葛亮更加清醒。对于自己即将要做的事情，即将要见的人，他的心里也充满了不确定感，所以他急需通过这种方式让自己冷静下来。

　　"孔明先生，多冷啊，快回船舱里吧。"鲁肃走出来对诸葛亮说道。

　　"让我静一静……"诸葛亮张开双臂，大风迎面而来。此时的他，就如一只凤鸟，在江上展翅翱翔。

　　"真是个怪人啊……"鲁肃喝了一口热茶，说道。

　　"我可听见了！"诸葛亮站在船头，头也不回地说。

　　船行不多时，他们便已经进入了江东地界。两岸山势相连，虎踞龙盘，山势雄壮，隐隐有王者之气升腾。山势险要之处，都有要塞堡垒，或明或暗，呈犄角之势排列。

　　"子敬啊，这布阵者何人？"诸葛亮回头问道。

　　"长江防线，乃是周公瑾负责。"坐在船上，鲁肃回大道。

　　"此人布阵，深得《孙子》之妙啊。"诸葛亮一边看着，一边说。

　　"周公瑾长于用兵，先生若与他相见，一定会有很多共同语言吧。"

　　"只是即便是他，此时恐怕也在冥思苦想，破敌之策吧。"诸葛亮轻摇羽扇，说道。

　　"曹军势大，先生见到我家主公，可千万别说曹军兵多将广之类的话。我还是担心我家主公……"

"心生怯意……"诸葛亮望着鲁肃，接过了他的话。

"正是如此。主公虽擅长治国，可很少经历战阵，难免会不成熟。"鲁肃心中的顾虑还是没有打消。他所担心的，是铁瓮城中的变故。

"家兄诸葛瑾在江东效命，他是最有识人之能的。既然是他打心底里认同的人物，想必绝不是庸庸碌碌之辈。子敬可以安心。"诸葛亮点了点头说道。

"对了，一会儿到了江东，先生可以与令兄相见了。"

二人在船中谈笑，不多时，小船已临近巴丘港。诸葛亮正在饮茶，忽然听远处渐渐传来鼓点之声。诸葛亮闭眼细听。一边饮茶，一边用手在桌上随着鼓点的节奏敲打着。

"孔明好雅趣啊，以战鼓声为乐。"鲁肃笑道。

"这鼓点暗合音律，周公瑾果非寻常之人。"诸葛亮也笑着。此时此刻的战鼓之声，对他而言是最好的伴奏。

小船靠岸，诸葛亮与鲁肃一同下船。在大江上，江东水军正进行着大规模的操练。将士们入阵变阵，进退得法。大江上，喊杀声不绝于耳。

"江东水军，如此悍勇。大江之上，恐难逢敌手啊。"诸葛亮用羽扇指着江上的水师，叹道。

很快，诸葛亮的注意力便被不远处的景象吸引了。在不远处，有一高台临江而建。在高台上能俯瞰战场全貌。高台之上，也有一人跪坐在那里，身披白衣，羽扇纶巾而坐。在那里闭着眼睛，专心焚香操琴。大江之上不断的喊杀声，仿佛和他丝毫没有关系。

"那人便是公瑾了。"鲁肃在江边指着周瑜，对诸葛亮说道。

"世人皆说周公瑾奇雅，今日一见，果然不凡。"

"孔明稍等，我去叫他。"鲁肃见诸葛亮对周瑜很感兴趣，便对他说道。

"子敬且慢。比起繁琐的会面，还是听他的琴声更好。"诸葛亮闭目，细细聆听。周瑜的琴声随着浩荡的江风传来，音律不停，正如江水滔滔不绝。江风急，则周瑜的琴声也急，江风舒缓，周瑜的琴声也跟着舒缓。风声琴声喊杀声，融为一体。诸葛亮听得如痴如醉。

"这正是周公瑾的名曲，《长河吟》。"鲁肃笑着说。

"豪气干云，真英雄也。"鲁肃的话，把诸葛亮从沉醉中拉回到现实："此人用兵之法如何，听其琴声，便可知晓。"

"孔明先生可也通晓音律？"

"略懂，略懂。"诸葛亮用羽扇遮住自己的面庞，笑着说。

"非坦诚之人。"鲁肃白了他一眼，带他离开了江边。

在高台上，周瑜抚琴完毕。此次在他脑海中的推演，又获得了胜利。江面上，士兵的操演也结束了。大家都在船上，结起整齐的队伍，抬头望着抚琴的他。

"刚才在点将台边，可有什么人路过？"周瑜抬起头，望着身边的书生。

"方才鲁子敬携一人过此，驻足听将军抚琴，许久才离开。"那书生恭敬地说。

"大概是那个诸葛孔明来了吧。"周瑜做了个手势，示意江上的士兵撤回军营休息。江上的将士们见此信号，便整齐有序地依次撤回了军营。

"是诸葛瑾大人的弟弟吗？"

"没错，一个让刘备觉得如鱼得水的人。事情真是越来越有趣了。"周瑜站起身来，说道。

"想必我们与刘备不久之后就要结盟了吧。"那书生点了点头说。

"用不了多久，南北之间就要发生一场前所未有的大战。你我二人有幸，皆能见证历史。"望着澎湃的大江，周瑜的心中也跟着心潮澎湃。

"只是我听说，那些文官之中，似乎有人和北方暗通款曲……"

"安心吧，伯言。那边还有少主公和张子布在……"周瑜微微一笑，走下了点将台。

57. 战和之论

　　眼看着当下战争的氛围已经越来越浓重，为了更好地控制军队，孙权便从已经修建好的铁瓮城中离开，来到了他位于柴桑的大营之中。随他而来的文武官员也都住在了柴桑。此刻，江东的军国大事，都决于此地。

　　诸葛亮和鲁肃骑在马上，正沿着官道向柴桑走去。鲁肃骑马在前，诸葛亮紧随在后。

　　"孔明，快一点啊。战局瞬息万变，盟约还是早些缔结为好。"

　　"我知道啊，子敬。只是这马怎么总也走不快。"诸葛亮吃力地骑在马上，对鲁肃说道。

　　"莫非名满天下的卧龙先生……竟然不善骑马？"鲁肃望着诸葛亮，一脸坏笑。

　　"我也不是什么都做得到，我只能做我能做到的事。"诸葛亮一本正经地说。

　　鲁肃根本没有听懂诸葛亮在说什么，只是撇了撇嘴，两人便继续向柴桑前进。

　　到了柴桑，鲁肃先把诸葛亮安排到了驿馆中歇息。之后便独自一人，去见孙权。

　　进了孙权大营，鲁肃忽然觉得气氛有些奇怪。孙权的文武官员都在，似乎刚刚正在议事。见鲁肃来此，便一个个都不言语，只是低着头。

　　"主公，我回来了。"鲁肃向孙权施礼，说道。

　　"子敬前往江夏探听虚实，那边情况如何？"孙权面无表情地问。

　　"曹操大兵压境，荆州已经归降。刘备固守江夏，目前只能勉强自保。"

鲁肃简单地说。

"有好消息吗？"孙权轻声叹息，期待着鲁肃能为他带来一些喜讯。

"曹军现在尚未渡江，这便是最大的好消息。只要他们还在江北，主公便拿捏着战场的主动权。"

在场众臣，议论纷纷。却没有一个人拿出一点成熟的实施方略。

孙权从桌上拿起了一个木匣，交给了鲁肃："这是曹操昨天发来的檄文，你自己看吧。"

鲁肃打开木匣，将其中的檄文拿了出来，仔细读道："近者奉诏伐罪，旌麾南指，刘琮束手。今治水军八十万众，方与将军会猎于吴。"

"主公尊意如何？"鲁肃不知孙权究竟是何心思，便直言问道。

"目前尚无定论。若看曹操言辞，似乎是想一举荡平天下啊。"孙权长舒一口气。自从曹操陈兵长江，他便一个安稳觉也没有睡过。

"当下曹操拥有百万之众，借天子之名，征伐四方。自从荆州的江陵失陷，长江天险，曹操与我等共有。主公觉得当下自己有把握对抗曹操吗？"张昭开了口，说道。

"曹操不可能有八十万兵，但其人数也绝不少于二十万，若单论兵力，我等确实不敌。"孙权望着自己手中兵册，举江东之力，也只能凑出五万军队。而曹操的二十万人，都是披着全甲，装备精良，能争惯战的老兵。

"既然如此，将军何不举江东之地投降朝廷，也免得战端一开，生灵涂炭。"张昭用他深邃的双眼看着孙权，说道。

见张昭说出这种话，那些一直一言不发的谋士们顿时炸开了锅，纷纷赞同张昭的提议。

"张大人所言正合天意！天下到了一统的时候了！"七嘴八舌，聒噪不堪。

"张大人，你受讨逆将军知遇之恩，还是先主公临走时的顾命之臣，怎能说出如此言语？"鲁肃指着张昭大吼道。

张昭微微一笑，并不应答。

孙权猛地一拍桌子，大家的争论全都停止了，齐齐地看向他。孙权穿好了衣服，便起身离开了此处。见孙权这等反应，鲁肃急忙追了上去。路过张昭身边时，他还愤怒地甩了甩袖子。

孙权回过头，见鲁肃一直跟在自己身后，心中大致猜到了鲁肃所想。于是便拉起鲁肃的手，来到了后堂。

"子敬，说说吧。此时我们应该如何？"

"刚才众人所言，会误主公大事啊。实不相瞒，我旧友刘晔现在曹操手下为官。我若投降，或为州郡之长，或为朝廷之郎。今日在场众人皆可降曹，惟将军断不可降！将军若投降会得到什么呢？位不过封侯，车不过一乘，骑不过一匹，仆从不过数人。仅仅为此，却拱手将父兄基业让于他人，今后还想南面称孤，岂可得哉！"言及此，鲁肃已是声泪俱下。

"刚才他们说的话，太令我寒心了。我真没料到，张昭竟然也同意投降。满朝公卿，唯有你的话深得我心啊。只是曹操现在势力极大，我们究竟该如何对敌？"孙权扶着鲁肃，不无担忧地问。

"我到江夏，带来了一个人。"

"什么人？"

"刘备军师，诸葛瑾之弟，诸葛亮。他在刘备军中，曾与曹操直接交手。此人有经天纬地之才，关于破曹之事，诸葛孔明必有高论，不如听他细说。"

"诸葛孔明现在何处？"听闻诸葛亮到访，孙权很是兴奋。

"此时正在馆驿休息。"鲁肃回答道。

"既然如此，一定要好好招待，显示我江东好客之情。"孙权点了点头，说。

"遵命！"

柴桑，馆驿。

一间客房里，诸葛亮正躺在床上休息。自从自己离开草庐之后，到目前为止，他还没有睡过一个好觉。借着这出使东吴的难得时机，他打算好好休息一下。

这时他听到门外有脚步声，在自己门前停了下来，敲了敲门。

"刘备特使诸葛孔明在吗？"

诸葛亮深吸一口气，调整好情绪。之后面带微笑地走上前，打开了门。而后诸葛亮便愣在了哪里。紧接着，便是狂喜的神情。

"兄长怎么来了？"诸葛亮开心地把来者让进了屋子。

来者容貌奇伟，身材修长。走进屋子，坐了下来。此人正是诸葛亮兄长，诸葛瑾。眼下正在孙权手下做官，任长史一职。

"我奉我主之命，前来慰问。弟弟呀，这一路颠簸，甚是辛苦吧？"诸葛瑾笑着，拉着诸葛亮的手说。

"不辛苦不辛苦，能见到哥哥，什么辛苦都不值一提。"诸葛亮笑着对诸葛瑾说。

"吴侯命我送来了晚饭。你现在是贵客，我们可不能怠慢啊。"诸葛瑾一拍手，仆人便端上了丰富的菜肴，摆在诸葛亮面前。

"快尝尝吧，孔明。这冬天的成年鲥鱼，最为难得。这道好菜，恐怕许都洛阳的那些高官权贵都不曾吃过。这酒乃是庐江的名产，当年孙伯符与周公瑾常一起饮酒，喝的便是这个。"诸葛瑾劝道。

"说到周公瑾，来时，我远远望见他一面。"诸葛亮说道。

"此人如何？"

"日后必为我主之大敌。"诸葛亮一边说，一边笑了起来。

"我猜，他见你时也会这么想的。"诸葛瑾也笑了起来。二人相谈，气氛融洽，推杯换盏，好不热闹。

"孔明啊，你真的就这么跟刘备走了？"诸葛瑾还是有点不敢相信。

"对呀，就这么跟他走了。"诸葛亮淡然一笑，说道。

"刘玄德兵微将寡，屡战屡败，恐怕难成大事。不如留在江东如何？你我兄弟也好团聚啊。"诸葛瑾试图把诸葛亮留住。

"我受我主三顾之恩，军政之事，皆委于我，言听而计从。背主之事，非诸葛孔明所为也。兄长，你我还是莫谈国事为好。"

"即使如此，那就依你吧。从小便是如此，你决定的事，他人说什么都没有用。"诸葛瑾端起酒杯，说道。

"恪儿还好吗？"诸葛亮问道。

"还好着呢，就是时常吵着要找叔叔。那孩子特别亲近你，你给他的书，他每天都在读。"

"我记得他才六七岁啊，现下就已经能读书了？"诸葛亮有些惊讶。

"这孩子早慧，说不定是天赋啊。"诸葛瑾自豪地说。

"恪儿日后，必成国家栋梁。"二人酒杯相撞，又饮一杯。

58. 张昭之计

第二天，孙权柴桑居所。

诸葛亮站在台阶下，忽听传唤，正要走上台阶。忽然见一众文武簇拥着孙权，从屋内走出来。孙权亲自走下台阶，前来迎接诸葛亮。诸葛亮见此场景，知道是孙权在显示自己礼贤下士，心想，此次结盟已有眉目了。

进入堂上，双方相互施礼会见。礼毕，诸葛亮献上了刘备的书信和礼物，之后双方便正式开始了商谈。众文武官员，分两行站在两侧，以显示江东之威。

"孔明先生，今日是举江东相庆的吉日，先生不必如此拘谨。"孙权和蔼地说道。

"出使雄主之邦，自当恭敬。"诸葛亮微微一笑，望着孙权说道。

孙权见诸葛亮，相貌堂堂，仪表英俊，谈吐不凡。心中大悦，下令为诸葛亮赐座。

后来史书有载："权既宿服仰刘备，又睹亮奇雅，甚敬重之。"

"足下随刘使君与曹操作战已久，必知曹军虚实。敢问孔明先生，曹兵实际共有多少？"

"随曹操平定中原的精兵猛将犹在，十余万人。再加上刚刚投降的荆州兵十万人。共二十余万。"诸葛亮简短地回答。

"精兵易得，一将难求。那曹操麾下良将，又有多少？"孙权皱着眉头问道。

"谋臣如云，猛将如雨。中原人杰，几乎尽归曹操了。张郃、张辽、于禁、李典、乐进，皆是当世良将。荀攸、贾诩、程昱、刘晔，皆是智谋之士。"诸葛亮直率地回答道。

"曹操有取江东之意否？"孙权问道。

"而今曹操已收荆州，还不退兵，沿江准备战船。除了意在江东之外，我想不出第二个原因了。"诸葛亮严肃地说。

"既然曹操如此厉害，对于破敌之策，先生有何见教？"孙权站起身，向诸葛亮行礼，恭敬地问。

诸葛亮也站起身，羽扇轻摇，说道："眼下海内大乱，将军起兵据有江东，刘豫州也收取汉南，与曹操并争天下。而今曹操兴兵，大举进犯，天下英雄无不望风披靡，无人可挡。荆州一破，曹操军威大振，威震四海。我主如今也只能困守江夏一地。敢问孙将军，自量其力，能挡曹操否？"

"不可挡也。我兵力太少，而今曹操已经占据江陵，长江天堑已非我独有。曹操如果成功渡江，我军便会陷入被动，无法取胜。"

"将军若能以吴越之众，对抗中原，不如及早决战。若不能当，何不放下武器，及早投降呢？如今战又不战，降又不降，事态紧急又不能尽早决断，大的灾祸，转眼将至啊……"诸葛亮冷冷地看着孙权，说道。

孙权猛地一拍案，深吸了一口气，压下了自己的怒火，说："若诚如先生所言，那为何刘备不向曹操称臣侍奉呢？"

诸葛亮听到此言，哈哈大笑。从孙权到下面的满堂文武，无不怒视他。不久，诸葛亮笑罢，正色说："孙权军听说过秦末田横之事吗？田横不过是齐国一介壮士罢了，仍会为道义而殉节。我主刘备乃汉皇室后裔，雄才大略，名著于当世。事若不成，乃天意罢了，他的剑，专为斩贼而生，怎会屈从于曹贼之下，令宝剑蒙尘？"

孙权闻之，大怒，一脚踢开桌子。屋内只听一声龙吟，原来是孙权拔剑而起，对准了诸葛亮，大喝一声："我剑也未尝不利！我岂能拿江东六郡，十万之民而受制于人乎？"屋内众人一看，孙权手中之剑乃是孙策之剑，虽然已多年不见，但丝毫没有蒙尘。反而闪亮如新，必有人夜夜擦拭。见此情形，知道孙权胸中志不在小，个个热血沸腾。

诸葛亮观孙权目光如炬，长上而短下，乃是人主之相。来的路上见江东安定，知道孙权的才能，不在其父兄之下，心知结盟之事有了眉目。

"孙将军！"诸葛亮说："我军虽然刚刚在长坂坡被打败，但现在归来的将士加上关云长的水军，合起来还有精兵一万人。刘琦手中江夏之兵，也不少于万人。曹军从北方南下，劳师远征，非常疲惫。他们的骑兵一天一夜，走了三百多里路，已成强弩之末。况且北人不习水战，若孙刘两家能联盟共击曹操，必可取胜！"

"好！那么……"孙策正要答应诸葛亮，见下方张昭等人都脸色阴沉地盯着孙权，便说："孔明先生先回驿馆歇息，在我们讨论之后再做回答……"

诸葛亮长叹一声，无可奈何，只能拜别孙权，回到了驿馆。

当晚，孙权居室。

窗外下起了混着冰碴的雨，外面也十分寒冷。孙权正为白天之事犹豫不已。虽然自己想全力一战，可终究也无法无视江东士族的不配合。这些大士族同气连枝，共同进退。若他们执意要投降，无论如何孙权也拉不出军队来。

这时，孙权的门外响起了敲门声。卫兵进来禀告，说有一老者，蒙着面部，顶着雨，请求要见自己。听此消息，孙权急忙迎了出去。老者拿下蒙面的布，原来正是张昭。

孙权挽着张昭进了屋，为他换了一套干衣服，又带他到火堆边烤火。见张昭已经从寒冷中缓过来，才开口问："张公有何急事，非要顶着夜雨来找我？"

"老臣，是来向主公谢罪的……"张昭说着，倒头便拜。

"张公何罪之有？"孙权急忙拉住张昭说道。

"鲁肃他们是对的，无论谁投降，主公都不可以投降。不仅如此，我张昭也绝不会向曹贼低头。若曹操真的胜了，我愿伏剑而死，随先主公而去。"张昭一边说着，一边眼含热泪。

孙权赶忙扶张昭坐下，惊讶地说："既然如此，张公何必在朝堂上说那些话？"

"不瞒主公，那是我所用之计。"张昭点着头说："朝堂之上，怀异心者甚多，而他们又不会轻易显露自己。整个朝堂上资历最老的文官便是我了，若我发话，他们也一定会跳出来。果不其然。"说着张昭从袖子中拿出了一份名单。

"这份名单便是朝堂上赞成投降之人。我已经暗暗将他们的名字都记了下来。他们之中有的人确然与曹操有勾结，有的人却只是胆怯而已。眼下大战在即，不宜真的追究。只是，有关战事的紧要工作，不可委派给他们。"张昭费力地说道。

"张公真乃国之柱石也！"孙权听闻张昭先前是在用计，心头最大的疑虑便打消了。

"此计还有第二个作用，那就是可以把江东文武不和之事传到曹操耳朵里。曹操听后便会更加轻视我军！"门外传来了一个熟悉的声音。

孙权张昭回头一看，见有一人带着斗笠，身披蓑衣。蓑衣下，是一件脏乱的白袍。那人在雨中摘下斗笠，露出清秀的脸庞，正是周瑜周公瑾。

"公瑾，你回来了！"孙权急忙起身，把周瑜也拉进了屋里。

59.　江东郡主

　　柴桑，孙权居所。

　　在这样寒冷的雨夜，依旧顶着风雨前行的人，往往是天降大任之人。

　　此刻，周瑜就站在那里，望着眼中时刻有斗志在燃烧的孙权，他想起了什么别的人。

　　想起了一个自己只得见到最后一面的、爱笑的少年。

　　想起了一个喜欢穿着赤红色铠甲冲在最前面的人。

　　想起了幼时一起读书、玩耍的人。

　　想起了自己发誓要永远追随的人。

　　而今，那个人的脸庞，在周瑜的脑海里，已渐渐变得模糊了起来。唯有看到那个和他长得并不很像的弟弟，他才会猛然再次记起那个少年的脸。

　　"今晚我来找主公的另一件事，便是请主公把公瑾召回来。没想到主公已经先行一步了。"张昭笑着对孙权说。

　　"我的确打算召公瑾大哥回来，可我还没下令呢……"孙权望着周瑜，有些奇怪。

　　"我没有奉召便回来了。请主公恕罪。"周瑜下拜对孙权说。

　　"既然公瑾回来了，说明有大事发生吧？"孙权看着周瑜，心中隐隐不安。

　　"没错，我撒在荆州的探子给我发来了情报，曹军正在调动军队，制造木船，准备过江了。换言之，我们最多还有两天的时间可以犹豫。"周瑜快速地说道。

"竟然这么快吗？"张昭听到消息，捋着自己的胡子说道。

"曹操用兵，最信奉兵贵神速。当初他为了追刘备，一日一夜奔驰三百里。现在，为了顺利渡江，他一定会在两三日内连续不断地造船。"周瑜看着孙权说道。

"我意已决，到了此刻，必须一战。"孙权紧握着拳头说道。

周瑜望着张昭，笑了。他知道当年那个稚嫩的少年成长为如今的青年雄主，面前这个白发苍苍的老人功不可没。事实上，他是一步一步地教着年幼的孙权如何成为一个合格的君主。这些年来，周瑜主抓军事，朝中之事，皆由张昭负责。

"既然如此，明日朝堂之上，还请张公配合。"周瑜说道。

"那我就配合公瑾演一出戏吧。"张昭微微一笑，也点了点头。

"有你们二人在，大事可成矣。"孙权点了点头，用充满雄心的眼神，望着外面越下越大的雨，对二人说道。

三人商议到深夜，外面雨已经停下，才各自回府休息。

把张昭送回府后，周瑜回到了他在柴桑的大宅。这间大宅，是孙权赠给他的。常年住在军营，每年只有休假那一个月会住在这里，所以他对此处也不甚熟悉。

小乔已经许久没见周瑜了。她时常想起在皖县和周瑜第一次见面的情景，时光飞逝，她已经快记不得那是哪个年月发生的事情了。她和姐姐莫名其妙地上了两个"飞贼"的马，又莫名其妙地和江东最出名的两个少年成婚。

可惜其中一个少年早已不在世上了。另一个少年整日忙于军务，脸上已很少露出当年那如同阳光雨露般温柔的笑脸。

孙策去后，小乔便时常将姐姐大乔邀到家中，与自己谈天解闷。她们就这样度过了无数寂寥的日子。春天看池中的鱼，夏日尝园中的桃，秋季酿些甜酒，冬季围着火炉饮茶。后来，孙权的小妹阿香发现周瑜的府邸是个好玩的地方，便也常常加入大乔小乔的茶会。有了活泼的阿香，寂寥中增添了许多生气。

这天早上，孙权的妹妹阿香早早便梳妆完毕，来到院子，熟练地摸出了一把最硬的弓，轻轻松松地将它拉满，向院中的靶子射去。一连射了三箭，都正中靶心。阿香很满意，欢欢喜喜地走出门，确认自己带了该带的东西后，便上了马车，神秘兮兮地来到了周瑜宅邸。

大乔小乔正在屋内刺绣。天越来越冷了，小乔打算为周瑜织一件新的战袍。她的姐姐大乔，便在一旁指导着。

"好难啊……"见到花纹又走了样，小乔垂头丧气地说。

"你又急了，总是毛毛躁躁的。"大乔捏着小乔的耳朵，说。

"要不干脆送他一件狐裘吧，那个东西不需要动手，花钱买就可以了。"小乔突发奇想。

"不可以，眼看着就要起战事了，你送他亲手缝制的战袍，这仗就一定能打赢。"大乔弹了一下小乔的头，一脸认真地说。

"啊疼！真的吗……"小乔捂着自己的头，委屈地说。

这时，外面想起了叫门声。管家打开门，见是孙权的妹妹，便放她进来了。

阿香像一支离弦的箭，冲了进来。她的一只手上，还拖着一只鹿。

"阿香，别乱跑，哪里来的鹿？"大乔走了出去，精确地把奔跑的阿香拦截住。

"昨天去猎场射的，不止有鹿，还有狐狸和兔子。"说着，阿香指了指身后忙于搬运的仆人。

"这一点上，你和你哥还真像啊……"大乔无奈地说道。

"嫂嫂谬赞了！"阿香豪爽一笑，进了屋。

"阿香，来看这件袍子！"小乔将战袍展开，说道。

"给公瑾大哥做的？不错嘛！"阿香仔细端详着，忽然突发奇想，跑了出去，不多时，便拎着一只毛色鲜艳的死狐狸回来。

"用这个皮毛来做领子，怎么样？"阿香笑着说。

"挺……挺合适的……"小乔望着火红的毛皮，有点害怕。

听到小乔的肯定，阿香便来到院子，拔出短刀，熟练地剥下了狐狸的毛皮，用水冲洗一番，交给了小乔。

"只是初步处理，还要进行很多步骤呢，接下来就交给你啦！"阿香豪爽地拍了拍小乔的后背，把小乔打得很疼。

笑着闹着，便到了吃饭的时间。几人处理好阿香猎来的鹿，小乔从地窖中拿出了一坛甜酒，几人便支起烤炉，一边烧着鹿肉，一边喝着甜酒。大乔小乔都用小盏，唯有阿香拿着一个硕大的酒樽，站在那里痛饮起来，全然不顾及女子形象。

大乔看着阿香豪放的样子，仿佛依稀见到了自己无数次梦到的那个少年。他们喝酒的样子，简直一模一样。大乔拍了拍自己的脸，让自己回到现实。

"我最近时常心惊肉跳的，就要打仗了，我的心也一直紧绷着，总有种不好的预感。"小乔皱着眉头，说道。

"安心吧，会没事的。公瑾性格沉稳，这一战一定能赢。"大乔看着自己的妹妹，说道。

"牵挂一个人……是什么滋味呢？"阿香红着脸，对大乔和小乔说道。

"就像她一样，患得患失，感觉自己什么都做了，又发现自己什么都没做。"大乔指着趴在桌上的小乔，无奈地说。

几人笑着闹着，已到夜晚，外面下起了冰冷的雨。大乔和阿香喝醉了，便在桌边沉沉睡去。小乔也喝了很多酒，却怎么也睡不着。她借着微弱的灯火，一针一针的，绣完了战袍上最后的花纹。这时，她听到了熟悉的脚步声。抬头一看，周瑜正微笑着望着她。

"公瑾……"她刚要说话，却见周瑜示意她噤声。她看了看身边熟睡的大乔和阿香，也笑了。

小乔轻手轻脚地拿着战袍，走了出来，不由分说地将战袍披在了周瑜身上。见战袍十分合身，她放下心来，于是终于忍不住心中的激动，扑进了周瑜的怀中。

"暖和吗……"小乔哽咽着，轻声问道。

"暖和极了。"周瑜抬起头，抑制住自己通红的眼眶，回答道。

天边月圆，人间又如何呢？

在侧屋凑合了一夜，周瑜早早便起来了。对他而言，今天还有一件更重要的事情，那就是出现在江东文武官员的面前，告诉他们，江东还有周公瑾在。

60. 见此情形

柴桑，议事厅。

孙权端坐在上，比起之前，今天他的底气明显足了许多。

"敢问吴侯，不知结盟之事考虑的如何了？"诸葛亮率先开口，打破了朝堂的沉默。

"今日我便给先生一个答复。在这之前，要不要听听一个人的见解？"孙权微笑着说。

"不知是何人？"诸葛亮也微笑着问，虽然他心中早已猜到了那人是谁。

"来人，传周公瑾。"

听到这一名字，先前主张投降的文官们交头接耳，窃窃私语。他们根本没有得到周瑜已经回来的消息，对他们而言，这个人是最大的麻烦。

周公瑾不穿铠甲，只是穿了一件白衣，身上披着小乔新做的战袍，大踏步威风凛凛地走了进来。身材高大，星目剑眉，让人见了啧啧称奇。

"末将周瑜，参见主公。"周瑜见了孙权，即刻下拜。

"公瑾快快请起！来人，赐座。"

周瑜坐下，率先开口，说："近日听说曹操引兵而来，给主公送来了劝降书信，主公意下如何？"

孙权说："关于战降之事，请公瑾为我一决！"

"人若是得意忘形，必然会招致失败。曹操一统江北之后，大概是以为我江东无人了吧？"周瑜冷笑一声说道。

"统领一方，岂能凭少年意气？曹操挟天子征战四方，刚刚收取荆州，兵威正盛。将军料江东少年之兵，能敌曹操百战之师乎？"张昭开口说道。

"此乃迂腐之论！曹操托名汉相，实为汉贼！我江东已历三世，国险而民附，怎可不战而降？主公以神武雄才，凭父兄余烈，据有江东。胸怀大志，手握雄兵。若拱手北降，岂不可惜！"周瑜瞪了张昭一眼，说道。

"既然如此，周将军可有退敌之策？"张昭冷冷地说。

"有。"周瑜冷笑，只说了一个字，便引起满堂议论。

"愿闻其详！"孙权急忙问道。

"曹操自来送死。战端未开，他便犯了兵家大忌。中原并未平定，马腾、韩遂拥兵自重于西北，曹操却倾其主力南征，久则必为后患，这是其一。北方骑兵骁勇，却不识水战。如今他们下马而上船，这是用他们的短处来和我们的长处较量，这是其二。眼下是隆冬盛寒，人无衣食，马无藁草，这是其三。驱中原之兵，远涉江湖之间，水土不服，必生疾病，这是其四。"周瑜一字一句详细地说着，在场众人听了，也纷纷觉得有理，点头称是。

"主公擒获曹操，宜在今日！末将周瑜，请得精兵三万，进驻夏口，为主公破之！"周瑜下拜，恳切地说。

"你们，听到了吗？"孙权笑着，指着那些主张投降的文官，说："为了自己的荣华富贵，便劝主公将基业拱手让人，这是人臣之道吗？"

下面鸦雀无声，无人回答。孙权忽然拔剑而起，一剑砍落面前桌子的桌角，说："再有言投降的，如同此案！"

"主公威武！"堂下文武，见此情形，赶忙下拜高呼。

"曹操老贼，欲废汉自立久矣。只是顾忌二袁、吕布、刘表与孤罢了。今数雄已灭，惟孤尚存，孤与老贼，势不两立！公瑾说应当一战，甚合孤意，这是天以周公瑾授我也。"孙权一边说着，一边收起剑。之后缓缓走下来，郑重地将手中之剑交给了周瑜。周瑜接过了剑，抬头看着孙权。

"任命周瑜为左都督，程普为右都督，领军三万进驻夏口，与曹贼决战。我自引两万军为援兵。公瑾若能胜，就当机立断；如果失利，就退到我处，我当与曹操决一胜负。若文武百官不听号令，可以此剑诛之！"面向在场百官，孙权高声地宣读着自己的任命，在场官员无不肃然。

　　"末将领命！"周瑜、程普齐声回应到。

　　"吴侯，请问结盟之事……"诸葛亮恭敬地对孙权说。

　　"孔明先生是聪明人，抵御曹操，重扶汉室，今后还需有玄德公鼎力相助。"孙权点了点头，同意了结盟的请求。

　　"公瑾，我还有一件东西要给你。"孙权叫住了周瑜，说道。

　　周瑜已经领到了宝剑和兵符，不知道孙权还要给自己什么，疑惑地望着他。

　　只见孙权转身走入后堂，不多时，搬来了一套盔甲。众人望见那套铠甲，纷纷大惊。那盔甲通体赤红，头盔上细细雕刻着兽纹，当年这套盔甲跟随孙策，南征北战，纵横江东。时至今日，却一点也没有蒙尘。原来孙权每晚下朝，都会细细擦拭，以此来提醒自己，莫忘父兄之志。

　　周瑜接过那套铠甲，什么话也说不出来，只是对着孙权深深一拜。散朝之后，他便即刻回到鄱阳的军中，整顿兵马，做着最后的战争动员。江东的水师经过周瑜的训练，已经是大江之上不可小觑的力量。登船对敌，视死如归。其徐如林，侵略如火。

　　周瑜军休整一夜，第二天清晨便要出发，前往夏口，与刘备军合兵一处。当天夜晚周瑜正在战船之中，望着荆州的地图思考着，卫兵却进来禀告，说外面有一人，无论如何也要见一见周瑜。

　　"何人？"

　　"来者自称南阳诸葛孔明。"

　　"既然是刘备特使，那便有请吧。"周瑜点了点头，将墙上的荆州地图收了起来。

　　不多时，一人身穿白袍，羽扇纶巾，大踏步来到周瑜船上，拱手施礼。

　　"晚生南阳诸葛孔明，见过周都督。"诸葛亮恭敬地说。

　　"卧龙先生，乃天下名士。千万不要如此谦逊，折煞周某了。"周瑜拱手还礼，说道。

　　周瑜给诸葛亮看座，然后说："孔明先生此来，有何见教？"

　　"两军明日即将正式订立盟约，在下也要回到主公身边。我家主公来信，说已从江夏启程，渡江来到了南岸的樊口。明日亮随都督一同去见我家主公，不知可否？"诸葛亮笑着说。

"军中条件艰苦，若孔明先生不嫌弃的话，那便一同走吧。"周瑜点了点头说。

诸葛亮点了点头，起身正要离开。忽然像想起什么似的，又转过了身说："周都督，那日听你抚琴，琴声落处，皆合自然之道。意境之大，亮前所未见也。"

"先生也通音律？既如此，敢请先生与我合奏一曲。"周瑜对眼前之人顿时生出了兴趣。于是吩咐再拿一把琴给诸葛亮。

"既然如此，那便献丑了。"诸葛亮在琴前坐定，修长的手指放在琴上，弹奏起来。周瑜侧耳细听，乃是古曲《高山流水》。于是便也抚琴，依其调而和之。诸葛亮志在高山，周瑜便以山石之音相伴；诸葛亮志在流水，周瑜便以江水之音相伴。一曲奏罢，二人沉默良久。江上寂寥无人，军士灯火皆熄，只有远处寒鸦的鸣叫在天边响起。

"你我是同类，都是可以为一个承诺劳累至死的人。瑜亮之间，一定会有许多共识。"周瑜笑着说。

"你我是有区别的，我可没你那么偏执。"诸葛亮羽扇轻摇，看着周瑜的眼睛说："你是为一人而死，我是为汉室而死。"

"到头来还不是一家之天下，为一人，为一姓，有什么区别？"周瑜转身，拿出了一把精致的羽扇："扇子，我也有一把。"

"看起来没什么不同，可结果终究大不一样。"诸葛亮拿着羽扇，仿佛在思索着什么。

"因为这些许的不同，你我便走了不同的路。说来奇怪，你我素昧平生，可我总觉得你十分熟悉。你说说，这是何道理？"周瑜无奈地摇摇头。

"因为你我太像了，我就是铜镜里的那个你。你的什么举动都会被我看透，当然，我也一样。"诸葛亮再次站起来，转身离开。

"孔明，你不能留下来吗？"

"一面镜子，还是作为对手比较有趣。"

61. 吴军出阵

第二天，鄱阳。

在天还没亮的时候，江东军的三万精兵便早早集合，开始埋锅烹饭。吃饱了饭，士兵们便升起铁锚，周瑜麾下的三万精兵，浩浩荡荡，逆流而上。他们的目的地便是江夏郡在长江南岸的渡口，樊口。

此时刘备手下的万余名水军，早已在那里等候多时。刘备披挂整齐，身穿铁甲，腰挂长剑，站在高处远远地望着长江的江面。他在等待的，便是期待已久的援军。

"不知江东会来多少人啊？"刘备自言自语道。

"主公，江东孙权手中，一共只有精兵五万人。想必此次前来，人数不多啊。"在一旁的糜竺对刘备说道。

"这个时候能有来援助我们的人，已经足够难得了。孙权若肯倾巢而出，我们未必不能与曹操一战。"刘备长叹一声，说道。

"大哥，你看远处。天边似有风帆。"在刘备身后的关羽用手一指，刘备顺关羽的手指望去，果然在天边有一小点出现了。

"江东来也！江东来也！"刘备欣喜地说。

听闻江东的救兵来了，刘备麾下的士兵兴奋异常。一个月以来，这是他们听到的最好消息了。一些不明所以的士兵还以为他们即将要撤到江东去。实际上，连刘备也做好了撤到江东的心理准备。战斗的形势比想象中还要差，若援兵再晚几天到，江夏可能也要失守了。

周瑜没有穿盔甲，站在船头，望着天边那个越来越大的黑影。大江浩淼，在江上航行，那便是即将到达陆地的预示。

　　"通知船队，准备靠岸。"周瑜简短地向手下下达了命令。之后便有一水兵登上高台，手拿令旗，向后面的船传达周瑜的指示。

　　眼见船只离岸边越来越近，周瑜也终于望见了在岸边等待的人。从樊口的岸上，驶来了一艘小船。小船顺着水流向周瑜的船队驶来，站在船上的是一个没有留胡须的中年男人。

　　"敢问是江东周都督的船队吗？"江上的那人问道。

　　"正是！"水兵回答道。

　　"我乃刘豫州麾下糜竺，奉我家主公之命，略备酒肉，慰劳将士！"

　　"原来是糜子仲，有劳了。只是在下听闻曹操已经开始渡江，所以不能停船靠岸了。若刘使君愿意屈尊来我船上相见，就好了。"周瑜回答道。

　　糜竺即刻回到港口禀报。听到这个消息，刘备手下觉得周瑜图谋不轨，纷纷劝阻。

　　"兄长万万不可前去，江东之人，未可轻信啊。"关羽拉着刘备说道。

　　"无妨，江东既肯跟我结盟，又派出军队，必不会加害于我。各位将士把守关隘，不得有失。有陈到跟着我，一切尽可放心。"刘备冷静地说。

　　不顾关羽等人的劝阻，刘备乘着一艘小船，来到周瑜船中。周瑜带着一众江东将军，见过刘备等人。

　　刘备见了周瑜，欣喜地迎了上去。二人相互施礼，寒暄之后，刘备便问："周都督此来，带了多少人马？"

　　"水步军三万人，大小舰船千艘。尽在此处。"周瑜指着大江上浩浩荡荡的船队说道。

　　"我观江上，军容整齐，周都督善于治军，可见一斑啊。"

　　"不知……眼下曹操军有何动静？"周瑜对刘备说道。

　　"这几日他们似乎正在进行渡江准备，算着时间，估计也已准备妥当了。"刘备将自己近些日子得来的情报，一五一十地与周瑜分享了。

　　"既然如此，破敌就在这几日了。"周瑜严肃地说。

　　"曹军势大，若想取胜……周都督带的兵力是不是有些不足？"

　　"非也，三万军已足够用，将军且看我如何破曹！"周瑜果断地说。

　　"将军雄心壮志，令人敬佩。不知鲁子敬何在，可否召来船中一叙？"

刘备对周瑜说道。

"这件事恕在下无法做到，军有军规，将士接受军令，不得由他人代理传达。刘使君如果要见子敬，可另去拜访他。"周瑜严肃地回答道。

"即便是周都督也不能破例？"

"将帅破例，何以治军？"

"那敢问我家军师诸葛亮何时可以返回？"

"孔明在船队之后，待他靠岸，便可回去了。"

刘备点了点头，便告辞出去。

"这个周瑜有点太目中无人了。"陈到对刘备抱怨道。

"他并没有目中无人，相反，他很看得起我。"刘备说。

"这是为何？"陈到不解地问。

"他没有把我当成庸主，反而是在告诉我，他究竟是如何治军的……"刘备指着周瑜的船队，接着说："大江之上，怕是再也不会有这样一支水军了。"

"主公觉得他会赢吗？"

"你应该问我们会赢吗。"

说话之间，刘备已到岸上。见刘备毫发未损，关羽、张飞等人松了一口气。回到军中，刘备即刻下令，让关羽、张飞各领本部兵马跟在周瑜船队之后。逆流而上迎击曹操。

吕蒙来到船上，向周瑜施礼。他的白衣营完成了在荆州收集情报的工作，此刻已经全数归队。

"曹操的军队在何处渡江？"

"从方向来看，他们的目的地应该是长江南岸的赤壁。"吕蒙看着地图，在赤壁画了一个圈。

"好，那我们便抢夺赤壁。顺利的话，今天就可以迎来和曹操的第一战了。"周瑜微微一笑，说道。

"终于到了这一天了！"众将听到周瑜如此说，纷纷兴奋起来。

"传令下去，全军沿长江南岸全速行进，在赤壁登岸搭建营寨。"周瑜洪亮的嗓音传遍了整艘舰船。

"谨遵都督令！"船上众人齐声答道。

江北，曹军乌林大营。

曹操本人居住的营帐内，荆州降将蔡瑁此时正跪在地上，战战兢兢。曹操刚刚发完火，此时心情很不好。空气中都暗含着危险的气息。

"蔡瑁，我只想让你回答，为什么士兵一上船就开始呕吐？"曹操捂着自己的头，问道。

"北方将士不习水战，在船上眩晕是正常的……"蔡瑁抬起头，偷偷地看着曹操。

"之前已经让你训练了那么久，成果在何处？"曹操白了蔡瑁一眼。

"水军的战斗技法和要领已经全部传授给将士们了，晕船这种事还需将士们多多习惯……"蔡瑁急忙解释道。

"罢了，你也不易，先下去吧。传令三军，准备过江。"曹操轻声说。

"丞相，将士们还不曾适应江上的环境。此时过江是不是操之过急？"蔡瑁问道。

"不能等了。江东已经发兵，越早渡江，我们的优势越大。"曹操长叹一声，说道。这些日子，他常常觉得头痛。

"喏！末将这就去安排。"蔡瑁下拜，转身离开了。

当日，曹操乌林大寨打开水道，一艘艘战船从中驶出。曹操派先遣军一万人，在蔡瑁的率领下，向大江南岸驶去。见北方士兵呕吐不止，蔡瑁无奈，只得下令降低船速。当战船行驶到大江中心时，前望不到对岸，后望不到军营。没有到过江上的士兵顿时开始恐慌起来。虽然蔡瑁在不停安抚士兵，但是很明显作用不大。

孙刘联军的船队将近赤壁，此时天色已晚，江上乌云密布。周瑜正要下令点起火把，忽然发现远处隐隐有光点浮动。他知道，自己可能抓到大鱼了。于是下令全军，以最快的速度包抄过去。

62.　长江开战

　　蔡瑁正在鼓舞士兵，他指着前方陆地的方向，告诉他们马上就要到达对岸了。士兵仿佛得到了鼓舞，抱怨声渐渐小了下去。

　　就在蔡瑁认为这次行动要成功了的时候，忽然有一支箭飞了过来。接着便是无数支箭，穿过浓厚的江雾，像雨点一般从天上落了下来。

　　曹操军呕吐不止的士兵根本无法在船上站稳，更何况举盾防御了。许多士兵在不清楚发生了什么的情况下，便中箭坠江而死。

　　蔡瑁见士兵伤亡过大，便指挥船队缓缓掉头，往回驶去。就在这时，浓雾四周传来阵阵战鼓声。蔡瑁定睛一看才发现，江东军的战船从四面八方围了过来。一艘巨大的艨艟舰，不由分说，直直地撞了过来。为首一员大将，手握兵器，站在船头，高声呼喊："我乃甘宁甘兴霸，谁敢与我决一死战！"

　　甘宁率舰船这一撞，就撞翻了数艘敌船。船上的士兵来自北方，根本不会游泳。他们在水中乱扑一气，便沉了下去。过了许久才又浮上来，早已被淹死在这冰冷的江水中了。

　　蔡瑁赶忙指挥自己所在的船向后退去，期间有不少依然活着的落水士兵拼命地抓着自己的船舷，祈求蔡瑁救他一命。蔡瑁闭上眼睛，下定决心，拔出手中战刀砍了下去。接着紧急招呼兵士，聚拢剩余的船只，向后迅速撤退。

　　这时，周瑜军的左右两路也已杀到，左方杀出黄盖、韩当，右边杀出蒋钦、周泰。周瑜的舰船紧跟在甘宁身后，驱船猛进。曹操的先遣军还未到达对岸，便已折了大半。

望着前方战况，周瑜心中欣喜。首战告捷，对于大战而言，是个好兆头。

"传令下去，奋击军鼓，务必消灭渡江的这一万人！"周瑜高声下令。

一时间，周瑜军所有战船同时擂起战鼓，士兵们就争先恐后地向前进兵。三路伏兵，在宽阔无垠的大江上，如入无人之境。水性好的士兵纷纷跳到敌船之上，斩将夺船。曹军死伤，不计其数。

逃回乌林大寨，蔡瑁松了一口气。随机观看身后所剩士兵，只剩不到千人。

"这下……又免不了一顿责罚……"蔡瑁自言自语道。回想刚才的情形，他仍是惊魂未定。

周瑜率兵，一直追到曹操大寨附近。此时已是夜晚，周瑜担心再向前进会有埋伏，便下令鸣金收兵，退到大江对岸的赤壁，在临近大江的地方安营扎寨。

蔡瑁兵败而归，曹操闻讯大怒，却也没说什么。他知道，这不是蔡瑁的罪过。对于水军，他常常有一种恨铁不成钢之感。无论是邺城的玄武池，还是荆州的水军大寨，水军是他投入最多的，却也是败得最惨的。

望着下方战战兢兢跪着的蔡瑁等人，曹操并没有张口责罚他们，反而为他们赐座，好言安抚。曹操这一举动令他们始料未及，败军之将一个个诚惶诚恐，泪流满面。

"传令各军，把守寨门。不要轻易出去交战，把江面让给周瑜吧。"曹操无奈地说。

"丞相，这是为何？"性如烈火的乐进脱口而出，很显然，他是不服气的。

"因为此刻根本没有必要去争，再这样消耗下去，得益的只会是他们。"曹操耐心地解释着。

众将都不再做声，只是低着头。

曹操轻叹了一声，摆了摆手。众将会意，便纷纷退出了大帐。

望着天边的月亮，曹操为自己倒了一杯酒之后，他落寞地转身，却发现营中一个人都没有。如此空荡，如此寂寥。曹操觉得，此时的他自己，是这个世界上最孤独的人。

不知道为什么，他在心中浮现出了一个病弱青年的身影。那人明明已经去世很久了……

"奉孝啊……你能来和我说说话也好啊……"

曹操独自坐在那里，像一只孤独的狮子。

"啊……头痛欲裂……"

曹操坐在那里，睡着了。若在当年，一定有一个瘦弱的青年军师，走进来为他盖上被子。

当曹操再次睁开眼睛，发现身上盖了一件狐裘。他面前的火堆依旧燃烧着，甚至让他觉得有一些热。站在他面前的只有一个人。

那人是他最倚重的军师，姓荀名攸，字公达。

"公达，你来了。可有什么重要军务？"曹操捂着自己的头问道。

"已经探明了周瑜率军三万，在樊口与刘备合兵一处。随后逆流而上，沿长江南岸行进。现今已在对岸的赤壁扎寨。"荀攸一字一句清晰地说。

"我没想到他们真的敢抵抗……是我得意忘形了。"曹操低着头说。

"主公不必介怀，此刻我军仍然占据优势。战场主动权在我，我军不动，敌军亦不敢动。"荀攸分析着当前的局势。

"关于下一步，公达可否教我。"曹操望着荀攸，谦逊地说。

"明公，眼下孙刘两家已经结盟，我们速胜已不可能。不如留五万军力在此屯田，丞相亲率大军十五万，出其不意，平定陇西。时间一久，孙刘之间必生嫌隙。到那时，才是用兵之机呀……"荀攸低着头，诚恳地说。

"公达，你所说的确实是上策。然而我却不能采纳。"曹操捂着隐隐作痛的头部说道。

"这是为何？"荀攸问着，心中已经猜到了答案。

"西北虽然是隐患，但马腾此时已经被我软禁起来。他儿子马超只是一介匹夫，难以成事。待我平定江东，翦除他们便是易如反掌。为了一统南北的一战，我积累了将近十年。此时若是回师等待战机，再次南下就不知道还要多少年了……"曹操皱着眉头，摆出了一副哀伤的表情。

借着微弱的灯火，荀攸发现，曹操的鬓角已经白了。

"既然如此，臣愿竭尽心力。"荀攸再拜，说道。

"你与文若，一内一外，孤离不开你们。日后，还需你二人多多尽心。"曹操长舒一口气，说道。

对岸，赤壁。

周瑜军扎好营寨，犒赏三军。报捷的快船已经顺流而下，向柴桑驶去了。周瑜麾下的将领们也没有想到，急行军到此，营寨还没扎下，便先立战功。将士们开怀畅饮，酒过三巡，周瑜找了个借口离席。望着对岸灯火通明的曹军营帐，周瑜陷入了沉思。

将军们可以乐观，但作为都督，他不能乐观。此时此刻他深知，主动权仍然握在曹操手里。只要曹操一天不退兵，自己便一天不能离开。久而久之，即便是消耗战，自己也是最先耗不起的那方。

"公瑾！心事重重的，愁什么呢！"话音微弱，一个大巴掌拍向周瑜的后背，打得周瑜疼痛难忍。周瑜瞪着眼睛回头一看，原来是黄盖。他正抱着一坛酒，喝得酩酊大醉。

"不就是……曹……曹兵嘛，你看我一把火……火，把他们全都烧死！"黄盖醉得站都站不稳了，含糊地说道。

"火……吗？"周瑜灵光一现，计上心来。

63. 蒋干到访

　　孙权、刘备已经联盟，双方约定，共抗曹操。就在双方都为了一场大战，紧锣密鼓地进行准备的时候，江北来人了。

　　来者姓蒋名干，字子翼。他曾是周瑜同窗，相貌俊美，名满江淮。他以雄辩之才闻名，皆称他"独步江淮之间，莫与为对"。他穿着布衣，腰中随意的挂着一把剑，身上围着一个大大的背囊。此次过江，他也心中忐忑。

　　他的船即将望到江对面的江岸，他也不由得回忆起当年和周瑜同窗读书时的情形。当年周瑜四处游学，曾经与他同住一舍。他和周瑜一同度过的日子，也成了他这一生中最宝贵的财富，他的辩论之才，便是和周瑜在日夜谈论时局兵法之中锻炼出来的。

　　他登上岸，江东的土地，在面前展开。他曾经无数次想象过，再次和周瑜会面是怎样的情形。

　　他一步一步地走向远处的军营，他是带着使命来的，可对他而言，完成使命似乎并不重要。

　　传令兵飞快地跑来，门口的士兵打开营门，道路就在脚下。蒋干站在道路中央，眼看着周瑜，带领一众将军迎了出来，低头施礼。

　　"故人蒋干，特来拜会。"

　　"渡江而来，莫非是做说客？"周瑜盯着蒋干的眼睛问道。

　　"公瑾，言重了。"蒋干陪着笑说："难道你成了都督，便不识故人了吗？你就当是故人来为你庆贺吧。"

　　"既然如此，是瑜失礼了？"周瑜抓着蒋干的手，笑着说。

"正是，我此次前来，就是拜访故人。公瑾，你可是当真是冤枉我了。"蒋干苦笑着说。

"既然如此，那容我摆酒设宴，为故友接风洗尘。"周瑜拉着蒋干，向营内走去。众将官紧随其后，一场宴会在中军大帐开始。

几天前，曹军大营。

曹操端坐在众人面前，捋着自己的胡子，似乎在思考着什么。众位谋士陪着他坐在大帐之中，等待着他的下一步指令，但曹操始终没有说话。

"丞相，程昱大人来了。"门口有人通报。

"让他进来，我可等他许久了。"曹操从容起身，面色有些舒缓。

程昱快步走了进来，手中还拿着一个木匣。他把木匣递给曹操之后，便向他施礼。

"这就是我让你调查的事吗？"曹操打开木匣。

"正是如此，眼下孙刘联盟已经达成，孙权打算指派周瑜作为统帅，率兵抵御丞相。"程昱不无担心地对曹操说。

"周瑜？此人在江左地区还是很出名的，但是他能敌我中原兵将吗？"曹操自豪地说。

"丞相，周瑜此人虽然年纪轻轻，但处事周全，做事不讲虚名，只求实际。若小看他，恐怕……"程昱皱着眉头，说。

"不务虚名，只求实际……有点意思。"曹操咧嘴一笑："关于他的情报还有多少？他都做过哪些事？找来说给我听听。"

"是，就拿眼下的事情来说吧，他早就知道丞相有南下之意，所以在很早之前就进行了准备。他派商人到荆州高价收购粮食，屯作军粮。同时还改进战船，训练水兵，似乎打算与丞相在大江之上进行一场决战啊……"

"决战？我倒不怕他。但是未雨绸缪之人，实在难能可贵。"曹操点了点头，似乎很满意这个人。他所不知道的是，在当年洛阳城中，他与周瑜还曾见过。

"丞相之意如何？"程昱试探着问。

"决定了，我打算招揽他。"曹操一笑，说。

"他和孙策是当年旧友，恐怕不会轻易背离孙氏投靠我军。"程昱说。

"我当然知道，并非所有人都会轻易投降。但我终究还是有自己的考量。"

听到这里，在一旁偷偷打瞌睡的荀攸缓缓抬起了头。

"看看，公达都醒了。既然你醒了，那就说说我是何意吧。"曹操笑着说。

"丞相的意思大概是，能劝说周瑜投降自然是好的，若此事不成，也没有坏处。我们的使者进入对方主将的营帐，双方密谈一番，他们的盟友刘备会怎么想？周瑜的主公孙权又会怎么想？"

"战前离间，丞相妙计。但刘备和孙权也并非等闲之辈，他们会上这样的当吗？"程昱思考了一下，说到。

"刘备虽有雄才，身边也有能人辅佐，但眼下，他的情况危急，他不可能轻易信任任何人。孙权虽智谋尚可，但他年纪轻轻却展露出了多疑的性格。说不定会成功呢？"曹操揉了揉自己的眼睛，说。

"既然如此，谁可担当说客重任？"程昱回头，看了看身边的荀攸，说。

"是啊，必须要选一个周瑜不能轻易拒之门外的人。"曹操也紧锁眉头说。

"周瑜故友蒋干，是否可以担此重任？他当年和周瑜是同窗，两人关系不错。蒋干又是名满江淮的辩才，他的才能，想必是有目共睹的。"荀攸脱口而出。

"有道理，是个不错的人选，快快叫他前来！"曹操点了点头，表示认同。

不多时，蒋干带着一脸疑惑走了进来，他不知道曹操此次叫他是福是祸，只得心情矛盾地匆匆赶来。

"丞相，您召我？"蒋干向曹操施礼，小声说。

"我需要你替我去一个地方办事。"曹操一脸轻松地笑着说。

"在下领命，不知是去何处？"蒋干低下头，恭敬地说。

"我要你渡江，前往江东，去见一见你的同窗故友周瑜。"曹操颇有威严地说。

"丞相，在下未曾和周瑜勾结啊……"蒋干上前正要解释一番，忽然见曹操冷眼相对，顿时不敢说什么了。

"我当然知道你不曾勾结周瑜，我是希望你帮我劝劝他，让他归顺朝廷。这样，你不失同窗之谊，我也得了个爱才的美名，岂不美哉！"曹操说到。

"丞相令在下去，在下当然愿意。只是那周瑜不是在下能够劝动的，怕辱了丞相的令，还请丞相换个人选吧。"蒋干低着头，严肃地说。

"莫要如此谦逊，谁不知道蒋干是名满江淮的辩才。莫非先生您是不愿受我曹某人驱使吗？"曹操叹了一口气说道。

"怎敢如此……丞相！丞相！在下去便是了！"蒋干一听曹操这样说，顿时冷汗便下来了，双腿发抖，跪在地上恳求曹操。

"千万不要辜负了孤的信任啊。"曹操轻哼一声，便低下头读自己的公文。蒋干见状急忙请辞回帐收拾行李，便下江东去了。

一路上，蒋干心情忐忑。他的妻儿老小还在后方，本想着投奔曹操之后，可以过些安生日子，但很显然自己有些天真了，乱世之中谁不想过安生的日子，但往往人在漩涡之中，总是身不由己的。

于是，他只得硬着头皮过江，将自己的身家性命都压在这个当年的同窗身上。

话说周瑜将蒋干迎入，中军大帐之中将领及沿途士兵排成队列，铠甲鲜明，十分整齐。士兵的目光炯炯有神，士气高涨。他在心中暗暗感叹周瑜治军有方，同时感叹，曹操此次若想获胜可能没那么容易了。

"你我已经好久不见了，当年你我在同一屋内所说之事，如今也已经一一被我实现。看我治理的军队，和我当年向你描述的兵法是否一致？"周瑜自信地笑着对身边的蒋干说。

"周公瑾你治军有方，真是天下良才呀。"蒋干陪着笑，随周瑜走回营帐。营帐之中，早已备好了酒菜果品。周瑜大踏步来到主位坐定，蒋干坐在贵宾的位置。众位将军也一一坐好等待着周瑜宣布宴席开始。

周瑜摘下头盔放在一旁，然后倒了一杯酒。在场宾客见状，也纷纷倒上一杯酒，周瑜将酒樽举起，站起身对诸位说："今天我当年的同窗，蒋干，蒋子翼来了。虽然他从江北来，但他绝不是曹操的说客。还望大家不要妄加猜测，心生猜疑。"

"请都督放心！"众将士也将酒樽高高举起，齐声说道。

"好！当年我与蒋干一同学习，他学纵横家，我学兵家。当初我和他日日读书，相互辩论，颇有所得，受益匪浅。今天就让我和众将士一同敬蒋先生一杯！"说着周瑜将酒樽举起，将一樽酒一饮而尽，众将也是如此。蒋干见状，慌忙举杯。

"蒋钦何在？"周瑜面向众将，大声说道。

"末将在！"蒋钦从酒席中站起来，高声回应。

"我把剑交给你，今日你便是监酒官。今日宴会，众将士只管饮酒作乐，莫谈国事，如有违者，立斩不赦，你可明白？"周瑜将腰中宝剑取出，横举起来，递给蒋钦，然后严厉地对他说道。

"末将遵命！"蒋钦接过周瑜的宝剑，即刻昂首阔步，来到蒋干面前站定。蒋干见蒋钦如此威武，心中有些害怕。拿着酒樽的手微微颤抖。

64. 月色如梦

"先生莫惊，只管饮酒便是。"蒋钦严肃地对蒋干说，但他越这么说，蒋干心中越是没底，他其实本是为劝说周瑜投降而来。如今在宴席之上却不谈国事，如果事情谈不成，可能自己的家人就要不保。实际上，他此时已经是一身冷汗了，但仍只能硬着头皮继续饮酒。

周瑜一边喝酒，一边用自己的余光看着蒋干的神情，他在心中已经哈哈大笑了，但并没有显露出来。他觉得蒋干这个样子十分滑稽，忍不住翘起了嘴角。

"蒋兄！看你神情如此不自然，莫非是醉了？"周瑜坏笑着说。

"正是正是，今日有些不胜酒力，还请都督莫怪。"嘴上这么说，但蒋干却丝毫没有醉意。此时此刻的他，双手颤抖着，心事重重的他根本一点也没有寻欢作乐的兴致，但碍于面子，还必须要表现得十分享受此次宴会。这让他异常痛苦。

"既然如此，那就到后帐歇息吧。今晚就住在我这里，你我好好地聊一聊当年之事。"周瑜起身扶起蒋干，众将士也站了起来，簇拥二人来到后帐。周瑜和蒋干甩开众将，周瑜抓着蒋干的手腕儿，在他耳边悄声说："别以为我不知道你渡江来此是要做什么。你早不来晚不来，偏偏在这个时候来，想必是奉了曹操的令，要么做说客，要么就是细作。只不过可惜的是，在我这里，这两个身份都是死罪。"

"从读书时我便瞒不住你，此时更加瞒不住了。你说的不错，曹操让我来劝你投降，你愿意跟我走吗？"蒋干轻叹一声，对周瑜说。

"你不怕被我杀掉吗？"周瑜瞪了他一眼，冷冷地说。

"我若怕你，现在便不会出现在这儿。被你杀掉，我的妻儿便可以保全。我若空手而归，恐怕我全家都要因此而葬送。"蒋干皱着眉头，痛苦地说。冷风吹在他的脸上，让他有些发烫的脸颊舒服了许多。此刻他觉得无助，无论是向前还是向后，似乎自己的牺牲已经是难免的了。

"我当然不会跟你走，我认准的事情，世界上没有任何一个人能够阻止得了。哪怕是你，也不行。"周瑜严肃地说。

"你看，我就知道，类似的话我也和丞相说过，但他不认同。他一定要我到你这里来，劝你归降于他。世人皆说我是辩才，与江淮名士辩论，从未输过。但你可知道辩论也是要分对象的？对于不可辩论之人，无论怎么劝他，他都不会认同的。你是如此，曹操也是如此。从这一点来看，你和他真的很像。"

"也就是说，我和曹操都是不可与之辩论之人。"周瑜一笑，说。

"正是如此，无论从你的性格，你的经历，还是你的身份，从哪方面看，你都是一定不会投降的。"

"既然如此，那请回吧。"周瑜摆摆手，背过身去。一阵江风吹来，让他身上升起一股凉意。被与曹操作比较让他心中十分不快，但他却找不到可以反驳的所在。

"我还不能回去，我在来的船上，思来想去，最后确定了此行的目的。我是来求你的啊，公瑾。"蒋干拉住周瑜，诚恳地说。

"求我？我都已经说过了，无论如何我也不会向他投降。"周瑜停下，但没有回头，只是留下了这样一句话。

"我不求你向他投降，我只求你救我。"蒋干的声音带着些许哽咽，周瑜听到了，便转过身。

"要不这样，你别走了，留在我这里。我们一同侍奉我主孙权如何？曹贼必败，你在江东绝对安全。"周瑜听到蒋干的声音，心中也有些许不忍，便对他说。

"对不起公瑾，我不能留下。"

周瑜也没想到，蒋干会拒绝的如此坚决。

"为何？那我该如何救你？"周瑜瞪着眼睛，逼问他。

"我也不知。只是我的妻儿老小都在江北，我若一去不回，他们必遭杀身之祸啊。公瑾，我当初争强好胜，喜欢与他人辩论。而今年岁渐长，当初的斗志已经荡然无存。我只想安心地过我的生活，不想再和他人辩论了。当初你我一同读书，我知道你是能成大事之人。求求你给我出出主意，让我能救我的家人……"蒋干说着，此时已是声泪俱下。

月明星稀，江水寒凉。江风呼啸而过，惊起阵阵寒鸦。在风中周瑜的嘴巴微动，对蒋干说了些什么。蒋干无言，呆呆伫立，过了许久他跪了下来，向周瑜离去的方向深深一拜。

周瑜说："这样吧，我送你一条情报，你回去带给他，也算不得无功而返。告诉曹公，我营中尽是柴草桐油，让他小心火攻。"

风吹过，带动了大江的潮水，直往岸边拍打。月色之中，江南、江北的战船都停在港里，仿佛在做一场不愿醒来的梦。

月色阑珊，长江两岸的营帐内灯火都已经熄灭。将士们躺在营帐中，做着各自的思乡之梦。天下是谁的天下呢？无人晓得，无人在意。比起这个，每天能吃饱就已经是堪称幸事了。至于隐藏在夜幕之中的那些棋手，跳脱于两阵之间的说谎的人，安坐高堂之上，以为自己掌握权柄的人，谁死谁活，还都是未知。

《孙子》云："故五行无常胜，四时无常位，日有短长，月有死生。"

此时不安分者，不光江南、江北两家。

营帐之中，灯火昏暗，刘备正坐在案前饮酒。他的双颊泛红，若有所思。只有在一个人的时候，他才会想着放纵一下自己。在兄弟面前，他是兄长；在众臣面前，他是主公。看起来地位显赫，但放眼天下，他却人微言轻。从北到南，他已经是屡战屡败了。他反对的曹操气焰正盛，他能拉拢的人却越来越少。陶谦死了，袁绍死了，刘表也死了。当初信誓旦旦帮助他的人，如今也是聚少离多。他率兵南征北战，发现与自己告别的朋友越来越多。田豫已经离开他，陈登也再未相见。而今留在他身边的人，他更想加倍珍惜。

年过半百，奋斗不息，一事无成。对于这世上的任何一个人来说，这种情形都得仰天长叹，心灰意冷，抬头猛灌一大壶酒，然后趴在桌上，泪流满面。

可是他没有。他是在喝酒，可心中所盘算的却仍是兴复汉室。

哪怕是世界上最无所谓的事，坚持半生，都仍会成为一种壮举吧。

刘备正喝酒，却听到营外有人吵闹。他十分不快，他不希望有人打扰他一个人喝酒、生闷气。还没来得及骂出口，却见他最珍惜的兄弟关羽和张飞大踏步走入屋内。

"大哥，你被骗了。"关羽长出一口气，脱口而出。

"事情不一定是你想的那样，二哥。"张飞一边劝解，一边拉住关羽。

"停，你们先别说。卫兵，去叫军师来！"刘备先制止住了两人。

"大哥，江东和曹操有往来。有消息说，江北派了说客去见周瑜。"关羽愤怒地说。

"派说客是曹操之事，这和周瑜有何关系？"刘备抬起头不解地问。

"据说周瑜和那位说客蒋干是当年的同窗好友，两人在营外一边散步，一边秘密地说了些什么。大战在即，如果遭到盟友背刺，后果不堪设想啊。"关羽不无担心地说。

"可是我们没有证据啊，总不见得和孙权说我们派人监视了你家都督吧？"张飞也叹了一口气，对关羽说。

"我只是想说，我们应当早做准备。一旦江东靠不住，我们还要去哪里？难不成真的到岭南去？"关羽愤愤不平地说。

"二哥说的确实有道理，只是这件事还得从长计议。"张飞正说着，忽然听身后有动静，他们回头一看，原来是诸葛亮来了。

"主公，二位将军。这么急着找我，可是有什么变故发生？"诸葛亮揉着惺忪的睡眼，对三人说。

"军师啊，江东到底靠不靠得住？周瑜会见了曹操的说客，还和他密谈。换做是你，难道你坐得住？"关羽急切地说。

"你们是怎么知道的？"诸葛亮不解地问。

"我们派了几个精明的士兵潜入江东军的军营里探听消息。本来都想撤回来了，却撞见了这事。"张飞回答道。

"你们做这种事为什么不告诉我一声？如果被发现了，孙权质问起来，这可叫我怎么收场啊？"刘备严肃地说。

"大哥，事情已经到了危急的地步，这些细节就不必在意了。如果江东倒向曹操，我们现在需要考虑的是对策。"张飞焦急地说。

"二位将军放心吧，江东不会背盟。你们要知道盟约这种东西，从来靠的不是关系亲疏，而是利益交换。曹操从北方而来，是个威胁，孙权虽然年轻，但他很聪明，对于利益交换和平衡这种事情没有人比他更清楚。只要他在，江东就绝不会倒向北方。"

"只要有他在，是什么意思？"刘备眯起眼睛问道。

"就是字面意思，只要江东大权掌握在孙权手中，以当下局势来看，他是不会背盟的。除非……"诸葛亮皱起眉头，他似乎也嗅到了一丝危险的气息。

65.　风波了结

"除非什么？"三人一起问道。

"除非周瑜不想屈身于孙权，而是自立门户。现在江东军的精锐在他手中，即便他想独立，孙权恐怕也说不出什么。他若是联结江北，来一出借力打力，之后趁乱收取荆州和江东……"诸葛亮越说越觉得后背发凉。

"周瑜怎么会背叛孙权？他和孙权的哥哥孙策是童年挚友，江东基业也是他们二人相互扶持一起打下来的。"刘备没能理解诸葛亮的话。

"主公啊，道义不能解决所有问题。说实话，周瑜背叛孙权这种事我也不相信，但做军师就必须考虑事情最坏的一面，在最坏的情况发生之前做好部署。"

"军师有何良策！"三人齐声问。

"算不上良策，甚至不是什么好主意。只不过能解决当下的问题就是了。我们可以把这个消息透露给孙权，如果周瑜有二心，最坐不住的人不是我们，而是孙权。"

"孙权压得住周瑜吗？"刘备疑惑地问。

"只要孙权做出动作，周瑜便不敢轻举妄动。孙权手中还有两万兵马，没有将全部军队托付给周瑜，说明孙权也在防备这件事的发生。对于此事，他一定会有部署。另外我们现在可以派人和远在益州的刘璋交好，最好可以买通他手下的一些人，如果事情不对，我们随机应变，或下江东，或去益州投奔刘璋。如果周瑜没有反心，这一战之后，我们一定要取荆州落脚。从这件事就看出来，如果我们没有自己的地盘，做什么事都要受制于人啊。"诸葛亮手中握着羽扇，面对着地图几番权衡，说道。

"既然如此，那便派人将此消息无意间透露给孙权吧。"刘备点了点头说。

孙权此时正坐在府中，和张昭一起，仔细地核算着军粮用度和军备物资。周瑜在整备兵马，各项事务都处理得井井有条，这让孙权十分满意。有赖于周瑜的先见之明，江东早早便进行了粮食的储备。那些粮草足以支撑一场大战，孙权分配起来也顺手得多。

这时，孙权的手下秦松慌张地走了进来。

"你慢点儿走，发生什么事了？"孙权看着秦松气喘吁吁的模样，用责备地语气说。

"拜见主公，张大人。我之前听到一些消息，感觉心中十分不安，特来请示主公。"他表情压抑，声音也放得很轻，给人一种鬼鬼祟祟的感觉。

"大点声说，到底怎么了？"孙权见他如此反应，有些不耐烦。

"曹操派说客前来想劝周都督投降……"

孙权和张昭看了一眼他，然后便继续读起了公文。只留秦松一个人在下面尴尬地等着回音。那两人仿佛不知道他的存在，只是做着自己的事情，看都没有看他。

"主公，张大人，此事许多人都能作证，绝不是捕风捉影之事啊。还望主公给拿个主意，对于此事我们究竟应该怎么办？"秦松缓缓抬头，偷偷地望着孙权的反应，此时此刻他心中也没有底。

"曹操劝周公瑾投降，和周公瑾有什么关系？当初他还劝我投降，难道我还会有二心吗？"孙权冷笑一声，仍旧没有看秦松。

"在下不是这个意思，只不过是心中担忧而已。还望主公明鉴。"秦松低着头说。

"打住吧，莫要再说。周公瑾是不会有异心的，当初若没有他，我根本坐不上这个位置。曹贼如此明显的离间计，竟然想离间我与公瑾，这是不可能的事。"孙权一拍桌子，愤怒地说。

"可是那……"

"没有什么可是，做好你自己的事吧，眼下即将开战，事务繁多，这点小事今后就不要来报告我了。"孙权摆了摆手，示意秦松退下。秦松会意，便拜别了孙权，走出了屋子。

处理完堆积如山的公文，张昭正要退下，孙权却将他拉住，表情十分不安。

"主公，怎么了？"？见孙权如此反应，张昭也吓了一跳。虽然与孙权相处已久，但他还是第一次见到孙权如此反应。

"我只是心中不安，张公，公瑾他不会真的……"孙权皱着眉头，颇没有底气地说。

"事到如今，主公为何生疑？"听到孙权如此说，张昭也是一惊。他知道孙权是个多疑的孩子，但他没有想到，他竟然连周公瑾都放心不下。

"比起跟着我出生入死，还是跟着曹操比较安逸吧？在我这里他只能做到偏将军、左都督，但跟着曹操却一定可以封侯。这个时候……这个时候明智的人都会弃我而去吧？"孙权不安地抓着张昭的袖口，颤抖着这样说道。

"主公，今后千万不要再说这样的话。我等跟随主公，虽然不可能毫无私心，但有些事情总比功名利禄更加重要。我如此，周公瑾也如此。何况如今大战在即，万万不可因小人谗言而临阵换帅啊。"

"张公所说的话，我全都明白。只是我这几日，心有忧虑，吃饭睡觉都没有心思。常常做噩梦，梦到曹贼渡江，江东基业毁于一旦。一梦如此，我便会夜半惊醒。这是不是……不祥之兆啊……"孙权揉了揉他憔悴的双眼，露出了一副可怜的表情。

"请主公放心，有公瑾在，江东便在。我们什么难关都闯过去了，这一次也一定可以。"张昭抓住孙权的手，语重心长地说。

孙权听了，点了点头，若有所思。

虽说如此，但他并没有安下心来。送别张昭之后，他便召见了秦松。秦松也没有走远，他知道以孙权多疑的性格，必定不会对此事完全置之不理，于是便在偏僻处等待召见了。

"说说吧，究竟是怎么一回事？"孙权望着台下跪着的秦松，说到。

"启禀主公，曹操派周公瑾的幼时同窗蒋干前来，劝说周瑜投降。"

"那他又是什么反应？"孙权眯着眼睛，问道。

"他设宴招待了蒋干之后，还带着蒋干参观军营。两人似乎秘密地谈了些什么。"秦松一五一十地说道。

"就这点儿事？"

"确实就只有这些事。周都督一直在军营里练兵，很少见他抛头露面，自那次宴会之后，周都督也依旧只是练兵而已，并没有其他的动向。"秦松回答说。

"蒋干之后做什么去了？"

"之后他便直接渡江北上，回到北方去了。"

"说说你的想法吧。"孙权微笑着看着秦松，这副表情让人捉摸不透。

"周都督手上握着的都是精兵，是我江东军的主力，如果他反水，后果不堪设想。主公不可不防啊……"秦松轻叹一声说。

"我并非愚钝。"孙权的脸色忽然一沉，接着说："此时此刻我如果临阵换帅，曹贼做梦都要笑醒了。每日疑神疑鬼，即便将士们没有反心，早晚都会被我逼反的。"

"主公，这……"

"不过你说的也有道理，派人盯着点儿，将周瑜动向报告给我。"孙权点了点头，补充到。

"谨遵主公教诲！"秦松起身，拜别孙权，转身走出了大门。随即，他便开始部署。

周瑜依旧端坐营中，坐看着当前局势的变化。眼下各方的举动，他都看在眼里。无论是刘备方的反应，还是孙权那边的顾忌。他不知道为什么，明明自己只是勤勉的练兵，却因为一件小事遭到这么多猜疑。他长叹一声，抬起笔向孙权写了一封表明忠心的信。那封信说了什么，在寄出之后，他自己便也记不得了。

他只记得写那封信时的心情，那几分无奈与几分苦涩掺杂起来的滋味。

"都会好起来的吧？"周瑜抬起头，面对着天空，自言自语道。

于是，这场由曹操随手便挑起来的风波，就这样以一封十分简单的信为结尾。事情的开头和结尾都显得有些草率，在那之后，周瑜收拾心情，便继续全力备战。大江之上，阴云密布。无论是江南还是江北，都在专心安排水手，加固战船。冶金的工坊之中，叮叮当当敲打兵器的声音不绝于耳，塞北的官道和长江的航道上，马车与舟船正在加速地运输着军粮。谁都知道，这是大战将起的预兆。长江两岸的大营之中，士兵的操练声不绝于耳。

周瑜身穿赤红色铠甲，四处巡视军营，鼓励士卒。江东军的将士们已经将船上的机动与厮杀形成了肌肉记忆。曹操也时常寻找空闲，登上那高高的瞭敌台，望着长江对岸若隐若现的要塞。这是他的习惯，每当大战将起时，他都要如此登高，尽可能看一看敌军。官渡之时如此，而今也如此。

66.　苦肉之计

在这个世界上，每时每刻都有人被打。渐渐的，被打的人多了，挨打，也就成了一门学问。

所以，当黄盖被绑在大寨中央，身后两名士兵已经举起军棍的时候，他心中也没有很慌乱。

当然，当棍子抽打在身上的时候，又是另一回事了。

事情还要从前一天晚上说起。那天晚上，黄盖喝醉了酒，他根本不记得自己说了什么，也不知道自己是怎样回到了营寨。他只记得自己醒酒后，发现周瑜坐在了自己的床边，一言不发地看着他。

"都督，怎么了？"实不相瞒，这眼神让黄盖有些心里发毛。

"公覆，到如今，你也是身经百战了吧？"周瑜拉着他的手，双眼仿佛噙满了泪花。

"那是自然，从我跟随乌程侯那天起，冲锋陷阵，无不在前。满身的伤疤便是证明。"黄盖长叹一声，说道。

"黄将军之忠勇，他日必将名悬史册，耀于后世！"说着，周瑜便向黄盖下拜。

"都督快快请起，这可使不得！"黄盖见状，赶忙将周瑜扶起。此时此刻，他也觉得摸不到头脑。

"黄老将军，江东的命运，如今可全系你一人身上了！"周瑜又紧紧地抓着他的手，仿佛十分感动的样子。

黄盖意识到，事情有些异常，心中也是疑惑。只是他不知道大都督会跟他说出怎样一番话，于是问道："大都督有话请直说，我黄公覆只要能保江东的百姓平安，能保主公的基业周全，赴汤蹈火，万死不辞！"

周瑜听闻黄盖如此说，不禁心中暗赞：黄老将军果然是忠臣良将！但是他却不急于将自己的想法和盘托出，只是微笑着问道："黄老将军对此战有何看法？"

黄盖愣了愣，低头思索片刻，说道："此次曹兵势大，我确实没有什么良策，还望大都督指点一二。"

周瑜见他言语真诚，心下大定，也用真诚的目光看向黄盖："老将军莫要惊慌，公瑾已经想到了克敌制胜的方法，但还需老将军鼎力相助。"

黄盖一听，双眼立刻迸发出了充满希冀的神采，他急忙问道："不知大都督计将安出？"

周瑜看了看四周，确定四下无人，说道："老将军莫急，且听公瑾细细道来。"

说罢他站起身走到黄盖身旁，俯下身在他耳边轻声耳语了一番。

黄盖听后哈哈大笑起来。

周瑜微笑着看着他，又说道："老将军既然大笑，那我心中愈发放心，原本公瑾还担心老将军会因为怕疼不会应承此事。"

黄盖朗声道："大都督太过多虑了，黄盖乃一介武夫，况且为了主公和江东的基业而效力，恰逢其时，区区皮肉之苦又算得了什么！"

周瑜感激地看了看黄盖，说道："那就委屈老将军了，公瑾替主公和江东百姓谢过了。"

黄盖的眼中满是坚毅之色，拱手朗声说道："黄公覆谨听大都督将令！"

是夜，两人在帐中又将细节推敲了许久，才拱手作别。

第二天，周瑜军赤壁大营。

一清早，议事厅的鼓声便响了起来。短促有力的鼓声催促着将领们迅速到达，身穿铁甲腰佩宝剑的将军们快步登上台阶，争先恐后的来到大厅。铁甲与佩剑相撞，发出清脆的金属声音，十分悦耳。

众将一到议事厅，见周瑜身穿赤色铠甲，威风凛凛，端坐在前。

"见过周都督！"众将齐声说道。

"前些日子的交锋，众位也都看到了。曹操虽一战失利，但元气未失，非一日可破。众将各领三个月粮草，各守营寨，伺机而动。"周瑜命令道。

众将个个点头称是，却有一人大喝一声，站了出来，说："莫说三个月，就是三年的粮草也不顶用。如果这个月能够破敌便好，如果破不了，不如及早拱手而降吧！"

听到此言，众将大惊，回头来看，正是黄盖。

有的人一言不发，有的人赶忙上前拉住他，叫他少说两句。

"黄老将军莫非已无胆气否！"凌统听此言，大怒，指着黄盖说道。

"闭嘴，黄口小儿！"黄盖用更大的声音驳斥着他。凌统被吓住了，只得坐下。

周瑜勃然大怒，一拍桌子，惊得众人一颤，只得齐齐地望向周瑜。周瑜大声说道："我奉主公之命，督军破曹。正当此用兵之时，你竟敢出言乱我军心！是何用心！今日不将你斩首，难以服众。左右，推出斩首！"

"黄口小儿！我随破虏将军南征北战之时，你还是个毛孩子呢，今日有什么资格在这里教训我？"黄盖破口大骂道。

"都督，黄盖乃江东旧臣。而今正是用人之时，临阵斩将，恐有不利啊！"甘宁走上前劝阻道。

"军令如山，我岂能因此缘由，便弃军法于不顾？"周瑜指着甘宁说道。

"黄盖确实有罪，但此时正是用人之时，还望都督收回成命……"作为右都督的程普也走上前，下拜说道。

见此状况，众将也是纷纷出列，向周瑜求情。

"看在程老将军，还有众位将士的面子上，暂且免除死罪。拖下去，打一百军棍！"周瑜愤怒地说。

众将又要求情，只见周瑜面色铁青，怒目而视，只得作罢。

不多时，一士兵来报，打了五十军棍，黄老将军便晕了过去。周瑜面色稍解，说："众将当引以为戒，权且记下这剩下的军棍，再有犯错，二罪并罚！"

　　众将见此情景，拜谢周瑜之后，急忙将黄盖扶回帐中。

　　当晚，一艘小船从赤壁横渡大江，进入了曹操营中。船上之人，名叫阚泽。在战前，周瑜便委任他负责荆州收粮一事。任务完成之后，他便留在周瑜军中听用。此次黄盖的诈降之计，便由他来负责把诈降书交给曹操。

67.　战争前夜

　　当晚星月暗淡，时间已到子时。曹操正在自己的营帐中，借着微弱的灯火读书。忽有卫兵来报说："江上捉住一人，自称江东参军阚泽，前来求见丞相。"他十分疑惑，便传命将他带上来。

　　"你既然是周瑜的参军，来此干什么？"曹操冷冷地看着被五花大绑带进来的阚泽，问道。

　　"丞相，我非奸细。此次前来，是来递交降书。"阚泽回答道。

　　"莫非江东周郎要投降了？"

　　"非也，是江东三世老将黄盖黄公覆的降书，就在我怀中！"

　　"他为何投降啊？"曹操眼中闪过一道寒光，盯得阚泽十分不舒服。

　　"黄老将军乃江东老将，今被周瑜在众将之前无端殴打，不胜忿恨。因此打算投降丞相。降书在此，不知丞相可相容否！"阚泽冷静地回答。

　　曹操点了点头，手下从阚泽怀中取出降书，递了上去。他打开一看，信中黄盖言辞诚恳，不由得细捻胡须，静静思索。不多时，他开口说道："先生可先回去，黄盖投降，孤已允准。我与黄将军联络，今后还需仰仗先生。"

　　"丞相无忧，一切包在在下身上。"阚泽下拜，转身离开。望着他远去的背影，曹操依旧没有打消自己心中的疑虑。但无论是不是诈降，对曹操而言关系都不大。在绝对的实力面前，一切阴谋诡计都是苍白无力的。

　　又是一个夜晚，周瑜依旧没有去好好睡觉。他站在风口，张开双手，感受着细微的风的流向。如果他所料不错的话，东南风要来了。换言之，决战的时刻要到了。

刘备驻地。

同样没有睡觉的还有诸葛亮。此刻他正手拿羽扇，站在营外的山顶。对他而言，荆州各个时节的天气状况他最清楚不过了。

"风向转南，宜用火攻。借火三分，助我成龙。"诸葛亮自言自语道。

"火借风势，风助火起，需防歹人，趁火打劫。"周瑜也自言自语道。

乌林，曹操大营。

不知为何，最近这些日子，曹操越发产生了一种不祥的预感。这种感觉越发强烈，让他寝食不安。于是他叫上了许褚，深夜去巡视各军的营寨。

一来到士兵居住的区域，曹操顿时便闻到了一股难闻的气味。士兵们都用布捂着口鼻站岗，伤兵营中堆满了人，时不时能看见军医正在忙碌地四处奔走着。

"军中这是怎么了？"曹操焦急地问。

"回禀丞相，进入荆州以来，我军将士多有水土不服者。久而久之，便有疫病。"许褚无奈地回答道。

"严重吗？"

"有的营尚存战力，有的营……"

"说吧。这种事就不该瞒着我。"曹操捂着头，隐隐有些头痛。

"从北方而来的将士们，或多或少都有些许疾病。将军们不与士兵住在一起，倒无大碍。北方士卒如今每三人就有一人染病……"许褚说道。

"怎么到了如此境地……如今形势，还能一战吗？"曹操意识到了自己的错误，觉得十分后悔。

"若能解决晕船的问题，凭借兵力优势，大概尚可一战。"许褚皱着眉头说道。

"虎痴将军，也开始动起头脑了？"曹操拍了拍许褚，欣慰地说。

"晕船……竟然也成了如此大问题！"曹操长叹了一口气："传令下去，若有人能想出让兵士上船而不晕船的办法，我重重有赏！"

这时，又有士兵跑来，对曹操说："丞相，营外有一人，自称凤雏先生，说能助主公破敌。"

"凤雏先生？莫非是南州士之冠冕庞士元？快快有请！"

与此同时，大江对岸，周瑜大营。

夜晚周瑜营帐，依旧灯火通明。周瑜和一众谋臣将官，正在商议决战之策。

周瑜的桌子上摆着一幅地图，上面准确的勾画着曹操在江北的兵营水寨。那幅地图是由侦察兵在江上亲自探查之后手绘而成。对着这幅地图，众将便开始了讨论。

"都督，既然我为先锋，那即便拼上一条命，也要杀出一条血路来。"黄盖充满了决心，抢先说道。

"既然是作战计划，就必须考虑失败的可能性。"周瑜盯着地图说。

"而且，曹军想必也做好了黄老将军诈降的准备。"那个名叫陆逊的书生说。

"刚才我就想问了，小子，你究竟是何人？"黄盖问道。

"伯言乃是江东陆氏的才俊，已经入了主公幕府。此次来我军中历练。"周瑜解释道。

"公瑾你……还真是好说话啊……"程普在一旁无奈地说。

"莫要小看伯言，他虽然年龄不大，但却是个奇才。"周瑜看着陆逊，说道："伯言，若你是曹操，当你怀疑黄将军诈降的时候，你该何如？"

"将计就计。"说着，他拿起一枚白色棋子，放在地图上曹操水寨前，然后拿了几枚黑色棋子，把白色棋子围了起来。

"黄老将军可能要陷入包围，在那之后，他们便会以黄将军为诱饵，逼我们来救。"周瑜思考着，目光不离那张地图。

"在那之后，他们便会集中优势兵力，包抄我们。"程普说道。

"哼，兵多可真便利啊。"黄盖撇了撇嘴，说道。

"能在兵力上取得优势，那是曹孟德的本事。"周瑜眼神一寒，说道。

"可一旦黄老将军陷入重围，我们总该采取对策。"程普盯着地图上被黑色棋子包围的白色棋子，说道。

"兵力多是他们的优势，那我们的优势在哪儿？"周瑜望着诸位将军说。

"我们的战船更大，航速更快，兵士更精，更善于水战。"在一旁的甘宁也忍不住插话。

"甘将军说的没错。我们要做的，就是在大江之上，扬长避短。不和他们打消耗战，要把我们的船机动起来。"周瑜灵光一闪，似乎有了新的想法。

"首先火攻应是主策。"程普望着营中的灯火，说道。

"他们防得住黄老将军的第一轮火攻，那能不能防得住第二轮呢？"周瑜把第一个问题抛给了将军们。

"中原的谋士不会想不到这一点，对此一定有所准备，就是不知道他们究竟做何打算。"程普不无担忧地说。

"若他们水战不利，退回岸上闭门自守，又当如何？"周瑜抛出了第二个问题。

"那我们自然也是退兵，当前状况下强行登陆，太过冒险了。"黄盖说道。

"难道真的只有我们在急着速胜，曹操丝毫不急吗？"周瑜又抛出了第三个问题。

"听说曹操军中瘟疫盛行，可战之兵已经越来越少了。他后方的马超仍然没有归降的样子，时刻威胁着他的长安。在这个时候他被我们卡在江北，欲进不得，欲退不能。曹操他不可能不急。"书生陆议回答道。

"我们把这次诈降当做决胜的机会，曹操也是这么想的。所以他的反应会比我们想象中更大，说不定也在盘算着如何趁机一口吃掉我们。敌人越是心急，便越容易犯错。如何破敌，我已有计策。众将先回去好好休息，明日一早，到我这里来领锦囊。"抛出三个问题之后，此时的周瑜感到豁然开朗。送别众将，他走出去，望着大江。

"这一战，必将载入史册。"他微笑着，仿佛已经看到了燃烧的大江。

68.　半生感慨

大战前的夜晚，南岸赤壁一侧。将士们都各自在营中磨砺着自己的武器，渴望能在这大江之上立下战功。对于未来之事究竟如何，他们此刻也不清楚。

周瑜已经写好了锦囊，读着他当年好友庞统寄来的书信。读罢信件，周瑜便将信放在了火堆上。望着燃烧的信，周瑜自言自语："庞士元啊，庞士元。这次就当是我欠你一个人情吧。"

周瑜认识庞统的时候，他们两个还只是少年而已。当初周瑜四处游学，曾在襄阳鹿门山庞德公门下短暂停留。就是在那里，他第一次见到了同为少年奇才的庞统。从此一别之后，便再难相见。周瑜也是近些日子，才终于收到了他的信件。

庞统在信中对周瑜说，他有办法让火攻之计一举成功。此刻他已身在曹营之中，帮周瑜填补他所有计策之中，最后的漏洞。

"我的计策明明没有对任何人讲，为什么他会知晓？既然他知晓了，曹营的谋士们会不会也料到了？"这是周瑜此刻最担心的事情。

周瑜在想，自己是不是要放弃火攻之策。

最后，他下定了一个决心。

他果然还是想看到大江燃烧的场景。

第二天一早，各营将领便来到周瑜大营，各自领到了锦囊。于是各按吩咐，开始准备。

而曹军此时正在加紧时间，连夜铸造铁锁。这是庞统为曹操献的策略，用铁索连接战船，虽在风浪之中，船只也不会颠簸摇晃。大船相连，甚至可以在上面走马。曹操闻之甚喜，便吩咐加紧铸造，准备之后与周瑜的决战。

荀攸、程昱一同来找曹操，听着营内营外不停铸造铁环的声音，他们觉得事有蹊跷。

"主公把战船相连，敌人若用火攻，我们的船无法四散逃开，该怎么办？"二人一起说。

"我可没有下令把所有的战船连起来。"曹操一笑，说道。

"主公的意思是……"

"黄盖是饵，难道就不许我也用饵吗？那些铁锁连着的，便是我的饵！"曹操颇有信心地回答。

"主公的意思，我明白了。"程昱说。

"我没明白……"荀攸严肃地看着两人，说。

"不用香饵，如何钓得上大瑜？"曹操长叹一声，来到江边。江水中漂浮着一些被铁索连接起来的战船，许多士兵正在那里进行着最后的准备工作。果然，站在铁索连结的船只上，船只不摇也不晃，士兵便不会晕船。

"丞相，这些船只已经连接完成，请问是什么军队部署在这些船上？"水兵问道。

"孤体恤士兵。传令下去，让军中生病的士兵上船，若还有空余船只，便令荆州兵补上。"曹操和蔼地说。

"丞相真是爱兵如子，在下这就去传命！"士兵答应下来，便去各营传令了。

"丞相是要……！"听了曹操的话语，荀攸明白了。他似乎非常气愤，但什么都没有说。

这时，远处的天边飞起一群乌鸦。嘈杂的鸦鸣声不断传来，过了不久，便又隐于林中。

"此时已是深夜，为何远处有乌鸦啼叫声传来？"曹操将着自己的胡须问道。

"事出反常，必有蹊跷。"程昱略微沉思，说着。

"怕是敌军正在调动军队，才惊扰到了成群的乌鸦吧。"荀攸看着月下飞翔的乌鸦，说道。

"若是如此，不可不防啊。"程昱点头称是。

"哈哈哈哈。"曹操也仰望着天空，可是他却笑了出来。

"丞相何故发笑？"

"如此大好夜色，宵小之辈不知欣赏，盲目用兵，亦是徒劳，徒为孤增添诗兴耳！"曹操的战袍被江风吹起，兀自站立。从始至终，他都只有自己。即便有无数人围拢在他身边，但真正属于他的，只有他自己。

"对酒当歌，人生几何……"曹操从卫士手中夺下马槊，横在胸前。用手中酒樽，将酒泼洒在上面，聊以祭祀。一边舞槊，一边唱道。望着眼前景象，他气血上涌。半生感慨，随之而来。

"这便是丞相之志。"程昱望着曹操的背影，小声说着。

"丞相，志在天下。"荀攸点了点头，说。

"报丞相！阚泽送来书信，请丞相一观！"传令兵跑来，说道。

曹操把马槊插在江边的泥土中，借着明亮的月光，阅读起黄盖的书信。

"黄盖约定，明晚带粮船来降！众将士准备迎接，不可怠慢！"曹操站在江边，对着自己的军队，大声说道。

"喏！"士兵们异口同声地回答。

对岸，江东军赤壁大营。

周瑜面对大江，弹奏起了他最得意的《长河吟》。琴声随江水之声起伏，江水也随琴声起伏而激荡。大概此种景象，便是所谓的天人合一吧。

"禀告都督，刘备麾下军师中郎将诸葛亮前来拜会。"卫兵说道。

"设座。"

"是！"

不多时，诸葛亮手握羽扇，款款来到。

"周都督，我算得东南风将至，想必战端将开，特来慰问。"诸葛亮笑着说。

"孔明先生妙算，本督今日算是领教了。"周瑜说。

"此时正是隆冬，刚才听都督琴声。却有灼热之感。想必都督将用火攻？"

"此事连凤雏先生都瞒不过，想必也自然瞒不过卧龙先生。"

"愿闻都督详细计划，我军也好配合啊。"诸葛亮笑着说。

"也罢，告诉先生也无妨。明日之战，我派黄盖诈降，多备轻快火船，直冲曹操水寨。将对岸的战船尽数点燃。"周瑜笑着说。

"不会如此简单吧？黄盖是诈降，庞士元能看出来，亮能看出来，那曹操、荀攸、程昱也必然看得出来。"诸葛亮十分不信服地看着周瑜。

"真是瞒不过你，黄盖诈降是饵，是打算引出曹军主力，然后与之决战！"周瑜也拿出了羽扇，轻轻摇着。

"没想到江东周郎如此狡猾。只怕引出曹操主力之后，真正的火攻才会开始吧。你囤积的桐油柴草，可不是黄盖那几艘船就能装下的。"诸葛亮笑着说。

"既然你能看到这一步，不妨把我没有说出来的话都说出来吧。"周瑜用羽扇遮住了自己的嘴巴，盯着诸葛亮。

"明日一战，曹操若不贪功，便是小败。他若急于求成，便会招致大败。如果我猜的不错，明日你要面对的主力不是曹操军，而是荆州军。他们更加熟悉水战，而且无论损失多少，曹操都不心疼。曹操的北方军，会在岸上保存实力。"

"没错，这正是我担心的。"周瑜点头称是："曹操主力不灭，即便退军，也早晚会再度南下。"

"你根本没有担心。如果我没有猜错，火攻只是佯攻而已，你的真正目的在……"诸葛亮拿出一幅地图，指着曹操水寨背后的小山："曹操的屯粮之所！"

"曹操最擅长的便是断人粮道，他的军粮必有重兵把守。我怎会知道他粮仓的位置，又从哪里得到的兵力去占他的粮仓呢？"周瑜笑道。

"《孙子》中的用间篇，想必都督早已倒背如流了吧。亮在新野时就知道，开战之前，荆州便已经被都督渗透成筛子了。想必此时的对岸，曹营之中已经有不少你的士兵混进去了吧？至于黄盖，他也不只是诱饵那么简单吧？布置了那么久，却始终没有听都督提起如何营救黄老将军。想必他也别有妙用吧？"诸葛亮盯着周瑜的眼睛，说道。

69. 火烧赤壁

"有时候，真觉得你很可怕。"周瑜一笑，不置可否。

"都督才可怕。如此妙计，曹贼即便识破了其中几层，也必然会掉下更大的陷阱。这计谋如此复杂，亮即便想到了也无力实施。这大江之上，能实施此计的仅此一家，那就是拥有这么多艨艟斗舰的江东水军。"

"说了这么多，你们准备如何行军？我看你们的部署，是打算趁乱扩充地盘吧？"周瑜严肃地说。

"我们当然会先渡江追击曹操败兵，无功怎敢受禄啊？"诸葛亮微微一笑，说。

"说吧，你们想要什么？"周瑜直截了当地问。

"亮此次前来，就是要与都督约定，曹军败退之后，我们当如何分工。"

"曹操败退后部署尚且不知，如何商谈？"周瑜白了诸葛亮一眼。

"既然如此，那便战后再一叙吧。我即刻回到军中，调兵遣将。"诸葛亮起身拱手，向周瑜告辞。

望着诸葛亮远去的背影，周瑜冷笑一声："火还没烧起来，便开始想趁火打劫之事了。"

第二天傍晚，太阳刚刚落下，江面上便起了一层薄薄的雾。在寒冷的大江之上，远处隐隐有火光浮现。一只船队自南向北，由赤壁向乌林驶去。为首之人是一名老将，虽然年迈，但身材高大魁梧。他身披着轻甲，手中拿着一把粗犷的大刀。在他身后的士兵，也是类似装扮。船上的旗帜写着一个大大的"黄"字。

这便是黄盖的船队了。

就在快到曹操乌林水寨时，水寨的门自行打开了。被铁环连接的大船从其中缓缓驶出。站在船头的两将，分别是乐进和文聘。他们身披重甲，手握兵器，威风凛凛。可他们的士兵却站也站不直，灰头土脸，一副病殃殃的样子。

"来者可是黄公覆？"跃进指着黄盖大喊道。

"正是！"黄盖回答道。

"黄老将军辛苦了，可靠岸停船！"乐进回答道。

黄盖没有应答，而是在心中默默地盘算着距离。眼看着越来越近，黄盖突然高呼一声："点火！"

恰好东南风起，扬起风帆的火船飞速地冲向了乐进的船队。乐进麾下的士兵见事不妙，刚要散开，却发现他们的船已经被铁索牢牢固定，根本无法避开疾驰而来的火船。燃着烈火的船狠狠地撞进了乐进船队中，瞬间点燃了一排战船。战船上暴烈的火，又在东南风的吹拂下，迅速蔓延开来。

在铁索战船上的士兵都是生了病的，本就无力战斗。见此状况，纷纷跳江遁走。在火中被烧死的，在寒冷的江水中被冻死、淹死的不计其数。乐进与黄盖战不几合，却也落入水中，幸好有文聘将其救起，乘坐小船趁乱悄悄退了回去。

"不好，有古怪！铁索战船是诱饵！"黄盖看似惊慌地大喊。

这时，黄盖左右两路忽然鼓声大作，曹军船队主力从两侧袭来，将黄盖退路截断。为首之人正是荆州水军降将蔡瑁、张允。

"按照我交代给你们的，冲！"黄盖高声喊到。他麾下士兵闻声，纷纷拔刀出鞘，以一个诡异的阵型跳到敌军战船上，杀敌夺船。

这本是甘宁在做游侠时的独门绝技，为了这次作战，甘宁刻意将这一技巧教给了士兵。

就这样，黄盖军和蔡瑁军战在了一起。黄盖左冲右突，一边杀敌，一边注意着后方的动静。

"还有伏兵。"甘宁望着远处的火光，对周瑜说道。

"我当然知道。我们以黄盖为饵，此刻他们也在以黄盖为饵。他们的目的，便是钓鱼。"周瑜一笑。

"都督，这过于危险了，不如让我去吧。"甘宁急切地说。

"我非去不可。我不上钩，曹贼岂能撒网？"周瑜笑着说。

"可是……"

"依计行事。通知全军，擂起战鼓。告诉他们，周瑜军，入阵！"

周瑜身穿赤红色的铠甲，站在楼船的最高处。带有"周"字的大旗高高升起，仿佛是在告诉双方，有个不得了的人物来了。

周瑜一声令下，江面上的快船瞬间便都点起了火。火借风势，腾跃而起，齐齐向曹军冲去。跳跃的火苗轻易地在曹军的战船上燃烧了起来，在周瑜的巨大艨艟上，无数的江东军士兵点燃了手中的箭支，向曹操的战船射去。负责围住黄盖的蔡瑁军后方轻易地便燃起了熊熊烈火。

曹操站在望楼上，望着江面上燃烧的战船，大笑起来。

"丞相何故发笑？"一旁的程昱问道。

"我笑那周瑜毕竟智谋短浅，不懂用兵。见计不成，便前来救援。殊不知，他已落入我包围之中！"曹操指着周瑜的战船笑道。

黄盖正在厮杀，见蔡瑁军后方起火，想起锦囊所说，便趁着蔡瑁军混乱之际，带领士兵跳入了水中，不见了踪影。只留下己方燃烧的战船，依旧飘在江上，阻挡着蔡瑁回寨的路。蔡瑁尝试让士兵突破火海，可战船一试图穿过，便燃烧了起来。只得在那里固守待援。而身后，周瑜已率兵杀来。蔡瑁索性抛下黄盖不管，调转船头来战周瑜。

正在此时，周瑜两翼忽有动静。原来是曹操埋伏已久的主力直杀过来。左边杀出张郃、张辽，右边杀出于禁、李典。他们乘坐着高大的战船，麾下士兵装备精良，直奔周瑜而来。

周瑜仗着他的战船更大，航速更快，在包围中从容接战，坐镇指挥，镇定自若。曹军虽然势大，但却怎么也追不上周瑜本人的船。

见曹军已至身边，周瑜觉得时机成熟了，便下令点火。霎时间，周瑜带来的一百艘小船全部起火，张辽等人仔细一看，原来那些小船竟是空船。周瑜声势浩大的来，带来的士兵却仅有一千多人。空船上，每艘只配备几名士兵，负责掌舵和控制风帆，船内装的都是被桐油泡过的柴草。

一时间，两层燃烧的战船，便把曹军分隔成了几个部分。剧烈燃烧的船只阻断了曹军回到水寨的可能性。

这时，曹操水军主力背后传来了震天的鼓声。张辽、于禁等人回头一看，正是江东军的主力全速杀来。甘宁、凌统、韩当、蒋钦、周泰，江东名将齐聚于此，争先恐后。张辽忽听铃响，回头一看，原来甘宁乘小舟已到船侧。只见他头插鸟羽，身挂银铃，手握长弓，已经先射倒数人。接着拔刀跃起，跳到张辽船上。张辽也不示弱，二人战在一起，不分胜负。

曹操正细心观看着战局，忧心忡忡。很明显目前的江上是周瑜占优势。周瑜坐着楼船，四处指挥，从容不迫。

就在此时，荀攸忽然大喊不好。曹操顺荀攸指着的方向看去，只见远处自己屯粮之地燃起了熊熊大火，曹操只得命令铁骑飞速驰援。

"怎会如此！"曹操愤怒地叫道。

"丞相，退军吧。此时此刻，已经不宜用兵。"众谋士一同劝说着。

"传令，退兵！"曹操长叹一声，不甘心地说。

70. 曹操部署

建安十三年冬，曹操败于赤壁。在败退途中，又遭到了刘备麾下诸将的截击。本就遭逢疫病战斗力大减的曹军，又新逢兵败断粮，已经毫无士气可言。曹操从乌林退到南郡时，手中精锐已经几乎丧失殆尽。

周瑜大营，一场庆功宴此时正在举行。周瑜端坐主位，众将依照各自功劳列座两侧。众将正喝得酣畅，一边大吃大喝，一边向身边的人说着自己在这战中的表现。

"都督，这一战已经胜了，可否透露一下，黄老将军究竟哪去了？"吕蒙抬起头，对周瑜说道。

"黄老将军，不如就你来讲吧。"周瑜一笑，对黄盖说。

"嗨，这一战可把我累坏了。"黄盖嘿嘿一笑，轻轻活动着自己受伤的臂膀，说："都督给了我一个锦囊，要我做先锋，先引出第一批伏兵。之后见对面火起，便趁乱换上敌军战衣，潜在水中，游到对岸。之后便去曹军囤粮之地，协助内应，一把火将其烧掉。"

"这任务也太难了……"韩当吞下口中的酒说道。

"这是自然，当时我也没指望自己能完成。但都督一入阵，所有的敌军都冲着都督去了，我便浑水摸鱼，真给做成了！"黄盖自豪地说。

"那又是谁潜入到了曹营粮库之中做内应，还这么久都没有被发现？"甘宁问道。

"是我白衣营的两位干将。"周瑜拍了拍手，营外便有两人头戴斗笠，身穿白袍。一个腰中挎着刀，一个背上别着弓。他们二人都是浑身湿漉漉的，站在营中，身上不停的向下滴水，仿佛是刚从江对岸游过来。

"末将潘璋，参见都督。"

"末将马忠，参见都督。"

"你们二人辛苦了，快入席饮酒吧。"周瑜说吧，早有人摆上桌案酒菜。二人也不推辞，无声落座，吃喝起来。

"诸位将士，眼下虽然大胜，但战争还没有结束。眼下刘备正在积极备战，准备趁机扩大势力。我听闻诸葛亮已有动作了。"见人已到齐，周瑜说道。

"何不趁势灭掉刘备？这样整个荆州便都属于我们了。"黄盖大声说道。

"这可没有那么容易，曹操灭不掉他，我们也灭不掉他。小瞧刘备之人最后都付出了重大的代价，众将务必记住。"周瑜严肃地说。

"末将谨记！"营中诸将，齐声应和。

"报告都督，主公自柴桑前来劳军，已到寨门之外。"一名卫兵跑着进来，对周瑜说道。

"众将士，随我去迎主公！"周瑜从坐席上站了起来，对大家说道。众将士站起身来，向寨外走去。

赤壁大营外，孙权乘坐一艘大船而来。转移靠岸，孙权便见周瑜带着一众将领前来相见。见了孙权，倒头便拜，言称主公。

孙权走上前将周瑜扶起，然后一同进到军营之中，向有功将士一一敬酒，之后来到主位坐定。

"将士们奋勇拼杀，乃是本分，主公亲自大驾光临，实在愧杀我等。"周瑜对孙权说。

"公瑾你可千万别这么说，以三万兵力破敌二十万，即使是古之名将也难以做到啊。"孙权将杯中之酒一饮而尽，痛快地说。

"此战若无周都督，江东危矣啊！"众位将军也附和道。

"公瑾啊，而今曹操已退，下一步该当如何？"孙权放下酒杯，看向周瑜。

"主公想高枕无忧，南面而称孤否？"周瑜微笑着对孙权说。

"公瑾教我！"

"若想高枕而无忧，唯有全据长江，二分天下！当初讨逆将军在时，末将便向他提起过。而今曹贼已退，荆州空虚，天赐良机，正是用武之时也。"周瑜慷慨激昂地说，孙权和众将点头称是。

"周都督，是否要取荆南四郡，跨据荆扬两州？"程普问道。

"非也，荆南之地都可以不要。我们必须握在手里的，是南郡。而南郡最要紧的地方，便在于江陵。占据江陵而入川，才是瑜之计也！"周瑜笑着说。

"可荆州之地，如此重要，天下通衢。白白扔给刘备，反而去争夺西川，这岂不是舍近而求远？"孙权细细斟酌着。

"主公若想高枕无忧，便必须占尽地利。从江陵到江夏，再到江东，长江天险已经为我所据。但这不足以高枕无忧，如果西川为强敌所控，自白帝城顺流而下，一日便可到达江陵。若如此，江东危矣。"周瑜回答道。

"对于刘备，难道我们就听之任之了？"孙权又问。

"而今曹操尚在，孙刘联盟断不可瓦解。若川地为我所得，刘备便只能守着荆州一地。荆州虽是天下通衢，可换言之，也是四战之地。留着他，可以替我们防备曹操。无用时，我们的战船出洞庭湖便可令其首尾不能相顾，旦夕之间，刘备可灭。"周瑜铿锵有力地说。

孙权点了点头，不置可否。

"究竟应当如何，还请主公裁决。"周瑜说罢，便将兵符递给了孙权。孙权手握兵符，略微沉思。众将在下面抬头望着孙权，等待着他的决定。

"关于此事，我有想法。"孙权终于开口了："曹操北撤以后，在荆州留下的军队不多。我留给公瑾两万精兵，去取南郡，囤驻荆州。剩余的军队随我回江东，北上攻拔合肥。不知这些兵力，公瑾够不够？"

"回主公，两万人已经足够，此战末将必定打通入川通道，请主公勿忧。"见孙权如此说，周瑜只得回应道。

"既然如此，那便有劳公瑾了。"孙权大笑，将兵符印信仔细地收了起来。

周瑜坐了下来，轻叹了一口气。他知道进攻江陵的难度，但更理解孙权的心思。

"若能速胜就好了……"此时此刻，周瑜心中已经在思考攻取江陵之计了。

再说曹操兵败，狼狈不堪地退回了南郡，总算能歇歇脚，喘一口气。清点这一战的损失，曹操愈加心痛起来。十年积累，毁于一旦。数年之内，他已经再无南下之力。

想到这里，他便又头痛欲裂。

"丞相，下一步我们该……"曹仁扶着曹操，问道。

"下一步？先活下去，再想下一步吧……"曹操长叹一声说道。

"丞相不必气馁，北方还有大军十万，回到许都，我们又能卷土重来。"曹仁试着安慰他。

"北方还有……也就是此次随我南下的士兵，全都折了？"曹操闭上眼睛说。

"并非如此，徐晃将军收拢残兵，已得两万人，都是甲士。周瑜、刘备之流，绝不可能趁机袭击江北。"曹仁一五一十地说着现状。

"你越觉得不可能，事情就会变得越可能。"曹操长叹一声，喝了点水，振作起来，说："叫诸将进来，我来告诉你们下一步该当如何行动。"

听闻曹操的话，众位将领一同走入，将这个简易的营帐挤得很满。望着这些灰头土脸的将军们，曹操笑了："不错，都在啊，已经不错了。"

听闻此话，众将士看着各自滑稽的脸庞，也都笑了起来。

"胜败乃兵家常事，各位不必过于介怀。接下来，我来说说下一步的安排。"曹操掏出一张皱巴巴的地图，说："曹仁、徐晃二位将军，率兵去守江陵；满宠率本部兵马去守当阳；乐进去襄阳；李通去汝南。你们的任务就是固守防线，拖延周瑜、刘备的进攻。若他们进攻甚急，不必和他们决战，保存实力，守住退路即可。我没有太多兵力给你们，好在敌人兵力也不多，这个时候，共克时艰吧。"

71. 兵发江陵

"末将领命！"各位将军也没有多余的话，接下命令便转身离去，回到各自的位置去了。营中只剩张辽和李典。

"丞相，我们二人应当如何？"张辽问道。

"你们二人，护送我回许都。"曹操点了点头，说。

"眼下正是用兵之时，莫非丞相轻视我等？"张辽急切地说。

"并非如此，我若回不了许都，一切部署便都没有意义了。不过我还有一些顾虑……"曹操用笔在地图上重重地标注了合肥。

"从那个方向来的，就只能是……"李典仔细思考着。

"孙权要来了。"曹操一笑，说。

"可我听说最近江东军并无大动静，孙权去赤壁犒军了啊……"张辽不解地问。

"等他从赤壁回去，必然兴兵。我军新败，放着这个大好的良机，他不可能不动。"曹操声音沙哑，可以听得出他的疲惫。

"既然如此，丞相回到许都后，我等即刻奔赴那里。"

"不不不，你们要负责许都募兵训练之事。合肥那边我已经安排了刘馥、蒋济等人相互配合。等你们忙完了募兵训练之事，再去合肥建立防线吧，东线防御，早晚都要落到你们头上。"

"必不辱命！"张辽和李典下拜，退出了营帐。

安排妥当以后，曹操艰难地站起身，招呼着许褚，准备率领残兵回到中原。休养生息一段时间，再争天下。

朝廷中已经有人在密谋反对自己，在西北，马超和韩遂还手握大军虎视长安。更何况面前还有周瑜、刘备这两个刚刚击败自己的人。

对曹操而言，此时此刻，已是危急存亡的关头。

他不知道的是，自己刚刚离开荆州，周瑜的战船便已经望得到江陵城了。

"公瑾啊，我是信你的。但你看江陵作为一个县，它的城墙是不是过于夸张了些……"站在船头，望着高耸的城墙，程普对周瑜说道。

"越是夸张，越说明它重要。我们先别急着攻城，坐着船四处探一探再说。"周瑜笑着对程普说。

"越往西走，就越觉得山势更险峻了。"程普望着山势，感叹道。

"所以我一直认为，蜀道之险，三江之固，二者缺一不可。"周瑜说道。

"都督，再往前走，就是夷陵了。我们是不是该返回去了？"作为向导的士兵对周瑜说道。

"看起来……守备并不是很森严啊……"周瑜看着远处的夷陵要塞，微微一笑。

"公瑾……莫非你……"程普看着周瑜，不知道他想做什么。

"甘宁！我给你兵马三千，你去把夷陵占了！之后回军江陵与我汇合！"周瑜忽然转过头，对甘宁命令道。

"末将领命！"甘宁也是痛快之人，听到周瑜的命令，也不说二话，便即刻率军前去。

"剩下的人，回军江陵登岸，我们去和曹仁过过招！"此时天气晴朗，周瑜的心情也很是不错。

"是！"随着一声应答，一支庞大的水军便顺流而下，在江陵靠岸。

"来得真快啊……"曹仁望着江边密密麻麻的战船，长叹了一声。

"恐怕又是一场硬仗……"徐晃背过身去，看了看城内的状况，便放心下来："如果他们敢硬攻，恐怕就要吃些苦头了吧。"

"我们江陵兵精粮足，城墙坚固，轻易是打不下来的。"曹仁笑道。

"那个为首的白面将军，便是周瑜。"徐晃指着远处的周瑜，对曹仁说。

"我记住了，我会让他领教一下我的箭法，如果他有胆过来的话。"曹仁冷笑道。

"怕他没这个胆量，哈哈哈哈。"徐晃附和道。

"哨骑，去探听他们的动静！"曹仁命令道。

当晚，曹军哨骑便回来了。

"什么？他们竟然在打夷陵？"曹仁有些意外。

"千真万确，甘宁引兵三千，正在急攻夷陵。"哨骑回答道。

曹仁在营中踱步，忽然灵光一现。

"公明，可能要麻烦你走一趟了。"曹仁对徐晃说。

"去哪里？"

"率兵五千，去抢夷陵。"曹仁微微一笑，说。

"我军只有两万人，一下分出五千出城，会不会太冒险了？"徐晃不无担心地说。

"无妨，夷陵有失，我倒想看看周瑜救还是不救……"曹仁指着地图说。

"我明白了，一来一回，周瑜失去的是时间。"徐晃点头，即刻点兵，率领轻骑五千，出城直奔夷陵而去。

却说夷陵本是荆州重镇，地理位置十分险要，是荆州方向入川的必经之路。掌握夷陵，就掌握了进入川地的钥匙。曹仁本以为周瑜没有胆量绕过江陵进攻夷陵，为了集中兵力，所以没有部署大量军队。夷陵要塞兵力薄弱，见甘宁气势汹汹地率军来攻，守将自知不敌，于是干脆率众放下武器投降了。

甘宁进入夷陵，之后正要率军与周瑜会师，忽然见远处尘土飞扬。甘宁见情况不对，来者不善。于是派一匹快马飞速报告周瑜，自己则率众登上城楼，准备迎敌。

不多时，只见一员大将，手持大斧，披挂整齐，威风凛凛，率五千骑兵来到城下。士兵军容整齐，一眼便能看出皆是能征惯战之卒。心中知晓来者不是等闲之辈。甘宁也骑上一匹马，提起马槊。吩咐士兵备好强弓硬弩，各守险要之处。之后将城门大开，单枪匹马出城，面对来犯之敌。

"来将何人，报上姓名！"甘宁指着来者说道。

"我乃徐晃也。你是何人？"

"江东军前锋，甘宁。"

二人听到对方的名字，都知道对方不是好惹的。心中争强好胜之心也油然而生。徐晃当即策马上前，甘宁也毫不示弱，二人便战在一起，难舍难分。双方士兵都擂鼓呐喊，两人斗了一百回合，不分胜负。

他们各自回阵，指挥士兵冲锋。士兵们手握武器，冲锋陷阵，他们挡着如雨点般的箭雨，一步一步地向前推进着。他们喊着整齐的号子，将手中的长矛刺向敌人。兵器贯穿铁甲，鲜血染红战袍。

到了短兵相接的时刻，运气便是战场上唯一的变数。甘宁在敌军阵中左冲右突，银铃一响，便有无数敌军倒在他的刀锋之下。徐晃也毫不示弱，将大斧抡得呼呼生风，无数头颅被他轻松斩去。

在军阵之中，甘宁与徐晃又撞在了一起。两人相逢都有一种棋逢对手的感觉，他们的兵器磨出火花，两人在通过兵器进行角力，谁都不肯认输，谁都不肯让开道路让对方过去。就这样，两人又斗了几十个回合。

不久，天色已晚，二人的马也都已疲惫。于是便约定第二日再战，甘宁回到军中，紧闭城门。徐晃也下令，就地扎营，盘算着攻城之策。

当晚，周瑜大营。

望着地图，周瑜又一次陷入了沉思。自己下令取夷陵是有充分考虑的。其一，是为入蜀策略上了一道保险。万一江陵城下有变故，只要夷陵在手里，伐蜀的通道便依然在。其二，夷陵在江陵城西，拿下夷陵便可以两面夹攻江陵。曹仁派徐晃去攻击夷陵，很明显是给自己出了一道难题。

那就是，究竟要不要率兵去救。徐晃乃当世良将，若他全力攻城，甘宁兵力太少，根本不足以应对。若自己回头去救，万一南郡的曹仁军趁机杀出，则有溃败的风险。

"都督，甘宁将军智勇双全，必定可以拖住敌人。我等正与曹仁对峙，不可轻动啊……"说话的人是程普，对于当下的战局，他持悲观态度。

"大家都这么认为吗？"周瑜坐在主位，环视营中诸将，问道。

在场诸将纷纷低下头，有的还稍稍点头，表示认同。

"都督，末将不认同。"吕蒙出列，对周瑜说。

　　"你有何看法？"周瑜微微一笑，看着吕蒙说。

　　"末将以为，甘宁将军必须救，夷陵也必须救。"

　　"若曹仁趁势反攻，我等该如何？"

　　"末将保举一人，如果他在，守十日不成问题。十日之内，我军必可破徐晃而回。"吕蒙自信地说。

　　"你所保举何人？"

　　"凌统，凌公绩！"

72. 江陵城下

在夷陵城外对峙的第二天，徐晃便向夷陵城展开了疯狂进攻。

城外战鼓不停，徐晃麾下大军开始颇有秩序地向夷陵要塞移动。徐晃用兵，十分谨慎，从不冒进。他的军队经他训练，进退得法，侵略如火，不动如山。此时的战场并不嘈杂，双方就像两名正在交战的高手，一言不发地注视着对方，寻找对方的破绽，徐晃知道甘宁是当世良将，也并没有因其兵少就掉以轻心。

甘宁站在城头，挽弓搭箭，指着徐晃军的最前排。他的弓弦上搭着三支箭，只待敌军进入射程。徐晃的士兵毫无惧色，大踏步向前走去。有的士兵中箭倒下，但更多的士兵来到了城墙前。

大战一触即发。夷陵城上的守军人少，见徐晃的军队来势汹汹，顿时有些心生胆怯。甘宁见这情况，立即将手中的箭不停射出，同时还在高声鼓励士卒。

"传令，击鼓！"

鼓槌重重地砸向战鼓，发出沉闷的声响，紧接着又是一槌。渐渐地，鼓点的节奏快了起来。城楼上守卫的士兵战胜了心中的胆怯，手拿强弓硬弩各守险要之处。他们知道自己面对的是什么，但他们没有放弃。都督将令如此，只要执行，便一定能够取胜。

甘宁兵力不足，实在支撑不住。面对潮水般涌来的敌人，他犹豫着是否要从夷陵撤出。

与此同时，周瑜派凌统驻守大营，亲自率兵五千，离开驻地，径直奔赴夷陵而去。

周瑜骑在马上，思考着退敌之策。此刻他的心情焦急万分，他知道既然甘宁向他发出消息，那就说明情况一定非同一般。

"千万要守住，千万要守住……"周瑜一边这样想着，一边不由自主地加快了行进速度。

"都督，我有一计。"吕蒙骑在马上对周瑜说："徐晃的军队都是骑兵，如果我们布置路障，断绝其归路，徐晃所部必将陷入死地。到那时我们和甘将军协力围之，必可取胜。"

"说得好，就这么办。"

话说徐晃此时正在指挥军队奋力攻城，忽然有士兵来报，说周瑜已率兵前来增援。徐晃沉默不语，骑在马上思索着什么。过了许久，他才开口说："传令下去，停止攻城！"

甘宁正在城上奋力杀敌，忽然听敌军鸣金收兵之声。杀红眼的曹军听到了退军的命令，也只得心有不甘地如潮水般缓缓退去。甘宁喘着粗气，一身血污。这一战已经打了许久，伤亡惨重，第二日恐怕就要守不住了。甘宁在心中盘算着如何趁着夜色退兵。

就在这时，远处传来了震天的马蹄声。

城楼之上，一名精疲力尽的士兵忽然指着远方大喊："是周都督！周都督来救我们了！"随着那一声喊叫，越来越多的士兵望见了周瑜的大旗。

徐晃退兵之后，刚要回撤便与周瑜撞上了个正着。

"徐晃将军，久闻大名。若弃暗投明，下马受降，我主必有厚待！"周瑜骑马出阵，对徐晃说。

"我徐公明岂是随意投降之人！周瑜小儿，你非我的对手。乖乖让开，饶你不死！"徐晃用手中的大斧指着周瑜说。

"那就休怪我了。"周瑜指挥吕蒙出阵，和徐晃战在一起。夷陵城中的甘宁见此情况，也率军出来，直取徐晃。

徐晃见势不好，一边应付缠斗，一边指挥士兵突围。只见他大喝一声，逼退吕蒙，拨马便走，放弃大路，准备取小路回到南郡。

周瑜、吕蒙相视一笑，会合甘宁，下令追击。听到周瑜下令，士兵们争先恐后地向前，追击着徐晃的败兵。

徐晃率领自己的骑兵向后撤退，却发现回去的必经之路都被路障堵塞。正在犹豫之时，忽闻山后喊杀声震天。原来是周瑜、吕蒙、甘宁等合军一处，追了上来。徐晃知道此时自己的兵力不占优势，于是令少量士兵断后，自己率领亲卫下马，绕开路障，从山路撤离。

周瑜追上来，发现挡在面前的只有少量残兵，大失所望。

"看来这个徐晃还真是果断啊……"吕蒙轻叹一声，说。

"他对于孰轻孰重判断得非常好，临阵身先士卒，撤退时又十分果断，果然是将才啊。"周瑜轻笑，对挡在面前的士兵喊道："放下武器归降吧，你们的抵挡无甚意义。留下一条命，将来还有可能回家。"

听了周瑜的喊话，断后的士兵们纷纷放下武器，呆呆地看着他。

在俘获了这些士兵之后，周瑜没有下令继续追击徐晃，而是调转兵锋，火速回到江陵前线，令军队渡过支流，在江陵城下扎营。

与此同时，公安县，刘备大营。

刘备此时看起来心情不错，赤壁大战结束后，他加快了南下的步伐。在孙权和周瑜的默许下，他的手开始伸向了长江南岸的荆南四郡。

诸葛亮此时整手握棋子，在地图上来来回回地推演。刘备坐在他一旁，静静地看着他推演。

"孔明啊，看你已经犹豫了这么久，是不是有什么困难，要不和我说说看？"刘备推了推诸葛亮，说。

"主公，眼下最大的问题是兵力不足啊……要吞下荆南四郡，怎么看我们的兵力也都太勉强了……"诸葛亮忧郁地说。

"那……不如我们徐徐图之？"刘备低下了头，兵力不足这个问题，已经困扰他半生了。

"万万不可拖延！"诸葛亮顿时激动地抬起头："周瑜在长江上态势咄咄逼人，只要我们迟一步，他都会即刻率兵南下，把我们的生存空间挤压殆尽。"

"这可如何是好？"刘备站起身来，在屋内四处踱步，他的神情难掩焦虑。

"眼下周瑜正在攻南郡，南郡曹仁、满宠和乐进等人互为支援，城池坚固，粮草充足，恐怕不会让周瑜轻易得手。如果周瑜受挫，亮倒有一个办法。"诸葛亮羽扇轻摇，微微一笑。

"军师觉得……周瑜会在南郡吃亏？"刘备听到此言，转过身来对诸葛亮说。

诸葛亮笑而不语，只是挥舞着羽扇，点了点头。

江陵城下，周瑜率军摆开架势，将城池团团围住，日夜挑战。曹仁日日登上城楼，向下俯瞰敌军阵型，可无论敌人怎么挑战他就是不出战。

这一日，周瑜手下上前挑战的将军是蒋钦和徐盛。江东军连日来的辱骂让守城的曹军忍无可忍，再加上赤壁一败，军心涣散，士气低落。曹仁看在眼里，可是却没有解决之法。

"将军，我等被他们如此辱骂，却不出战，是示弱于人。我军新败，此时正是重振士气之时，末将愿帅精兵数百，为将军冲阵！"曹仁麾下部将牛金愤慨地说道。

"好，既然你有此心，我便准你出战。传命下去，到军中招募三百敢死之士，随牛金将军出战！"曹仁坚定地说。

"必不辱命！"牛金大摇大摆走下城去，来到军中。一说起招募死士的命令，士兵们纷纷跟从，气氛踊跃。说要招三百人，但实际招到的却有五百人不止。于是牛金手拿大刀，披挂上马，带领麾下敢死之士，飞奔出城。

城外的蒋钦见城中终于有人出战，也是喜不自胜，随即便纵马迎战。战了几个回合，蒋钦拨马便走。牛金跃马而上，想要率兵追赶。见江东军已经结阵也毫不畏惧，直直地冲入阵中，左冲右杀。此时，江东军忽然变阵，将牛金和他率领的死士分割包围开来，他们左冲右突，也冲不出去。

在江陵城上的曹仁见此状况，下令备马，为他披甲。他手下的长史陈矫与将军们都拉住他，劝他不要轻易出动，放弃区区几百人。可曹仁的眼中此时却充满了坚决，他不回应手下的劝阻，只是披甲上马，拿起兵器，率领自己随从骑士数十人冲了出去。

　　蒋钦见曹仁亲自出来，正要迎上一战，却见曹仁根本不理会自己，只是骑着自己的战马，率领随从，直向江东军军阵冲去。一路上兵将拦截，曹仁便潇洒着挥舞着手中战刀，不停砍杀，如入无人之境。直冲到牛金身边，将他带出了重围。又回头见还有几十名死士仍被困在江东军的阵中，便又拍马而回，杀回阵中，带着那些受困的死士撤了出来。

　　"将军真天人也！"被救出的将士们在马上疲惫地看着曹仁，毫不吝惜自己的赞叹。

　　曹仁只是一笑，甚至都没有回头。

73.　合肥之战

　　夜色之中，一队骑兵全是快马，沿林间小路向西疾驰。他们是传递战报的传令兵，身穿轻便的铠甲，口中衔着树枝谨慎地奔驰着。在他们的怀中藏着的是合肥最新的战报，夜幕之下除了马蹄声，什么声音都听不见。此时此刻他们正要前往江陵前线，把合肥的战况报告给周瑜。

　　建安十四年，孙权趁曹操败退，率大军北上，进攻合肥，是为第一次合肥之战。

　　战场上，消息的传达困扰着每一个用兵之人。消息传递的快慢是决定成败的重要因素，对消息的争夺与利用成为极有力的斗争手段，各方所获得消息的真实程度、及时性和人员的可靠性，变成了在当时战场上无法辨别的变数，这些细微之处，正是决定历史走向的关键。

　　合肥城墙坚固，深沟高垒，是曹操江淮防线最重要的关卡。城池之中，士兵、人口众多，粮草军械十分充足。

　　负责守卫合肥的，是扬州刺史刘馥。自建安五年，孙策去世后，曹操任命刘馥为扬州刺史。刚一上任，他便来到合肥，整修城墙。此地战略位置十分重要，孙权若想从东部北上，过长江而夺取淮河，合肥城便是绕不过去的壁垒。

　　孙权与合肥的缘分，便从这里开始。

　　沙场之上，战鼓不停，从古至今始终如此。此时此刻，合肥城楼上，刘馥的士兵已经将手指缓缓地搭在弓弦上，注视着正在前进的孙权军。孙权的主力军，是刚刚从从赤壁前线下来的精锐大军。他们此刻披挂整齐，士气高昂，坚定地向合肥城冲去。他们有的扛着云梯，有的推着攻城车，有的举着盾牌，像潮水一般，向城墙涌去。

"放箭！"刘馥指着冲到城下的孙权军，向身边的士兵命令道。话音刚落，飞蝗一般的箭矢如雨点般落下，有的狠狠刺穿了城墙下士兵的身体，更多的箭则砸在木制或铁制的盾牌上，打出和雨点一般的节奏。参与攻城的士兵不断有人中箭倒下，他们仿佛卸去了重担，在大雨中任凭自己的战友踏过。四面八方的喊杀声，让这一场景变得更加恐怖。

但这些场景对于刚从赤壁回来的士兵们来说，根本算不上什么。他们见识过真正燃烧的炼狱，哪会在乎这些。反倒是城上守卫的刘馥的士兵，见到如此情形，有些后背发凉。不畏惧死亡的人，难道不令人胆寒吗？

孙权的士兵们拼死将云梯搭在城头上，攻城车也在孙权军付出重大伤亡之后，终于被推到了城门之前。他们开始了正面攻城，撞锤狠狠地撞击着城门，士兵们衔着刀，排着队，有秩序地爬上云梯，冲到城楼上来拼命。有的士兵刚爬到城楼上，便被几根长矛贯穿，扔下城去；有的还趴在云梯上，便被城上的热油浇中，惨叫着跌下城去。

孙权注视着合肥城下发生的一切，紧皱着眉头。他知道他的士兵战斗力很强，冲上城头的士兵们与守城的曹军交战，并未胆怯。但无奈，冲上城的士兵还是太少，寡不敌众。他们痛苦地倒在守城士兵的长矛下，任由身体被刺穿，却无可奈何。

"快加派人手，让弓箭手都上来！"刘馥站在城头指挥着。一排排穿着铁甲的士兵手拿盾牌，在他们身后是的长矛兵，弓箭手紧紧地跟在长矛兵身后，来到城头。

"快！齐射！"城上的士兵将手中的箭一同爆射出去，近距离地密集射击使无数士兵倒下，城墙下的尸体堆叠如山。

这场战斗在刚开始的时候便进入了白热化的阶段，数万名士兵在城墙前绞成一团。呼嚎声、惨叫声纠缠在一起，人间恍若地狱。

"主公，我军现在士气低落，不如暂且收兵。"张昭在孙权身旁，难过地说。

"传令下去，收兵！"犹豫了一会儿，看着城墙前的惨状，孙权无奈下令收兵。

　　合肥城外的军帐此时灯火通明，一个衣着华丽、紫髯碧眼的青年将军，此时正坐在案前。他一边仔细研究着地图，一边眉头紧锁，似乎在思考着什么。在他身后不远处，站着一个白发苍苍的，穿着官服的老者。那青年将军正是孙权，而那位老者，便是张昭。

　　"合肥城墙如此坚固，居高临下，再这样下去，江东的精锐都要折尽了。这该如何是好？"孙权用手一边比划着地图上合肥的位置，一边苦苦思索着。

　　"主公，古之名将对于久攻不下的坚城，一般会先将其围住，之后断其粮道。久而城中军心生变，必有投降之人。到那时里应外合，坚城可破。"张昭对孙权说。

　　"既然如此，那我亲率大军围城。你再带一支军队去进攻九江郡的当涂。同时再派人去城内散布流言扰敌军心，你看这样如何？"孙权灵光一现，说。

　　"这样也有隐患，我们本来兵力就不多，如果再分兵出去，若曹操援兵到来，恐怕难以抵御。"张昭轻叹一声说。

　　"所以此战要速战速决。公瑾现在正在荆州奋战，我也不能输给他啊。若兄长还在，想必此时已有办法破敌了。"孙权坚决地说。

　　见孙权如此态度，张昭也只能答应下来。转身出营，便来到军队整点兵马去了。保险起见，他只带了少量兵马，对于此次冒险行军，他实在是不情愿。

　　张昭攻当涂，不利。只得率军败退而还。孙权见此状况，无可奈何，只得继续率军日夜围城。

　　而此时的邺城，曹操躺在卧榻上，双手扶额。为了保持对于西北军阀的威慑，此时他根本调不出军队去援助东线的合肥。这位叱咤风云的人物，此时也不得不考虑最危险的结果。如果周瑜在江陵取得胜利，孙权又攻下合肥。那他们便可以两路夹攻，蚕食中原。趁此时机，西北马超也不会束手旁观。自己这么多年辛辛苦苦所建立的基业，现在有了毁于一旦的风险。对他而言，这是万万不能接受的事情。

　　"兵力不足啊……"曹操咬着牙说。

下荆州之前，曹操好久没有产生过这种感觉了。自从击败袁绍，夺下河北，他的底气越来越足。荆州刘表，江东孙氏，虽然都算得上豪杰，但他们整日内斗，根本无力威胁中原。可此时，荆州和江东连成了一片，刘备与孙权结为了同盟。在长江中下游的军事力量第一次得到了整合。这时，便轮到曹操睡不着觉了。

"张喜啊，你即刻去各地募兵，征发民夫，把武器发给他们。征调三四万人之后，你即刻前去合肥营救刘馥。无论如何，合肥千万不能丢。"曹操轻声细语地对张喜说。

"末将遵命，必定不负丞相所托。"张喜答应下来，正要离去，忽然又被曹操叫住。

"另外，你再派人到南边告诉张辽，让他尽快剿匪。剿灭匪徒之后不必班师，直接进入合肥驻守。"

"喏！"张喜拜别曹操，火速回到军中，整理军队之后，便急速向南开拔。

与此同时，在合肥城外的战斗还没有停止。对孙权来说，只要能急速攻下合肥城，就可以不必太担心曹操的援兵。他知道曹操此时可以动用的兵力并不多，但具体是多少他并不知道。只要他能抢先一步进入合肥，无论来多少援兵，他都有把握挡住。

虽说如此，但合肥城的防守异常坚决。面对勇猛突进的孙权军，城楼上的士兵也渐渐地适应了对方的打法。他们用弓箭和长枪以及自己的肉体构筑了一道血色的防线。攻城的冲车不停地冲撞着墙体和城门，终于将城墙撞出一道道裂缝。接着，裂缝逐渐扩大，形成了一个个大洞。自从刘馥来到合肥，施行仁政，救助灾民，深得人心。所以守城的将士们愿意为其效死。弓箭用尽了就用热油，热油用尽了就用石头砸石头用尽了就短兵相接，用肉身守卫城墙。他们一次次将如潮水般的敌人打退，但看着那满是破洞的城墙，无论是谁都乐观不起来。

"可如何是好？"刘馥一边组织士兵上前修缮城墙，填补漏洞，一边说到。

"刺史大人，我有一计。丞相援兵想来不会那么快到达，但我们却可以做一出戏给孙权看。如果顺利的话，孙权定会退兵。"刘馥手下别驾蒋济说道。

"既然如此，还不快快说来！"刘馥焦急地说。

蒋济点了点头，趴在刘馥耳旁低声细语，刘馥听了连连称是，于是赶忙吩咐手下前去部署。

不久之后，江陵城外，周瑜大营。

周瑜正与诸将议事，连日来进攻受挫，让周瑜心中十分不痛快。对于江陵，他本打算速战速决。但看如今的情况恐怕是不可能了。好在他仍然掌握着战场上的主动权，对于战斗中可能面临的困难也有一定的估量，因此并没有手忙脚乱。

"报告周都督，江东军报。"传令兵大踏步走进来，对周瑜说。

"是主公那边传过来的吗？"周瑜放下手中的事务，问道。

"正是如此。"

"主公围城已经许久，曹操手中并没有兵力去支援合肥。想必主公已经拿下合肥了吧？"吕蒙笑着对营中的众将说，众将听了，也喜笑颜开，纷纷称是。

"都督……主公……退兵了……"传令兵吞吞吐吐地说。

"什么？为什么会退兵？"周瑜不解地问。

"连日征战，士卒疲惫，士气低落。先前对峙，本来已经要攻破合肥了，可曹操派张喜率四万大军驰援合肥。主公为保全三军，只得下令退兵。"

"曹操从哪里来的四万大军？他要有这个兵力，早就驰援江陵了……"周瑜叹了一口气，轻声说。

原来，蒋济向刺史刘馥献计，向孙权演了一出戏。他们假装张喜的四万援军即将到达，派主簿装作迎接张喜的样子，并命三个守将带信出城后装作偷偷入城。这些负责演戏的将军，一个成功回城，两个被孙军擒获。

此时的孙权正在为自己要不要亲临前线督战，和张昭、张纮争论不休。孙权见士兵们士气低落，便决定亲自上前督战，张昭等人赶忙劝阻。对孙权而言，他此时也已经失去了斗志，可看到周瑜在前线屡立战功，自己作为主公，却寸功未立，心中难免不安。这时，他忽然收到了蒋济的信，以为张喜真的带了四万人来，心中便萌生了退意。孙权权衡再三后，决定退兵。

孙权的合肥之战，或者说第一次合肥之战，就以这样无功而返收场了。孙权撤兵之后不久，合肥终于等来了一个人。那个人的名字，与合肥这座城紧紧地绑在了一起。此时的他已经褪去了年轻时的莽撞，成长为一代名将。

那人姓张，名辽，字文远。

孙权骑在马上，回头望着离开合肥的路，双眼之中仿佛燃起了一把火。他相信自己终有一天会回到这里，回到合肥，然后继续北上。当初他哥哥没能走下去的路，他想试着走走。

而此时在江陵城外，周瑜已经无暇考虑合肥之事，连日来的战事消耗过大，现在的当务之急是想出速胜敌人的办法。

江陵，南郡，襄阳，荆州。

突袭，断粮，火攻，决战。

曹仁，徐晃，满宠，曹操。

高山，江河，平原，湖泊。

在周瑜的头脑中，荆州的地图如棋盘一样铺开，那一个个名词也都来到了各自的位置上。眼下的战局已经胶着起来，攻城的人攻不破，守城的人也出不去。他在头脑中不停地搜索着能打开局面的、唯一的变数。他闭着眼睛，一言不发，见他这样各位将军也都识相地回到自己的营中，忙各自的事情，没人过来打扰他。

"诸葛亮！"思索了许久，周瑜脱口而出了一个名字。

就好像心有灵犀一般。此时，诸葛亮满面春风，手拿羽扇，带着两名随从走上了一艘小船。这艘小船如一阵清风，横渡大江，往江北去了。

74. 诸葛村夫

江陵城郊外，周瑜大营。

望着从前方败退而回的蒋钦等人，周瑜什么话都没有说。

"都督，双方第一战我便败下阵来，实在无言再面见将军们和主公了。求您惩罚我吧……"蒋钦赤裸上身，后背背着荆条，荆条的尖刺将蒋钦的后背划出道道血痕。

"起来吧，这不是你的罪过。觉得过意不去，便下一战好好杀敌。"周瑜看着蒋钦身上的道道伤口，说道。

周瑜围城已有月余，然而江陵城城墙坚固，粮草充足，士兵善战。若要强攻，至少要有三倍的兵力，还需付出惨重的代价。周瑜手中只有两万人，无论如何，他也不可能选择强攻这条路。

"既然强攻不成，便只能诱敌了……"望着地图，周瑜又一次陷入了沉思。

"既然强攻不成，便只能诱敌了。"营门外传来了熟悉又令人讨厌的声音。

"孔明先生……你怎么又来了？"周瑜冲着营外喊道。

"孙刘两军是同盟，又有何不能来？"诸葛亮笑着，扇着他的羽扇走了进来。

"卫兵！为何不拦他？"周瑜对着营门外的卫兵喊道。

"他说都督召他来有紧急军务……"卫兵大惊失色地回答道。

而此时，诸葛亮已经坐在了周瑜的面前。

"你不随你主公好好地去取长沙，又往我这跑干什么？"周瑜白了诸葛亮一眼，说。

"我此来，是来找都督谈军务的。"

"那就长话短说吧。"周瑜看着诸葛亮的眼睛，知道诸葛亮此次前来必有诡计。

"都督取南郡进展如何？"

"与你无关。"

"南郡城墙坚实，粮草充足，都督此战，亮颇为担心啊。"

"都说了与你无关。"

"亮有一计……"

"你……"

两人虽然见面次数不多，但对于对方的才干，却都已经深深地领会了。俗话说：同性相斥。天才与天才之间，也常常相互看轻，相互挖苦。

但天才之间，总是有共识的。

"破敌之策，早已在我心中。"周瑜拿出羽扇，和诸葛亮对着扇了起来。

"想来也是。"诸葛亮笑道。

"曹操在荆州北部如此布防，派曹仁徐晃来南郡，满宠守当阳，乐进囤驻襄阳。明摆着就是想迟滞我们北上，而他自己回到许都休养生息，几年之后便又可卷土重来。"周瑜索性召来众将在地图前围坐，和诸葛亮一同讨论起下一步的策略："他们如此部署，便是凭借着从襄阳到当阳，再到南郡，有一条畅通无阻的大道可作为其退路。这使得守卫这一防线的曹军进可攻，退可守。于是他们才如此嚣张。"周瑜说道。

"换句话说，若能断绝此道，曹仁必定弃城而走。南郡可兵不血刃而得之。"诸葛亮接过了周瑜的话，对众将说。

"末将愿率白衣营前往，必绝此道。"吕蒙第一个跳出来，对周瑜说。

"且慢，亮有更好的人选。"诸葛亮转过身，对周瑜说。

"你？"

"这个人选，就是我军大将，关羽关云长。"诸葛亮向周瑜拱手说道。

"关云长？他不是随你主公去取荆南四郡了吗？"周瑜一笑，心中隐隐猜到了诸葛亮的意思。

"杀鸡焉用牛刀。"诸葛亮微微一笑，对周瑜说。

"这么说，刘使君对荆南四郡已经是胜券在握了？"

"万事俱备，只欠东风……"诸葛亮似乎在揶揄。

"没有东风便不能打仗了吗？"周瑜反唇相讥。

"我们是盟友，我军愿意助都督取南郡。为表诚意，我今天带来了两个人。"说着，诸葛亮招呼他的随从进来。不一会儿，便有两人进入营帐。他们身材高大魁梧，散发着一股生人勿近的气息。只是遮挡的面部，不知来者何人。

二人摘下面罩，在场众人无不惊异。原来此二人，一人是关羽，一人是张飞。

"孔明先生好大面子，出使盟友之地，也有万人之敌的随从护卫。"周瑜笑着，吩咐给关羽张飞赐座。

"都督取笑了。我军助都督取南郡，可派关羽将军绝北道，另派张飞将军率一千白毦兵，归入都督麾下听用。"

在刘备担任豫州刺史和豫州牧期间，麾下大将陈到训练了一支精锐部队名曰"白毦兵"，骁勇无敌，冲锋献阵，有进无退。曾在长坂坡之战抵御曹魏虎豹骑，千人断后，保刘备成功脱困。

"既然开出如此丰厚的条件，想必刘使君也有些事要找周某帮忙吧？"

"欲取荆南四郡，兵力不足。想向都督借水兵两千，及其配属战船。"见周瑜如此说，诸葛亮也不隐瞒，回答道。

"都督，刘备绝不可信，绝北道之事，还是由末将去做吧！"吕蒙仍然坚持。

"我军与刘使君乃是同盟，莫再说这样的话。"周瑜瞪了吕蒙一眼，说。

察觉自己的失言，吕蒙低下了头。

"且慢，谁是最佳人选，一试便知。"冷眼旁观的关羽忽然开口，说道："绝北道要面临曹操麾下无数名将，非勇力过人者，不能当之。"

"既然如此，将军要如何比试？"听了关羽的话，吕蒙顿时十分气恼，站起来问道。

"到营外空地上较量一番便知。"关羽瞪了吕蒙一眼，顿时周围杀气四溢。

"二位将军，莫非当我周瑜不存在吗？"见两人剑拔弩张，周瑜冷冷地说。

"末将见吕将军不服气，便想和他较量一番。还望都督莫怪。"关羽向周瑜轻轻拱手说。

"都督，末将知错。只是末将想向天下闻名的关将军讨教一二，别无他意。"

"既然如此，那便准了。胜者去断绝北道，如何？"周瑜微微一笑，说。

"喏！"二人齐声说道，然后便大踏步走出营外。

关羽从身后拿出一根用布紧紧缠住的武器，他解开缠在上面的布，露出了一把长柄的大刀。这把刀是他从军时开始，便陪着他冲锋陷阵、出生入死，一直不曾更换。斩杀头颅，如切割豆腐一般顺滑。他斩颜良，诛文丑之时使用的便是这件兵刃。

见关羽如此气势非凡，吕蒙心中也一直提醒自己不能大意。他拿起自己的马刀，来到校场。风吹过，扬起阵阵沙石。两个人就在那里，相对而立，怒目而视。众将士来到校场围观，江东军的将军们神情严肃，他们知道，关羽是不好对付的。

一阵风吹向关羽的眼睛，吕蒙趁势而上，一刀斜刺过去。关羽本能地挥刀，随手将此次攻击挡住，吕蒙又劈砍了两下，都被关羽化解开，关羽用刀一格，将吕蒙逼退。

"有两下子。"吕蒙笑着说。

"轮不到你来评价。"关羽挥刀而上，吕蒙闪身躲开，随即用刀柄砸向关羽的头颅。关羽微微一笑，一个转身，顺势抓住吕蒙的手臂，将他重重地摔到了地上。吕蒙不服气，再一次挥刀而上。关羽也不示弱，拎起大刀，便与吕蒙缠斗起来。

"都督，你看这该怎么办？"凌统看着吕蒙动作渐乱，不无担心地说。

"不妨事，他们两个人若不分出个胜负，是不会收手的。最近这些日子吕蒙过得太顺了，有个人激一激他，也不错。"周瑜一脸轻松地看着两人的战斗，缓缓地说。

一旁的张飞也在看着，他听到周瑜所说的话，露出了钦佩的目光。

这场比试进行得异常之快，只十个回合，吕蒙便又被重重地摔在地上。一旁将士赶忙去扶，关羽指着吕蒙，严肃地说：“若你只有这点水平，那你这辈子永远也别想战胜我。”

吕蒙深吸一口气，从地上爬了起来，强压住心中的不服气，笑着对关羽说：“将军果然英勇无敌！是在下莽撞了。”

关羽头也不回，走入大帐。

当晚，关羽率军从小路直插入南郡和襄阳之间，南郡北方的大道被完全断绝。与此同时，周瑜率领新加入的张飞，将江陵城围得水泄不通。

这场围困战，持续了一年。

见曹仁被围，曹操心急如焚，即刻命令荆州所有兵马南下，为曹仁打开撤退的通道。关羽手中兵力不足，只能袭扰，无法打硬仗。曹仁撤退的通道，被李通拼死打通了。

曹仁被围困了一年，粮草将尽，忽然得到这个好消息，于是杀掉城中所有牲畜，犒劳士兵，披挂上马，率全军出城突围。周瑜见曹仁出城来攻，也亲自披甲上阵，两军摆开阵势，于江陵城下厮杀。

城外荒野，喊杀声震天，战斗从一开始便进入了白热化阶段。张飞与凌统并排向前，直冲入敌阵，收割首级如探囊取物。曹仁奋力接战，也难以应付。这时他发现远处有一骑白马将军，神采奕奕，曹仁一眼便认出那人正是周瑜。于是他挽弓搭箭，只听“嗖”的一声，一支利箭破风而来，射中他右肋，周瑜当即坠马。

见此情景，程普、吕蒙等人急忙拉起周瑜，然后传令即刻收兵。张飞、凌统见此状况，便也收住军队，挡在追兵面前。曹军见此二人，心生胆怯，不敢追击。

周瑜被抬回帐中，豆大的冷汗从他头上不停冒出。随行军医钳断箭杆，割开皮肉，拔出箭头。他咬紧牙关，没有发出一点声音。

75.　再会凤雏

不知昏迷了多久，再醒来时周瑜依旧疼痛难忍。忽听营外战鼓，心中便知是曹仁知道自己受伤，不肯退去，反而来攻自己大营。

"叫程普！快叫程普！"周瑜忍着疼痛，对卫兵吩咐。不多时，程普身穿铠甲，急忙跑了过来，神色万分焦急。

"敌军现在什么情况？"周瑜缓缓地说。

"敌人已经退走了。"程普抓着周瑜的手，说道。

"你胡说，我已经听到战鼓，那是曹军挑衅的信号。"

"军医说你万万不可操劳，吕蒙、凌统此时已经带强弓硬弩，各守营门。军中有我等在，不必担心。"程普对周瑜说。

"我受伤之事，主公知道吗？"

"我已经派人告知主公了，主公之意，令我等缓缓退军回到江东，等你痊愈再做计议。"程普将这些日发生之事，一五一十对周瑜说了。

"万万不可！此时我等了退，前功尽弃，荆襄之地尽归刘备！"周瑜说着，从床上站起来，却忽然感到撕裂般的疼痛，便又直直地倒了下来。

"公瑾，你这是何苦？"程普见状，赶忙扶周瑜躺下。周瑜又咬着牙，挣扎着坐了起来。

"有何事，我可代劳。"程普长叹一声，说。

"为我披甲。"周瑜咬紧牙关说道。

"什么？"程普不敢相信自己的耳朵。

"为我披甲！"周瑜大声说。

"你要前去迎战？"

"不，我有一计，能退敌军……"周瑜挣扎地站起，闭着眼张开双臂。程普只得去寻他铠甲。

"不是那件，要先主公孙伯符的，那套赤红的铠甲……"周瑜坚定地说。

这件铠甲是出征之时孙权亲手赠予周瑜的，他担心周瑜临阵会有意外，特将宝铠相送，希望它能够将周瑜照护周全，但是故友的心爱之物周瑜却舍不得穿。

程普小心翼翼地打开精致的木匣，从中捧出依旧鲜亮的赤红铠甲，将它郑重地拿了出来，之后轻轻地为周瑜穿上。期间周瑜疼痛得几乎晕倒，可他咬着牙挺了过来。

"这是何苦啊，公瑾……"程普此时此刻却已经眼含热泪。

"将士们还在等我，不入南郡，我死不瞑目。"口中说着这样的话，周瑜却是笑着的。

曹仁此时正在营外挑战，将周瑜射落马下，让他心中得意洋洋。周瑜此时还未露脸，说明伤得不轻，说不定已经死了。既然如此，他便不必撤回，甚至可以顺势整合援兵，一举全歼周瑜所部。

"江东鼠辈，周瑜已死，还不快出来投降！"曹仁跃马上前，大喝道。

忽然，他见寨门大开，营寨内的喊杀声不绝于耳。一众将军率兵倾巢而出，迎着曹仁走来。将士散开，正中间有一人骑在马上，目光如炬，神采奕奕，身穿赤色铠甲，头戴虎吞盔，正是周瑜！

"曹仁匹夫！周郎竟云何！"说着，周瑜哈哈大笑。江东军上下见他无事，又穿着孙策的赤色铠甲，顿时士气大振。周瑜挥剑，令全军冲杀。军中将士慷慨激昂，毫不畏死，争先恐后向曹军杀去，无不以一当十。曹军大败，曹仁率领残部，向襄阳方向遁走。周瑜骑在马上指挥，命令凌统、吕蒙等肃清南郡各县的残余敌兵。又分兵数千给夷陵的甘宁，令他加固防守。然后便率领程普进入了江陵城。

占领官署后，周瑜进到屋内，便立刻栽倒下去。他身边的众将急忙赶来，想把周瑜扶起。

"找庞统……去找……庞统……"周瑜说完这几个字，便昏迷过去，不省人事。

　　程普急忙为周瑜卸甲，见周瑜脸上已无血色，伤口崩裂，鲜血直流。因为铠甲是赤红色，所以流出的鲜血才没有被士兵发现，军心也没有受到影响。这一路上他都努力地忍着，偶尔用手悄悄地捂住自己伤口的位置，并尽力调整自己的呼吸。现在离开士兵的视线，他终于忍不住了。

　　当周瑜醒来时，发现自己正躺在床上。他的伤口已经被包扎好了。他努力尝试着起身，却发现自己根本没有力气。此时此刻，他觉得自己的头脑昏昏沉沉，完全不知道发生了什么。

　　"来人……"周瑜从口中挤出这两个字。

　　"都督，你醒了？"程普和吕蒙顿时从屋外冲了进来。

　　"我活过来了……主公怎么说？"周瑜急忙问道。

　　"主公已任你为南郡太守，此刻南郡、夷陵都在我们掌控之中，满宠、李通的援兵也已经撤退，都督可以安心休养了……"程普对周瑜说。

　　"还要提防刘备……"看得出来，周瑜依旧很不放心。

　　"刘备此时已经拿下了荆南四郡，休养生息，扩张兵力，此时已有数万之众。又新得了猛将黄忠、魏延，士气大振啊。"一想到刘备的动作，程普也觉得隐隐不安。

　　"当此时，我却伤成了这个样子，实在是对不起将士们啊……"周瑜无奈地苦笑道。

　　"都督只管静心养伤便是，有了都督之前的部署，我们的水军可以出湘水，自由出入荆南。刘备所部署的兵马很容易便会被我们截成几段，分而灭之。"吕蒙激动地说。

　　"不会那么容易的，刘备、诸葛亮、关羽、张飞，都是世间难得的雄才啊……"周瑜轻叹一声说。

　　"对了，都督。你昏迷之前让末将去找庞统先生，末将已经把他找来了，此时正在馆驿歇息。"吕蒙说。

　　周瑜似乎想起了什么："快，请他过来说话。"

　　不多时，一名面貌丑陋的儒士，轻盈地走了进来。

　　"公瑾啊，当年庞德公先生府上一别，你我便再也没见。谁曾想当年稚童已成江东周郎！"庞统向他施礼道。

"你比我还小几岁呢，竟然也说这样的话。"周瑜笑道。

"听闻公瑾重伤召我，实在是诚惶诚恐啊……"庞统望着他说："莫非是有什么事？"

"赤壁之战，你帮我献连环之计给曹操，我还没有表示感谢呢。"

"这有什么，连环之计被识破，反而成了对付你的诱饵。实在是惭愧啊。"庞统苦笑着说。

"被识破本就是你的本意吧。"周瑜冷静地看着庞统说："不被敌人识破，敌人又怎会生出轻敌之心呢？"

"什么都瞒不过公瑾……"庞统点了点头。

"这天下唯有庞士元的夸奖，是最不值钱的。谁不知道你逢人便夸，溢美之词从不断绝。"周瑜哈哈大笑，忽然觉得伤口传来剧痛，于是收敛笑容。

"那想必你找我来，还有别的事吧。"

"我想请你做我的功曹。如你所见，我伤得很重。南郡多事，今后要仰仗先生了。"周瑜无奈地说。

"虽然拒绝一个伤者令人内疚，但我还是要拒绝。"庞统起身想要离开："曹公已退，今后我只想做一个闲云野鹤的书生，了此一生。"

"天下未定，先生真的不管了？"

"不管了。"庞统推开门，想要走出去，却被门口的士兵拦了下来。

周瑜露出了狡猾地微笑："我知道高官厚禄非先生所求，还请先生看在当年曾齐聚一堂，讨论兵法的份上，助瑜一臂之力。周瑜自知寿命将尽，周瑜死后，便任凭先生离去，如何？"

周瑜费力地起身，向庞统下拜，说道。

庞统沉默了一会儿，转过身，把周瑜扶到了床上，说："你是知道的，我最不擅长的事就是拒绝别人。也罢，就帮你这一次吧。"

"多谢先生。"周瑜施礼道。

"我已答应你了，可以把院子里的兵撤走了吧。"庞统以一种开玩笑的语气说道。

"他们只是防备刺客而已，惊扰到了先生，实在抱歉。"周瑜笑着摆摆手，士兵们便列队离开了。

"名满天下的江东周郎，做事竟然如此不择手段。百年之后，必有后人笑你。"

"我只是喜欢在众多方法中找出最有效的那个而已。无论做什么，我的眼中只有结果。除结果之外的东西，我全都不考虑。"周瑜认真地说。

"我不讨厌你这样的人。世间若无你这种人，所有的事情都会被搅成乱麻。江南之地，公瑾便是最快的一把刀了。"庞统自己搬来了座椅，坐了下来。

"若诸葛孔明也有这般果断，我绝非他的对手。"周瑜长叹了一声，说。

庞统说："诸葛孔明嘛……他最讨厌的事就是弄险。随他出征，很令人心安的。"

"将来若真有诸葛孔明的一生之敌，那人恐怕是个十分无聊的人吧。我已经能想象出两个人互相对垒，死也不出战的场面了。"周瑜一边说，一边忍不住笑。

"快别这么说了，我有点想看看这个场面了。"庞统听了，也忍不住笑了起来。

公安县，刘备大营。

诸葛亮打了个喷嚏，然后继续和刘备议事。

"军师，眼下天气多变，小心着凉啊。"刘备对诸葛亮说。

"主公放心，估计是有故人在挂念亮了。"诸葛亮笑着说。

"听闻周瑜中箭受伤，是不是我们的机会来了？"刘备问道。

"正是如此。主公可修书一封给孙权，以此离间他们二人。若能成功，则我等在荆州再无障碍。"诸葛亮对刘备说道。

"周公瑾与孙家关系密切，恐怕孙权不会上当。"刘备迟疑地说。

"主公岂不明白功高震主的道理，他先战赤壁，又下江陵。带数万之众，远离江东，将士对他所言，言听计从。当此之时，孙权岂不如坐针毡？"

"听闻孙权攻伐合肥，刚刚失败……"刘备拿出地图，在上面找到了合肥的位置。

　　"孙权打合肥，说不定正是因为他担心功劳全在周瑜手中，对自己不利。攻城拔寨，倒在其次了。如今他败下阵来，威严受损，正巧是不理智的时候。"诸葛亮羽扇轻摇，说。

　　"既然如此，这可正是把周瑜调离荆州的好时机。"刘备说着，站起身来，整理行装。

　　"主公要往何处去？"诸葛亮问道。

　　"去京口铁瓮城，见见孙权。"被周瑜压制许久，刘备此时终于有了反击的把握。此时不动，更待何时？

　　"既然如此，亮还有一计，可以增加主公与孙权交涉的筹码……"诸葛亮笑而不语。

　　"军师但讲无妨。"

　　诸葛亮附刘备之耳，轻声低语。刘备连连点头称是。

　　京口，铁瓮城。

　　孙权宽阔的书房之内，只有两个人正在密谈。其中一人是孙权，另一人是鲁肃。

　　"这刘玄德要亲自到京口来见我……"孙权放下刘备写给他的信，对鲁肃说。

　　"我估计，刘备是为分荆州地一事来的。"鲁肃对孙权说。

　　"他已经得到荆南四个郡，还不知足？"孙权有些不快。

　　"他们想要南郡。"

　　"我江东将士奋力逼走曹仁，南郡之地，凭什么要给他？"孙权一拍桌子，愤怒地说。

　　"我倒觉得……先看看他开出的条件，再做决断吧？"望着地图，鲁肃冷静地说。

　　"他能开出什么条件？"孙权忽然来了兴趣。

　　"这……不如到时候亲口问问他。"鲁肃回答道。

76. 联姻之计

"胜了！听外面的人说，江陵已经被周都督拿下来了！"

内阁，女子一袭青绿色长衫端坐梳妆镜前，听闻屋外的声音，嘴角扬起一抹弧度，手中继续描着花钿。

"主子，江东胜了！"门被打开，一个七八岁的小丫头跑了进来，脸上还挂着汗诛，显然是跑着来的。

"听见了，耳朵没聋。"女子没好气地说。

"江东胜了，主子难道不应该高兴吗？"女子表现得太淡定，让小丫头有些疑惑了。

女子听了没忍住翻了个白眼，"难道要像你这样到处乱跑乱跳才叫高兴吗？"

刚说完，门再次被打开。一个身着戎装的男子抬步走了进来，他看着女子，温柔地唤了一声，"阿香。"

"兄长！"女子立刻一个箭步扑进男子的怀里撒娇道，"还好赢了，不然真不知道上哪儿捞你。"

男子听后，朗笑几声，"你这小丫头片子，净说些胡话。为兄有这么多骁勇善战的将士，足智多谋的谋士，还怕他曹军。"

阿香从兄长的怀里退出来，撇撇嘴道，"当初曹军来了，也不知道是谁急得团团转，就差哭爹喊娘叫人帮忙了。"

虽然没有阿香说得这般夸张，但当曹军猛然来袭，确实让孙权慌了一把。还好刘备这场及时雨来的恰到好处，不然真的哭爹喊娘了。

一回想赤壁时的战况，直教人热血沸腾。一片汪洋的江面，曹操的数千军舰顷刻之间化为熊熊燃烧的火焰，火红的光芒印在粼粼的江面上。那时候正是江东生死存亡之时，一分一毫都不敢大意。而今不仅曹操战败，荆州之地也成了江东的口中之肉。虽然已经答应刘备将江陵借给他，但江夏郡却是刘备免费送给他的。在孙权看来，这笔交易并不算吃亏。

而这一切的计划者这会儿估计已经到了宴会上。

刘备，不能留！

不，一想到刘备身边的虎将，这个方法并不可取，或者还有其他的办法……

孙权的目光不由自主地停在了阿香姣好的面容上，电光火石之间，一个计划悄然无声地袭上心头。

"兄长？"阿香一个人叽叽喳喳说了半天，也不见孙权给个反应，这一看，原来是看着自己走神了，只是这看她目光，让她不由得一个激灵。

"阿香。"孙权唤了一声，目光幽幽。

"干，干嘛？"阿香一瞧孙权这眼神就知道对方在憋着什么坏主意，正想着怎么开溜，猛地被孙权一把抓住了手腕儿。

一旁服侍的侍女见状，都悄悄退了出去。

感受到对方施加的力气，阿香有些慌张，"兄长，你这是做什么啊？"

"妹妹，为兄有一计策，不过需要你的帮忙。我想，你一定会答应的吧。"孙权直直地看着阿香，像是要逼迫她同意一样。

"兄长何出此言，咱们兄妹俩，说什么帮不帮的，生分了。"虽然不知道是什么事，但是看着孙权一脸严肃，应该并不是什么小事，"更何况你贵为东吴的主公，有什么是我能帮忙的啊。"

"这个忙，也只有你能帮我了。"得了自家妹妹的答案，孙策笑着松开了她。

才笑没两下，孙策正了正脸色，说："为兄为你找个夫婿如何？"

"夫婿？"阿香惊呼出声，"兄长，你这是做什么？怎么会想着将我嫁与他人！我与你口中的这位夫婿素不相识，这、这，我不同意！"

大概是猜到了自家妹妹的想法，孙权拉住她，"阿香，我这也是无奈之举啊，这个人对我大有用处！他身后有无数良将，更有一位智者为他谋事。这个人若能为我所用，必定是如虎添翼，是东吴之福。可若不能，定要除之而后快，否则后患无穷！"

见自己妹妹还是不开心，孙权继续劝道："阿香你放心，你的这位夫婿是位人中龙凤，定是你心目中的理想夫君。"

孙权侃侃而谈的样子让阿香倍感心寒，这是她一直敬爱的兄长，如今为了拉拢势力，不惜赌上亲妹妹的终身幸福。

孙权也是无可奈何，自己这个计策实属不对，可若是能借着自家妹妹与刘备打好关系，哪怕没有成功杀死他，也是不错的结果。

阿香看着兄长一脸为了大义在所不惜的样子，实在是不想再看他，直接推搡着把他推出房屋，"兄长，你让我想想，阿香过几日再给你答复吧。"

被推出房门的孙权听着里面的声音，还是忍不住叹了口气，果然还是生气了啊，不过看阿香这个态度，此事应该是有可商量的余地。

挥挥手，将附近的侍卫屏退，免得打扰到阿香。

屋内，算着时间的阿香悄悄地打开门，果然，兄长已经走了，确定屋外没什么人之后，不禁松了口气。

想让我嫁人，那不可能！知道兄长对自己还是心软的，刚刚不过是假装还可以商量的样子，兄长就放松警惕了，现在刚好四下无人，此时不走，更待何时。

阿香背着刚刚收拾好的细软，换上朴素的衣装，将自己打扮成男子，悄悄地出了城。

骑着从自家顺来的骏马，看着周围愈发稀少的人烟，阿香十分满意，走得越远越好，这样，看他们怎么找到我。

而另一边，几名侍女正耐心地站在屋外，其中一个正敲门，"姑娘，您就别生气了，可别把自己气坏了，吃点东西吧，一直不吃可不是个办法。"

里面依旧安静无比，无一人应答。

"还是不吃饭吗？"听闻消息的孙权决定过来看看，自家妹妹是个倔犟的人，虽说平日里的性子十分直爽大方，但是生起气来，也是让人束手无策。

让侍女们后退，孙权走到房门前，敲了敲，"妹妹，今日是我不对，你就吃点吧。"

还是一片寂静，安静得仿佛没有人。

等等，没人！

孙权连忙推开房门，果然，里面早已人去屋空。

"这丫头，竟然一个人离开了！哪怕她身怀武艺，可是若是遇上歹人，她一个女子，怎么敌得过啊！"

"这可怎么办啊主公！"一旁侍女的声音将他唤醒。

"传我命令，立刻派人把阿香找回来，一定要安全带回！若是带回来了，赏万钱！"

听了孙权的命令，几个侍卫立马下去传令。

看着他们动身去寻人，孙权低头叹了口气，这次还是太着急了，想出此计，虽然想到她会生气，没想到阿香竟然离家出走，只希望她没什么大碍。

这厢的孙权正愁眉不展，另一边的刘备等人却是喜气洋洋。

"主公，先是赤壁之战大捷，大败曹军，之后又得江陵，入川通道已成坦途。军师当年的计划，而今就要完成了！"

"是啊，这次曹军可谓是损失重大啊，二十万的军队最后只有那么点人了。"

"他不是一直吹嘘自己的'百万雄师'嘛，我看，什么雄师，在我们面前还不是落荒而逃，被我们追杀到江陵。"

闻言，几个武将一齐哈哈大笑起来。

听见外面几人嚣张的笑声，虽然有些吵闹，刘备也听而不闻，毕竟此次战役能够胜利，的确是件幸事，让他们说说也无妨。

拉开马车的帘子，看着正安心驾车的赵云，看上去丝毫不为所动，不见一丝其他几人皆有的喜色，眉间皆是严肃。

看着他一副老成的样子，刘备突然有了想逗他一逗的心思，"我说子龙啊，他们都在聊着，你怎么不跟他们一起聊啊，冷着脸如老者一般，这是为何？"

正防备四周的赵云一听，愣了一下，抱拳道："在下观此处有些凶险，若是有人想偷袭，定是有些难以招架的，臣一定要护好主公的安全。"

"那倒是要多谢子龙了，不知我们离目的地，还需几日啊？"

"禀主公，大约三日便可抵达。"

"那好，在那之前，子龙辛苦了！"

"遵命！定不负主公所望。"

听到刘备的嘱咐，赵云抱拳领命。

话音刚落，一片呼啸声骤然响起，有人埋伏在两边！

"护驾护驾！有刺客！"赵云反应过来，连忙招呼其他人保护刘备。

"咻！"一支箭直直地插在窗棂上，只差一点，便可取刘备首级。

"该死的，竟然没中！"悍匪头子低声咒骂。

很快，射箭停下，悍匪头子站起来，举起手中的大刀，"兄弟们，随我上！"

话说完，便直朝守在马车旁边的赵云冲去。

"歹人，我劝你们束手就擒，你可知这车里坐的是谁！"赵云怒道。

"呵，我管你是谁，哪怕是天王老子来了，在我的地盘也没有说话的份儿！"悍匪头子直攻向赵云。

两人缠斗起来，你一招我一式，打得不可开交。

其他几位将军也与土匪们缠斗在一起，几乎无暇顾及刘备。

早已走出马车的刘备舞动佩剑，不断杀着向他袭来的匪徒，可匪徒早有准备，人多势众，刘备与几位大将越离越远，现在已经看不到其他人的身影了。

眼看着形势不利，身上已负数伤的刘备有些着急，这可如何是好，自己难道要死在一群土匪的手中吗？

77.　订立盟约

正在刘备以为无救之时，一个人影却朝着这边奔来，骑着骏马，挥着长剑直接斩杀了正围攻刘备的匪首。

成功得救的刘备不禁升出一股死里逃生的情绪，看着来人的眼神更是恭敬无比。

这人英姿飒爽，身形高挑，穿着也皆是男子打扮，可刘备还是一眼看出对方是位姑娘。

不过对方毕竟是自己的救命恩人，刘备并未询问，而是稍微整了整衣冠，走上前恭敬地行了一礼，"此番多谢兄台出手相救，若不是兄台，我定已落入悍匪手中，被斩杀于此。"

阿香，也就是及时救下刘备的人，听了他说的话，只是说："不用谢，我也只是恰好路过罢了，此等凶恶之徒，人人得而诛之。"

"不可，小兄弟此次仗义相救，我必会重谢！"

正了正神色，刘备决定不将自己的真实身份告诉对方，"实不相瞒，在下乃是一去往吴国经商的商人。"

"商人？"

"是的，此次前来吴国，就是为了能在这边谈成几笔大生意，可是谁料竟路遇歹徒，我们为保性命已经将货物都交予他们，可是这群匪徒穷凶极恶，拿了货物还不够，竟想将我们赶尽杀绝，在逃生的时候，匪徒故意将我与护卫们冲散，想将我斩杀，不过多亏了壮士出现，救了我一命，不过，我这儿人生地不熟的，想请求这位壮士护送我回到他们身边，你放心，事成之后，必有重谢！"

"这……"阿香有些犹豫，看面相，对方留着长及胸口的美髯，通身一派文人气质，怎么看都不太像是一位商人，不过，也有可能是儒商。

犹豫再三，阿香决定还是助对方回到他的护卫身边。

"我答应你，不过若是要予我钱物，那便算了吧，"再看看此时已经明显暗下来的天空，阿香提议道："不过此时天色已晚，林间野兽众多，此刻动身只怕诸多不便，不如还是先找个地方歇一晚上，明日再寻人吧"

对方能答应已经让刘备欣喜不已，而且对方所言非虚，这个时候回去找人，怕是要落入野兽之口。

"那就多谢壮士了，我名唤刘北，不知壮士名讳啊。"

"刘备？！"

"不不不，你听错了，是东西南北的北，而不是准备的备，我一介商人罢了，怎么会是那名声赫赫的刘皇叔呢。"

"也是，是我听岔了，那刘备怎么会出现在这里呢。至于我，你直接唤我名字即可，在下姓孙名越。"

"那就麻烦孙越兄弟了，接下来我们该去哪里啊？"

"我且看看，你随我来。"

两人在山林中寻找片刻，终于找到一个不错的藏身之处，今晚便有休息的地方了。

两人生起篝火，刘备简单收拾了一下身上的伤，又吃了些孙越随身携带的吃食，便沉默下来。

眼看两人之间气氛凝滞，刘备思考了一会儿，起了话头。

"我观孙兄弟气宇轩昂，英姿飒爽，怕是出自不俗之家，怎么会一人在这荒山野岭游荡呢？不说匪人，如果野兽前来，你一人可该怎么对付啊！"

"那刘兄恐是要失望了，我家中亲戚姐妹皆因战事而死，如今我孑然一身，为了谋生，孙某只得只身一人，带上全副身家去他乡寻找出路。"

"这，战事如此严重，竟是不知让多少人家破人亡啊！"

"是啊，不过听闻最近刘备与孙权大败曹操，我等平民百姓，应该能稍微休整一番了。"

"这样说是不错，可是，只有战争真正停下来了，百姓们才有机会得以休生养息啊！真是希望他们能早日结束征战，还天下人一个太平啊！"

"是啊刘兄，现在流离失所的百姓比比皆是，真是不知道战争什么时候才会结束。"

"孙兄弟不用太过忧虑，战事焦灼已久，不出几年，定会分出结果的，到时候，百姓的日子定会好过许多。"

看着刘北一脸笑意地望着自己，在篝火的映衬之下更是英俊不已，刚刚他说的话也一同敲进阿香的心里。

见孙越怔怔地望着自己，刘备有些疑惑，自己脸上，可是有什么东西吗？

这样想着，刘备忍不住在脸上摸索两下，并未摸到什么。

看着刘北做出的一系列动作，阿香不禁脸一红，竟看着人家入了神，太丢脸了！

幸亏有篝火映在脸上，刘备并未看出她脸上的红晕。

有了这个开头，两个人渐渐聊了起来，你一句我一句地谈着。

这一聊两人才发现，对方的想法竟与自己如此相合，简直就是知音啊！

两人聊得开心，那边正在寻找刘备的赵云等人却是差点急死。

找了这么久了，却始终不见刘备的身影，他们刚刚已经看到了那几个匪徒的尸体，可是却全然不见刘备的身影，几人担心刘备落入匪徒手中。

虽然林中野兽奇多，但是为了刘备的安危，几位将领都率人四处寻找刘备。

"看！那边有篝火，主公极有可能在那边，我们快去看看！"一个小将发现了不远处的火光。

一群人气势汹汹地朝这边冲来，在夜晚的寂静下尤为明显，正在畅谈的两人听见声音，都是一愣。

糟糕，别是兄长派来寻我的人吧！

这是阿香的第一想法，拿起包袱，直接向远处跑去。

"刘兄，我还有事，咱们后会有期！"

反应不及的刘备只能看着阿香的身影消失在黑暗之中。

片刻间，赵云等人已经来到了刘备身前跪下。

"主公，属下来迟，让您受惊了。"

看这几人跪在自己面前，刘备连忙上前把他们扶起来，"子龙多言了，此次还多亏你护我周全，只是没想到此地的匪徒竟如此凶狠，能将你我冲散。"

"不过你也不必太过担心，就在之前，一位武艺高强的壮士相助于我，击退了匪贼，刚刚他听到各位来寻我的声音，直接走了，这林中危险，不知他今晚去何处歇息啊。"

"要不臣率领几位将士去寻找一下，也好当面感谢他啊。"

"算了，看那位壮士的样子，应当不会有什么危险。"思考几番，刘备决定还是不去寻找对方了。

第二日，众人休整一番后便又向江东的京口赶去。刘备身穿礼服，坐上大船，沿江而下来到京口。孙权出城相迎，二者相互施礼，孙权率众官员将刘备迎入了城。

"玄德公今日来访，有何见教？"孙权和颜悦色地对刘备说。

"巩固同盟，永续盟好！"刘备也笑着回答孙权。

"既如此，何不快快入席。我在此可是盼玄德公已久啊。"孙权说道。

"请！"

二人入席坐定，宴会开始。席间觥筹交错，名士云集，好不热闹。酒过三巡，菜过五味。宾客散尽，唯剩孙权、刘备、鲁肃三人。

这三人看似欢宴，却都并未怎么饮酒。明显是对接下来的谈判有所准备。

"我已经保奏孙将军为车骑将军，领徐州牧。还望今后我们两家能够同心合力，共抗曹贼。"刘备对孙权说道。

"多谢玄德公厚爱。"苦于自己位卑言轻的孙权，终于有了和实力相称的官位，自己的位置也终于名正言顺了。于是十分开心，拜谢刘备。

"玄德公既然愿从荆州来此，必有见教？"孙权单刀直入地问。

“很简单，刘备此来，想与孙将军借地。”刘备一笑，说。

“借何处之地？”

“南郡。”

孙权听了刘备的话，有些不悦，说：“南郡之地，乃是周公瑾打下来的。岂能随意交割于人？”

“孙将军有所不知。自赤壁以来，曹操北归，刘表手下旧臣多来投奔于我。可现在苦于地方狭小，那么多旧臣，无法安排。”

“这是你们自己的事，与南郡何干？”孙权打断了刘备的话，说道。

“我借南郡，对你我双方皆有好处。南郡之地险要，周公瑾如此雄才，尚且围困一年。而今南郡以北，有曹仁、徐晃，南郡以西，满宠在当阳虎视眈眈。正当此时，周公瑾却受重伤，无力统兵。若曹军忽然来犯，将军料周瑜所部能挡否？”

“不能挡也……”孙权细细沉思，回答道。

“既然如此，何不把此地交给我来治理。与之相对，我把江夏交给将军。由我来替将军防守曹军，孙将军意下如何？”

“子敬意下何如？”孙权看向鲁肃，问道。

“玄德公所言不无道理。当今大敌乃是曹操，把南郡交给玄德公，双方相互扶持，共图大业，这才是而今之计。何况周公瑾受如此重伤，也该回江东休养了……”鲁肃严肃地说。

“言之有理。”孙权点了点头：“既然玄德公拿出如此诚意，要拿江夏来换南郡，我若再不同意，便是不知好歹了。听闻玄德公夫人亡故，权有一妹，年方双十，愿嫁与玄德公，以示同盟之好，不知玄德公意下如何？”

“谢过孙将军！”

78.　喜结良缘

孙、刘二人订立盟约，刘备从江夏撤军，将江夏一郡交给了孙权。孙权也下令，周瑜率军班师，回江东休养。之后又定下婚约日期，孙权为刘备在铁瓮城中修建府邸，安排刘备在此处住下。

而昨日，刚刚才从刘备身边离开的阿香却是没有那么走运，天才微微亮，在路边休息的她就被孙权派来的人抓住了。

甘宁看着眼前气愤不已的阿香，苦笑一声，还是快马加鞭，将她送回了府中，又加派了些人手限制她的自由后，孙权这才在处理完公务之后去看她。

"妹妹，你说你这又是何必呢？若是不愿和亲，你直言便是，兄长又不会逼迫于你。"

"呵，兄长话说得好听，我可不信兄长会放过这大好机会。"阿香完全不想听孙策说话。

"诶，妹妹此言差矣……"孙权深知，自家妹妹说的有理，自己的确不会放弃这种好机会。

"权儿，你下去吧，我来跟你妹妹讲。"是孙母的声音。

"是，母亲。"孙权出门的时候不忘把房内的侍女都遣出去。

"娘的好女儿啊，在外面没受什么苦吧？"

"娘，我是真的不愿意去和亲，那刘备我见都没见过，只听传言，我怎么会知道他是个怎样的人呢？我才不想嫁给一个素未谋面的人呢！"

"你的不愿我自是知晓的，可是现在的天下局势，那刘备现在势大，只能拉拢，不可与之为敌，不然又是几场恶战下来，我们耗不起啊！更何况他是汉室宗亲，我们实在是难以讨到好处啊！"

"娘，这些我又怎会不知，可是我……"

看着阿香有些松动，孙母继续说："娘知道你是有抱负的人，可是眼下的局势，若是不统一天下，你的抱负又该如何实现啊！"

"好，娘，既然如此，那我就去看看那刘皇叔到底如何！"听了孙母一番语重心长的话，阿香还是决定一试。

"那就好，那就好，这几日你先在屋中好好休息，等再过几日那刘备来了，我便带你去看看。"

"我知道了，娘。"

两天的时间不过须臾，刘备等人已经来到了城门外。

"主公，这便是孙权的城池了。"

刘备还未来得及让人去打探一番，便见几个人迎面走来，领头的人向刘备拜了拜，"想必这就是刘皇叔吧，我家主公算到刘大人今日会抵达，特地让我等在此恭候，诸位请随我来。"

刘备身后的几位将领互相交换着眼神，都不由自主地提高了警惕。

不过对方既然都热情相接了，一行人也不能拂了他们的面子，只得在几人的接引下来到议事厅，而孙权早已在那里恭候多时。

见到哪怕一路风尘仆仆也依旧神采奕奕的刘备，孙权忍不住在心里称赞了几句，不过面上仍是一派热情。

"刘皇叔可是终于来了，可让我一阵好等啊！"孙权走上前去迎接刘备。

"哈哈哈，那可真是折煞刘备了，竟让孙大人等候多时，实属不该啊！"

"皇叔一路风尘仆仆，先坐下歇息歇息，喝口茶吧。"孙权把刘备引到左边的位置上。

才落座，两人便又是一番你来我往，全然没有注意到屏风后正有一个人打量着他们。

那，那是刘备！？不就是我前几天在树林中救下的人吗？没想到他就是刘备刘玄德！惊愕之余，她竟有些欣喜。

　　与此同时，周瑜治下的许多地方都发生了民变。南郡的南岸地区，以及武陵郡的一些地方百姓纷纷造反，驱逐江东派遣的地方官吏，迎接刘备军入城。原来诸葛亮早已派人散入各地，煽动荆州那些与江东有世仇的人。孙策下江东后，常常对荆州用兵，荆州无数百姓的父子兄弟都阵亡在与江东的交战之中，于是一时间叛军蜂起。周瑜、庞统等人下令镇压，却实在措手不及。即使控制住了局面，但还是失去了许多土地。

　　这时，孙权传令退兵的消息，也终于传到了周瑜军中。

　　接到孙权要求退兵让出江陵的命令，周瑜沉默良久。他甚至在怀疑消息的真实性。

　　"都督，将在外，君命有所不受。南郡得来不易，怎能轻易拱手让人？"吕蒙听到消息，愤慨地说。

　　"主公已经和刘备达成了交易，说是刘备以江夏来交换我们的南郡。"周瑜颤抖着说。

　　"南郡扼守入川交通要道，若尽归刘备，我军该如何占领益州……"程普长叹一声说道。

　　"主公……还要我撤回江东休养……"说着周瑜便咳出一口鲜血，倒地不起。见此场景，众将纷纷将周瑜扶起，抬到床上休息。

　　"主公莫非是……不信任都督？"吕蒙在口中小声嘀咕着。

　　"不是没有可能。说不定是有人在主公面前说了什么？"程普瞪起眼睛，愤怒地说。

　　"不要以为这种事是不可能的。如果我是刘备，大概也会这么做。"庞统捻着自己的胡须，缓缓地说。

　　"那我们现在怎么办？"

　　"等都督醒来再说吧。"

　　周瑜再次醒来，已经是当天晚上。他挣扎地爬起来，费力地点起灯火，拿起纸笔，开始写书信。

　　那封信是写给孙权的，史书上如此写道：

　　"刘备以枭雄之姿，更有关羽、张飞熊虎之将，必非久屈为人用者。

愚谓大计宜徙备置吴，盛为筑宫室，多其美女玩好，以娱其耳目，分此二人，各置一方，使如瑜者得挟与攻战，大事可定也。今猥割土地以资业之，聚此三人，俱在疆场，恐蛟龙得云雨，终非池中物也。"

寄出信件的快马飞奔而去，周瑜目送着信使，也是目送着他理想的最后希望。他渴望一封孙权的回信，一封让他继续留守江陵，伺机反攻刘备的回信。

他没有等到。

聪慧如周瑜，到这时才领会孙权的意思。他似乎没有二分天下的打算，更遑论一统中原。他想保护江东，想守护基业，想要坐观成败，却从没想过自己亲自去争一争。

想到这里，周瑜回到了房间。他把桌案上自己已经筹划了许久的、堆成山的伐蜀计划一点一点地亲自装到木箱之中。然后看着手下的士兵一箱一箱地把他的计划、他的智谋、他的理想装进马车，打包带走。

抚摸着那件赤红色的铠甲，他想哭泣，却发现自己没有眼泪可流。

"孙伯符若在，必不使我至此。"周瑜在心中想着，没有说出口。

他决定回到江东，和孙权好好谈谈，之后再重振旗鼓。

建安十四年冬，周瑜率部撤出江陵。

而与此同时，在京口的铁瓮城中，一场婚礼正在举行。

这一天，阿香穿得很好看，但没心没肺的她却流泪了。

大婚前夜，她一夜未眠。陪在她身边的，是两位嫂嫂，大乔和小乔。

她们一针一针地为阿香缝好了嫁衣，和她聊着永远也聊不完的心里话。

"放心吧，听说他是仁德之主，曹操来时，数万百姓宁死都愿意跟着他逃离。我还听说他双臂过膝，大耳垂肩，多有趣的一个人啊。"阿香努力让自己笑出来，对两位嫂嫂说。

两位嫂嫂眼圈红红的，怜爱地看着阿香，什么话都没说。

"放心吧，我哥说了，他给我配了一支卫队，不管是关羽还是张飞，谁都不敢欺负我！"阿香声音颤抖着说。

　　大乔和小乔搂住阿香，哭了起来。

　　阿香见她二人如此，也终于抑制不住自己，放声大哭："我就是……舍不得你们啊……"

　　第二天，京口铁瓮城中，处处张灯结彩。赵云骑着白马，率领一队骑兵，身穿鲜明的铠甲走在街上，向街边的民众散发铜钱。

　　刘备身穿红艳的礼服，在礼官的引导下见过江东的众宾客。天公作美，天气晴好。刘备身戴红花，骑一匹高头大马，招摇过市。江东子民都争相来看刘备刘玄德的风采。此时他已经享有盛名，提起他，大家都知道他爱民的业绩。来到孙权府上，刘备下马，孙权早已等候在外，亲自引导刘备来见他的母亲吴夫人。

　　礼仪完毕，刘备走出屋外，见墙角有一块巨石。刘备拔出宝剑，仰头望天，心中暗暗立誓："若能平安返回，成霸王之业，则此剑一挥，石成两半。"说罢，手起剑落，火花飞溅，这块巨石当时便裂成两半。见此状况，刘备心中暗喜。他收剑出鞘，又回到堂中。

　　孙权在暗处见到此情此景，心知刘备有野心。他也走上前，拔出宝剑，心中立誓："若能据有荆州，保父兄之业，成王霸之事，则此剑一挥，金石为开。"心中说罢，他也挥剑一斩，巨石又裂。孙权也大喜，回到堂中。

　　礼仪完毕之后，便是宴饮之时。孙权倾府库之财力，将这一次的宴会置办得无比奢华。长江时鲜，山珍海味，应有尽有。江东豪族也向刘备献上礼物，珍珠珊瑚、金银酒器不计其数。

　　正在宴饮之时，手下亲信神色慌张地赶来，请孙权借一步说话。孙权随他来到庭中，亲信把周瑜的亲笔信交给了他。得知是周瑜的亲笔信，孙权没有马上拆开，而是放到衣服夹层之中。之后又满带着笑脸，回到宴会之上。

　　"孙将军，是何事啊？"刘备察觉到事情不对，问道。

　　"并没有什么事情，周公瑾已从江陵回来，再过几日就能到。若能赶上，他一定会亲自来为玄德公祝贺。还望玄德公多住些时日。"

　　"周公瑾有伤在身，还是不要勉强他。我在荆州常受周公瑾关照。待他回来，我亲去拜访他。"

　　当晚，送别宾客，刘备来到洞房。他今天多喝了一些酒，晃晃悠悠，见远处红烛明亮，心中得意，便大步上前。走近一看，见一排侍女，身穿铁甲，手持腰刀等兵器，站立门前。刘备大惊，瞬间便醒了酒。

　　"莫非伏兵在此，正要杀我？"刘备下意识摸索腰间，发现宝剑并没有带在身边。

　　"贵人切莫惊慌，我家小姐最爱武具兵器，以击剑狩猎为乐。平日卧房，也是如此摆设。"一名英气勃发的侍女对刘备说道。

　　"既如此，我便会她一会儿。"刘备听了，顿觉有趣，便大踏步走入卧房。卧房之中，只有一副铠甲，一把宝剑，端正放着，里面并无他人。刘备大惊，心知不好，准备向外逃去。只见刚才那名侍女将门锁上，然后对其他侍女吩咐道："所有人问起，只说没见过我，明白吗？"

　　"喏！"侍女用军营之礼，齐声答道。

　　刘备听了，在屋中一笑，从墙上取了一柄木剑，从窗户翻出，追了上去。阿香跑在前面，忽听身后有声音，便回头看，见刘备追了上来，便停下脚步，一转身拔剑出鞘。刘备也挥舞木剑，摆出架势。

　　阿香一剑刺去，刘备抵挡一下，顺势抓住她的胳膊，向后一扭。阿香宝剑脱手，正要出拳去打刘备，却被他顺势抱起。

　　"你好大的胆子，竟然敢娶我。"阿香瞪着刘备，说道。

　　"我比曹操虎豹骑如何。"刘备一笑，说。

　　"没想到，你还有些本事。"

　　"这是自然，我二弟三弟皆是万人之敌，他们唯独没有打败过的，只有我一个。"刘备抱着阿香，向卧房走去。

79. 厉兵秣马

却说孙权收到周瑜书信，宾客散尽之后，便急招鲁肃前来商议。

"公瑾的意思，我明白了……"孙权点了点头，在心中盘算着。

"在下仍旧不认同。"鲁肃严肃地说。

"说说理由？"孙权见鲁肃如此坚决地反对，便好奇地问。

"公瑾想得太虚幻，他以为挟持刘备就能号令关羽、张飞了？公瑾执意征伐西川，若曹操趁机南下，如何应付？这种情况下，维持联盟才是上策啊……"鲁肃诚恳地说。

"言之有理。既然如此，趁公瑾还没有回来，让刘备走吧。孙刘联盟若能长久，也不失为一件好事。"孙权点了点头，说道。

"那主公之妹刘夫人……"鲁肃抬起头来，望着孙权。

"让她和刘备一同回到荆州去吧，刘备知我诚意，也必然会对阿香好的。"孙权考虑了一下，回答道。

"既然如此，在下明日便去找刘备。为他安排行程，让他尽早返回荆州。但愿这些日子，曹贼不会趁机偷袭。"鲁肃下拜，对孙权说。

一支船队此时正在从荆州顺流而下，周瑜将他的军队留在了荆州，伺机而动。他自己则率领少量护卫，返回了江东。

一路上他拒绝坐车，坚决骑马。无论如何，他也不希望江东百姓见到自己脆弱的样子。

说是回来休养，可他根本没有这个打算。他回来的目的只有一个，那就是说服孙权。

"一个没有野心的江东，是必然灭亡的江东。"

对他而言，这一条理由已经足够。即便为此付出性命，他也要奋力为之。

京口，孙权居所。

听闻周瑜归来，孙权的心中是紧张的。把南郡交给刘备一事，孙权并没有和他商量。思来想去，他甚至不知道自己做的是对是错。

"末将周瑜，拜见主公！"周瑜缓步走入屋内，早已没有一年前赤壁之战时的意气风发。他向孙权施礼，倒头便拜。

"公瑾啊，你瘦了。在外那么久，很辛苦吧？"孙权把身子前倾，关切地问。

"承蒙主公挂念，末将一切都好。"

"荆州之事没有与公瑾商量，实在抱歉。刘备向我许诺，把江夏交割给我，我也想让公瑾早些回来，便答应了他。"孙权笑着对周瑜说。

周瑜没有笑。

"大小军务，都该由主公决定。主公何必向臣子道歉。只是江夏郡虽然产粮丰富，百姓众多，但远不如一个江陵县城重要。莫非主公不知？"周瑜深吸一口气，和颜悦色地说。

"江陵城固然重要，但也只是对入西川而言。益州刘璋，虽然暗弱，但却深得蜀中百姓民心。贸然攻之，恐有不利。不如巩固江防，让刘备为我们守卫荆州，我军北上去破合肥……"孙权回答道。

"西川之地，若我们不取，刘备便会去取。主公认为是我们取之为好，还是刘备取之为好？"周瑜冷笑一声问道。

"当初刘表有意把荆州让给刘备，刘备顾念同宗之情，不愿取之。既然如此，那益州刘备也未必会取。"鲁肃在一旁回答道。

"子敬你何其糊涂，看一个人不仅要看他说了什么，更要看他做了什么。他究竟为什么索要南郡？明明缺少钱粮的他为什么宁可把江夏交给主公，也要拿到南郡？"周瑜愤怒地说着，忽然觉得伤口疼痛，倒吸一口凉气，忍了下来。

"曹操大敌当前，若没有刘备联合，我们根本无法抵御。天下鼎足三分，方能稳定。眼下天子在曹操手中，若无支援，我等必被吞并啊……"

鲁肃无奈地说。

"这是什么道理？莫非，子敬以为固守便可以长久安稳了吗？想不被吞并的方法只有一个，那就是逐鹿中原，争衡天下。若我等攻下西川，进取汉中，之后还军襄阳。挟持刘备，联合马超，几路人马共同进击，曹贼必灭。而后主公便是天下最大的势力，天命所归，近在眼前。"周瑜激动地说。

"公瑾所言，甚是美妙。只是达成如此伟业，不知需要多少年啊？"鲁肃觉得周瑜的规划不切实际，反问道。

"子敬，你我作为好友也多年了。我周瑜说过的事，可有哪件未曾实现？"周瑜停了一会，落寞地说。

鲁肃也没说话，似乎在回忆什么。

"我不知道，赤壁之时力劝主公一战的你，如今为何畏畏缩缩。这根本不是你，这根本不是我认识的鲁子敬。"周瑜继续说着。

"这时与那时，毕竟不同。那时江东军队上下，皆有敢死之志，所以我知此战必胜。赤壁之后，将士骄傲，心中或多或少都有偏安之意。一个江陵县城都久攻不破，锐气已失。不解决此顽疾，一切对外征伐都是白白浪费兵力。"鲁肃盯着周瑜的眼睛，一字一句地说出了实情。

"为此就令我撤军？"

"正是。若仍把公瑾放在前线，恐天年不永。江东若无周公瑾，还有谁能担当未来进取的大任，我实在想不出来。"鲁肃说着，眼眶已经红了。

"要不要看看这个？"周瑜一招手，便进来几名军士，他们各抬箱子，搬了进来。五个巨大的木箱，被整齐的罗列在孙权面前。

"这是何物？"孙权好奇地问。

"这是末将在荆州军中这一年，收集的蜀中军队情报，还有末将为此准备的主策、副策。这一年间，没有丝毫空闲，即便是中箭受伤，也不曾停歇。"周瑜一边咳嗽，一边回答。

"公瑾……"孙权翻阅着木箱中的文件，其中有竹简，有帛书，也有纸质卷轴。里面甚至记载了哪些官员贪财，可用金钱收买；哪些将领胆怯，可以逼其投降。

"末将为收取西川，已经做足准备。眼下江陵已经不在我手中，若我军拖延，益州必为刘备所得。而今只求主公能允许末将回到军中，厉兵秣马，绕过刘备，为主公攻取益州。"周瑜下拜，对孙权诚恳地说。

"我何德何能，劳公瑾做到如此地步……"望着书简上歪斜的字迹，孙权知道，那是周瑜疼痛难忍时写的。他长叹一口气，说："公瑾，你便放手去做吧，粮草之事，交给我便可。只是你要答应我，一定要活着回来。"

说到这儿，孙权的声音也颤抖了起来。

"周瑜，定不负主公。"周瑜下拜，然后费力地起身，缓缓向外走去。

"子敬，你立刻去筹备粮草，然后负责保障公瑾行军的一切补给。做得到吗？"孙权望着周瑜远去的背影，问。

"请主公放心，在下这就去办。只是……"

"只是什么？"

"在下总有一种不祥的预感。"鲁肃低着头说。

"他既然如此诚心，又叫我如何拒绝他……"孙权长叹一声，生平中第一次察觉到有一种无力感。

周瑜回到家，小乔早已在家中等候。望见周瑜如此憔悴，她什么也没说，只是扑了上去，紧紧地抱住他。

"就不能不去吗？"小乔哭着说。

周瑜轻抚她背，沉默良久，才缓缓开口："抱歉。"

她哭着，想要伸手捶打他，可又想到他的伤口，手便凝结在半空。

"我几乎已经好了，不必担心箭伤。安心吧，我一定会安然回来，就像以往一样。"

"那你要答应我，从西川回来以后，便从军中隐退出来。你我一起去湖边隐居，再也不问世事了。好不好？"她哽咽地说。

"好，我答应你。从西川回来后，阿蒙他们也都该成长起来了。在那之后，我便只陪着你，哪都不去了。"

时值建安十五年。

80.　巴丘点兵

巴丘，军营。

这一天，江东众将在此齐聚。他们在等着一个人，一个总是可以为他们带来光荣与胜利的人。

营中气氛压抑，各位将军此时手心都出满了汗。接到消息即将出征，他们兴奋地穿上了铁甲，早早便来到营中等待着命令，可他们等待的人却迟迟不来。

"怎么回事？"将军们交头接耳，不知道发生了什么，更不知道应该做些什么。

可过了不久，他们的心又放下来了，营门外传来了熟悉的脚步声和盔甲摩擦的清脆声音。听到那声音，营中的所有人顿时都站了起来。他们的表情兴奋，仿佛等这一天已经等了很久。

"恭迎都督！"众将激动地齐声说。

出现在大营门口的，是身穿赤红色铠甲，缓步走来的周瑜。

当他们看到周瑜憔悴的脸，顿时心中产生了一股别样的情绪。他明明比在座的许多人年龄都要小，但他的肩膀上却承担着比所有人都要重的责任。此时的周瑜已蓄起胡须，剑眉星目之中，透出的也不再是年轻时那一往无前的英气。

谁能想到当年的吴中周郎，如今也成了这副样子。

周瑜一步一步地走上前来，他的目光扫视着在一旁迎接他的众位将军。周瑜领兵以来，这一幕他已经历了许多次。这一张张熟悉的脸，早已经深深地印在了他的脑海中。

终于周瑜走到了最前面，他转过头，面向将军们。

"众将！"

"在！"

"各自回营，整顿兵马船只，走水路，星夜兼程，直取巴蜀！"

"喏！"众将齐声应答。豪气满怀，直冲云霄。

在赤壁之战时，将士们的士气都不曾有如此高涨。

"这一次……一定可以。"周瑜忍住自己想咳嗽的冲动，在心中想着。

公安县，刘备大营。

诸葛亮正在处理调集粮草的公文，刘备忽然急切地冲了进来。

"主公来得正好，我们入西川的粮草还有一个月就能囤积完毕，新兵的训练也已经基本完成。当年在隆中为主公做的规划，转眼可成了！"诸葛亮明显心情不错。

"可是眼下传来军报，周瑜回到江东之后，说服了孙权。眼下在巴丘集结大军，准备西进攻蜀了。"刘备不无焦虑地说。

"好一个周郎，当真是说一不二。"诸葛亮听了，笑着说。

"军师丝毫不慌，莫非周瑜取蜀必败？"刘备问道。

"并非如此，只是聊以感慨罢了。这世上，竟然真的存在明知不可为而为之的蠢人。"诸葛亮轻叹一声，说。

"莫非我们要截击他们？孙刘两家仍是盟友，孙权又将其妹嫁与我。曹操在北，此时孙刘联盟不可破啊。"刘备颇有顾虑地说。

"决不可以出兵，眼下如果两家争斗，曹操必然南下。孙刘两家，焉能自保？"诸葛亮说道。

"若我们迅速集结军队，先行入蜀，先生以为如何？"刘备望着地图，对诸葛亮说。

"主公无忧，周瑜的确值得顾虑，但这世上不会有人能迅速攻破巴蜀。"

"军师的意思是……"

"周瑜之命，恐怕不久矣……"诸葛亮惋惜地说道。

"军师不曾见他，如何得知？"刘备不解地问。

"周瑜用兵看似莽撞，但没有把握，绝不轻易出手。而今他箭伤未愈，刚回江东，便急着用兵，恐怕不是在和我们争时间。"

"那是在和谁？"

"和他自己。他大概知道自己命不久矣，他希望自己能快速夺占巴东和涪陵两郡，作为取蜀的基地。同时也可以借此来制约我等。以他之才，做到这个地步还是不难的。想必，他已经培养出好的继承人了吧。"诸葛亮用扇子掩面说道。

"既然如此，我们需要怎么办呢？"

"静观其变吧。周瑜死后，眼下的江东，可不一定会按他所期望的那样发展。我等只管充实兵力，静待良机便可。"诸葛亮羽扇轻摇，说。

"我明白了，那么就静观其变吧。"

刘备坐了下来，望着眼前的灯火，思考着天下将要发生的事，心中渐渐不再迷茫。

"将荆州之军以向宛洛，率益州之众出于秦川。百姓孰敢不箪食壶浆，以迎王师呢？霸业可成，汉室可兴。"刘备自言自语道。

"霸业可成，汉室可兴。"诸葛亮看着刘备的眼睛，坚定地说。

巴丘，周瑜大营。

军营之外，狂风大作。红色的"周"字大旗，被狂风吹起，飞上天际。听闻响声，周瑜走出营门，查看情况。见旗杆耸立，唯独不见旗帜。士兵们正在抓紧挂上备用的另一面旗，更多的士兵此时在营帐中休息。明天清晨，他们就要逆流而上。此情此景，让周瑜想到出征赤壁的前夜。同样的冷，同样的夜深千帐灯。

只是这一次他们要去到更远的地方，面对新的敌人。

"临阵出现这种事，并非吉兆啊。莫非上天真不佑我？"周瑜苦笑着，抬头仰望着天空。天命就隐藏在无边的天际，星空不言，但却注视着大地上的每一个人。

"拿我琴来。"周瑜对卫士吩咐着。

"喏！"

不久，周瑜的那张琴被放置在了江边。他临江抚琴，弹起那首由他所作的《长河吟》。

江面上大雾弥漫，天空中明月皎洁。周瑜将半生的心绪全都融汇于这首曲中，一边弹奏一边闭目恍若做梦。

在梦中他仿佛看到江东的战旗插遍了长江以南，仿佛看到了一员大将率领一支偏师打入许都，攻陷洛阳的场面，仿佛看到宫阙之中，头戴冠冕的，是一个爱笑的少年。

听到琴声，越来越多的士兵走出营门。他们没有吵闹，只是静静驻足聆听。

月光皎洁而寒冷，撒在地面上，恰如江东下起的薄雪。

琴声散尽，琴弦皆断。周瑜应声倒地。

当晚，江东军的都督周瑜病倒了。

周瑜做了一个梦，一个最后的梦。

他梦到，十几岁时，自己四处游学，在郊外碰到了一个身手不错的少年。二人在竹林中打了一架，之后那家伙还喝了他的酒。

他梦到，一个少年随父出征，可他的父亲却战死沙场。他把他父亲的灵柩送回了故乡，满眼写着失望。

他梦到，一个少年举兵而起，邀他同下江东。二人所向披靡，一往无前。

他梦到，少年中箭，忧愤而死。他从远方率兵奔赴，却依然没有见到他最后一面。

他梦到燃烧的大江，梦到凶险的战场，梦到战士的呼号，梦到士族的奸笑，梦到生民的嗟叹。

可是，他终于忘了那个少年究竟长得什么模样。那个少年爱笑吗？他姓甚名谁，来自何方？

"十年了啊。"

周瑜睁开眼，面前的分明是他梦中的那个少年。他一笑，周瑜便抑制不住自己的眼泪。

"辛苦你了啊，公瑾。"

"……"

"和我走吧。"

"不，我不能。我还有事情没有做完。"周瑜挣扎着爬起来，艰难地抬起纸笔，写下一封书信：

"疾困与吴主笺：瑜以凡才，昔受讨逆殊特之遇，委以腹心。遂荷荣任，统御兵马，志执鞭弭，自效戎行。规定巴蜀，次取襄阳，凭赖威灵，谓若在握。至以不谨，道遇暴疾，昨自医疗，日加无损。人生有死，修短命矣，诚不足惜。但恨微志未展，不复奉教命耳。方今曹公在北，疆场未静，刘备寄寓，有似养虎，天下之事未知终始，此朝士旰食之秋，至尊垂虑之日也。鲁肃忠烈，临事不苟，可以代瑜。人之将死，其言也善，傥或可采，瑜死不朽矣。"

这封信也见于史书，千百年后，仍有人对此书信流泪不已。

81. 将星陨落

周瑜艰难地起身，吕蒙扶着他，不知他要做什么。周瑜抬起头望，见了伫立在那里的那套赤红色的盔甲。

"为我披甲……"

"什么？"

"为我……披甲！"

"都督，你现在不要披甲了，还是先休养一段再说吧！"吕蒙的眼中噙着泪水，跪下求周瑜。

众位将士见状，也都进了屋内。

"这是军令！"周瑜怒吼道。

"喏……"吕蒙一边哭着，一边把孙策留下的那套赤红色的铠甲，缓缓穿在了周瑜的身上。

披上铠甲，周瑜坐在众将面前。众将望着周瑜，紧张地等待着他的命令。

"我本打算，和大家一同逆流而上，夺取巴东、涪陵两郡。只可惜动兵之前，我却只能与众位告别。周瑜有负将士们！"周瑜向众将施礼，说道。

"都督千万保重身体！"在场众将无不掩面流涕。

"人生有死，诚不足惜。我死后，众将暂且秘不发丧，率兵各守营寨，分批缓缓撤退。入川之事，以待来日吧。"周瑜无奈地说。

"都督！"

"我对不住的人太多，已经来不及一一谢罪了。庞士元啊，你愿意送我回到吴地吗？"周瑜气息微弱地说。

"就为都督，走这一遭吧。"庞统长叹了一声，回答道。

周瑜摆手，示意众将退下。众将迟疑着，退了出去。大营之中，灯火烧着，恰如那日燃烧的大江。

"该放下了，公瑾……"

"说得轻巧，你一走便是十年，倒是说放就放下了。"

"有策有瑜，身在地府，仍能纵横！"

"我累了。若有来世，能隐居湖边，不问世事，就好了。"

"江东真好啊……"

"真好啊，江东……"

他闭上眼睛，此时门外，刚刚破晓。

建安十五年，周瑜病逝于巴丘军中，时年三十六岁。江东刚刚集结的大军，又分批缓缓调离，各守险要关隘，严防死守。江东军在周瑜的训练下秩序井然，不知道内情者绝对看不出发生了什么。

与此同时，一支护送着灵柩的队伍由庞统带队，从巴丘出发，前往吴郡。孙权得到消息，亲自率领百官出迎，抱着灵柩，痛哭流涕。周瑜写给他的绝笔，他已经读完，心中悲戚不已。便将其与孙策留下的铠甲放在一起，藏在高阁之中，日日前去瞻仰。

"周公瑾有王佐之资，寿命却如此短暂。从今而后，我还能依赖谁？我还能……依赖谁？"孙权哽咽着，令人帮他穿上丧服，亲自为周瑜守丧。

"你终究是在骗我。"小乔擦干泪痕，在大乔的搀扶下来到了这里。她本来期待着周瑜得胜归来，能够履行诺言，从此退隐江湖，不问军事。可他终究还是食言了。

后来，小乔在湖边购置了一间宅院。从此便带着她半生的心事与牵挂，与大乔一同居住，了此一生。

与此同时，湘江之畔。

有一人身穿白衣，手拿羽扇，兀自伫立江边，望着波涛汹涌，云卷云舒。身边的书童为他递来一杯酒，他郑重地将那杯酒倒进了江水之中。

"你我有缘，缘尽于此。"

　　呼号的江风吹乱了他的头发，对他而言，这是他送别的第一个称得上英雄的人物。

　　如果可以，他希望那个星目剑眉、姿容俊逸的将军能好好地活下去。

　　"军师！周瑜已死，接下来我们要做什么？"远处有一男子骑着马，对着江边的背影喊道。

　　"取西川！"那人转过头，挥舞着羽扇，对来者说道。

　　江东的军营里，全军服丧。有个叫阿蒙的将军，整整哭了两天两夜。据说在那之后，就再也没人见他掉过一滴眼泪。

　　"子明将军。"

　　吕蒙听到有人叫他，便抬起了头。

　　叫他的人是一个青年书生，姓陆，名逊，字伯言。他也穿着一袭白衣，神采气度，十分不凡。

　　"你叫我是有何事？"吕蒙没好气地说。

　　"都督有件东西，说是留给你的。"那个年轻人说。

　　"留给我的？什么东西？"

　　陆逊拿出了一个木匣子，递了过去。吕蒙接过那个木匣，将其打开。里面放着一把华丽的羽扇。

　　"怎么会这样，都督明明已经说过了，鲁肃大人才是都督的接班人……"吕蒙不解地说。

　　"在下推测，都督选择鲁肃大人，也是无奈之举。"陆逊轻声说道。

　　"一派胡言，都督和鲁肃大人为多年好友，莫非还有谁暗中相逼不成？"吕蒙冷笑一声，说。

　　"都督一直在等的，是一个可以帮助主公进取西川之人。鲁肃大人整军治军都十分适合，但守土有余而进取不足。而那个能够为江东进取之人……"

　　"竟是我自己？"吕蒙瞪大了眼睛。

　　陆逊微笑，没有说话。

　　"怎么可能，我只是卑微的尘土，是贱民，从不敢仰望那些光鲜亮丽的贵族。"

"正是因为将军心态如此，我才理解了都督的用意。那些趾高气扬的大人物做不到的事情，只有您可以做到。只有摒弃了门第之见，才有资格接过都督的羽扇。"陆逊说。

"我记得你便是士族，这种话从你嘴里说出来，还真是让人不习惯啊……"吕蒙玩味地看着陆逊，说。

"此时的我谁都不是，我只是主公的喉舌而已。"陆逊没有看他，而是望向了远处的群山。

听到这句话，吕蒙顿时站了起来。他恭敬地接过羽扇，向他下拜。

"吕将军，这是做什么？"陆逊赶忙扶起他，说："这不仅是主公的意思，也是周都督和鲁大人的意思。"

"如此万斤重担，竟然交到我的手里……"

"将军是周都督一手培养出来的，有些事，就是需要将军您去做。"陆逊回答道。

"我当勉力为之。"吕蒙点了点头，充满了决心。

"既然如此，我便可安心回禀主公了。"

二人相谈彻夜，下定继承周瑜事业的决心。

建安十五年，关于庐江舒县那个少年的故事，到这时便结束了。他出生时，天下将乱。在他短暂的生命走到终点时，天下大势却已经渐渐明朗起来。

那一年，曹操发布求贤令，"唯才是举"。在冀州的邺城，曹操修筑的铜雀台也终于落成。

那一年，刘备从江东借到了江陵。然后便开始积极扩军，囤积粮草，苦心经营。向实现跨有荆益、三分天下的目标大步迈进着。

那一年，孙权以步骘为交州刺史，威震岭南，交趾太守士燮望风归降。从此，岭南之地尽归孙权。

那一年，刘璋远在益州，正在享受着自己最后的太平时光。巴蜀之地，一片太平景象，仿佛外界你死我活的争霸，根本与自己无关。

“方今曹公在北，疆场未静，刘备寄寓，有似养虎，天下之事未知终始，此朝士旰食之秋，至尊垂虑之日也。”

图书在版编目（CIP）数据

江东美玉：周瑜/唤涛著.—— 沈阳：万卷出版有限责任公司，2024.5

ISBN 978-7-5470-6418-4

Ⅰ.①江… Ⅱ.①唤… Ⅲ.①长篇历史小说－中国－当代 Ⅳ.① I247.5

中国国家版本馆 CIP 数据核字 (2023) 第 251263 号

出版发行：北方联合出版传媒（集团）股份有限公司

　　　　　万卷出版有限责任公司

　　　　　（地址：沈阳市和平区十一纬路 29 号　邮编：110003）

印 刷 者：三河市天润建兴印务有限公司

经 销 者：全国新华书店

幅面尺寸：165mm × 235mm

字　　数：353 千字

印　　张：23.75

出版时间：2024 年 5 月第 1 版

印刷时间：2024 年 5 月第 1 次印刷

责任编辑：徐茂彧

责任校对：刘　洋

装帧设计：胡椒书衣

ISBN 978-7-5470-6418-4

定　　价：68.00 元

联系电话：024-23284206

传　　真：024-23284448